虚荣广场

[illegible]茄子 著

SPM 南方传媒 | 花城出版社

中国·广州

图书在版编目（CIP）数据

虚荣广场 / 蒲荔子著. -- 广州 : 花城出版社, 2024.8

ISBN 978-7-5749-0264-0

Ⅰ. ①虚… Ⅱ. ①蒲… Ⅲ. ①长篇小说－中国－当代 Ⅳ. ①I247.5

中国国家版本馆CIP数据核字(2024)第110313号

出 版 人：张　懿
策划编辑：林宋瑜
责任编辑：林　菁　李　卉　杨柳青
责任校对：梁秋华
技术编辑：凌春梅
封面设计：介　桑

书　　名　虚荣广场
XURONG GUANGCHANG
出版发行　花城出版社
（广州市环市东路水荫路 11 号）
经　　销　全国新华书店
印　　刷　佛山市浩文彩色印刷有限公司
（广东省佛山市南海区狮山科技工业园 A 区）
开　　本　880 毫米 ×1230 毫米　32 开
印　　张　11.75　1 插页
字　　数　268, 000 字
版　　次　2024 年 8 月第 1 版　2024 年 8 月第 1 次印刷
定　　价　49.80 元

如发现印装质量问题，请直接与印刷厂联系调换。
购书热线：020-37604658　37602954
花城出版社网站：http：//www.fcph.com.cn

我想看一万次日落。

我想喝一千种美酒。

我想过一百种生活。

我想爱十个男朋友。

我想建一个虚荣广场，

最后毁掉它，

和你一起到处去游荡。

目录

第一章

不要那么慌张。此刻周杨提醒自己，身下只是海南省后海村的床单，不是广州杨箕村浑黑的河水，不要像二十出头那样慌慌张张的。临近四十岁，唯一的波动，便是越来越真切地感受到时间流动和生命消逝。在此之前，总觉得有非我不可的未来正在等待；在此之后，未来的真实面目逐渐显现，是张牙舞爪的虚无。

何况这不过是个十几年前经常做的梦，甚至不如有关高考的梦那么惊悚。从天上坠向河涌，半工业的河水滑腻黏稠。他扇动手臂避免沉底，仰面望着月亮，像在深井里望着狭窄的井口，让人绝望的光越来越远。想吐却吐不出来的恶心感和溺水的窒息感使他从床上弹起。

很准确，和往常一样，大约在凌晨两点三十分惊醒。

和往常一样，他打开基本闲置的烟盒，点支烟，那种最便宜的软盒红双喜，目前十块一包，刺口。尼古丁作用下，当年的情形像皱巴巴的床单一样摊开在眼前。那时杨箕村正在昏睡，他拼命奔逃，逃出巷子，奔向那条黝黑的河涌。很明显他不是在跑步。河的名字不详，俗称臭水沟。要是能飞就好了。不能，只能跑。月光本来很亮，可是巷子太窄，握手楼太密集。有的很新，有的很古老，它们联合起来遮挡了几乎所有的光，并且堆积着腐气。

一只猫受惊大叫，绿色眼睛在半空浮动，蹿进了墙角。

正午时分，海面平坦。冲浪者此起彼伏，比海鸥更为密集。周杨认为昨晚的梦境可能预示自己会遇到什么麻烦，但总体而言应该没有生命危险。他反而怀有一种紧张的期望，想尽快去到酒馆。

打开所有窗，释放昨夜的酒气。洗手时，跟随了十几年的臭水沟气味爬上手臂。盯着墙上玛丽莲·梦露那举世闻名的双腿和裙摆，打开电视，擦洗酒杯，所有器具排成刚刚出厂的样子。时常开着的第一个频道，不是海南卫视，而是四川卫视。《午间气象》正在播报天气：

> 十月二十四日，迎来秋季最后一个节气——霜降。天气渐冷，初霜出现，秋向冬过渡，四川省各地气温齐降。据四川省气象台统计，明天冬至，十二月二十二日，西岭雪山、四姑娘山、黑水达古冰川、若尔盖、红原以及峨眉山、海螺沟、黄龙等景区，均将迎来二〇一九年的第一场雪。一月，四川将大部降雪。

手中动作停了停，脑海蹦出一句遥远的话："一下雪，四川就成了天府。"

一个背红色旅行包的青年推开门，问："老板，有没有酒喝？"这个问题很奇怪，因为这是酒吧，提供的主要商品便是酒。青年看上去是外地人，是络绎不绝的游客一员。周杨正想回答有顾客就有酒，没人跟钱有仇，青年抬眼看了看，说了一句更奇怪的话。

他说，你很像一个人。边说边伸手在背包里摸索。

将酒单递给客人，周杨带了点笑，用西北口音说：“你说得对，我不是东西。”

青年笑了，说：“我给你看样好玩的东西。”

周杨继续擦拭酒杯。毛巾摩擦玻璃，发出电流般的嗞嗞声。这声音让人心神不宁，让人继续站着不动便会感到浑身不自在。他假装去擦拭酒架上的灰尘。

有人获得平静是因为经验的积累，而有人是因为学会了忘却。或者说，学会了假装。假装不记得，想不起。

从二十七岁那年逃到后海村，周杨每天都在练习假装。当年的后海村远离人烟，村民纯朴。村庄两面临海，油画里那么安宁，春夏秋冬都不怎么更替。他自称“老杨”，开了个酒吧，没有名字。努力从书本和电影中学习，给自己设计了一个形象，方便对外使用。剪短头发，蓄长胡须。增加体重，晒黑皮肤。性格属性由冲动改为稳重，口音改为西北，抽烟改为“谢谢我不抽”，显示自己很善于应对不同的世界。

在房里，他像一条深海里的鱼，享受黑暗和清净。一旦出门，则按下按钮，摇身一变，成为每个人都乐见的好人。脾气温和，不乱开玩笑。随身带着一个袖珍世界，展示那些年环游全球的见闻。不对，应该是全球避难的经验。对陌生人，示以渊博和宽厚。对村子里的熟人，表现得爽利，说到做到，能帮就帮。对来喝酒买醉的女孩们，献上无伤大雅的玩笑和不着痕迹的赞美，但从不越界。以上一切人群，他都尽量避免发生实质的往来。有时他也觉察出几分过犹不及的味道。夸张的宽容，刻意的随意，过分的周到。他将这归结于自己毕竟还年轻，还没有脱去当年的毛病。每当这时，他就命令行动暂时中止，调整脑海中的乱码，大部分人都不会注意到这些。

近几年，这偏僻之地游客越来越多，几乎成为海边的丽江。海滩上的年轻人，天南海北，时常自发地聚在一起，光着膀子喝酒，唱歌，扭动腰胯，产自办公室的白皮肤一律晒得发红。酒吧客人也猛烈增长，周杨曾担心有人认出自己。为此，他再三跑去镜子前，确认镜中的黑脸完全是一个憨厚渔民的形象，才坦然接受生意兴隆的事实。

“怎么就不见了？能放点歌吗？”青年翻腾着背包，掏出一堆旅行用品，又胡乱塞回，“东西太多了。”

东西太多而脑袋太空，年轻人的通病。周杨打开歌单播放，是一些二〇〇三年到二〇〇四年之间的老歌。周杰伦的，朴树的，陈奕迅的，孙燕姿的，王菲的。那两年流行的好歌确实不少，《以父之名》《遇见》《十年》《离歌》《晴天》《生如夏花》《将爱》……足够一整天循环播放。

“据说喜欢老歌的人，都有一些很老的朋友。”青年说。

“那不一定，有可能是因为这人比较老土。”

“有没有更老一点的？”

“这些还不够老吗？”

“张国荣的有没有？”

“那是你出生前的歌了吧？”

“他是我偶像。真的。”

“有一首。”

“只有一首？为什么？”

“老歌嘛，就跟老朋友一样，重要的就那么些。”周杨当然不会告诉他真实原因。

“哈哈，让我猜猜你会放哪一首。”

“猜中了请你喝酒。”

“要是没猜中呢？”

“你肯定能猜中。”

“我先给你看样东西。”

歌单播放朴树的《我爱你，再见》，唱到“像命中注定一般/如火一样的那个夏天/撩人的夏日舞会/你跳向我的身边”，气氛跳回十几年前，准确说是十几年前的广州。青年敲敲酒单，点了杯最便宜的杰克丹尼。仰头喝光，他掏出一本书，放在台面上，是周杨那本没什么销量的小说集《生猛海鲜》，署名杨季。

“这小说是你写的吧？很广州。”

“你是说生猛，还是海鲜，还是杨季？”周杨尽量不表现得诧异，但很明显，这个青年不是普通的来自办公室的游客一员。

“杨季是你真名吗？是不是跟杨箕村有关？”

“真名，身份证上的。”

“写得太好了，有两篇我都看哭了好吗，尤其是那篇《世界尽头的鸽子》。你以前在广州生活过？”

“算是。”

“那这个人是不是你？”

青年突兀地说出这句话，同时抽出一张邀请函。“为什么就不能相爱，一直到我们死去呢？”朴树唱到了这一句。周杨接过这张明信片大小的纸片。内容是某个空间的开业仪式，邀请函上有幅海报，主图是张让人吃惊的照片，照片旁印着一行很古老的话。没有写邀请人，也没留联系方式。

“我的心很孤独。”周杨笑着念出邀请函上那句熟悉的酸溜溜的话，来自多年前一部电视剧。他不知道青年的意图，决定还是继续装下去。“再来点酒？”

“我酒量一般。”青年指着邀请函，准确说是指着左二的男人，

"你看看，是不是特别像？"

"这哥们还挺帅。"那是个二十几岁的青年，穿着烟灰色衬衫，头发半长，脑袋半歪着，有点校园时代特有的骄傲而又青涩的神情。仔细看，右脸似乎有点肿胀，显得两边脸不太对称。

"像你吗？"

"像我儿子。"

"老板，你别开玩笑了，你很年轻的好吧。"

"我好多年不开玩笑了。"

"那刚才你说猜对歌就请我喝酒，不是玩笑吧？"

邀请函是谁写的？为什么会印上这张照片？周杨擦拭酒杯的动作慢了一点。一盏灯跳闸，屋内暗了，显得窗外海面折射的阳光更为刺眼。

"你放心猜。"周杨给青年重新倒满了酒，酒杯右侧挨着邀请函的边缘。电话喊电工来修理，电工说："你给钱吗？给钱的话我就不来了。"周杨说："不给钱，只给酒。"

"我猜你会放张国荣的*Monica*。"青年猜错了，也许是故意的，也许不是。"有没有小吃？"

周杨端上一盘烤肠和花生，青年斯斯文文地吃起来。又有几个女孩进门，背着比人更高的包。她们举起手机，叽叽喳喳，问网上写的那个老板很会调酒经常免费送酒给客人喝的酒吧是不是这里。周杨说："你们来了，就可以是这里。"一一点好了单，赠送了两杯果酒。电工爬上梯子，摸索着操作。

"厉害，有读心术啊你，这都能猜中。今天你要喝啥我都包了。"周杨瞟了一眼吧台上静躺着的邀请函，杯壁水汽正将纸的边缘洇湿。

"我酒量不大。"青年再次强调，也再次一饮而尽。电工发出一声喊叫，电路彻底毁坏，音乐和电视都停了，屋里瞬间变得朦胧。

“老杨，你这电线都快二十年了，早该换一套了。”电工爬下梯子，“我要回去拿点工具。”

没有灯光，没有歌声，气温升高，酒吧便没了怀旧氛围。几个女孩喝完那些五颜六色的液体，扇着五颜六色的扇子，陆续离去，喊着大叔再见，大叔再见。周杨回她们，晚点再来，不醉不归。他希望青年也快点离开，今天他不想做生意，可青年没有起身的意思。

“不是我说话不算数，现在没电，你可以先去游会儿泳，游完再过来，想喝啥，你随便点。”昏暗中，周杨倒了杯新酒，将酒杯置于邀请函的正中央，让它充当杯垫的角色，“应该很快就有电了。”

青年说：“老板你真姓杨？”

周杨说：“这不朋友都叫我老杨嘛。”

青年说：“你刚才说游泳，冬天也能游泳吗？”

周杨说：“这里是海南，全年海水平均温度二十六摄氏度。”

青年说：“广州现在正是最冷的时候。”

周杨不知道他意有何指，说：“不过这个季节你最好只在中午前后下海。”

青年说：“除了游泳，海滩上还有什么好玩的？”

周杨说：“什么叫好玩？你们年轻人的生活我不是太懂。”

青年说：“你别开玩笑了，你很年轻的好吧。”

青年没有就年轻人的话题继续深入讨论，说：“再喝两杯，后面的我来买单，你别请了。”周杨回身从酒架取了瓶价格中等的苏格登威士忌，递给青年，说：“这酒送你。”青年说：“我能在这喝吗？”周杨说：“我得出去一趟，买点电线啥的。你游完泳之后，最好吃点热的，垫垫肚子再喝，肚子喝坏了，你就跟老人一样只能躺着了。”

说完之后，周杨意识到自己过于啰唆了。青年吃完了那盘烤肠，将盘子推向前方，却没有走的意思，说：“我能不能和你聊聊你的小说？”

“晚上过来，随便聊。”

“你看起来很平静，其实你不太平静。”青年扬起那瓶酒，“如果你像看起来的那么平静，就不会白给我一瓶酒了。”

“那确实，你一说聊小说，让我想起好多事。”周杨讨厌自己的不平静，即使这种不平静还没有蔓延到脸部。在摸清这个青年的来意之前，他还需要控制表情，“广州现在怎么样了？我们那会儿特别乱。”

“你这么问，我也不知道怎么跟你说，不如你回去看看。”青年仿佛是在思考，“我看你写到杨箕村，东山口，对吧？就说这两个地方，杨箕村拆迁了，原来的臭水沟也没了。”

“臭水沟没了？”

“不是没有水沟了，是没有臭了哈哈，水还挺清。至于东山口，现在你回去可能认不出来了，都是外地人在玩。”

周杨有些冲动，想聊聊那些年黏潮闷热的杨箕村顶楼，黑臭河涌旁彻夜不息的宵夜和狂欢。但如果这么聊下去，会没完没了，会暴露身份。将酒杯挪开，邀请函正中央那圈水渍已明显扩散。他抓起这张薄薄的纸，甩甩水珠，还给青年，说：“我真要出门了，以后有机会去广州玩，到时约你喝酒啊。”青年笑着说：“你什么时候回？”周杨说：“这不好说，冬天正是海南做生意的时候。”青年哈哈一笑，说：“邀请函就送你了，你真的很像那个人。”周杨推回去，说："这东西我留着也没用，那真不是我。"青年说："我没有恶意，真的。"周杨一笑，说："那行，你一会儿出门往右，走到底，那边水更干净一点。"

青年起身，提起背包，说他将去海滩，去寻找当代年轻人的快乐。屋里恢复了空空荡荡。那张邀请函，倒扣着，紧挨着那杯未喝完的杰克丹尼，像是吧台上多出一个方形的洞，正把一切往洞里吸取。周杨期望青年再回来，更害怕他回来。将门窗关紧，挂上"暂停营业"的牌子，给电工打了个电话，说今天暂时不用修理了。昏暗中，他随便拿了瓶威士忌，倒了半杯，转身陷进阴影里的沙发。

喝得有点急，半杯很快见底。再来半杯。有点醉，终于鼓起勇气，擦掉邀请函上的水渍。光从窗户钻进来，将照片中那几张脸照亮。那几张梦里时常出现的脸，以及那些二十一世纪初的表情。

不同的是，梦里的脸，在奔跑中扭曲，在暗夜里模糊不清，而合影里，几个人脸上一片光明。这种光明和当年的灯有一些关系，但更多是因为别的，因为这几个人和那年头大部分年轻人一样，只要兜里有几块钱，便认为生逢其时，天地广阔，中国乃至世界都等着自己改变，有一天会过上没有想象过的生活。

拍照那天，二〇〇三年的某个夏夜，非典刚过，正是最光明的时刻。那时可以说理想在召唤，朋友在身旁。

那天，他两次听到了张国荣那首歌。莫名其妙认识了这帮人，莫名其妙拍了这张合影。背景是一家叫猫窝的酒吧乱糟糟的舞台。各类乐器散发着热气。嘈杂的声音来自天南海北。空气中是烟酒茶肉混糅的气味。他记得当时张伟说，拍得太好了，尤其是左一的男人，实在太帅，一定要做成明信片，寄给全世界人民。当然，左一便是张伟。右一是周夏雨，左手食指和中指夹着烟，有点生气又有点迷离。周夏雨左边的陈园园，含着一个棒棒糖，摆出像周润发叼着牙签那样的动作。

“每个中国人身边都有一个叫张伟的朋友，但我不一样。”记得拍完照，张伟还曾这样说过，并且在说完之后哈哈大笑。

更多回忆逐渐浮现眼前，类似醉意逐渐上升到头部，逐渐覆盖现实世界。

他意识到自己还在那条黑黢黢的巷子里奔跑，找不到出口，惊慌中不停回望。白天不敢回忆，于是只能做梦。那个梦境逐渐成为凌晨固定的访客，像节日一样提醒你应当陷入某种固定的情绪之中。既然开了头，喝了点酒，趁此机会，再次回忆一遍。好比烟鬼戒烟之后，跑阳台偷偷抽一根，不至于出什么乱子。也许明天就失去了这个勇气，假装没干过那些傻事，假装不想念那些失散的朋友。

不知为什么，他首先回想起的，不是黏潮闷热的杨箕村顶楼，黑臭河涌旁彻夜不息的宵夜和狂欢。也不是周夏雨，不是张伟，而是父亲在他出发前往广州时打的电话：还记得十二岁那年我和你说的话吗？现在你大学毕业了，跟那时不一样了。你这个年纪的男人，是狗都嫌弃。老大不小，又懵懵懂懂。学会了花钱，又赚不到钱。全是想法，又没什么主意。到了那边，你记得多交朋友，少干坏事。

第二章

张伟很擅长做那种表示得意的表情。十七年前，赶到猫窝酒吧时，雨突如其来，张伟带着这种表情，拉开那扇摇摇欲坠的玻璃门。

酒吧确实像猫窝，门脸看上去有些年头了，隐蔽在环市路华侨新村花园深处。门口贴着海报，“张国荣逝世百日纪念音乐会”。张伟演示着得意的表情，朝张国荣妖娆的脸扬扬下巴，对周杨说，这个地方还挺特别的吧。

周杨说：“我现在这个样子，还是别进去了。”

张伟说：“你是不是想死。多交朋友没坏处，我叫了一大帮兄弟给你接风。”

周杨说：“没女的吧？”

张伟说：“你是希望有还是希望没有？”

周杨说：“希望没有。”

张伟说：“你别不好意思，女人不喜欢不好意思的男人。”

“都有谁？”

“很多。还记得我跟你说的那个金黄色女人吗？”

“不记得了。”

周杨当然记得。三月，他在西安的宿舍犹豫着毕业后到底是留在关中平原还是南下珠江三角洲时，已在广州实习半年的张伟用公司电话打给他说：“非典已经彻底结束了，快来吧，你不会有生命危险。快来吧，把你那些书都卖掉，这里比书里的生活精彩一百倍，包你如鱼得水，包你乐不思蜀。”关中只有八百里沃野，而广州有八百种活法。他所住的小小杨箕村，就集中了全国各地不安分的男男女女，流浪诗人，报社记者，落魄画家，失足少女，流氓地痞，不一而足，千奇百怪。跟广州的花一样，喧闹拥挤，每朵花都想爬在另一朵花之上。他和狐朋狗友常去的酒吧，猫窝，里头不仅有更多怪人，还有更多美不胜收的女孩。尤其是有位偶尔来演出的歌手，看到她，“你会觉得整个世界是金黄色的”。

但雨中的广州，明显和金黄没有关系。就当这场张伟宣扬已久的接风，其实是饯行。一趟尚未出发便已结束的旅程。这雨来得恰到好处，也许张伟所说的那些朋友，被雨阻挡，不会来那么多。

张伟拉开那扇墨绿门框玻璃门，一阵声浪像一串饱嗝迎面而来，冒出烟酒茶肉混杂的味道。还有香水味、汗味、坚果味、霉味。周杨摸了摸脸，停了两秒，适应一番，才敢跳进这个迷乱的池塘。

人满为患，一群奇形怪状的人挤满每个角落，五湖四海的口音混乱吵闹。张伟的朋友，来了头两个，他一个个打招呼，一一给周杨介绍，表现得见多识广而放松。周杨至今搞不明白，张伟为何可以拥有这么多朋友。

长发卷曲的，是摇滚歌手何水。寸头是艺术做不下去而从事室内设计的艺术家，总抽着烟斗，名字没听清楚。

周杨被张伟隆重介绍为一名即将杰出的作家，一个才华横溢的朋友，正在通往大师的路上一路狂飙，缺点是有点闷骚，大家一定要多和他喝酒。

何水摇晃着头发，说："那挺牛的。都发表在哪里？有些编辑我挺熟的。"

张伟说："能发表的小说，那就不是好小说。"

事后周杨知道，张伟的介绍极为重要，那些年，要参加这种聚会，必须有点本事，又必须不太成功，太成功会被人耻笑，成为众人刻薄的对象。

周杨适当地自嘲，说："主要发表在软盘。"

何水说："这个杂志哪里的？只听说贵州有家《六盘水文学》。"

张伟说："软盘你不知道吗？很有名的。"

何水说："我还真不知道。"

张伟说："比尔·盖茨旗下的。"

大家哈哈大笑，反应不错。还好灯光昏暗，没人注意到周杨的脸。右边肿胀，眉角裂开一道小口。

抢了个靠墙角的位子，周杨将受伤的那半边脸沉入阴影。音乐会尚未开始，众人小声交谈，他还没有找到加入话题的时机，只能端着酒，紧张地看着空舞台，装出在等待演出的样子。张伟可以在三分钟内和每个陌生人称兄道弟，而周杨只有和熟人在一起，才会有更多灵感，更多玩笑。为了不显得过于生分冷漠，他在内心模拟所有场景，设定好表情、眼神、语气。那些看过的书和电影此时全部蹿出，争先恐后告诉他应当如何反应。阿甘说，人生是一盒巧克力，等待好运降临。教父说，酷一点，少说话，少出错。还有高三时翻出学校围墙偷看过的《泰坦尼克号》也跑出来，杰克说，跟随你的心。口干舌燥，不停地喝酒，一杯很快见底，一碟黄瓜条也消灭殆尽。

没多久，有女孩过来了，头发染黄并烫成狮子一般，穿戴得很社会。整个人看起来很像头刚长大的小狮子。周杨不清楚她是不是张伟所说的金黄色女人，但他明显更为局促，不时用手触摸脸上肿胀的区域。下午那种羞辱感被酒精冲淡了一些，而某种蠢蠢欲动则逐渐占了上风。也许世间有许多金黄。也许认识一下这些朋友不是坏事。至少该认识这女孩。就算不认识她，也要等把那伙人找到，打一顿，出口气，再意气风发地离开广州。不，还是算了，如果这女孩不理不睬，那该如何接话？

周杨纠结了一番是不是该打个招呼，以及如何打招呼，何水已先他一步。

女孩刚落座，何水举杯高声说道，让我们认识一下吧。张伟说，等人齐了再介绍。何水说，美女来了，先介绍一轮。张伟说，还有美女没到呢。何水左手往后撩了撩头发，说，她来了再介绍一遍嘛。张伟说，你是不是想死？何水说，你们看张伟像不像个大傻子？大家再次哈哈大笑。新来的女孩也笑了，主动对何水说她叫刘梦，是跑社会新闻的记者。张伟补充说，她是一个传奇女总，本来中专毕业在梅州乡下小学安稳地当老师，但凭着一支笔，来到广州当记者。何水正准备自我推销，刘梦笑着说："我认识你，何水是吧，我买过你的专辑。"何水再次撩了撩卷发，说："有没有一种振聋发聩的感觉？不过我现在主要做音乐节，幸会幸会。"张伟说："你的音乐节策划了几年了？"何水说："能演出的音乐节，就不是好的音乐节。"大家哈哈大笑，碰杯干杯，仿佛酒不要钱。

众人热烈谈论最近的电影和小说，谈论明星和绯闻，还有不久前那桩轰动全国的社会新闻，大学生孙志刚没带身份证，大街上，光天化日之下，被抓到收容所，殴打致死。刘梦用一种业内人士的口吻说，这案子二十多天前宣判了，你们猜收容制度这次会不会被取缔？何水说，都抓了谁？刘梦说，这不重要，抓人没用，得制度改了才行。何水说，能抓人，就说明时代正在进步，未来还是可以期待的。说到后面，他们扯着嗓子争辩到底什么才能真正带来人类的福祉，几乎要打起来。

周杨倒抽一口凉气，这样的说话阵势，让他惊奇又有点自卑。他越发佩服起张伟来。据张伟说，来广州闯荡半年，他已经交了三个女朋友，认识了十几个好兄弟，深入了解了各行各业的发展前景。没事踢踢野球，泡泡靓女。每个月工资高达三千五，差不多可以购买一平方米的房子。老板对他倚重有加，经常拍着他的肩膀说，你对我很重要。尤其值得一提的是，他最近又认识了一个女孩，对他爱得要死，简直有点烦人。

“开始了！”酒吧里不知谁吹响口哨，舞台中心灯光亮起。掌声响起。“感谢哥哥带给我们的回忆。”周杨一直不明白为什么人们要称呼张国荣为“哥哥”。有人在某个角落宣布音乐会正式开幕，并介绍即将出场的乐队和歌手。众人在嘈杂中怀念张国荣的生平，同时尽可能自然地和身边的异性交谈，进行一些必要而不夸张的肢体接触。酒吧陷入一半欢快一半悲伤的气氛之中。那是周杨第一次听到这些乐队的名字，听到“与非门”，听到“沼泽”，他们那时都很年轻，他们的谈话充满了笑声、揶揄和某种不太明显也不讨人厌的势利。还有些名字记不起来了。

约莫二十分钟后，这桌酒客已经增加到八九个，介绍也进行了三四轮。那些年，总是这样，随便组个局，不知怎么的，人就越来越多了。

张伟时不时瞟向门口。而周杨竭尽所能，和身边人大口喝酒，希望借此尽快和大家熟起来，肆无忌惮起来。他甚至暂时忘了看金黄头发的刘梦，忘了右脸的疼痛。

音乐声震屋瓦，众人交谈暂停。“与非门”登场时引发了一片口哨声，他们唱起乐队的新歌，一首电子音乐，名叫《乐园》。唱的是粤语，周杨听不懂，但装作很陶醉，跟着节奏点头。唱完，大家要求乐队再唱一遍普通话版，这次周杨听懂了，并迅速记住了其中两句：“偶尔喝了醉了闹一闹，来点小小刺激也挺好。管它纷纷扰扰有多少，只想开开心心活到老。”

此后十几年，他时常想起这些画面、这句歌词，想起这个夜晚。一切纷扰的开端。是非与爱恨接踵而来。

张伟再次打开手机看时间，露出“我实在忍不住了”的表情。他凑近何水，大声问：“她还来不来？”

“谁来不来？”何水的摇滚嗓像推土机的轰隆声。

张伟喊：“你说还有谁。”

何水喊：“我说她来，她就来。”

张伟喊：“什么时候？我等着听她唱歌。”

何水喊：“最优秀的歌手不就在你眼前吗？”

张伟喊：“滚。她什么时候来？”

何水喊：“你小子春心荡漾了。”

张伟喊：“你知道个屁，我专门带我同学来认识她的。”

何水转头对周杨喊：“不好意思，兄弟你叫什么？刚才没听清。”

周杨喊：“周杨。周杰伦的周，杨千嬅的杨。”

何水举起酒杯，喊道：“你敢认识周夏雨，不简单。我敬你一杯！”

张伟再次表演他擅长的得意表情，凑近周杨的耳朵，说：“听到没？金黄。”

原来夜晚的金黄尚未到来。原来这人名字叫周夏雨，和这天的天气很搭配，听起来有种酣畅淋漓的浪漫之感。周杨借着三分酒意，鼓足勇气，故作平淡却执着地询问周夏雨是什么人，为什么敢认识她就不简单。何水知无不言，言无不尽，透露了有关周夏雨的种种信息，或者叫传言更为恰当。

既是传言，就褒贬不一。有的说，她以前在美院油画系、摄影系、雕塑系都做过模特，和各种艺术家、有钱人，发生过深浅不一的关系。周杨插话说："她学美术的吗？"何水说："不是，你听我说完。也有的说，她其实不喜欢艺术圈，只是偶尔做策展人，从来不接受私下约见，音乐才是她最大的爱好。"周杨又问："她学音乐的？"何水说："不是，跟我一样华工的，学物理，声学专业，你听我说完。本质上，大家可以把她看成是音乐圈的意外成果和优秀代表。如果要用一个褒义词来总结，就是'艺术女神'。如果用某些人的酒后胡言总结，就是'艺术界的果儿'。如果用中性词，你可以说她是个奇女子。但无论哪种，都说明一个事实：周夏雨是个让大家谈论的女人。"

何水说着这些的时候，周杨偶然瞥见，刘梦看向何水的眼神发生了一些变化。每个男人都希望一个女孩可以用这样的目光看着自己哪怕只是片刻。张伟所说的"特别"是什么，周杨总算知道了。他刚刚被酒精放松稍许的神经再次回复紧张状态，像某年头一回吃海南同学带来的新鲜槟榔，嗓子肿胀，有点呼吸不过来。

一阵尖叫声盖过了音乐。所有人被牵引，朝门口看去。有人把玻璃门撞碎了。准确地说，是有人拉门太用力，酒吧那扇摇摇欲坠的门就这样完成了使命，玻璃碎满一地。

就这样，周夏雨背着吉他包，一手举着伞，一手举着门把，愣在门口，吸引了所有人的目光。她身后跟着的短发女孩，也愣在原地。演出暂停，酒吧店员慌乱地放下托盘。

“来了来了。”何水甩动长发，迎过去。

“早该换门了，这门用了十几年了。”刘梦说。

这个雨夜开始进入某种说不清、道不明的气氛。周夏雨右手掌被划伤了，这很容易理解，奇怪的是，她的裙子底部也破了条口子，露出一大截腿。面对这种场景，周杨坐立不安，试图让右脸和阴影融为一体，这很容易理解。奇怪的是，张伟也神色大变。

“大家等待已久的周夏雨刚刚破门而入了，”音乐会主持人开着自以为很幽默的玩笑，“下面我们有请她上台。”

“渴死我了。”周夏雨随便抽几张纸巾擦了擦血，随便抓起杯子，大口喝水，简单打了招呼，还没等周杨看清她长相，她已经跑上台。

周夏雨抱着吉他，调音几秒钟，说：“大家好，那我开始唱了。”

唱的是张国荣那首《我》。偏偏是这首。

“我永远都爱这样的我/快乐是/快乐的方式不止一种/最荣幸是/谁都是造物者的光荣。”

雨下得大了，透过空空的门洞飘进来。周杨察觉到自己额头冒出了一些汗珠，他低头凑近张伟，说：“下午龅牙也唱了这首歌。”

张伟用更低的音量说：“你别关心龅牙了，看那短头发女孩怎么样？”

周杨抬起头，发现和周夏雨同时进门的短发女孩正死死盯着自己，像遵命看管坏人。

第三章

二〇〇三年那个下午，火车即将进站，播报员甜美地介绍广州这座城市——祖国的南大门，骄阳和暴雨随时切换。周杨想象着大干一番的宏伟场景，想象自己的二十二岁，将拥有爱和朋友、钱和抱负。

出火车站，夏天的数千人，泥鳅般从检票闸流入广场，流入这盆黏稠的红油火锅。高音喇叭反复播放：“小心财物，警惕骗子！小心财物，警惕骗子！”喇叭声是火锅中咕噜噜冒着的气泡。

卖板蓝根的中年人大声吆喝：“联防联控，战胜疫情！最后几包了，最后几包了，防病防毒，防非典。”周杨当然没有上当。板蓝根治百病，谣言。

肥胖的中年大妈挥舞着手中塑封的价格单，问：“住店吗？住店吗？”周杨将和身体差不多大小的牛仔包转到胸前，包里除了衣物，除了藏得很深的五百块，最不能丢的还有几张软盘。确认牛仔包安全之后，周杨开玩笑说：“你们是黑店吗？”中年大妈说：“看你长得挺单纯的，怎么能这么想？”周杨说：“那算了，我不去。”他心里想，别想骗我去黑店，这个城市我可是有人的。

一同出站的年轻男人上来搭讪：“靓仔来广州是做什么？”周杨看着他汗湿的头发，心想果然如人们所说，广州每个男人都叫靓仔，每个女人都叫靓女。他笑着说："靓仔，你好，我来找工作。"汗湿的青年说："听说现在有非典，找工作很难哟！"周杨说："我有朋友在这里。"青年说："非典期间，外地人不能坐公交车，你准备怎么坐车？"周杨笑着说："我有朋友来接我。"他心里想，别想骗我坐黑车，这个城市我可是有人的。

出发前，同学张伟用自己实习半年的经验，给他普及了一番二十一世纪初广州生存指南。据报道，广州人民中路不到百米的路段，一小时内有至少十四人被抢。背包抱在胸前是最基础的知识。最需提防的是飞车抢夺，一般是两人，骑着摩托飞驰而过，顺手拽去你的背包、耳环、项链、手机等任何值钱的东西。千万不要护着包，有可能被拖倒在地，砸碎膝盖或头骨。每年因此受伤甚至死亡的人数不胜数。抢劫的一般针对女性下手，但男性也不可不防。最可怕的是"砍手党"，大多来自广西某地，抢劫时，你不松手，他们就用刀砍。因其过于残忍，人员不算很多。骗子最集中的场所是火车站，不要停留，尽快离开，不要和陌生人说话。还有城乡接合部偏僻处，如果有几个家伙向你围过来，那么你要小心，应尽快跑向附近任何人多的地方，张伟就曾在番禺被这么抢走一千六百元，拥有了与抢匪搏斗的直接经验。此外，你时常会碰到兜售电脑或手机的陌生人，他们飘到你身边，掀开衣角，露出怀里的宝贝，用低沉的声音问你，要不要手机，要不要电脑？偷来的，便宜卖。不要贪便宜，这些要么是模型，要么是翻新机。

在张伟的描述里，二十一世纪初的广州乱得猛烈，乱得离谱，却也乱得星河灿烂。他所住的杨箕村，握手楼切割出一片晴朗的天空，是通往美好世界的窗户。这里无人问起你的出身，只要有点头脑，肯出力气，不能大富大贵，也可吃穿不愁。充满了发财商机，充满了写作素材。适合挥霍青春，醉生梦死，适合莫名其妙的年轻人。出于谨慎的习惯，周杨对此表示了适度的向往和合理的怀疑。

来到公交站，站牌下站着两个手拿棍子面无表情的男人，棍子材质不知是什么，但反正不是木头。手臂上箍着红色袖标，上书四个大字：联防队员。联防让人想到联控，为免被他们按倒，周杨双手紧握手机，打给张伟，想问问非典到底有没有结束，外地人能不能坐公交车，以及应该坐几路车到杨箕村。铃响了几声，还没接。年轻男人说："靓仔，你朋友是不是没来？要不我们拼车好不？"周杨微笑，看着他，认为这人非常愚蠢，竟然想骗在这个城市有朋友的我。但从另一个角度来说，这么愚蠢的家伙也来当骗子，说明傻子更多，钱很好赚。正准备挂断再打，电话通了，话筒里的人满口广式普通话，比广州的天气还要热情。

广式口音说："兄弟啊兄弟，你终于来了，我还以为火车又晚点了。"

周杨听声音不熟，便问："张伟呢？"

对方说："兄弟，张伟有点事，让我接你来的。你现在在哪个位置？"

两人相见，男人的龅牙给周杨留下深刻印象，如同弧形水坝横亘在脸颊构成的山脉之中。周杨庆幸张伟安排了接站，让自己从骗局大合唱里全身而退。他诚恳地致谢，龅牙热烈地称兄道弟，说自己叫小王，是张伟同事来的。说起刚才头发汗湿的年轻男人的举动，龅牙说最近这种"卖猪仔"的骗子很多，上车之后，拉到荒野郊外，宰你没商量来的。龅牙几乎每句话都加上这奇特的结束词，"来的"。周杨说："没人管吗？"龅牙哈哈一笑，说："'流花之乱'听说过吗？"

听起来像是《乱世佳人》一类的电影，周杨说还真没听过。

龅牙说："'流花'就是火车站来的，'流花之乱'就是说火车站很乱。下次来火车站，你就记住一条：不吃、不喝、不说、不问、不答、不停、不理、不管。"

说完他又笑了，笑得真诚而洪亮，有种天真无邪的粗鲁感。几乎是用抢的方式，他拿过周杨的行李，说："走，我们去停车场先。"

车是面包车，坐有一个司机。司机回头打招呼，抬了抬下巴。由于他的嘴和鼻子都很小，面部动作很不明显，周杨不确定他有没有笑。出于礼貌，周杨说，辛苦了。龅牙哈哈大笑，说这是老李，都是朋友来的，好兄弟。周杨感慨张伟真他妈的朋友遍天下，并表示迫不及待地希望夜幕降临。因为张伟已经预告，晚上，他将带领周杨深入广州的夜生活，包含夜宵、夜场、夜总会，包括精神生活和物质生活。

龅牙持续地大笑："哈哈哈，张伟真他妈能搞事。"

面包车启动两三次才开火，"突突突"穿过广州闹市。龅牙让老李放首歌。老李打开谭咏麟的《朋友》，龅牙说："关掉关掉，太老了，我喜欢听张国荣。"老李说："张国荣不是刚跳楼了吗？不吉利，听周杰伦吧。"龅牙说："张国荣是我偶像来的，没听过张国荣的人生，是不完整的。"

歌声响起，歌声将广州整个覆盖。是张国荣那首《我》的粤语版。粤语柔滑，给广州披上一层丝绸般的金光。龅牙说："兄弟，喜欢唱歌吗？"周杨说："还可以。"龅牙说："我先唱，哈哈哈，一会儿你可以点歌，哈哈哈。"

"我是我/多么特别的我"，别的歌词周杨听不懂，这句还是能猜出来。龅牙跟着节奏，唱得百转千回，手舞足蹈，面包车跟随节奏起舞。

车没有空调，开着窗，高楼直奔向眼帘。高楼太高，因而显得马路比西安的更窄。连绵的玻璃幕墙如同垂直湖面，折射阳光和天空，不过玻璃之后肉眼看不到的东西更让周杨神往。在龅牙歌唱的间隙，周杨满怀好奇，问这是什么广场，那是什么大厦。有些地方龅牙也答不上来，只说："广州很大，广州很大的，以后我们慢慢逛。"

张国荣的粤语飘荡，飘荡。开了半小时了，龅牙说还早。后来，又唱了李克勤的《红日》。几番狂吼之后，龅牙似乎也唱累了，聊了聊张国荣为什么跳楼自杀的秘闻八卦，路旁的建筑逐渐稀疏。再后来，双方都没什么话了，只专心听歌。

这趟音乐之旅播放的最后一首歌，还是张国荣的《我》。周杨说："要不唱唱普通话版。"龅牙说："哈哈哈，粤语版好听。"周杨摇头晃脑，闭上眼睛，幻想普通话版歌词里唱的"不一样的烟火"，眼前浮现出许多画面。画面和陈小春、郑伊健主演的古惑仔电影场景类似，伴随美人在侧。路过一队穿着制服的女孩，她们发出明朗的笑声，她们的笑声飘在工厂和马路的上空。这笑声既让周杨怀念刚刚结束的大学时代，又让他憧憬模糊不清的未来。

想着想着，眼皮沉重。龅牙推了推他，说："是不是有点困了？快到了。"周杨探头看看窗外，厂房之间夹着菜地。黑色的河，岸边是两排望不到边的红色夹竹桃。灰色的厂房，围墙上有一串标语，写着"实践'三个代表'，创建全国文明城市""心连心、手拉手，共建文明广州"。

天空灰暗。路上车不多，但偶尔几辆卡车过去，装着生猪或钢材，扬起大量灰尘。可能看出了周杨的疑虑，龅牙再次笑着说："快到了，快到了，老李换首歌。"没怎么吭声的老李关掉音乐，说："换哪首？要不要就在这里算了？这条路蛮好的。"

车熄了火，周杨还有点迷糊，问："到哪里了？"

龅牙说："白云。"窗外没有白云，只有愈加暗黄的天。后来周杨知道那是白云区。

龅牙掏出刀子来，晃了晃："兄弟，别迷糊了，见过抢钱的吗？"

周杨以为龅牙在普及生存技能，说："这是杨箕村吗？他记得张伟说过，杨箕村在市中心。"

龅牙哈哈大笑，说："抢劫，抢劫，懂吗？把钱和手机留下，你就可以下车了。"

周杨彻底醒了，猛地拉开车门，往下滚，撒腿就跑。一边是黑臭的河，似乎停滞不动；另一边是工厂的围墙，绵延不绝。他跑着，跑了三百米左右，想起行李还在车上，软盘还在包里，软盘里有他全部的小说底稿。犹豫了几秒钟，他回头，看到龅牙打开车前盖，踢着前轮胎。看来，车坏了。是跑还是回去呢？他停下来。说也奇怪，跑的时候没觉得多热，刚停下，汗水迅疾湿透全身。就这么隔着三百米，双方互相看着。

车终于发动了。"突突突"的声音来到眼前。龅牙的喊声盖过发动机轰鸣传过来："怎么不跑了？"

面包车缓缓停住，龅牙从车窗伸出手，拍拍车门，说："想通了？天气这么热，跑起来多累，钱有这么重要吗？"

周杨喉咙发干，咽下两口口水。对方两人，要是赤手空拳，打起来不是没有胜算，但对方有刀，那动手就是送死。

如果张伟在就好了。他的壮硕身躯应该抵得上一把小刀。正确的做法是拖延时间。按正常速度，那队笑着的女孩估计还要十五分钟左右来到。

“钱是身外之物，都给你们。”周杨把每个口袋翻了一遍，故意翻得很仔细，很慢，故意脱掉鞋和袜子，展示自己的穷。至少五分钟过去了。“你们要不要再翻翻行李？”

龅牙大笑说：“兄弟，你这么冷静是对的，哈哈哈。你放心，我们很讲规矩来的。只要检查一下，你有钱没钱，我们都会放你走。哈哈哈。”

周杨一件件翻开，尽量让目光避开那几条秋裤。女孩啊，快来吧。她们会不会拐进了什么工厂？

“太热了。”龅牙不太耐烦了，老李成人脸庞上的小孩五官挤在一起。他们亲自动手，加快了速度。书一本本抖开，扔在路沿。几件衣服揉成一团，扔到路边水沟。行李深处的秋裤，他们暂时还没搜查。

“太热了。”老李搜出那本写有小说底稿的笔记本，拿来扇风，书里飘出二十块。这钱什么时候放进去的？没印象。老李兴奋起来，一页页翻着。翻到最后，没有更多钱，他倒读起那页写的一首诗来，最后一句是：

整个秋天都在等你，以便落叶。

“广州没有秋天的啦，哈哈哈。”龅牙哈哈大笑，终于扒拉起那几条秋裤，扒拉出那五百块，“把钱藏在秋裤里，哈哈哈。”

龅牙发出豪爽而尖厉的笑声。与此同时，前方拐弯处传来阵阵脚步声和打闹声，是那队女孩。她们天使般地降临。她们看着周杨，对一切前因后果了然于胸。

周杨抓起软盘，疯狂地跑起来。边跑边喊：“抢劫，抢劫！报警，报警！”女孩们愣在原地，紧接着，她们发出尖叫声，也拼命跑起来。她们天使般飞走。龅牙将刀子扔过来，喊道："别跑！喂，你手机还没给我呢。"

甩掉了刀子，可面包车跟了过来。这车一会儿坏一会儿好，该坏的时候却好了。

"太热了！"老李抹着满脸的汗，"你别跑了，我们讲规矩，不会打你的。"

但周杨还是挨了一顿打，真正让他挨打的事来得莫名其妙。

那时他跑不动了，用最后的力气死死护住手机。毕竟那是半年前花了一千五百块奖学金换来的贵重物品。是他第一台手机，里面保留着不少女网友的号码。龅牙谨遵诺言，没有动刀，反而把刀子扔了，从后面箍住周杨的双臂。老李硬生生从他手掌里抠出那台结实的诺基亚，像从琥珀里抠出里面的昆虫。

一辆红色摩托远远驶来，周杨再次大喊救命。摩托并没有停，擦身而过的瞬间，后座男人顺手夺走了老李手中的诺基亚。那人动作非常之快，摩托的加速声也十分明显，三人都愣了那么三秒钟，周杨反应过来，这就是张伟提醒过无数遍的飞车抢夺。

龅牙和老李不知出于什么心情，大眼和小眼对视一秒，便开始围攻周杨。周杨开头还反击，后来他不再动手，任其踢打，只是护着头部。倒地了，又爬起来冷冷看着龅牙。当时他的眼神一定很可怕，沾满汗和灰尘的脸也很可怕。龅牙还要打，老李拦住他，说："算了，热死了，走吧。"

周杨吐了一口血水，说："等等。"

龅牙诧异了，问："你还不跑，是不是傻瓜来的？"

周杨说："你们至少给我十块钱打车。"

龅牙说："你考虑问题还蛮细致的。不过，你觉得我是傻瓜吗？"

老李说：“给他十块吧，我看他是个文化人。”

龅牙说：“要给吗？”

老李说：“太热了，不给他可能中暑。”

老李发动那台旧面包车。车子启动后，龅牙探头出来，说：“兄弟，下次来火车站，别这么容易相信别人了。千万记住一条：不吃、不喝、不说、不问、不答、不停、不理、不管。”

这句话的羞辱意味如此强烈。周杨站在路中央，站了好长一会儿，出现了常见的心理活动：问候了龅牙祖宗十八代。还有不常见的肢体动作：浑身僵硬到忘了躲阴。太阳依旧高悬，但更为毒辣。静下来，能听到蝉鸣，和不远处电镀工厂里轻微的机器声。除了擦干血迹，周杨不知该做什么，不知将往何处去。不该一时冲动，来到这么混乱的广州。不过想什么都不顶用了。他决定收拾行李，蹲下去，全身的神经都在提醒他已受伤，撞击过地面的那半边脸，胀而麻。

周杨用袖子擦去脸上的尘汗，像只落单的受伤的鸭子，在这阳光炙烤的街上，紧挨工厂的围墙，一瘸一拐。周杨担心引起别人的注意，事实上，他多虑了，这确实是龅牙和老李精心挑选的荒凉之地，没有什么行人，出租车和摩托也没有，只有墙上的“三个代表”观察他，壮硕的蚊虫追逐他。从正午到傍晚，终于拦上辆五羊摩托，要价二十。好说歹说，车主总算相信他的遭遇，答应等到了目的地再收另外十块。

黄昏时，抵达杨箕村村口。摩托车拐进窄巷，去张伟所说的地址，七街五号。路过热腾腾的小店，路过菜市场、祠堂。祠堂正在举行什么迎神仪式，烟雾升腾。栋栋紧挨的灰色楼房夹击，像是无数双正准备拍打蚊子的巴掌。轻微发酵的气味从遥远的地方飘荡过来，源源不断，略腥，略臭，似乎尽头有巨人打着隔夜的哈欠。这么狭窄。这么破旧。这么阴暗。这么腥臭。和市中心的繁华一点也不相干，倒是很方便满足张伟作为潮汕人买菜做饭的爱好。两只鸡被摩托车惊飞起来，几乎撞到了头顶晾晒的五颜六色的衣物。

右脸肿得更高，不再发麻而是生疼。这个世界是架过山车，一时间好得让你心花怒放，转眼间又吓得你心如死灰。此时此刻，对张伟所说的美不胜收的夜晚，周杨只剩一个念头。

七街五号大门口，一个穿汗衫的老头，正吱吱呀呀地拉着二胡，曲调悲凄。他脚边的一条黑狗，冲着周杨狂吠，后腿蹬翻了门槛边熄灭的香炉。周杨只能仰头朝着那些凌乱的窗户，大声喊："张伟！张伟！"

第四章

有人敲着酒馆蓝色的大门，周杨没有回应。外面的人大喊起来：“老杨！老杨！”并贴着窗玻璃朝屋里张望。

是电工的声音。这打断了周杨的凌乱回忆，但什么动静也不能令他起身，地震或台风也不能。如果回忆是抽一根烟，那就跟老烟鬼那样，深吸一口，憋会儿气，细细品尝每一缕的味道。

那年，火车站龅牙使用升级的手法，用技术手段，截取通话信号，冒充朋友接站，抢完了周杨，把他扔在郊区。现在，这莫名其妙的青年，用一张邀请函把周杨扔在荒野，四面八方是尖锐的疑问。

邀请函上那家店是谁开的？是张伟吗？那时他们曾经约定，每月存点钱，存够十万，就盘家小店开酒吧。满足张伟作为潮汕人做企业家的愿望，也满足周杨可以不用上班专职写小说的幻想。那时他们一致认为，这个世界的某个角落，有某种重大的使命，在隐隐约约地等待他们，等待穷困潦倒的他们。而开个酒吧，是完成使命的第一步。至于这使命为什么和酒吧有关系，他们一时也想不明白。

是周夏雨吗？在逃离的这些年里，周杨曾无数次试图联系她，却没有任何消息、任何回应、任何线索，于是他选择忘却。那段共同生活的记忆，一点点抽离，最后剩下一丝若有若无的酸涩。包括关于她身体的想象，从浓烈的酒，慢慢挥发，只留下酸涩的水，略带一点咸味。

不知是喝得太快还是别的原因，周杨太阳穴突突跳动，头一阵痛。他起身去水池洗了把脸。冲浪时被海浪扑倒，被海水呛了，头也曾这么痛过。当年，看到周夏雨留下的纸条，也曾这么痛过。

当年那天，夜里，周夏雨裹着浴巾，去柜子的行李里摸索，找出一台听诊器。周杨以为她身体不舒服，她说："你听听我的声音。不是说话啦，是要你听我不说话时的声音。"

这并不是周杨第一次触摸周夏雨的身体，却是他至今最为思念的一次。夜色中，两人身体发热，两团火一样融在一起。她脱光了，肉体沉浸在昏暗的阴影中。她拿出听诊器，放在胸口，心跳的声音制造出潮汐。在冰凉金属的静电中，绒毛颤动不停。

听诊器代替了手指，在她全身游移，缓慢移动。她让他闭上眼睛，说这样能听得更清楚。他记得，金属渐渐变得暖热，他听到各种声音，听到她呼吸起伏，赤裸的身体随之起伏。她开始一动不动，接着稍微扭动着腿和身体，接着他想触摸她，但她禁止。

他进行得很慢很慢，十分十分慢。声音建造了一座迷宫，或身体的迷宫建造了声音。当移动到双腿之间的时候，她睁开眼睛，朝他笑了笑。是那种他所期待的混合着忠贞和淫荡、爱意和赞许的笑容。他承认这是他无法不爱的女人。

那是告别的终点。半夜，准确说是二〇〇四年七月二日凌晨，是的，是这天。他惊醒时，没有看到她熟睡的脸。枕边还有一丝体温，床头的企鹅玩偶残留着汗味和香味，墙角箱子少了一个。梳妆台上有张纸条。

更多的碎片，更剧烈的头痛感。更丰富的脸和表情。更刺痛的疑问：周夏雨当年有没有真的喜欢过我？是不是她又想起了我，用这种方式来让我回去？

但如果不是她呢？

越想，便越控制不住去想。像喝多了就会主动找酒喝，大杯大杯灌进喉咙。邀请函里写着“敬邀阁下大驾光临”，时间二〇二〇年一月二十四日下午两点半。查了日历，竟然是除夕。离现在还有一个多月，说明这家店很重视，也准备得很充分，给受邀者预留了足够的时间。在除夕开业，说明这家店有点奇怪，有点出人意料。但这时间也未免太充分了，周杨必须长久克制关掉店门立即出发的冲动。

无论是谁发了邀请函，他想，都只能是那些朋友中的一个。这种情况下，要抗拒已经不太可能。到一月二十二日，那让全世界兵荒马乱的消息传来，武汉封城，全国进入新冠疫情时刻。

必须出发了。即刻动身，参加完活动，了解真相，也许顺便在广州过春节，联系一下当年那些狐朋狗友。

周杨给电工打电话，说：“我要出趟门，你要有空就偶尔过来帮我看下店，酒吧这段时间赚的钱都算你的。钥匙就放在门口左手边第三个花盆底下。”电工说：“没问题。要是有人问你去哪儿了，我怎么回？”周杨说：“你就说我出去旅游了。”

满怀期待又尽量平静，二〇二〇年一月二十三日，武汉封城这天，坐最快一班飞机，周杨赶到广州，将近凌晨。人们疯狂外逃，赶回家团圆，歇息，只有他冲进旋涡。空气冷而尖锐，广州迎来全年最冷的半个月。当年的火车站广场是盆烧开的火锅，此时的白云机场，是一大锅冰冻的砂锅粥，空气结成玻璃般的硬块。

开往市区的路上，很明显，沿路多了更多玻璃幕墙的高楼，让广州变成了冷色调。尝试拨通何水当年的电话。他需要在开业仪式之前，看看那家店是否和周夏雨有关。如果是，那么他还要尽可能了解周夏雨离开之后的生活，以便为重逢做必要的准备。这些年，他脑子里牢记着几个号码，但从未拨打过。为了避免这些电话引发不必要的纠葛，引发难以控制的连锁反应。

没有抱太大希望，毕竟十几年过去了。即使接通，他对见面也没抱太大希望，毕竟是春节。

竟然拨通了，看来有些人不会换号码。周杨没说是谁，直接问："在广州吗？"何水说："在啊。"周杨说："喝酒吗？"何水说："我都上床了下次吧。"周杨说："这不合常理。"这句何水常用的口头禅，似乎还是没有勾起他的回忆。很明显，他没听出周杨的声音。但周杨的语气显得这么熟，不好挂断，他加问了一句："你换号码了？"周杨不再逗他，说："我是周杨。"何水音量明显提高了，说："你他妈不早说，好，等我，在哪儿？"周杨说："去猫窝？"何水说："猫窝早关门了，去年连家具都转了。"周杨又报了邀请函上的名字，"透明空间"。他希望何水对这个名字表示出惊奇或意外，但何水只是说："那店刚开吧，好像不能抽烟，去五羊邨地铁口，2003 Space。"

那些年也是这么聚会的，随叫随到，不管多晚。那时和他们还真是亲密，属于不需要理由就可以一起喝酒，属于快到饭点了可以说吃了吗没吃一起吃的人。何水问："叫了别人吗？"周杨说："这么晚了，不叫了，我这是微服私访。"他不希望引起轰动，虽然这么想有点自恋，已不符合他此时的性格。有何水就够了，最初他也是从何水这里得知有关周夏雨的信息的。

象征性量了体温，进门。还好，没说要戴口罩，根本买不到。毕竟台上唱歌的也不可能戴着口罩。2003 Space的装修还没改。

五羊新城竟然什么都没变，只多了个地铁站。何水也基本是老样子，混乱的长发依然茂密，只是有几缕藏不住的白。周杨说：“你还是那么飘逸。”何水说：“你他妈怎么这么黑了？”

演出的外国乐队很卖力，周杨问演出价格涨到多少了。何水说：“很便宜，一人三百。”竟然还是和十几年前差不多。“酒吧演出不受欢迎了，跟我们那时不一样。”何水说，现在流行LiveHouse，他开了两家。年轻人过年不回家的多，本来指望春节大赚一笔，安排了三场演出，谁知道他妈的疫情来了，除了花市继续举行，禁止其他任何大型活动。

隔着几排位子，有个瘦瘦的女人挥手打招呼。她端着酒杯走过来，是何水以前乐队的吉他手，离队多年了。何水说：“坐会儿。”女人看没有空椅子，说：“没事，我站会儿。”周杨要起来让座，何水说：“你坐我腿上。”女人往他腿上象征性坐了坐，起身说：“你们聊，我那边跟几个人谈新乐队的事，等会儿一块儿吃夜宵？”

何水说：“年纪大了，熬夜吃不消。再说今晚饭店估计不让开门吧？”

陆续又有人过来和何水打招呼，他应付自如。来者大多是些小乐队的年轻人，来联络一下感情，希望何水在他的LiveHouse给点演出机会。何水一律回答说，疫情防控期间，演出都取缔了。

说到疫情，周杨担心开业仪式还能不能办，他会不会扑了个空。而何水关心的是，周杨这些年都在哪里，都在干什么，为什么以前不回来，为什么现在又回来了，十六年之后。十六年，跟杨过和小龙女分别一样长，当然有许多问题。

“你是二〇〇四年离开的吧？”何水用了“离开”这样一个中性词，开启了无穷提问，“这都多少年了。”

服务员送来酒。除了十几年前喜力、百威那老几样，多了几款精酿。何水给周杨发烟，周杨说，戒了。他删除了关键信息，尽量让过去十六年的故事显得圆满。说这次回来，是因为他作为作家杨季，接到了“透明空间”开业典礼的邀请，顺便回来见见老朋友。

何水明显对这么粗略的讲述不满，也明显没有对“透明空间”表现出任何兴趣。在感叹一番你他妈还真成作家了、我都早不玩乐队了之后，他追问起细节，和细节当中的情绪。他连珠炮似的问：“周夏雨没找你吗？你们后来没联系了？她到底干吗去了？”

“没有了。”周杨说，“我不敢联系她，她估计也联系不上我。”

“邮件也没有？QQ呢？这不合常理。”

“发过邮件，没有回复。可能她有她的原因。你们后来见过吗？”周杨随意地问出关心的问题。假装随意这一技巧，他这些年已使用娴熟。

“所有人都和她失去了联系。”何水开了一瓶酒，“我们大学同学聚会过几次，她也没来。”

“是不是回老家了？”周杨说，“来，干一杯。”

碰完几杯，何水开始追忆当年的荒唐岁月。一种怀旧的情绪，开始蔓延在除夕凌晨的酒吧里。

说了许多话，喝了许多酒。说起广州的报纸没落，广州的乐队沉寂，广州的河水变得清澈，杨箕村拆迁后变得昂贵。一切都在变好，除了生活。一切都在增长，除了朋友。两人都小心翼翼地不提张伟和陈园园。酒吧快打烊的时候，何水说：“这几天有什么安排，要不我叫几个朋友聚一聚？”

“这些人还能叫上几个？”周杨掏出那张邀请函，递给何水。

接过邀请函，先凑到眼前，又放远一点看，何水摁灭了烟：

“妈的，有点老花了。这谁给你的？”

周杨说了原委，何水说：“我怎么感觉是个鸿门宴。如果是朋友，为什么不直接跟你说清楚，还玩这种猜谜游戏。”

“你说的我也想到了。”周杨将邀请函收回背包，“如果是仇人，可以报警抓我，也可以找人直接教训我。”

“这么说，既不是朋友，也不是仇人，还能得到这张照片。那是谁没事找事？这不合常理。”

“可能这人有病吧。”周杨笑着转换了话题，“还记得这张照片怎么拍的吗？”

“记得啊，二〇〇三年七月初，应该是个周末。”

“我只记得非典刚结束不久。”

“张伟叫了一大帮人给你接风，把你吹嘘了一通。还记得那晚在下雨，大家都挺傻的，你和张伟都坠入了爱河。”

“你他妈记忆力还可以。”

“这不用强调了吧，背谱练出来的。”

“我只记得走的时候，你左手搂一个，右手搂一个。”

“往事不要再提，人生已多风雨。”何水唱了一句，喝干最后的酒，两片薄嘴唇用力抿了抿，“咱们散吧，明天我打听打听那什么空间的事，实在不行就去现场，深入虎穴。不过，今年这疫情，看起来比当年严重很多，估计广州也快封城了，你别抱太大希望。”

明天就是除夕了，该回家的早已回家，该出门的都尽量不再出门，街上行人稀疏，有种张灯结彩的冷清。周杨知道回酒店也睡不着，于是送何水出门，又回到座位，拉起衣领，上半身后仰，看着台上卖力演出的雷鬼乐队。

第五章

当年的猫窝酒吧，灯光流转，但总还有照不到的角落。好比张伟通报了几乎所有来广州可能遇到的风险，但还是遗漏了一种。周杨尽可能地将头后仰，上半身退到阴影里，蹭到了粗糙的墙壁。他以为这样便不会有人注意到，他其实很难忍住偷瞄台上的周夏雨。没有看清，所以很想看清。

只要一回头，他总发现和周夏雨一同进门的短发女孩盯着自己，像看管一个坏人。他便假装去看墙上张国荣的海报。

她有苍白的脸，扑闪的眼睛，似乎是单眼皮，很亮，那种千禧年之初的眼神。声音圆润而饱满，是一粒一粒的软糖。整个姿态跟扑棱的鸽子没有两样，仿佛随时要飞起来。单从外貌看，她不算多好看，但有种我见犹怜的吸引力。除周杨之外的所有雄性，安静了许多，因啤酒而膨胀的肚子也收缩了许多。之前基本不说话的寸头，攀谈几句，原来是她师兄，便放下烟斗，以师兄保护师妹的架势，防着所有人。当然，最值得一提的是，从她开口说话那刻，张伟的动作、语气和表情，都加大了浮夸的满不在乎的成分，就像啤酒猛然倒进杯子里，迅速升起泡沫。

她的目光让周杨坐立不安。他伸手去取那碟黄瓜，才想起早被自己吃完了。只能拿牙签蘸芥末酱油吃，打发不安的时间。

这个奇怪的动作引起了刘梦的注意。或者应该说，周杨注意到了她的注意。

“周杨，青瓜好不好吃?”刘梦穿戴张狂，笑起来还是很柔媚的。

“你是说黄瓜吗?”周杨说。

“是黄瓜，不过广东都叫青瓜啦。”刘梦说。

“为什么?”

“因为黄瓜的黄字不吉利。广东人图个吉利，比如说，把猪肝叫猪润，把猪血叫猪红，猪舌叫猪脷。”

“就跟每个人都叫靓仔、靓女一样?”张伟曾说过广东人信神拜佛，但周杨没想到这一习俗已深入生活的方方面面。

“你可以这么理解，靓仔。”刘梦将半盘牛肉推到周杨面前。

刘梦转头去和何水说话了。应该是她看出来周杨对她没什么心思，便转而对何水表达出更多兴趣。她的卷发和何水的卷发像两盆茂盛的南方植物连在一起。周杨以为自己就此躲过了众人的目光。可是身边的沙发一沉。新来的女孩竟然甩着短发，一屁股坐在他身边，深绿色的旧沙发明显震动了。她说:“我刚才没听错吧，你真叫周杨?”

周杨往后缩了几厘米，回答:“应该是吧。”

短发女孩说:“周杰伦的周，杨千嬅的杨?”

“是的。”周杨怀疑是这个名字不够吉利，让她有了这样的反应。他用求助的眼神暗示张伟来解救自己。女孩屁股没动，只让脑袋凑过来，鼻子几乎要贴在周杨脸上。她追问:“你的脸怎么了?”

周杨说:“广州给我准备的见面礼，这个问题不太重要。”

“那我问你一个重要的问题，你从西安来?你是哪个大学的?”

周杨报上名字，把脸继续往黑暗的深处移动。

“你别躲啊，你不记得我了？”女孩瞪大眼睛，不像开玩笑。

“我们……以前认识吗？”周杨说。

“我是陈园园，美院的。我给你寄过明信片，明信片的图案是白云山，写的是等你来广州，我带你去看萤火虫。想起来了吗？”

周杨完全没有印象，他说你一定是认错人了。

“你不会撒谎吧？”陈园园说。

“你真的认错人了。”周杨说，“我没必要对你撒谎。”

张伟换了个位子，坐到陈园园另一侧，像常常和女人调笑的老手那样说：“我可以证明，他刚到广州，单纯得很，还没学坏。”

“你先别说话。”陈园园对张伟说，又甩甩头发，转头面对周杨，“我看你一点也不单纯。你跟我说，你是不是学的市场营销，喜欢写小说？”

“对，怎么了？”周杨满脸茫然。这个专业百无一用，可他当年偏偏选了它，因为没人知道它百无一用。

“那我肯定没认错。周杨，你还骗我。”陈园园直直地盯着周杨，像在埋怨，又像在压抑怒火，“我给你打了快一年的电话，你们宿舍每个人我都说过话。”

“喝点水，喝点水。慢慢说。”张伟打开瓶苏打水，倒在玻璃杯里。

“给我酒！”陈园园一把推开张伟递过去的杯子。

“你肯定认错人了。”周杨看着舞台，“我真没和人打过一年的电话，一年前我还没手机。”

“不是手机，是座机。你网名是不是十三不靠？”

“是。”这个网名很怪，他当年偏偏用的是这个。一般人以为他是因为喜欢打麻将而选，其实他不会打麻将，只是当时刚好看过某篇同名小说。

“你宿舍电话是不是8302006？”

“不是。”

“不可能！”

说到这里，陈园园几乎是噙着眼泪，似乎认定周杨是个欺骗少女感情的负心汉。雨夜越来越奇妙。说到网名和宿舍电话时，周杨想起来了，那网名是两年前用过的，那时曾经聊过一名网友，两人聊了两三个月，互相说了很多犯傻的话。生活里他不太能说话，但网络世界却变得滔滔不绝。他说他大二，学市场营销，但喜欢写作；她说她在美院读大一，学绘画，但喜欢摄影。说起来，张伟算他小说的第一读者，这网友算第二读者。她除了让人面红耳赤地夸奖，还自告奋勇说，以后我给你小说画插图。他说那也得我能出版。出版太难了。那时他们互认为文艺青年，那时“文艺青年”还不是贬义词，还包含了真诚、独立、浪漫、自由等美好的意思。

他记得很深刻的是，女孩每晚十一点就要睡觉，每次他都央求晚点下线，再晚点，可是女孩说，她必须睡觉了，不然会被骂死。周杨并不知道她姓名，只知道她网名，头像是只最普通的戴围巾的企鹅，都很平常。那时的网络聊天就是这样，没有人问你真名，也没有人要看照片，但都相信对方是真实的，都对对方怀有不切实际的美好想象。那时性别男就是性别男，性别女就是性别女。周杨记得，当时他还没有买手机，确实给女孩留了宿舍电话，告诉她打过来找周杨就行，但并没有接到过。后来，QQ又被盗了，那时QQ很容易被盗。联系中断，慢慢地，和无数段无疾而终的网络聊天一样，他失落了两三个月，便淡忘了这件事，淡忘了这个人，重新结识新的网友，并陆续见过几个。可是，他宿舍的号码，是8302066，和陈园园说的差一位数字。

“你网名是不是叫‘转角遇见你’？”周杨小心翼翼求证，害怕语气太重让陈园园的眼泪夺眶而出。

“你现在想起来了？你还说不是故意的。”

“我宿舍电话是8302066，不是2006，你应该是打错了。”

“不可能！我明明打电话找周杨，我一整年聊的都是周杨。”

“其实有个简单的方法，”张伟给陈园园添满新酒，“你可以现在打那个电话，看有没有人接。”

“你是不是傻，现在是暑假。而且一年前就找不到人了，说周杨毕业了。”

“我猜测，”张伟的语气和表情都是真诚的，“有没有人说过你声音很好听？从一个男人的角度，很难抵抗这种声音，所以，有人冒充周杨和你聊天，这应该就是事情的真相。如果是我，也会这么干。”

周夏雨唱到了副歌部分，部分群众跟着合唱起来。周杨没有能力分心去应答陈园园，只想着等周夏雨唱完，如何自然地交谈。

他认为，周夏雨坐上高脚凳的时候看了他一眼，并且嘴角含笑。有意或无意。无论如何，他的心跳不太稳定。当她开口，是轻柔而沙哑的嗓音，让人想起抚摸头发的触感、拥抱时衣服摩擦的声响。

“这首歌很适合她。”张伟用肩膀推推周杨，“你觉得怎么样？”

“一般吧。”周杨看着舞台，金黄的灯光照着舞台正中央的人。

陈园园侧身说：“这歌还有粤语版的。”

他适度地敷衍：“我下午刚听过粤语版。”

这首歌可以为他开个好头，比如他可以用自己被那个唱过这首歌的跑牙打了一顿为由头，自嘲几句。自嘲总是能拉近距离的。当然，最好再喝点酒。酒后自嘲会更为自然。再想几轮对答。跟下棋同理，行一步看三步，想得越多，后面越顺畅。

他紧盯着坐在高脚凳上的她，体会到张伟所说的金黄色光辉是什么情况。金黄灯光接近透明，将整个酒吧照射成电影里那种夕阳下的海滩。仿佛有一群皮肤闪光的女孩穿着超短裙，在夕阳里走来走去，灿烂地笑。空气是拥挤的海，女孩如翻飞的海豚，超短裙是海豚落下时的浪花……“我就是我，是颜色不一样的烟火”，她唱着这句，像是海岸上的救生员，逆光坐在高处。可惜灯光昏暗，还是看不清她的脸。

陈园园没有继续追问，因为周夏雨下台了。她步伐快而急，来到酒桌边，过于浓密的头发上下抖动，顺带着头发的反光也上下跳动。周杨要说准备好的第一句话，要说你唱得真好关于这首歌我有个很悲伤的故事。没等他开口，周夏雨先声夺人。不是对周杨说的。她指着陈园园面前的酒杯，声音严厉：“谁给她喝酒的？”

“我自己要喝的。”陈园园小声回应，从口袋里掏出根棒棒糖，撕开包装塞进嘴里，“我不喝啦。”

“你带她来酒吧，又不让人喝酒，这不合常理。”何水总是在说话时晃动他卷曲的长发，非常长，因此扫到了旁边刘梦的脸上。

“还好，没喝多少，我看着她的。”做设计的师兄说。

“何水，你投胎为人，又不好好做人，这更不合常理。”周夏雨嗓音是慵懒的，但内容如一记闷棍。

“周夏雨，你以前没这么毒啊。又不是我让她喝的，再这么说话我可不让你了。”何水的脾气和他的名字也不太相称。

“你不知道刚刚发生了什么。”刘梦脸色酡红，笑着打圆场，

“刚才这个小妹妹真是自己喝的。”

“乖，别生气了，今晚姐姐带你回家。”刘梦扫扫何水的后脑勺或者说他后脑勺的头发，搂住他的肩膀。

周夏雨把陈园园的酒喝掉，小声训斥她：“你想死吗你？”

“他就是那个周杨。”陈园园拍拍周夏雨的手臂，手指着周杨，像在对警察叔叔指认坏人，“看到他，我才喝酒，就喝了一杯。”

“你确定？”周夏雨说。

“刚才他自己承认的。”陈园园答。

“我是说，你确定才喝了一杯？”周夏雨说。

“两杯。”陈园园声音更小。

“大型网友见面现场。”刘梦说。

“很明显，不是见光死。”摇滚歌手何水笑得像二人转演员。

周杨以为周夏雨又要无情地打击何水，气氛会变得尴尬和紧张。他猜对了一半。

“何水，有一天你肯定是世界上最好的摇滚歌手，等到其他人都被你气死的那一天。”这是周夏雨的前半句，后半句周杨实在没想到。她竟然把手机拿出来，对周杨说：“你电话多少？”

周杨慌忙报了号码。周夏雨的火气从何而来，似乎和自己有关，又似乎只是一股无名火。报完了号码，他才想起手机下午已经被抢了，被那个唱着张国荣的粤语歌的男人抢了。只好说没带手机。周夏雨说：“没事，我联系你就行。”周杨受伤的脸依然感到了一阵发烫。很快他接受了这种进展。他以为这种速度在广州是正常的，大城市果然好，女孩们没有那么扭扭捏捏，省却了许多迂回曲折。他以为周夏雨对他产生了良好的第一印象，正如他对她。她那种张开翅膀保护陈园园的行动，那种嘲弄的语调，和周杨的想象不一样，又有另外一种诱人之处。诱人之处在于，她毫不在意别人的看法，不给人面子，因此平添了几分神秘。

有点麻烦的是，陈园园不知和她什么关系，有没有在她面前说过他的坏话。一遍又一遍地碰杯，酒精作用之下，这一丝担心也被抛到脑后，周杨渐渐放松、自如，渐渐不受控制，彻底忽略了自己受伤的事实，忽略了自己这副形象多少有点奇怪。说起他懂的领域，他能够恰当地接话。说起他不懂的领域，陌生的当代艺术术语，陌生的音乐流派，一些没听过的人名，报纸上新近刊登的新闻，他也能够真诚地发问。酒精和网络聊天的共同之处，是可以让你暂时忘记真实的自己。当周夏雨聊到她最近在听的音乐，他侧耳倾听，某个外国乐队，他没听过，便要她将每个字母拼出来。当何水开起一些下流的玩笑，他甚至尝试给这个玩笑添上一个有趣的尾巴，让大家短暂地把目光集中到自己身上。他认为融入了这个鲜活的集体，这个有趣的组织。

酒过三巡，除了周夏雨和陈园园，其他人都喝多了。音乐会也结束了。大家谈论社会和时事已经过于沉重，谈论自由和文明也已不太清醒，便开始最古老的娱乐：讲段子。话题主要集中在男女关系方面，一种混杂粗鄙和智力的游戏。那时女孩们还愿意参与这些段子，和男人们互相嘲弄。何水贡献了几个陈旧的黄色笑话。陈园园则完全吸引了张伟的目光。她没有再喝酒，却比喝多了的其他人还要活跃，笑得开放，动静很大，肩带滑落了也全然不知，或全然不管。仿佛她是一只必须不停跳动的鸟。她说她没有笑话，就讲一件真实的事。一人分饰二角，她表演起去她老师孙子苏工作室的一个场景：

“有一次，一个什么地产老板来找孙老师买画，我也在。其中一组人体绘画有点怪，我就问老师：这女人胸怎么这么蜻蜓点水啊，毛还这么多？

“孙老师很得意，说，什么女人！那时候没钱请模特，只能画自己。我年轻时瘦得很。

“我很不解，问：那下面怎么没有啦？

“孙老师怒了，说，夹着腿不就行了？要不要我夹给你看看？

“我赶紧说，孙老师，你好厉害，高山仰止，细水长流。我再说下去，他肯定脱下裤子给我表演。”

陈园园把某种老艺术家的神经质和孩子气模仿得惟妙惟肖。艺术做不下去的设计师寸头引用名人名言，评价说：“孙老师的作品很刺激的。一切生命的意义就在于此，在于创造的刺激。罗曼·罗兰说的。”张伟喊着：“太好笑了，太好笑了，来来来，大家一起来干杯，为这个快乐的年代。”这句话来自朴树的歌词。又说起来朴树新专辑还要等到何年何月，周杰伦新专辑什么时候上市。“咣咣咣”，一阵响。张伟偶尔用手指触碰陈园园的手背，膝盖撞着她的膝盖，却被她躲开。

周杨确信，当时在人们因酒意而加大加粗的笑声中，周夏雨一定又看了他一眼。那种若有若无的对视，那个像笑又像嘲弄的表情，挠着他的心，说不清楚。他点了根烟，她也从他烟盒里抽出一根，点上。这一动作确证了周杨的猜测。

受酒精驱使，周杨决定运用酒后自嘲的功能，加深周夏雨对自己的印象。他指着自己的脸，说：“我没有段子，就讲一件刚刚发生的糗事好了。你们不知道，我今天经历了什么。”刘梦和陈园园都表达了适当的好奇，纷纷说：“是啊，你这脸看着可不太对头。”周杨说：“不瞒你们说，这事跟张国荣有关系。”

陈园园说：“你还是跟网上那么能扯。”

张伟说：“我做证，确实跟张国荣有关。”

周杨说：“我今天遇到了两个唱张国荣的歌的人，一个唱得很好，一个唱得很烂。唱得很好的是周夏雨，唱得很烂的那个，把我的脸打成了这样。”

“事情是这样的。”众人继续追问细节，周杨实在没忍住，用尽量平淡的语气，适度夸张，说自己如何临阵不乱，斗智斗勇，拖延，等待，直到一群女工经过，报警，最后打破了犯罪分子的企图，维护了广州的良好治安。

差点连周杨自己都相信了。酒精的功效很明显。他认为，自己综合营造了一种合适的氛围，既用自嘲的方式表达了趣味，又在无形中传达出对周夏雨的态度，介于欣赏和倾慕之间。沉浸在这种暧昧不明的感受中，他承认完全忽略了周边的一切。酒在瓶中下降，他的血液在体内上升。像这个年纪的人通常所做的那样，他将周夏雨从同一烟盒拿烟这样的细小举动视为好感的铁证，把语气中说不清道不明的情绪解读为亲近，完全忘记了周夏雨可能比他大五六岁，理应见过各种男人，见过各式各样的追求或纠缠、情话或骚扰，她对此的理解可能和他完全不一样。

周夏雨用一句话，随口击溃了他良好的自我感觉。

“你手机是不是下午被抢了？”说完，她拍拍陈园园的肩膀，捡起扔在地上的包，没有听周杨继续辩解的意思，“不好意思，十二点多了，我们得先走了。”

张伟说还早还早，何水也这么说，刘梦也这么说，那个不知道名字的师兄，更提议去唱K，唱完去吃夜宵，趁着夜色，适度狂欢，进行更加深入、更加友好的交流。那时朋友聚会比较单调，大多是这三件套，吃饭喝酒唱K，唱高兴了再附加夜宵，直到长夜将白。可能只有周杨知道，陈园园有十一点睡觉的习惯，时间已经超过许多。既然如此，那应该表现得绅士一点，他压制酒意，用尽可能稳定的音调，让大家不要为难两人。同时，他鼓起勇气邀请周夏雨，过段时间再带陈园园来聚会，并谎称自己老早就想写篇和音乐有关的小说，有些专业上的问题想请教请教她。

“如果有需要的话，我会给你打电话的。”周夏雨基本没有喝酒，也就没有酒精作用下的发挥失常，她完美再现了对何水说话的语气，慵懒的刻薄，一根细小而坚韧的鱼刺，“你要是还跟陈园园联系，我会主动给你打电话。”

“这中间有点误会。其实……”周杨试图解释。

“你打架挺厉害的，找理由的本事应该也不错。”周夏雨起身了。

所谓尴尬应该就是这样，周杨的窘迫瞬间达到顶点，不知如何是好，喝酒或不喝酒都局促不安。周夏雨用这句话，为他美妙的妄想按下暂停键。很明显，陈园园和周夏雨说过什么，并且不是好话。

背负骂名却无法解释，周杨有点懊恼，只能慌乱地点根烟，转头假装看远处。那面墙上是另外一张张国荣的海报，图片是《东邪西毒》的剧照，印有电影里的一句台词：“告诉你，你这样看着我，可是非常危险的。因为你随时可能爱上我。”靠近吧台处，有两个喝醉的女孩随着音乐凌乱地跳舞，T恤上切·格瓦拉的头像晃来晃去。还好，陈园园救了他。她站起身，拉着周夏雨，说：“好了好了大家拍张照片吧。”她从包里掏出台相机，让服务员帮忙拍照。

不知道她为什么要提议拍照，也许仅仅是因为她如她网上所说的那样爱好摄影。大家都很乐意留下这个欢乐时刻，除了周夏雨。她夹着烟，站在人群最外侧。陈园园叼着棒棒糖，摆出周润发叼牙签般的架势。

拍完，陈园园说：“照片洗出来怎么给大家呢？”张伟抢着回答："这简单啊，再约一次。"陈园园说："不好意思，你叫什么来着？"张伟说："张伟，弓长张，伟大的伟。"陈园园说："你这名字就不用解释是哪两个字了。"张伟哈哈大笑，说："每个中国人身边都有个叫张伟的朋友，但我不一样。"陈园园说："你说的比唱的好听。"张伟说："不吹牛，我做饭更好，哈哈哈，下次可以去我那儿聚会，我做饭给大家吃。"陈园园没再回应他，抓起剩下半杯的水，跟周杨碰杯，说："那下次见面再听你说你的糗事。"周杨说："算了算了。"陈园园说："怎么能算了呢？我会联系你的。这次我可没记错电话，请保持二十四小时开机。"

"我没法开机，我手机确实被抢了，被那个唱着张国荣的男人。"周杨想说这句话，表明自己对周夏雨的揶揄没那么在意。但最后只说出"好的好的，你们慢走"。气氛冷下来，没人听他说故事了，他也没了说的兴致。陈园园一走，那设计系的师兄，便意兴阑珊，张伟脸色如一杯见底的啤酒，露出沉淀的灰暗渣滓。周夏雨一走，周杨也昏昏欲睡，被暴打又被暴晒的痛，提醒他应该躺倒在床。只有刘梦和何水还在碰着额头，窃窃私语，偶尔发出轻微的笑声。

"我来我来。"凌晨两点半，酒吧打烊，何水舍我其谁地起身，用他的摇滚嗓招呼店员买单。设计系的师兄也起身，争着要买。他左手拦着何水，右手费力地环过腰部，去紧身牛仔裤的左后口袋掏钱。这样的姿势，掏钱自然是很慢的。张伟没等他俩分出胜负，将一沓钱交出去。店员数了数，抽出两张退回。刘梦挽着何水的左边手臂，另一个整晚没怎么说话的女孩挽着何水右边手臂，三人先行离去。

雨不知何时变小了，变得略带伤感。周杨和张伟等出租车时，一个和尚从红色塑料凳子上起身，穿过凌晨的细雨来到两人跟前。

他的光头像这个夜晚的句号。他像是自言自语，说："小伙子，醉归明月夜，醒来春风时。"

"明天你是想先去找工作，还是去火车站堵龅牙他们？"下出租车时，张伟问周杨。

"我能不能同时做两件事？"周杨说。他想同时保持醉和醒两种状态。他感觉这个城市的凌晨明月更亮，清风也稍微凉了。

"你想得太多了。刚才怎么不找那个和尚，"张伟在杨箕村凌晨依旧营业的夜宵店打包了一大袋食物，"让他找观音菩萨给你显显灵。"

第六章

新的一天已经开始，而这个夜晚还没有结束。凌晨三点多，捡垃圾的背着大蛇皮袋，满载着收获班师回朝。七街五号楼下的士多店兼早餐店，灯光蒸腾雾气。一辆三轮车正运来新的面包，并将即将过期或已经过期的面包拉走。房东的黑狗开始伸起懒腰。早餐店胖胖的女老板拦住张伟，说："拿两个面包给老白，老黑喜欢吃。"

张伟说老白是房东的名字，老黑是黑狗的名字。拉开大铁门，上楼，甩上门，甩下那包食物，他脱掉衬衫，倒在沙发上，指着茶几一角的烟盒，满脸忧伤地说："来根烟。"

屋子里乱糟糟的，但至少还是屋子，有了食物之后更像一些。一台旧风扇，一张沙发，一条凳子，一张茶几，茶几上铺着厚厚的《羊城晚报》和《南方都市报》，多达一百多版，表面几页满是油渍，掀开后，两只彪悍的蟑螂落荒而逃。最值钱的家具是那台硕大的台式电脑和更大的老式电视，最新的装饰是一张周杰伦的海报。

周杨扔过去一根"红双喜"，他记得是软盒的，六块五一包。张伟盲人摸骨算命那样抚摸了一番烟身，点燃，仰面朝上，把烟喷得老高，脸色失魂落魄，眼神没有焦点，像是正在思考什么不得了的问题。

“七月半还没到，你怎么这个鬼样子？”周杨说。

“快到了。今朝有酒今朝醉，今天我们打个牙祭。”张伟翻身而起，打开那袋食物，隆江猪脚，牛肉丸，鱼丸，卤鹅，肉肠，卤猪耳……他把整个潮汕搬了回来，过于丰盛，过于奢侈。还特地考虑周杨的江西胃，打包了几小盒辣椒。

“这不会是我们最后的晚餐吧？”周杨记得，服务员最后只找回张伟两百块。他夹起牛肉丸，起开两罐珠江啤酒。晚上光喝酒没怎么吃东西，肚子发出剧烈的声响，表示对食物的欢迎和渴望。

“先别管以后了，明天你是想找工作还是找龅牙？”张伟说，“也就是你是想找钱还是想打架？”

“明天想睡觉。”周杨犹豫了。

“你觉得周夏雨怎么样？”张伟又追问了一句。

“该怎么说呢？我觉得怎么样不重要。”回来的路上，关于她的每个模糊影像，几乎占据了周杨脑海每个角落。想到后来，他甚至用想象模拟了一出大戏，想到周夏雨某一天是自己女朋友，在田野、公路和天空之下玩耍，太阳让她出汗，衬衫都湿了。

他吃着喝着，将这些想象与张伟分享，张伟表达了嗤之以鼻的态度，说：“见一面你就魂不守舍，要是发生点什么，你会不会灵魂出窍？”周杨说：“这方面我还没有什么切身体验。”

对于女朋友这种生物，周杨想象过很多次，却从来没有体验过。大学时，在163聊天室听东北姑娘整夜整夜不重样地骂人，和网名类似“轻舞飞扬”的女网友，聊人生，聊文学，聊中国加入世贸之后这两年哪些行业迎来崭新的发展机会，九一一事件中国人是应该庆祝还是悲伤，非典还会不会在冬天卷土重来，八〇后是不是垮掉的一代，偶尔也会聊到爱情。大多无疾而终，少部分见光则死。

“还想不想再见她?”张伟咬破牛肉丸，汁水飞溅。

“现在我是身无分文，自身难保。”

“你说到重点了，我的意思是，等我们站稳脚跟，再去找他们算账，好汉不吃眼前亏。你觉得呢?”

周杨不得不也脱下上衣。即使刚下完雨，这城中村的顶楼也闷得像脸上蒙了几块热毛巾，全身肌肤被一层油膜包裹着。闷热中，他想，他已见识了广州的坏，再坏也坏不到哪儿去。也见识了广州的好，但还远没有止境。比如他和周夏雨，还留有很大的发展空间，虽然她一副生人勿近的态度，虽然她看上去对每个人都有很大意见。再比如张伟那帮朋友，跟他们在一起，应该能过上较为有趣的生活，甚至也能过上较为稳定的性生活。

“可以。我们先赚钱，解决经济基础问题。”

“那既然我们对赚钱达成了统一意见，你听我说件事。”张伟擦去嘴角流下的油，说，“你先吃完我再告诉你。食在广东。等以后有钱了，咱们吃遍广州。吃完广州再去顺德，吃完顺德去潮汕。”

“你的想象力很丰富。”周杨说。

“人生得意须尽欢，莫使金樽空对月。”

“我估计更可能的情况，是饥一顿来饱一顿，吃完上顿没下顿。”周杨咬下半截鹅颈，“《许三观卖血记》记得吧?里面有一段，许三观全家饿得不行了，想象各种菜，色香味俱全，记得吗?”

“我的能力摆在这里，你还不相信吗?”

“我相信你。”周杨无法控制自己的好奇心，“到底什么事?”

“希望说完之后，你不要对我有意见。”张伟起身将窗开了条小缝，将空啤酒罐准确地扔进河涌旁的垃圾桶，“哐当”一声。谁知道，有人在细雨中喊了句谢谢。这凌晨捡垃圾的人吓了两人一跳。

“我得先看看什么事。”

“我没钱了，”张伟说，“但我有赚钱的办法。”

“这算什么事？我们明天找工作，广州不是遍地黄金吗？大不了再做代练。”大三那年，周杨和张伟帮人代练游戏《传奇》，半年赚了有两千多块。

“你的乐观让我叹为观止。你知不知道现在是非典刚过，百业萧条。”张伟从口袋掏出透明的塑料盒，拿出张名片。头衔是某报记者，名字叫郑秋。“你看看这个。”

“这谁啊？他能帮我们介绍工作？”

“这是我。这是我这段时间赚钱的办法。”

“你改名叫郑秋了？”

“你愿意跟我一起干，我就说。你不愿意，我就不说了。”

“别废话了，只要不是杀人放火，我都可以和你一起。”周杨说。

“那明天上午你跟我出去。来来来，我们继续喝。”张伟打着哈欠，又打着饱嗝，任周杨怎么逼问，也不肯说得更为具体。

越来越闷，周杨说能不能把窗户全部打开，透透气。张伟说：“窗外是河涌，很臭的，还有蚊子。不过有两棵树，一棵是榕树，一棵是木棉，开花了好看。”周杨说：“还是打开吧。”

他不知应该睡在哪里，想着先洗个澡，就问洗手间在哪儿。张伟说：“厕所就厕所，城中村哪有什么洗手间？”厕所很小，和大学的隔间同样狭窄。起身时，对面楼的窗户突然伸出个人头。

屋外张伟喊着:“顶层水压低，洗澡你要接水，外面有桶。”接半桶水又花了五六分钟。

洗完出来，张伟光了膀子，还在那儿喝着。他大着舌头说:“要不要我叫个妹子来？你还没体验广州的夜场呢。”周杨没想到他还念着这事，说:“算了。”张伟说:“你不会认为我叫不来吧？不要钱的。”周杨说:“我相信你，但真算了。”

“那行，睡觉吧。”张伟指了指桌上满是油污的《南方都市报》，“明天你看看这份报纸，看看活动那一栏。”

张伟让周杨睡房间，他睡客厅，因为房间里有空调。是台古老的窗式空调，不仅没什么冷气，还轰轰作响。蚊子是一支不懂沉默的军队，密集地进攻。

出租屋水管里的噪声，嗡嗡不停。楼下时不时传来狗吠，或是夜归路人的嬉闹。半睡半醒间，传来女人奇怪的呻吟，后来又变成尖叫，不大也不小，刚好吸引你侧耳倾听。听上去来自客厅。周杨好奇地推开门，看到有女人的身影正好闪出去，背影比天色更白一些。张伟说:“不好意思，吵醒你了，一个朋友，住对门的。”周杨说:“我相信你。”

客厅消停了，睁眼到曙光渐强，窗户变亮。再一阵，楼下飘来二胡声，声调不同昨日，让人联想到万马奔腾。周杨意识到，新的一天已经来到，身无分文的新的一天。

宿醉的头痛袭来，张伟还在沙发上打鼾，周杨摊开满是油污的《南方都市报》，思考吃饭问题怎么解决。一篇枯燥的新闻提醒他，情况不容乐观，内容大概是：某经济研究所研究员指出，在GDP增长率从原来的7%下降到6.5%的情况下，相对于宏观调控指标的800万新增就业数量，非典可能导致就业岗位减少

127万……

仔细看分类广告版。“招聘信息”那一版，大多是招保洁和保安。手指从一个广告滑到另一个，他标记了几处。

昨夜酒后，他忘记了许多事，现在他想起来了。想起了昨夜酒后的愚蠢和冲动。过去他曾干过的许多愚蠢又冲动的行为，也没有这回这么愚蠢、这么冲动。

他曾经看过一本小说，因为扉页上的照片而迫切想认识女作者，后来参加了作家的签售会，却发现她已满脸皱纹。曾经因为看过一部电影，到处去买女主角的照片，最后发现买的是另外一个人。甚至中学时还曾给周慧敏写信，傻乎乎地问邮局，你们这儿能寄香港九龙吗?

那时他还不知道，疯狂的想念，盲目的性欲，突如其来的失落，看到某个撩人的背影总想上前认识一番的躁动，这些专门制造麻烦的东西，其实是所有快乐的源泉。

他更不知道，当你不再感觉到不快乐，不再制造麻烦，你的快乐便也渐渐消失。这种消失比较残忍，比时间流逝和容颜变老更让人受不了。

光想是没用的，必须去行动。可是看了半天广告，也没什么头绪。看过的小说和电影里倒是有很多实际案例，可是小说里的男女恋爱似乎都很容易，电影里的男女则美得很不真实，基本不用解决吃饭问题，因此都缺少参考性。

“咚咚咚”的敲门声，将张伟沙发上的美梦惊醒。开门后，是房东老白。老白亲切地说：“你们这个月房租还没交喔!”张伟睡眼惺忪，说：“很快交，就这几天。”房东说：“什么?”张伟加大音量：“过两天就交!”房东似乎听清了，笑眯眯地说：“过段时间，就不是我来催房租了，就不是我这么好说话了。五百块而已啦，你们两个人，一人才二百五，不要拖了。”

窗外榕树静默不言，每片叶子都是一副我也不知道该说什么的表情。窗外的木棉，暂时还没有开出张伟所说的大如火把的花，每片叶子都是一副我现在也无人问津的表情。帮不上张伟什么忙，让周杨想找个地缝钻进去，比榕树垂下的根须还要用力地往下钻，还要迫切。

“我看了些招聘广告，今天就去投简历。好像有个南方人才市场还挺多公司招聘的，远不远？”

“那太慢了。我不是让你看活动版吗，你看招聘版干吗？”张伟脸还有点红，不知是因为酒还是别的，“你今天跟我出去一趟就行，看看我怎么赚钱的。”

“你不会干那个吧？”

“哪个？”

“重金求子那个。”大学时，没钱，周杨和张伟曾经干过许多事，除了代练游戏、发传单、麦当劳打工，还曾拨过些电话，那种贴满电线杆的小广告上的诈骗号码，招男公关的，富婆重金求子的，差点被骗了几百块“服装费”。广州火车站，戴着红袖标的联防队员身后，公交站牌上就贴满了这类小广告，比西安更多，更为诱人。

“我的生意没风险的。你别看不起我就行。”张伟咕嘟嘟喝下一大杯凉开水，说三个月前，因为他负责的一场活动来了几个假记者，冒领了几个红包，公司开除了他。三个月来，其实他都没找到工作。一方面是因为非典，但主要还是因为他对自我的定位比较高级，不愿将就。这段时间，他每天拿着名为“郑秋”的假名片，穿件格子衬衫，背个斜挎包，买份××都市报，看到有什么活动，就学那个假记者，也去冒领一笔车马费，解决生活问题。可能是运气不好，也可能是良知尚未泯灭，最主要的是没有好兄弟帮手，成功的机会不多，就赚了一千多块，昨晚都花完了。再不开张，身无分文。今天下午有个贵州荔波旅游发布会，他想带上周杨，赚点生活费，也为找工作创造缓冲期。

“就是这样，你干不干？我们两个人去，有个照应。”他拍拍桌子边缘那沓厚达一百多版的都市报，“找旅游版和文化版，看最近还有什么活动，发布会啊，展览啊，扫一轮。这种活动车马费高一点。刘梦那种社会新闻，完全没红包，不要去。房地产和汽车版，红包最多，但钱太多，很可能惹上麻烦，也不要去。”

“这不违法吗？”周杨谨慎的习惯又回来了。

“赶在所有记者到来之前，签到，接过信封和资料，找个机会溜走。整个流程就这么简单。一次车马费一两百，多的三五百都有。”张伟没回答违不违法的问题，反而加了一句，“你还想不想见周夏雨？”

周杨没说话。张伟继续说：“我看你问了周夏雨某个乐队的名字，问得很仔细，叫什么来着？”

“平克·弗洛伊德。”

“弗洛伊德不是心理学家吗？”

“那是另一个弗洛伊德。”

“咱们至少干一次试试，至少赚点买专辑的钱吧。我们总得在这个城市立足，才能有女人、朋友、爱情、理想。你说是不是？”

“我先抽根烟。”女人这个词让周杨想起大二那年。在大太阳底下发了一整天传单，中了暑，生病难受。他曾想象，如果有一个可以跟她说“我生病了”的女人，有一只温凉的手摸上滚烫的额头，会不会病好得快一点。不得不承认，除了张伟，他在这座城市没有认识的人，更没有亲近的人，更没有可以说“我生病了”的女人。没有一个女人知道他在这个世界上的快活和痛苦，就像一只隆江猪脚或汕头卤鹅没有人细细品尝，想到这里，他多少有点遗憾。

没有女人知道他在这个世界上的快活和痛苦，遗憾后来变成悲伤，在想到母亲的时候。

十二岁那年，初一结束，父亲来接他回家。学校离家大约二十公里。父亲带他穿过一片热火朝天的工地，去往农贸市场旁的公共汽车站。烈日下他汗流浃背，父亲在路边小摊买了瓶冰啤酒，本地“龙虎山”牌的，递给他，说：“学校有没有遇到什么难事？”他回答：“什么难事也没有。”父亲接了一句：“你满十二岁了，从此要找到自己的路，学会独立生活，独自选择。以后，你可以喝酒，可以谈朋友。”冰凉的酒将那个场景凝结下来，包括父亲脸上的汗，和夹着烟的手。上车前，父亲把烟头扔了，手搭在他肩上，对他说：“知道吗？一个人十二岁时想成为什么样的人，那便是他一生的理想和方向。”

他问怎么确定想成为什么人，父亲说：“你要多看书，你看过的书里，最喜欢什么，照着那样，不会大错。错了也不打紧，改。”父亲又点了一支烟。

作为曾经的代课教师，当时的父亲形象高大。周杨似懂非懂，不明白为什么不是三岁看老，或十八岁成年，只是记下了这句话，和一些别的什么。他那时以为父亲只是随口胡说，回到家里才知道发生了什么。

因为弟弟即将出生，有人举报，父亲被开除了代课教师的资格，母亲在和计划生育队的争斗中，死了。此后，很长一段时间，穿制服的人在家里进进出出，在梦里上蹿下跳。

想不起十二岁那年看了什么书，但父亲那句“从此要找到自己的路，独立生活，独自选择”跳出来，又消失了。周杨大口喝下啤酒，说：“我们还是找工作吧。”

“别想得太严重，没什么风险，我们也就应应急。”张伟说，一般公司两三百块钱，也懒得追究。早点到场，演技自然，关键就这两点。遇到的麻烦，最多就是会问几声，你们报社那谁谁谁怎么没来？糊弄两句，说那人有事，或者说我们不是同个部门的，对方也不想得罪记者，基本都能过关。万一被拆穿了，又能怎样呢？不过是丢点面子，总比饿肚子强。

“我有个办法，暂时不饿肚子。”周杨的目光落在桌子一角的两个临期面包上，塑料包装里层蒙着水汽。

“所以你这是看不起这活，还是看不起我？”

“绝对没有，都没有。”周杨看一眼张伟，他满脸通红，加之脸部宽广，很像砂锅粥里刚刚煮熟的螃蟹。可能自己也类似，只是更像刚煮熟的虾。“我们去南方人才市场投投简历，等一个星期？”

“这星期吃饭怎么解决？”

“可以吃面包。”周杨接了一大杯隔夜的凉开水，撕开面包。面包里爬出一条白虫，好奇地张望这个它初次见到的广阔世界。盯着这不速之客，盯了那么三秒，他不得不赐予它死亡。面包略带霉味，但被水一泡，也不是那么难以接受。

第七章

接下来是七月。周杨还不知道广州七月的威力。还不知道人生的羞辱将接踵而来，他将遇到预料之中的美好、意料之外的痛苦，尤其是因美好而产生的痛苦。

广州七月的雨，常常像恶作剧的洒水车一样呼啸而来，淋你一身，又欢快地走。雨前是最难受的，空气是一勺被阳光烤化的蜂蜜，均匀涂满你全身。还好，南方人才市场离杨箕村也就两公里不到，步行即可前往。一开始，周杨还是斗志昂扬地，意气风发地，在太阳底下转几天，这种意志便汗水一般蒸发殆尽，只留下那层咸涩的盐。

似乎所有朋友都消失了。因为没钱，张伟推掉了饭局、酒局，两人每天吃着老黑的食物，凉白开就面包，对“食在广州”感到深深的渴望，也感到深深的怀疑。很多时候，你以为的君子之交，可能连酒肉朋友都算不上，最多算口水之交，仅适合一起调笑，一起吵闹。看清真相是痛苦的，不过痛苦之处不是它令你悲伤，而是它令你坚强。

陈园园属于没有消失的朋友。几次打电话给张伟，又让他把电话转给周杨，问什么时候兑现承诺，请她喝酒。周杨没办法，便直说没钱。她又提出要借钱给周杨。女孩有时把金钱看得比爱情还重，有时又完全相反，这完全取决于她们的脑子当时是不是正常。而男人则头脑更为简单，很怕担上重色轻友的罪名。因此，对这种伤害友情的行为，周杨的回答都是“我们没熟到那个地步”。

两周过去了，和士多店胖胖的女老板混得越来越熟。她亲切地说：“以后叫我何姐就行了。”她说：“老黑的饭量最近增长得厉害，不会是得了什么病吧？”周杨说：“主要还是你家的面包太好吃了。”

熟了之后，跟何姐赊账，买了些信封和邮票。抱着死马当作活马医的心态，周杨在等待工作降临之余，投了无数稿，甚至一稿多投，想成为发表过作品的人，当然更主要的目的，是成为收到稿费单的人。他收到了退稿信，却没有收到稿费。

也没有收到面试通知。确实如张伟所说，如新闻所报道，非典刚过，许多公司不敢招人，害怕病毒卷土重来。直到八月初的一天。

上天垂顾，这天，两人同时面试了两家公司。一家是旅游公司，主要业务是港澳一日游，名义上是招策划，实际是写广告传单。戴着眼镜的老板叼着烟，看了看周杨的简历，翻了翻那些打印的小说稿，说：“我以前也写诗的，写诗当不了饭吃的，你放心，跟着我干，有钱赚。现在人民收入提高了，有闲钱了，去香港、澳门玩的人太多了，旅游是个大市场。”

旅游公司前台是个穿着制服的年轻女孩，有种刚从农村来到城市的朴实而健康的美。她朝周杨一笑，周杨差点就想立马签约，脑海里开始庆祝并欢呼。可是面试完出门时，来了个富贵逼人的游客，大吵大闹，指责公司是黑旅游，广告写得漂亮，写得多么实惠，上了车到半路，黑导游就舌灿莲花，要加钱，到了目的地就要购物，卖的东西价格贵，质量水，她誓死也要逼他们把吃进去的钱吐出来。

另一家是贸易公司，这家公司许诺他们马上可以上班，底薪一千五加提成，还包吃包住，但他们拒绝了。公司招的是销售，电话销售，推销壮阳药和减肥茶，分别针对没有女人的男人和没有男人的女人。办公室装着明晃晃的摄像头，老板娘在里间盯着每个格子里的一举一动，认真地嗑着瓜子。

黄昏时，两人回到杨箕村牌坊。无数行人提着菜，急匆匆地往家里赶。有的年轻人卷起半截上衣，露出半截肚皮乘凉。那肚皮是饱满的。张伟也露出肚皮，露了会儿又遮住了。周杨像腹中空空的农民那样浑身无力，却想像精神饱满的工人那样鼓足干劲。他饿。路过阿强酸菜鱼，那极富冲击力的酸而鲜的气味破门而出。坐在室内的人们满面油光。喉咙用吞咽的动作提醒，该吃点荤腥了。服务员小妹笑得像沸腾的油锅，对张伟说："帅哥，好久没来了。"张伟说："你电话给我，我下次找你订位。"小妹说："你来了我再给你哈。"

天黑了，又下起了雨。雨声中，斜躺在沙发里，张伟很小心地问道："是不是不止一个星期了？"

"三个多星期了应该。"

"不止，四个多星期了。相当于一个多月了。"

"差不多。"

"还继续吃面包吗？"

"不想吃了。"周杨摸摸因出汗以及中空而变得很凉的肚皮。

"那我当你答应了，就当这是咱们干的最后一件荒唐事。"张伟将桌子上混乱的报纸、面包包装塑料袋捏成一团，塞进垃圾桶，"干完这一票，我们就把肮脏的生活扫进垃圾桶，可以吧？"

大学时，两人干的荒唐事不少。夏天长夜难眠，吃完十块钱二十串的烤肉，喝完一打汉斯啤酒，两人坐在工商银行门口亲嘴的情侣身边，谈论饭岛爱和苍井空哪个更美，表现得像流氓那样，把情侣吓跑。见此情形，两人相视一笑。在图书馆门口的冷杉下，猛然跳到叠在一起的男女身边，大吼一声，干什么呢？后来男孩跑了，女孩则哭起来，两人只得安慰她，告诉她男人是靠不住的。女孩哭哭啼啼，他们没心没肺地相视一笑。

更多的夜里，在网吧打《帝国时代》、CS，大喊大叫。曾经一个月连续在网吧过夜，上网卡一沓老高，直到两人再也交不出钱，在清晨的睡梦中被老板喊醒，赶跑。为了继续上网，周杨奋发图强，成功拿到了奖学金。他领到钱的那天，两人也曾相视一笑。

那时有无处释放的精力，有同甘共苦的朋友。以为明天不会变得更糟，生活是一个电子表，不需要上紧发条，也会一秒一秒地自动奔跑。

“那就干一次。”周杨用力把吃了一半的面包扔进垃圾桶。

“就一次，渡过难关，立刻收手。你想想，一人两百块，两人就是四百块。”

应该没什么问题，只要去得早，只要演技真诚、表情自然。周杨安慰自己，房租很快就有了，也可以约周夏雨吃饭了，也可以让张伟见到陈园园了。那时不再是穷光蛋，而是理直气壮的穷光蛋。于是他说：“要不找何姐赊四瓶啤酒？”张伟说：“别喝多了，明天上午广东美术馆有个展览，我们早点起床，一起去。”

开头都很正常。八月十二日这天，上午九点，去打印店给周杨印盒名片。张伟四处摸口袋，说：“哎呀，忘记带钱了。”老板说："没事没事，下次一起。"

印的是某报城市周刊记者李尔克。老板说："好的，李贺，地址和电话呢？"老板是湖南新化的，张伟说广州所有的复印店老板都是湖南新化的，这一点从他们k、h不分的口音便可以判断出来。周杨说："不，是李、尔、克。"张伟让他改个普通点的，这个名字不好念，还容易让人联想到诗人里尔克，可能会招致一些不必要的问题。周杨说："要不叫张伟？"张伟说："算了算了，随你。"

出了打印店，张伟那台爱立信手机欢快的铃声响起。是陈园园。张伟递给周杨，说："肯定找你的。"

周杨飞快地按掉。这时候不便接电话，因为即将冒险远征。

铃声再次响起。周杨想着响几声她就会挂断，可是铃声不依不饶。他下定决心，接通，那边一声厉喝："你不要再给陈园园打电话了，行吗？"

是周夏雨的声音。周杨吓得让电话离耳朵远了几寸。可是两人并没有打给陈园园，那么只有一种可能。他小声回复："不好意思，刚才不小心按到的。"

对面小声争执。周夏雨的声音："你对他这么上心干吗？"

陈园园急切的声音："哎呀，让我跟他说。"

接着她软软的声音传过来："没事，你找我什么事？"

周杨说："没什么事，不小心按到的。"

陈园园说："你的手机卡还没补办吗？找你好不方便。"

周杨说："有点麻烦。"

陈园园说："今天天气很好，你有什么安排吗？我估计你没什么安排，那，下午一起出去玩？"

这跟天气好不好有什么关系？周杨哭笑不得，说："真没什么事。不是，我是说没什么事找你，我这会儿在面试呢。”

“还没找到工作吗？那下午呢？”

“下午也约了面试。”

“晚上呢，晚上我们去看萤火虫，怎么样？再不去就没有了。”陈园园还是不达目的不罢休的语气，周杨能想象出她的眼神。

“晚上是鬼节。”周杨想起来，每年今日，父亲都要给母亲烧点纸钱和楮衣。该给他打个电话了，来广州这么久，都没有联系。

“今天七月十五了吗？你还怕这个？”

“你跟张伟去吧，他有空。”周杨看了一眼张伟。

“问题是我对张伟的感觉一般。”陈园园在电话里笑了出来，“看一次萤火虫怎么了？你答应过我的。”

“答应你的真不是我，是冒充我的人。”

“我打错电话的起因，也是你让我给你打电话。不是吗？”

这句话周杨无法反驳，谁让自己那时爱网络聊天，总想约漂亮女孩线下见面，谁让马化腾模仿ICQ开发了OICQ。可是，看萤火虫这种只适合在夜里干的事，在二十一世纪初，有隐秘又暧昧的气氛，周杨不可能答应。何况张伟已经对陈园园表现出明显的好感。于是他说：“我先挂了。”陈园园说：“别磨叽了，我下午去你们那儿等你，杨箕村，对吧？”周杨说：“别了。”陈园园说：“别磨叽了，两点钟我在杨箕村牌坊那儿等你。”

周杨希望她来，又害怕她来。希望她来，是因为可以让张伟去和她推进一下关系。害怕她来，是因为他确信，等她接触他和张伟的肮脏生活，只需要一瞬间，她就会吓坏。一只好奇的鸟凑近蜷睡的流浪猫，而猫突然回头，圆睁眼睛，扬起爪子，鸟就会飞回安全的树枝。那样，张伟可能就失去追求她的可能了。

还好广东美术馆也不远，离杨箕村大约三公里。九点五十分，签到了，说同事今天有事我们代替他来，拿资料，收红包。简直比去银行取钱还要轻松愉快。毕竟去银行取的是自己的钱，而这里取的是别人的。捏一捏，张伟说应该不是两百，而是三百。还被尊称老师。还用牛皮纸信封双手奉上。四面都是衣冠楚楚的人，是优雅的笑和轻声的交谈，是古意盎然的山水花鸟，灯光照在所有该照的地方。是别人的生活。简直没有一点干坏事的负担和惶恐，反而有一种我本该属于这里的错觉。往外移动时，张伟的粗嗓门自动变得柔和，有了一种磁性："不好意思，借过一下。"快到门口了。快到门口了。出门，便是阳光普照，是江声浩荡，是热闹的孩子在广场玩耍，妈妈追逐他们，他们脸上除了幸福，就是陶醉。

如果他们早走一分钟就好了。根本只是一分钟的区别。早走一分钟，就不会迎面碰上陈园园，碰上她那双罕见的单眼皮眼睛，眼里充满惊诧。

第八章

如果早走一分钟，就不会听到陈园园问："你们也在这里？周杨你不是在面试吗？"

关键是，她旁边还站着周夏雨。

周杨撒谎说："我们路过，进来看一眼，正准备走呢。"张伟说了句你好你们好，声音和表情同时变得僵硬。"那进去呀，看会儿展览，这展览不错的。"陈园园继续邀请。就这一分钟的交谈时间，正如张爱玲那句，没有早一点，也没有晚一点，周杨用余光看到给他们签到的女孩朝这边疾走，马尾晃动得厉害。外面是阳光，可是被陈园园挡住了。"我们还约了面试，先走一步。"周杨赶紧打断陈园园。那边马尾已经近了，已经在喊："喂！喂！"

周夏雨说："你们面试完，给个电话，有事。"

她有什么事？不会是好事。不管了，不能问了，必须飞速逃离。周杨再次说："我们面试要迟到了，先走啦，拜拜！"用十秒钟逃到斜对面的建筑，建筑正在装修，工人吊起一块巨大的广州华侨博物馆的牌匾。在刺鼻的气味里，周杨看见马尾在美术馆门廊里四处张望。

张伟垂头丧气，虽然逃离了危险，但他依然垂头丧气。相比之下，周杨更为垂头丧气。很明显，他们有这种心情，不是因为陷入了危险，而是因为女人。因为女人撞见了他们的倒霉和龌龊。她们会怎么想？简直不用想就知道她们会怎么想。

在华侨博物馆工地待了约莫半小时，两人都不知道该怎么办。不知道以后会发生什么，也不知道该坦白还是隐瞒。如果要坦白，是先告诉陈园园，还是同时对周夏雨和盘托出？如果要隐瞒，要是被拆穿了怎么应对？

沉默，沉默像广州雨前的天气，看起来很晴朗，很温和，可是让人透不过气。其间陈园园来了电话，张伟递给周杨，不敢按，也不敢接。

“回去吧。先把房租交了。”张伟说。

陈园园电话一个接一个。周杨让张伟把手机调成静音。他还为此想好了借口：当时在面试，不方便接。

两人不敢在美术馆后门口等公交车，决定跑一段。路过星海音乐厅，门口有卖唱的歌手，歌手身后是家音像店，音像店里有许多唱片。周杨心头一动，跑去问有没有平克·弗洛伊德的《迷墙》。店员说：“没有，有另外一张，要不要？”周杨咬咬牙，花二十块买了张CD。跑了一段，又盘算再坐车有点划不来，上广州大桥，步行一两公里，也就到杨箕村了。

走路，慢一点。似乎走得越慢，被拆穿的可能就会来得越晚。就像吃面包时，吃得慢一点，下一顿的饿就会来得迟一点。如果能把吃一个面包的时间延长成一天，那便一天都有吃的。这是个简单的逻辑问题。临近中午，太阳很毒。周杨想起自己被龅牙抢劫之后，也是这么走在太阳底下。不同的是，那时希望赶紧见到张伟，而现在他希望，如果要和陈园园和周夏雨见面，那么越晚越好。

可是再怎么慢，两公里也会走完。可是有人在出租车上喊：

“你们怎么在这里？”

“大哥，你们疯了吧！这么大太阳！”陈园园拉开车门说。她从后排跳下车，拉开前排的门，让两人坐后排。周杨不想上车，因为后排还坐着周夏雨。他相信张伟和他一样不想上车，因为两人全身是汗。出租车的收音机里放着周华健那首歌，“其实不想走，其实我想留”，而周杨有一百个理由想走。陈园园扯着他的袖子，后面的车在鸣笛，司机在喊：“快上车，冷气都跑啦。”

周杨紧挨着张伟坐着，尽量收缩自己身上的汗味，尽量不看周夏雨。但声音是挡不住的。周夏雨说：“你怎么敢不接电话？”

周杨准备的理由用不上了。他临时换了换：“刚才走路没听见。”

沉默。沉默的车厢。直到杨箕村牌坊。周杨以为她们要继续往前开，可是她们同时下了车，周夏雨付了钱，说：“走吧。”

她的“走吧”不是“你们走吧”的意思，而是“走吧，带我们去你们房间里”。陈园园说：“今天你们逃不掉了。”

路过士多店，何姐问今天面包吃完了吗，周杨快步闪过。路过拉二胡的房东老白，周杨紧张地盯着他，还好他闭着眼睛，拉着戏谑的曲子，摇头晃脑，似乎十分入神。他不会问房租，他不会问房租。周杨祈祷。但祈祷没有如愿，老白抓住轻手轻脚想跨过去的张伟，说：“房租。”张伟说：“叔，一会儿我下来给你。”老白说：“什么？”张伟说：“我现在给你。”他背过身子，从信封里取出五百块。老白摆了摆手，说：“不用不用，晚点有其他人来收。”张伟说：“什么意思？”老白说：“冇（没有）其他意思，你们等住就好啦。”

“我们这儿乱了点。”开门前，周杨说，“准备明天大扫除的。”

“你们先洗个澡。”周夏雨半只脚进屋，停顿了一会儿，似乎想给他们的汗味一个逃离的窗口期。周杨赶紧把沙发上乱糟糟的衣服挪开。陈园园斜靠上去。

她们这是要干什么？周杨从来没想过在这种情形下和周夏雨见面，想必张伟也有同感。此刻，他只能听从指挥，他甚至想不到有什么理由不听从指挥。不，他根本没想过还可以不听周夏雨的指挥。

洗完澡，周杨头发湿答答地往下滴水。他用灰色毛巾沉默而用力地揉擦，像是头皮上有一排彩票刮奖码。出租屋没有吹风机，男人一般也不用吹风。

两人都洗完了。周夏雨再次嫌弃地扫视着两个单身汉的房子。张伟说：“一会儿在这吃午饭吧，我去买点菜，我做饭还可以。”周夏雨制止了他，说：“还早。”

房东老白的二胡声传过来，似乎换成了激烈的悲鸣的乐章，琴声陡然增高，吓得周杨心脏一颤。张伟像突然想起什么似的，说：“我去买点水来。”

周夏雨说：“你就留在这里。”

张伟扫扫湿头发：“我去一下，很快。”

“你们谁也别溜，今天必须说清楚。”周夏雨说。

陈园园伸手拿桌上的面包吃，周杨赶紧说：“别动。”陈园园说：“这么小气吗？”周杨说：“那是喂狗的。”陈园园说：“你们还有狗，在哪里？”周夏雨说：“别扯来扯去了，周杨，你们到底想干什么？”

此时此刻，她像是美丽的幼儿园老师，既美貌，又威严。此时此刻，周杨认为他已经初步理解了何水那句“你竟然敢喜欢周夏雨”的中心思想。理智告诉周杨，应该一五一十交代清楚，但人并不是这么理智。他看了看周夏雨，看了看陈园园，看了看张伟，看了看风扇，看了看电视机，最后憋出一句话，一句半真半假的话。

“我真的是第一次。”

他用了“我”而不是“我们”，这样就没有说谎了。对他来说，冒充记者确实仅此一次。小学时，常常靠这种真假参半的话脱身。可是周夏雨露出明显不信的神情，说：“你以为我不知道？”

周杨脑子短路，面对龅牙的刀子，他也没这么短路。这说明周夏雨的话比刀子还要锐利一点。他不敢看她的眼睛，正想和盘托出，她没给他时间：“你是不是每次都打一声就挂？我已经查过你们的通话记录，至少有十次。这点小伎俩，是不是太陈旧了？”

陈园园替周杨说话，说：“每次都是我打给他的，只有今天是他打给我。夏雨姐，你别吓他们了。”

事情怎么变成了这样？周杨看了看张伟，将胸中紧憋着的气尽量缓慢地吐出来。这情形类似前一刻警察亮出了手铐，下一刻警察又献上锦旗。墙上《叶惠美》海报里的周杰伦似乎在说那句著名的口头禅：哎哟，不错哦。周杨一放松下来，便露出了笑容。他现在敢于直视周夏雨了。

她还是那副很生气的神情，瞳孔比一般人的棕色更深一点，仿佛还有一双眼睛在眼睛之后，死死盯着你，带着质疑和威胁。

周杨突然一点也不怕她了。她只是个护着陈园园的姐姐模样的人，不再可怕。就像小时候母亲在打完他一顿之后，也是很生气的样子，但他一点也不怕她。父亲从未打过他，他却怕得要死。

他说：“我真的是第一次给陈园园打电话，其实我一直挺想再找你们聚一聚的。”

周夏雨说：“我的问题你还没回答，你打电话给陈园园干什么？”

“我不能告诉你，除非……”

“除非什么？”周夏雨明显有点愣了，这人竟然开始讲条件了。

“除非你不要这么严肃。”周杨有了新的发现，周夏雨敞开的领口，露出一粒暗红色的小痣，不那么显眼，好比少女脖子上若隐若现的吻痕，让人生出不必要的遐想。

陈园园先笑了，那苍白的脸竟然红润起来，透着热气，不知是因为出租屋太热，还是因为气氛太紧张。

“对对对，喝点水，我们坦白从宽，抗拒从严。”张伟适时给周夏雨递去一杯凉开水。当她喝水时，嘴唇便张开了。嘴唇张开，表情便松弛了。表情松弛，脸上就自然没了怒意。可能是她绷不住了，也可能是她其实天生面容柔软，却要故意收敛。周杨倾向于后者。

“其实我们最近都在找工作，没敢跟你们联系。”周杨组织语言，说出如何来到广州、最近的惨状、房东的催账。他再次运用适度夸张的技巧，美化了找工作的努力，尤其重点强调了自己和张伟的梦想，也就是开一间酒吧，收集所有人的故事，写出语不惊人死不休的小说。

说完，他发觉自己有点脸红。没喝酒的时候吹牛，果然还是会不太好意思。

不过，既然老天让周夏雨降临了这间屋子，既然已经不怕她了，那就尽量扭转之前的不良印象。说着说着，他自己都惊讶了。无数的话仿佛是自动蹦出来的。像面对熟识多年的老朋友。仿佛成了另外的人，一个他想成为的人。他时不时观察周夏雨的表情，认为她正在尽量装出大姐大的气势，准确地说，是一种见惯不怪的冷静，实际上内心早就被他迷住了，被他半真半假的演绎。而张伟扮演着优秀的捧哏角色，最后收尾说："对对对，请组织放心！"

"你们确定不是约陈园园出去喝酒？"周夏雨语气缓和了不少，"你们知不知道她不能喝酒？"

"我还是能喝一两杯的。"陈园园小声说。

"以后保证不叫她喝。"张伟说，"谁让她喝，先过我这一关。"

"我没骗你吧，夏雨姐，我真的没偷偷喝酒。"陈园园像猫那样用头蹭着周夏雨的胳膊，"快十二点了，我们去吃饭，吃饭可以吧？"

"好啊。也可以买菜回来做，我做饭还可以的。"张伟露出摩拳擦掌的神情。

"你会做饭？"陈园园质疑地看看四周。

"我是潮汕人啊。"

"张伟做饭有点天赋。"周杨附和着。买了CD，只剩下五百多，留出房租，还有不到一百块，去饭店请客有点够呛。总不能让女孩们掏钱。

"就你们这？男人眼里都看不到家务的吗？"陈园园质疑的语气变为嫌弃。凌乱的报纸、杂志、衣服、酒瓶、面包，像刚刚打完一架的东倒西歪的家具，只有周杰伦的海报是半新的。她动手收拾，并要求两人也加入行动，密切关注两人的抹布有没有光顾到所有需要光顾的角落。

事后想来，也许这顿饭导致事情发生了根本变化。饭局容易拉近感情，让有些话不那么好拒绝。

去菜市场买了一小袋米，一小堆西红柿、土豆、胡萝卜、豆腐，一小堆便宜又好吃的鸡蛋、鸡爪。鸡蛋挑最大的，便宜。便宜是首要的。虾和花甲各一斤，用作主菜。看得出来，张伟跟许多摊主很熟，鸡档摊主帮他将土豆切块，鸡爪趾尖一一砍掉，还送了一小捧削皮的荸荠，广州管这东西叫马蹄。看着摊主利落地挥刀，周杨想起小时候妈妈做卤鸡爪的画面，嘴里不禁有了口水，于是再花三块钱买了一包卤料。

来到某个菜摊前，张伟说："给你见识一下广州菜市场，看，新鲜的蛇舌草、新鲜的洛神花，见过吗？"

这是周杨没听说过的菜名，一种深绿色，一种暗红色。可是没有更多钱了，无法逛完所有菜摊。菜市场入口处的海产店老板，问张伟今天买点什么，张伟摆摆手说今天不买啦，太多吃不完啦。老板看了一眼张伟手中的袋子，笑了笑没说话。海产店的腥味追赶了两人很远。

张伟发挥厨艺，化腐朽为神奇，用便宜到出奇的胡萝卜、土豆、西红柿、辣椒、洋葱、鸡蛋，翻来覆去做一些花样。土豆焖得绵软，西红柿煎得焦黄，鸡蛋认真打散。八十块不到的材料，做出了中西结合，六菜一汤。

这本应是一顿平常的饭，理论上应该欢声笑语、热气腾腾。可是周夏雨和陈园园在，饭局的开场多少显得有点拘谨。吃饭的动静必须尽可能小，不然就会听到吧唧嘴的不雅。在这种氛围里，周夏雨略略淡化那种防范态度，问起两人的打算，长处和短板。像是老板面试，又像是大姐教育小弟。

饭局到这里结束便会很完美。

由于专注于吃喝，周杨吃得太饱，不由自主地摸了摸肚子。陈园园放下筷子，接过周夏雨的话茬。用饱经沧桑的语气，她鞭策他们要从泥沼中爬出来，痛斥他们根本不懂怎么在广州生活，仿佛她是一个历经磨难的女人，而不只是即将大四的小屁孩。周夏雨看着她，从不打断她，像看孩子在背唐诗三百首，脸部蒙上一层极其柔和的薄雾。张伟看着她，从不打断她，像看女班长在安排工作。

“找个工作那么难吗？这可是在广州！你们是不是都在家偷懒？”陈园园小手一挥，总结式地发言。那只敏感又轻灵、大方又骄纵的鸽子，变成了一只张开翅膀的小母鸡。

“非典嘛。”张伟将报纸上的残渣卷起来，丢进垃圾桶。

“你看看我们的肤色，应该知道我们每天都在日光浴。放心好了，明天我们有面试。”周杨认为她应该是在开玩笑，是小孩子吹牛，于是用了男人常用的招数：虚晃一枪。

“撒谎。”陈园园说。女人常见的一种天赋，便是直觉。

张伟给各人添了水，周杨没有说话。男人常用的招数，还有沉默。

“夏雨姐，你不是有朋友正在招策划吗？”女人的天赋实在太多，比如她们总是能轻易洞察你的需求，并适当照顾你的自尊，“我跟你说，周杨的小说写得很好，策划应该也不错。”

“张伟的策划更好，以前在学校他就经常写。”周杨说，“而且他有半年的工作经验。”

“没半年，三个多月。”张伟说。

“你们这还互相谦让起来了。”周夏雨面前的骨碟里，食物残渣整齐地排列着，像是一本书的目录，“我回头跟朋友打个招呼，你俩都去面试一下。”

“谢谢。”周杨认为，目前没有别的适合的词可以说。

“不用谢我。是园园要帮你们，不是我。”周夏雨说。

“喂！我只是提个建议。”陈园园说，“我再提一个建议，周杨，你面试前把小说也打印一份，尤其是写鸽子的那篇。”

“哪篇?”周杨完全没有印象。

“那篇《世界尽头的鸽子》。”

“啊。”周杨想起来，那时，他无所事事，成天挂在网上，这篇小说是他送给陈园园的礼物。小说的第一句是:“鸽子飞到了世界尽头，前方已无路可走。转回身，她发现有人对她张开双臂，托着她的翅膀，举过头顶。他无声地跟随鸽子，把全世界放在她伸手可及的地方，等她来拿。”毫无疑问，这也是篇无法发表的小说，但陈园园说她看哭了，又看笑了。那时还叫“转角遇见你”的陈园园总对他说，她害怕人群，只能躲在网上，如果有一天她不在线了，那可能是死了。周杨不明白她为什么在这么美好的年代和年龄总想死，但基于对网友的美好想象和陌生人的善意，他对她说，有时候只要转回身，会发现有人对你张开双臂，我写篇小说给你好了。周杨承认，这些只是他无所事事的时候将无处发泄的精力、无法变现的灵感投射到一个无所谓真假的人身上，他完全没有期待，也没有预料，这些话会产生什么长远回响。

周夏雨描述起这个叫吴真的朋友以及他的生意。吴真和张伟一样是潮汕人，潮汕人娘胎里带来三种半能力，一是搞吃的，一是搞艺术，一是搞钱，还有半种属于辅助能力，也就是搞关系。吴真占了后两种半。

一开始，他玩摄影艺术，太烧钱，快把自己玩死了。后来转做商业摄影，给各种楼盘拍照。赚了点小钱，认识了几个人，便干起了公关，专门给地产公司做广告和活动。又赚了点不小的钱，便天天打牌，混地产老板圈，也略有成效，目前他准备直接进入上游，赚更好赚的大钱。而他开的店，名义上是他开的，实际上是一家地产公司的会所，“前景还是不错的”。

“你别光说好的。其实他以前是在汕头干走私的。汕头是个特区你们知道吗，走私你们知道吗？”陈园园叽里咕噜地补充。

“你不用吓他们，”周夏雨将那整齐排列成图书目录似的残渣一次扫进垃圾桶，“他以前走私过电器，现在做的都是正行。”

听得云里雾里，为了掩饰无知，周杨跑去添了热水。而张伟说：“放点音乐吧，刚好周杨买了张专辑。”他拆开那张平克·弗洛伊德，插入电脑。周夏雨听了一句，说：“这是平克的第九张录音室专辑，*Wish You Were Here*。”张伟说：“周杨买的，我也不懂。”周杨说：“瞎买的。”张伟说：“确实很瞎，花了二十多。”

“下次你们可以去暨大后门那边买碟，那边有片平房，围墙边有扇小门，进去后右手第一栋，卖盗版碟的，什么碟都有。”周夏雨看起来对广州盗版碟市场很熟悉。

“别跑题了，夏雨姐说的话你们记住了吗？”陈园园双手端着水杯，呼呼地吹气。

周杨和张伟对视一眼。男人过多的沉默，一般是因为心虚，可是周杨这次是因为担忧。男人总体而言都喜欢吹牛，但男人更害怕被拆穿吹牛。他担忧陈园园美化了他的能力，随后吴真将他无知的真相拆穿，转达给周夏雨。

还在犹豫要不要推脱，有人敲门。张伟嘘了一声，轻声说：“可能是房东。”周杨说：“刚才我们准备交房租的，他不要。”敲门声继续，甜美的声音传来：“张伟，你在吗？”

张伟跑去开门，门半开着。“不是说了让你别来了吗？”张伟低低的声音。

“你怕什么？夜里挺厉害，白天不敢啊？”甜美的女声。

“我女朋友在。”

周杨抑制不住好奇心，起身从半掩的门望去。先是看到高耸的白色上衣紧裹住的胸，可以用“波涛汹涌”来形容，接着是一张瓜子脸、蓝色的眼影。波涛是白色的海浪，但眼睛是蓝色的大海。只有蓝色可以用来形容大海，只有蓝色妖姬可以用来形容她。女孩的眼神对过来，周杨赶紧闪开。闪开之前，他看到女孩朝自己笑了笑。闪开之后，听到女孩说：“我懂了，你早说嘛。”

张伟说：“你懂什么了？”

蓝色妖姬说：“你喜欢男的。”

张伟笑了，说：“对。你来干什么？”

蓝色妖姬说：“我有事来提醒你一下。”

张伟说：“什么事？你打电话就可以了呀。”

蓝色妖姬说：“不方便电话。一会儿我男朋友会上来收房租，你提前做下准备。”

张伟说：“什么意思？”

“不是跟你说过我男朋友租了几栋楼做二房东吗？这一栋他也租了。反正你不要让他知道你认识我。”

传来高跟鞋噔噔噔下楼的响声。张伟进门，搓搓手说：“一个朋友，嘿嘿。”

周杨想起来到广州的第一夜闪过的白色背影，说：“住对门的。”

张伟继续搓手，说：“嗯，打过几回牌。”

周夏雨没有理会两人的话，陈园园笑着说了一句：“我看不只是朋友，先叫姐后叫妹，最后叫宝贝，别装啦！”

张伟说：“真的是朋友。”

“回头说好了我给你们电话。”蓝色妖姬的高跟鞋响声消失之后，周夏雨起身要离开，“我这段时间要回老家一趟，你们不要带陈园园喝酒，要照顾好她。”

很明显，周夏雨没有把周杨当成势均力敌的同龄人，而当成和陈园园一样的晚辈，小弟小妹。如果坦然接受这份帮助，那就是默认了这种身份的差异。

第九章

下午四点半，周杨和张伟离开杨箕村纠缠的电线，经五羊新城地下通道，去往珠江新城，去周夏雨所说的朋友吴真的工作室。那个下午的回忆很清晰，阳光透明，仿佛伸手敲击会发出响声。

就在两个小时前，周杨还想着怎么拒绝周夏雨。当时，送她和陈园园到楼下。对面一户人家正在装修房屋，河沙和石头散落满地，拉砖的小三轮车堵住了大半道路。听闻杨箕村几年后有可能拆迁，村民赶着把自家房子翻新扩建或推倒重建，以便快速成为千万富翁。两个搬家工人背负硕大的旧沙发迎面走来，试图从三轮车的缝隙里穿过，挡住了去路。几人让在路旁，搬家工人艰难地调试角度。这时，一个花衬衫从对面走来，衬衫十分垂顺，又过分宽大，荡来荡去。到士多店门口，何姐打着招呼，说："老板又来收房租了喔，发大财了你。"花衬衫拱拱手说："哪里，大家一起发财。"转头，花衬衫隔着三轮车对张伟说："你们是不是住顶楼的？"搬家工人终于穿越了狭窄的通道。张伟回答说是，花衬衫说："那我们谈谈房租的事。"

张伟脸上掠过一丝紧张。周杨想起蓝色妖姬之前的提醒，希望周夏雨尽快离开，让她尽快飞回枝头，不要见到接下来肮脏的流浪猫之间的撕扯。他说："那我们不送你们了。面试的事，我们考虑考虑，晚点给你答复。”

时至今日，周杨已经记不太清楚，明明已经把周夏雨送走，为什么大约十五分钟后，她又出现在杨箕村七街五号的顶楼。

花衬衫说他已经租下整栋小楼，准备进行一番改造，让大家的居住环境更为舒适，也让房租匹配广州蒸蒸日上的经济形势。原来的价格，五百一月有损城市形象，八百一月正好。如果一次交满一年，可以降到六百。张伟除了涨红着脸，说一句你他妈太黑了，也没什么气势。可能，他和蓝色妖姬的不良关系，影响了他的发挥。他的电话响了几声，他也按掉了，没敢接。

花衬衫看了看厨房琳琅满目的锅碗瓢盆，说：“十年前，或者五年前啊，你要敢这么跟我说话，可能你的身体就要像你这厨房这么乱。法治社会救了你们。”

周杨说：“我朋友这是跟你闹着玩。我们确实没钱，都是打工的，能不能帮帮忙？五百一个月，我们马上给你。”

花衬衫说：“你看这个厨房这么大，八百一月不亏的。”

张伟和周杨两人面面相觑，没说话。

花衬衫说：“要不你们搬走？别的地方应该有五百的。我这人，很讲道理，又不会强迫你们。”

两人还没说话，花衬衫说：“可把我急死了，你们是不是准备敬酒不吃吃罚酒？”

这种情况下，周杨鼓起勇气，将上午刚印的假记者名片抽了一张，递给花衬衫，说：“我们刚毕业，这是我的名片，你看能不能帮帮忙。”

花衬衫瞥了眼名片，说：“报社的？这不好使，我跟房东有合同的。”

随后，周夏雨来了。不知怎么的，她浓密的头发变乱了，衣服也皱了许多。她出现的那一刻，八月下午的阳光恰好斜照进来。

顶楼的好处，是可以看到天空。城中村的天空依然是天空。晴朗，蓝得清脆，蓝得让你想拍下来发给喜欢的人。阳光照着周夏雨，她问了一下情况，脸上没什么表情，只是用手往后拢了一把头发。像是在梳理头发，也像男人往上撸袖子。她说："他们是我弟，你可以跟我谈。"

花衬衫说："美女，你看得出来，我不是乱收费的。我要装修，要成本的。八百块，算合理？"周夏雨说："不合理。"花衬衫嗯嗯呀呀说了许多理由，周夏雨说："我给你个建议，要么你继续按五百块收，要么半个小时内，你跟税务、警察、经侦，解释你收费的合理性。"花衬衫说："美女，你这是威胁我吗？"周夏雨说："我在跟你讲道理。"花衬衫说："我租房子，装修升级，要成本的，不能不赚钱的呀，要不你们搬走可以吧。"周夏雨说："这房子你们装修什么地方了？装修空气了？我们租了房子，没到期，为什么要搬？"花衬衫说："那我叫人来帮你们搬走？"他看起来很倔强，不愿在女人面前丢了面子。他打起电话，故作轻松地说："哥，这边有两个不愿意交房租的，你叫几个兄弟来。"周夏雨拿手机发了条信息，不知道发给谁。

很快，有人上楼，楼梯砰砰直响。张伟说："你怎么还喊人来了，没必要这样嘛，大家低头不见抬头见。"来人推开门，是个黑壮的中年人。一定是他硕大的肚子导致楼梯砰砰直响，但他的声音竟然很柔和。听花衬衫说完基本情况，他伸出手来，虎口文着一个不那么清晰的"忍"字，也可能是文过之后又洗了一遍。像铁钳一样握完手又松开，他笑了笑，说："大家都这样交房租，你们体谅一下。"花衬衫来了救兵，变得骄傲起来，说："他们还说要报警，好搞笑。"中年男人一副见惯不怪的样子，说："这点小事就不要搞得大家难看了，何必呢？”周夏雨坐到沙发上，说：“我们签个合同。”中年男人说：“妹妹哎，这就对了嘛。”周夏雨说：“签个三方合同，房东签字加盖手印，房租还按五百。”中年男人猛地一喝，说：“你耍我呀。”不是怒吼的咆哮，而是尖厉的高音。周夏雨用力一拍茶几，像根弹簧那样站立起来，额头差点碰到了中年男人突出的圆肚子。她声音沙哑，说：“要么你们把他们赶出去，要么就签这份合同。”中年男人圆睁眼睛，还想说点什么，被周夏雨用手势挡住了。她的电话响起来，于是做了个暂停的手势，接了电话。她高声说：“不用你们过来，这边挺好说话的，你让他们等着我的消息好了，你代我跟范所长敬杯酒。”挂了电话，她在屋内踱步，很不耐烦地说：“烦躁，你们不要浪费时间了好吗？房东在不在，在的话你们叫他上来签一下合同。”中年男人看了看花衬衫，说：“妹妹，我们都冷静两分钟。”周夏雨停住脚步，说：“我一会儿还有事，你们和我弟直接签吧。”她又转头对周杨说：“合同就你们签吧。你们别惹麻烦，但也不用怕。宁愿做被告，也不要做原告。还有，面试那边，我朋友下午五点会约人一起打牌，正好有空，你们过去就行。”

周杨已没有拒绝的理由。但中年男人还想努力一下。从他后面的举动看，也可以说他想在花衬衫面前保留他的面子和威严。

他掏出手机，做出翻找通讯录的样子，说：“你刚才说的是范所长是吗？我也给他打个电话。”

门外响起急促的敲门声。周夏雨毫不迟疑地说：“好啊，你一会儿说吴真问他好。”

周杨怀疑她在表演，前面是表演泼辣，这会儿是表演处变不乱。不得不说，她的表演起到了应有的效果。

门开后，陈园园满脸通红，额头满是汗珠。她急切地想说什么，只说了一个词：刚才……周夏雨制止了她，转头对周杨说："你们别想太多，我就提供个线索，结果还要看你们自己。下午我要回老家一趟，就不陪你们一起了。"

出门前，她似乎想起什么，又停下说："我朋友要是叫你们打牌，你们可别参加，他们玩得大。他要是叫你们等着，你们就等着，别乱逛。"

周杨说："好的。"

周夏雨说："那就这样。"

没管接下来会发生什么，她又拢了拢头发，拉着陈园园就下楼了。房东的黑狗，蹲在门口，摇着尾巴跟她下了楼。花衬衫对张伟说："这人真是你姐？"张伟说："不是我姐难道是你姐？"花衬衫说："你姐是做什么的呀？"周杨虚晃一枪，说："你可以去打听一下吴真这个名字。"中年男人说："可能有点误会，是不是就不要签约了？价格还是按原来的，大家都是邻居。"张伟很不情愿地数了五百块给他。

后来，周杨曾经问过周夏雨，她接的到底是谁的电话。周夏雨的回答和周杨的猜想一样，只是陈园园打来的。周杨再问她不怕中年男人动手吗，她的回答，和周杨猜想的完全不一样。

周杨以为她会说，如果对方动手，那么就报警，反正派出所有她认识的人。但周夏雨说："你看到他手腕上的'忍'字了吗？"周杨说："是虎口上。"周夏雨说："对，是虎口，洗过一遍。并且，他年纪不小了，四十多了应该有。这说明他是一个曾经因为冲动或暴躁吃过亏现在不希望惹事的人，一个会权衡利弊得失的人。为了你们这每月多三百块，冒可能被查税被报复的风险，对他来说已经是一种不划算的买卖。他这生意，要说违法犯罪谈不上，但要说合法合规更不可能，在灰色地带游走，最重要的是疏通当地关系，最麻烦的是惹不必要的麻烦。也就是不出事，就有人罩你；出了事，罩你的人就首先要撇清和你的关系。所以，他们吓你，你就反过去吓他们。”

“如果你出错了怎么办？”周杨感觉自己在周夏雨面前不可能有什么秘密。

“如果你要做一件事，首先要考虑到最坏的结果能不能接受。”

“最坏的结果是什么？”

“你觉得呢？”

就这样，怀着许多疑问，下午四点半，周杨和张伟去往珠江新城。一片荒凉，仅有的几幢高楼矗立荒野，没什么人住。人们都说这一片风水不好，发展不起来。这说明，大部分人都没什么长远的眼光。快出地道时，两个尼姑装扮的人一把堵住周杨，说他面相非同凡响，很像要交好运的样子，送他一张观音卡片，赐福保平安，免费的。她们穿得严实，又凑得很近，能闻到汗味。周杨问张伟有没有十块钱。张伟很不情愿地掏出蓝色票子，说：“你确定？”周杨给了，说：“如果好运没来，记得还钱。”尼姑说：“无相布施，不存求报，施主行善积德，必定一路亨通。还有哦，今天中元节，晚上不要太迟回家。”

周杨希望她说话算话，观音菩萨说话算话。张伟说：“求神拜佛，我们潮汕人最擅长，出门前我已经问过关公了，这次面试肯定没问题。”周杨说：“真的没问题？”张伟说：“有什么问题？”周杨说：“我总觉得问题很大。”

张伟说得不容置疑，有乐观至极的神气。这语气和尼姑的平安符综合发挥作用，给了周杨一丝安慰、一丝希望。

他们没有仔细看，路边杂生的荒草、破败的建筑废料，还有阴影里列队游行的蝼蚁虫鼠。

一路上，张伟嘴就没停过，似乎他永远不累，也不会渴。他描绘着进入这家公司之后诱人的商业蓝图，对周杨说："你知道活动策划的主要任务是什么吗？主要任务是写各种方案。那方案中最关键的是什么？是把预算尽量做高，最少高出一倍，留足砍价的空间。"

周杨说："你要是没被开除，那现在你们公司应该上市了。"

张伟说："你说得对，但我们需要允许某些人没有慧眼识珠的能力。"

以过来人的骄傲口吻，他吹嘘近半年的重要发现："每个圈子各有玩法。和朋友，看是否真诚。和艺术圈打交道，看眼光，看品位。和生意人呢，看你脑子是不是快，够不够精明。那么，像吴真这种既是艺术圈，又是生意人，还跟各路人马混得很熟的人，应该怎么办？"

周杨说："你说怎么办？"

张伟说："返璞归真，别使花招。"

周杨说："我也不会什么花招。"

张伟说："别紧张。"

周杨开玩笑说："本来不紧张，你这么一说我不好意思不紧张了。"

张伟大笑，说："哈哈，你是不是想死。放松，有你哥我呢。"

吴真工作室在二十九楼。电梯里，一个白发老人面带慈祥，上下扫视着周杨和张伟。张伟说："大爷，你好。"老人用吃力的普通话说："小伙子，你们是哪里人啊？"张伟随口说："我武汉的。"老人说："武汉好喔，九省通衢，天上九头鸟，地上湖北佬。"老人又问周杨："你呢？"周杨老实回答："我江西的。"老人说："江西更好，天上九头鸟，地上湖北佬，九个湖北佬，抵不过一个江西佬。你们住几楼？”周杨说：“我们来找朋友的。”老人说：“女朋友？”那眼光像是说，你们年轻人的生活我很懂。张伟说：“不是的，工作上的朋友。”老人说：“是不是二十九楼？”张伟说是。老人神秘地一笑，说：“那里好像很好玩喔，每天好多人。”老人在十一层出梯，张伟感叹着对周杨说：“看到没有，广州多包容，广州人多热情。”

工作室占了半层，窗帘密闭，像在举行什么神秘仪式，实际上只是一群人在打牌，德州扑克。他们把这种赌博称为竞技体育。有人开了门，将两人领到牌桌前。窗玻璃开着，因此窗帘被风吹动，飘来珠江的腥味。那时的珠江是一种老旧自来水铁管那样的灰黑色，气味有时腥有时臭。桌面不停轮换美酒。这天的灯光，周杨还记得，甚至每张人脸和香烟牌子，也都记得。以前打牌，要么在网上，要么是宿舍几个精力无处发泄的人凑个乐子，玩斗地主、斗牛、升级，输赢也就几块钱。这是他第一次见到德扑，见到纸醉金迷，见到彩色筹码陈列在前，如同坦克和战车。牌手有的像冲锋陷阵的士兵，面目狰狞；有的像运筹帷幄的将军，神态自若。你赢了，便攻城略地；你输了，便割地赔款。

刘姥姥进了大观园，周杨不敢乱动，故作镇定。吴真看上去三十出头，矮而结实，一副黑框眼镜，头发很长，大半身子窝在沙发里，面前一大杯茶水，泡着枸杞一类的果子。手里盘着佛珠，和手边的筹码相映成趣。他抬头，左手把长头发撩开，露出双眼，很亲切的样子。等他开口说话，是浓重的潮汕口音，和张伟初到西安时的口音差不多。他招呼说：“你们是张伟和周杨吧？混（很）不好意思，我们刚开鼠（始），要不要一起玩？”

周杨记着周夏雨的话，说：“我们学习学习。”张伟表现出很感兴趣的样子，站在旁边紧盯着。

一个胖胖的东北口音玩家说："年轻人，多玩玩，没啥害处，牌如人生，会不会打不要紧，关键你得上桌。"

一个香港口音玩家往前推了一大把筹码，对胖玩家说："别废话啦，到底跟不跟？不下注，不会输，但也赢不了钱的啦。"

吴真给两人介绍了在座的玩家，声音很平和，丝毫不像即将面试的老板。荷官是位女大学生兼职，胖玩家一号位，是做面膜生意的作家，话多，输得最惨。二号位香港男人，曾经是TVB配角演员，现在开古惑仔电影主题酒店，不断和旁边的女孩聊天，以便让人注意他的游刃有余。四号位含笑不语，身份不便透露。五号位是某地产公司中层，喜欢哼唱怀旧歌曲，比如《夜来香》。吴真在三号位，身边端坐着一个白皙女人，像巨大的奶油蛋糕，发出甜味。

张伟将大嗓门压低，一一问候，听起来很沙哑。这嗓音引起了吴真的关心，或者说是注意，他问："你身体不舒服？"

"没有没有，天生的。"张伟说。

"你们在黄间（房间）休息一会儿。"吴真推了一把筹码，"打完这把我即（就）过来。"

吴真敲着手里的牌，对身边的女人说："你帮忙开下休息室，拿壶极红（橘红）茶。"

周杨记着周夏雨的话，不要乱逛，但他不知道进休息室也叫乱逛。如果坚持在牌桌边观战，那就不用进休息室了。那就没有后来那些事了。事后，周杨曾多次冒出这一想法。可当时他很想喝那壶橘红茶，不仅因为吴真说这是地道的化州橘红，止咳化痰，可以让嗓子舒服，更因为他单纯想坐下来，休息。他们不该为了省一块钱公交车费，在大太阳底下，从杨箕村走到珠江新城，满身是汗，喉咙里冒烟。

休息室门口，一个犬形雕塑，蹲在威仪神武的关公像壁龛旁。潮汕人的标配。入门后是硕大的书架，当作屏风，书不多，但很多石头。西湖石。英石。奇形怪状。还有几幅字画零散堆在墙角，周杨不了解书法和国画，认不出来作者。他摸摸那只闪闪发光的雕塑，凹陷处没有半点灰尘。进门，左转两步，他看到了她。

她在三个银色画框里看着他，三个她从不同角度看向他。他终于看清了她的脸。

三张画挂在正对屏风的墙上，是同一系列，黑白草地上的裸体。右下角有吴真的签名。

第一张躺着，第二张双臂撑地，第三张双手在脑后交织扭转着身躯，似在放松身体。三张画应是连贯动作的捕捉。画中人屈腿坐在树荫底下，暗白色皮肤融化在身上。那一大片白，从她身体流淌出来，逐渐弥漫了房间，让人想起冬天清晨，推开门，看见满地是雪。

那是周夏雨。只能是她。二十六七岁的样子，笑容略带嘲讽。如果说脸还有长得像的，那胸口的那粒小痣也无法模仿。

密闭的休息室只有灯光，没有阳光照进窗户，但周杨恍惚看见阳光从她眼里反射出来，使得她的眼神仿佛混合着忠贞和淫荡、神秘和躁动。

虽然没有风，虽然盛夏的室内闷热不堪，周杨竟感到凉风吹过身体，通俗来说可以叫战栗。他轻手轻脚凑上前去，像接近一只本不该出现在城市的野生动物，伸手触碰了一下相框冰凉的玻璃。

事后回想起来，当时她身体给他的是安宁的印象，反而阴影里的眼神让他激动不已。仿佛那是地表最薄弱的岩层，蒸发出若有若无的雾气。

印象中，画中的周夏雨完全裸露，但后来周夏雨一直否认，说穿了敞开的外衣，一定是他没看清。

被一种莫名冲动支配着，周杨用尽量随意的语气，向张伟确认："你觉得这是周夏雨吗？"张伟正在沙发上神情严肃地将茶吹凉，仔细观察了一会儿，他说："记得何水说过吗？周夏雨做过摄影模特和油画模特，这种照片很常见的。"

周杨还想和张伟讨论周夏雨和吴真可能的几种关系，门外传来一阵响动。周杨以为牌局结束了，拉开一小条门缝。两个穿警察制服的背影，其中一个正在说："你们，都起来，赶紧地。"周杨快而轻地关上门，小声对张伟说："警察来了。"张伟噌地站起，伸手拉门。周杨将他手按住，低声说："别动，先看看情况。"

一种对穿制服的人的恐惧，让他将耳朵贴在门上。

只听到一位玩家说："你们所长也是我朋友。"警察说："别那么多废话，身份证。"吴真的声音说："我们几个朋友，只是玩玩，没打钱。"警察说："去所里再说。"吴真说："别搞得大家难做，你们知道这意味着什么吧？"警察说："意味着你们违法了。"香港男人说："我是香港的。"高人一等的语气。警察说："好的，那请您把香港居民身份证拿出来。"那个女学生似乎已经哭了，没听到哭声，只听到警察说："你拿学生证干什么？身份证！哭有用吗！"

大约十几分钟，过了半个世纪那么长。周杨手心都是汗，心脏怦怦怦地像建筑工人砸墙。等确认没有任何声音了，两人开门，野猫一样溜出门外。不敢坐电梯，走楼梯下了二十九楼。大门口又碰到了那个大爷。他面带惊讶的表情，说："你们怎么还在？"

周杨说："朋友不在家。"

下起了大雨。突如其来，一场豪雨。张伟说广州的雨就是这样，广州人对雨的形容就是这样。跑吧。在大雨中奔跑。全身湿透，包括衣服和简历。雨遮掩了周杨的表情，回想起来，当时浓重的惊慌一定在他眼里滚动，以至于全身湿透也依然燥热。

跑到地道里。假尼姑也在躲雨，又给周杨推销护身符，推销她的好运气。周杨不知刚才算不算好运气，但应该算好坏参半。好在没有被抓，坏在根本没有面试。那么，再给尼姑十块钱，是不是好运就会补充完整？对此，张伟进行了善意的讥讽，并说："即使我同意你的谬论，我也拿不出十块钱了。"

继续在雨中奔跑。奔跑中，周杨想着两件事，一件是怎么给周夏雨回复面试情况；还有一件，是周夏雨和吴真属于什么关系，是简单还是复杂？

跑到了杨箕村牌坊，跑到了士多店门口，胖胖的何姐喊住他们，说："你们信不信，这样淋雨，会生病的啦。小伙子，我给你们两包凉茶，拿回去煮了喝。"

何姐的话很有道理，何姐的热情很让人感动，何姐的凉茶却很苦。盯着镜子里的自己，周杨认为，自己的样子不是潦倒，而是穷酸。潦倒有一种阔过的意思，穷酸则不仅从前没阔过，未来也似乎没有阔的可能。

张伟似乎完全不受面试的影响，他乐呵呵地估计，少则一两天，多则三五天，等吴真从派出所出来，再约一次就好了。他打开电脑播放歌曲，陈奕迅的新歌《十年》，唱到"十年之前/我不认识你/你不属于我"，周杨想起十年前那瓶冰啤酒，十年前父亲那句话。

"我十二岁时到底看过什么书，到底想成为什么人？"无论想成为什么人，首先得活着，最好还有一点空余时间发呆，以便思考这一类问题。擦干了头发，仰面躺在沙发上，周杨撕开那散发着水汽的面包，一口一口吃起来。

入夜，窗外木棉树下，村民们烧着纸钱，告慰从古至今的亲人，呛人的烟味钻进室内。周杨将窗户紧闭，想拿张伟的手机给父亲打个电话，又不知该说什么、该怎么说，或者说，该怎么编一段谎话。他四仰八叉地躺在床上，对着头顶的白炽灯，默默地说："妈妈你放心，我没有什么难事。"

第十章

所谓面试的结果很快出来了。第二天，陈园园打来电话，说：“一个好消息和一个坏消息，你们要先听哪个？”

坏消息很容易理解。吴真没费什么力气就出来了，他冲周夏雨发火，说她介绍的人看起来还行，但存在一些不能忽视的问题。具体来说，就是临阵脱逃，太不够意思，不讲义气，一点也不像潮汕人。陈园园说，吴真嫌他们太胆小，不相信他吴真的能力，不相信他能毫发无损地出来。不能一起面对困难，就不能一起赚人民币。

对一个潮汕人来说，不讲义气是最大的侮辱。张伟辩解了两句，说：“我对你和周杨肯定讲义气。”周杨说：“对不起，当时确实吓蒙了。”陈园园说：“你承认错误倒挺快。”周杨脸一红，说：“下次不会了。”陈园园说：“这话你们跟夏雨姐去说好了。”她说周夏雨对吴真晓之以理动之以情，说你对两个毛头小伙子要求太高啦。说张伟这人有工作经验，还会做菜，应该是很踏实的。而周杨文章写得极好，文字能力极强，一定能为公司发展贡献极大力量。

“周夏雨真这么说？”周杨问。

“真这么说。有问题吗？”陈园园说。可是，周夏雨什么都说完了，吴真还是坚持，他们不合适，他们没担当，还请另谋高就。

“没问题。”周杨突然高兴起来了。不仅为周夏雨这么替自己和张伟说话，更为吴真的拒绝。前者表明周夏雨给予了两人认可，虽然这种认可不无表演的成分。后者表明她和吴真的关系似乎没那么复杂，很可能只是普通朋友或工作关系。

“那么好消息是……”周杨问。

“本质上，是同一个消息啦。”陈园园说，“你们的简历还有吗？我再提醒一下，记得小说也打印几篇。尤其是那篇《世界尽头的鸽子》。”

“你不用这么帮我们，真的。”周杨眼前浮现周夏雨那三张照片。

“如果这次还不行，那我保证不管你们死活了，行不行？”陈园园嘴里有搅拌棒棒糖的摩擦音。

好消息是，这家店还有另一个合伙人，也就是另一个老板。这人不仅周夏雨认识，陈园园的老师孙子苏也认识。陈园园撒了个娇，让老师打了个电话，给两人重新安排了一场面试。陈园园特别强调，这次他们是以“陈园园朋友”的身份出现，一定要好好表现，别给她丢脸。为了确保万无一失，她会陪同前往，以便监督他们不要再犯低级错误，必要时也适当发挥助攻的作用。

面试地点不是吴真的工作室，而是直接去店里，东山口的别墅区。一大早，张伟找了家典当铺，恳求老板抵押了手机，换来一百五十块。老板拿着手机掂来掂去时，周杨试图阻止，张伟说：“如果面试成功，这手机就太低档了，可以换一台。如果面试不成功，那这手机也没用了，因为手机不能吃，这一百五十块还能顶几天伙食。”他分给周杨八十块。两人去网吧查资料，考前熟悉考场。得知那一片乃是民国年间的洋楼别墅，许广平住过，陈炯明住过。既然是以陈园园朋友的身份出现，那便要表现得像个样子。既然周夏雨经常去店里演出，那便不能失败。

张伟那边也查了不少他认为很有用的资料。比如东山肉菜市场，属于富人的肉菜市场，有大量珍稀食材。市场门口有家开了十几年的铺子，有两元一碗的猪红汤，和三元一碗的牛三星汤，每天大排长龙。比如菜市场左拐，有家老广州人最爱去的常来饭店，店里的碌鹅和啫啫煲是招牌。常来饭店对面，便是广州酒家的老店，烧鹅、早茶、白切鸡都值得一尝。于是周杨考虑了怎么开始面试，而张伟则主要考虑了面试成功后去哪一家吃的问题。

从网吧出来，周杨顺便在音像店买了张周杰伦的新专辑《叶惠美》，让张伟送给陈园园。他说："我只能帮你到这里了。"中午，去新化老板的打印店，花二十来块，准备了新简历，装订了过往的小说。又仔细洗澡，梳理头发，穿上昨晚新洗的格子衬衫，袜子也特意选了双黑色的。鞋子有点脏，不过擦拭之后不算明显。收拾期间，张伟问他打扮这么久，是不是去相亲。周杨说："我是陪你去相亲。"张伟说："我还用相亲？一般都是对方主动的。"周杨说："陈园园不错。"张伟说："嗯，是不错，我考虑考虑。"周杨说："那蓝色妖姬怎么回事？"张伟问："谁？"周杨说："你晚上打牌的那个。"张伟说："说好了，分了，真的，我现在只喜欢陈园园。"

周杨总觉得会不会少带了点什么，检查了几遍。后来张伟说："你知道世界上最大的蜗牛长什么样吗？"

"我们要不要带包烟？"

"就长你这样。"

"准备一包吧，让老板给我们发烟就不好了。"

“没钱了啊。”

“我这还有点。”

买了包芙蓉王，二十块，也算拿得出手了。

周杨认为已准备充分，不会愧对陈园园和周夏雨的帮忙。顺利的话，工作如探囊取物，而未来正在招手。

可是事情往往不按照你的准备而进行。离见面时间还剩半小时，两人跑向广州大道，等待225路公交车。公交是这样一种交通工具：你越等它，它越不来。

“你打扮那么久，广州的交通可不会等你。”张伟埋怨了一句。远处一辆出租车驶来，算了算钱，应该还够，周杨咬咬牙选择了出租车。

“去哪里？”“东山口。”司机问：“经广州大道，拐寺右新马路，到时候是直走烟墩路还是……”两人说：“师傅你定，怎么快怎么来。”按照正常流程，广州司机的习惯，此后便是一路无言，将你准时送到目的地，服务无声，像晚上为你盖被子的妈妈，你还不知道就已经结束了。

“这不上车了吗？天无绝人之路。”周杨说。风驰电掣中，他已不可遏止地想象遥远的未来。想象力是可怕的，他不仅想到了大学时代和张伟的朝夕相处，也想到了以后该怎么和周夏雨朝夕相处。他承认自己陷入了幻想之中，只要乘上这辆绿色出租车，穿过这短短的路程，去进行一场简单的面试，胜利唾手可得。

可是到了路口，车流突然凝滞不动，像打口磁带突然卡带，纠结混乱。司机下车查看，只看了一眼，说：“哎呀，堵车了，要不要听首歌？”

张伟说：“什么歌？”

司机说："《等待》。"他打开了费翔那首古老的《等待》。

周杨说："大哥，我们赶时间，有办法吗？"

司机看了看窗外，说："你们下车吧。"

张伟说："什么意思？"

司机说："你们跑过去，还剩一公里了，跑过去快一点。"

有群民工坐在路口，拉着横幅，进行那些年常见的讨薪或其他维权活动。这群黝黑的人，有的打着赤膊，有的穿着汗衫，也有个别穿衬衫的，他们齐声喊着："黑心地产商，还我血汗钱！黑心地产商，还我血汗钱！"

往前跑。堵满车的单行道，是条黑而粗的长鞭，随时准备给他们来上一鞭。大太阳底下两人像傻子一样跑。

跑入别墅区，天空由明转暗，如同闯入一片盆地，跳进一片藏在深山的湖。路旁是赭红色的砖楼，形状不一，高低参差，美得没有章法。各种不知名的树木繁盛，摇曳，树叶散发银白的反光。

可是没有时间停下来观赏。跑过精美的院落，跑过辉煌的装饰，也跑过零落晾晒着的衣服、杂物、蹲着的狗，甚至还跑过一两只鸡。这给了周杨错觉，认为东山口的有钱人也不是那么高不可攀。

跑过中共三大遗址，拐入小巷，到了一幢别墅面前。准确地说，是两幢别墅，中间以廊桥相连。一棵茁壮的黄桷树奋力张开手臂，几乎遮盖了其中一幢。入口处挂着不显眼的小牌子——"云中会馆"。建筑雄伟，而门脸暗沉，和房子一样正在衰老。

"没晚多长时间吧？"周杨喘着粗气问。

"如果是吃饭，那没晚多久，面试就不一定了。"张伟喘着更粗的气。

透过院子，可以看到大厅宽大，灯光昏黄，家具都沉重实在，是好东西，风格却太老气，透露着中年男人的审美。

院门外，周杨停下脚步歇气，消消汗。陈园园从院子的某个角落跑出来，穿着身不常见的套装，乍一看，周杨还没认出来。远远地，她就挥着手。大喊，挥手，让人产生一种她有什么高兴的事想要迫不及待告诉你的错觉，可是走近了，她只是说："你们是不是想气死我，不迟到会死吗?"周杨揩揩额头上的汗，说："你来很久了?"陈园园说："东西带齐了吗?"周杨说："不好意思，你不知道我们遇到了什么。"张伟将《叶惠美》递给她，喘着气说："去买专辑，晚了，送你的，里面有首《以父之名》，好听。"陈园园道谢，收进包里，又说："等一下。"她跑进去问服务员要了块毛巾，让两人擦去脸上的汗和盐。

大厅里，一个领班模样的女人正对员工们训话。二三十人站成两排，男员工穿着紧身小西装，系领结，女员工们一色的淡蓝色旗袍。领班训起话来，威风凛凛的样子。听到她在说什么，周杨停在门口。但声音还是穿门而出。

这个时代最具特色的词汇从领班嘴里不停地滚出来。这词汇便是钱。她说的是："钱就像人，认脸，认人，更认心。你对它用心了，钱就往你身上靠；你对它不用心，它就往别人那里跑。对钱用心，就是对客人用心；对客人用心，就是对生活用心。没有人会无缘无故爱你，更没有人会无缘无故把钱给你。我们应该怎么做？来，跟着我大声一起念。"

她念第一句："工作用心，勤学多练！"员工跟着念第一句。

她念第二句："服务贴心，嘴甜眼尖！"员工跟着念第二句。

她念第三句："伙伴同心，一起赚钱！"员工跟着念第三句。

等到念完了，员工跳着一种奇怪的舞蹈，据说可以增强员工的凝聚力和战斗力。陈园园看两人汗消得差不多了，打了电话，那边一个女人的声音说："你们总算来啦！"

不知这话是对等待表达惊喜，还是对迟到表达不满。不过，那包烟看来是浪费了。周杨想象了一番这个女人的样子，他的想象错得很离谱。他以为会是四五十岁的女人，携带富贵的气息，威严地对他们进行面试，可是房间里是一个三十来岁的女人。女人即使坐着，也能看出矫健的姿态，一种运动员般的丰满，像是正在利用凳子做某种健身锻炼。陈园园手掌一扬，一一介绍，女人叫任小菲，是这个店的老板。周杨对迟到表示抱歉，任小菲不像他想象的那样，带着生气和不满，而是嘴里说没事没事，坐吧坐吧，脸上也挂着客气的笑容。是咖啡厅营业员的那种客气，那种对每个人说"欢迎光临"的客气。

周杨尝试缓解气氛，但他最终做出的举动只是半边屁股坐在沙发上，交叉着双手。张伟平时的搞笑天赋消失不见，动作更为僵硬，手肘支撑在大腿上。周杨怎么也想不到，是陈园园用简单的几句话解了围。

陈园园挪了挪屁股，用手抻了抻套装的下摆，说："菲姐，我们给你准备了一份小礼物，刚才跑了几家店，买了张周杰伦的新专辑，刚出的。好几个店都被抢光了，搞得我们迟到了，很不好意思。"

这番话再次让周杨对陈园园刮目相看。那只鸽子再次切换为母鸡了。想来女人总是比男人更成熟一些，许多时候，她们乐意装得幼稚，只是为了让男人享受那点可怜的优越感。

这番话让任小菲的表情发生了明显的变化。她连说谢谢谢谢，周杰伦是我的偶像。又叫店员拿来菜单，问他们要不要来几样点心。爽朗又自然，礼貌又周到，诚恳又亲切，突如其来，转变如此之快。往后多年，周杨都很难模仿这种随意而自然的热情，尤其很难模仿这种从陌生到热情的转变。想来这需要天赋和历练，想来这是某类女人天生的魅力。盛情难却，他左手打开菜牌。一串很有文化的名字，有白云深处、布袋禅机、西山积卷，也不知道是什么食材。点了份看得懂的，桂花枸杞糕。张伟说："我也点这个吧。"陈园园说："你们怎么知道我喜欢吃这个？"张伟眉开眼笑，说："心有灵犀一点通。"店员问："要两份吗？"陈园园说："两份。"

任小菲转身去墙边取茶叶，露出背影结实的浑圆。起身时她说："你们刚才看见我们员工培训了吧？是不是特别傻？"张伟说："跳舞蛮好看的。"周杨说："很有气势。"任小菲说："没办法，团队没文化，只能这样了。"

墙面是整排红木书架，几本书整齐地码着，有些是充场面用的大套盒，但是茶叶罐满排，白酒和威士忌也不少。这说明，这个房间的主人日常并不看书。

坐定，泡工夫茶。周杨递上打印的简历和小说，张伟则递上简历和写过的广告方案。任小菲接过，只简单扫了两眼，说："你们的情况，孙老师都跟我说过了。"

她泡茶的时候，周杨不得不环视四周，不得不发出许多感叹。彩色仿古满洲窗，蓝色碎花地砖，窗外是耸立的芭蕉树，阳光被蕉叶切割之后，大块大块地落进室内。门半开着，门外男男女女经过，应该是即将上班，各自归岗。安静而繁密，只有脚步声，鸭掌一般拍打地面。相比之下，杨箕村的出租屋简直是个牢笼。在合适的窗子里，有空调的房子里，阳光是温和的、安宁的、富贵的；在不合适的窗子里，阳光则变得刺眼，变得凶狠。

能享受这种午后阳光的人，过的是什么样的生活？茶杯晃动，光影迷离，周杨对遥远的深沉湖水般的未来产生一种恍惚的渴望。一个小小的坎，被陈园园轻易化解。他认定坏时光过去了，这个二十二岁的夏天午后，将带他进入动荡不安却又快活的旅程。

“喝茶。”任小菲说，“我先介绍一下我们的情况，然后有什么问题咱们细聊，这样可以吗？”

普通的面试应该不是这样的。按周杨这一个多月的经验，她应该挑简历的毛病，问面试者很多问题，直到面试者回答不上来，面红耳赤，或落荒而逃。看起来孙子苏确实已经向她介绍得足够详细。也就是说，陈园园已经向孙子苏介绍得足够详细。

只是不知道，吴真那边有没有和她透露过什么？

茶几对面，任小菲全部的浑圆，被下午的阳光包裹，照亮，让周杨不禁感到燥热，不自觉地拿她和周夏雨对比。看起来她略大一些，约莫三十岁。如果说周夏雨给人清冷曼妙的印象，她只能用“热烈奔放”这一类词才能形容。有一种女人，即使她推开你，你也会迷恋般想去接近，并且带着没有邪念的喜欢，仿佛亲近已久，想直呼其名，周夏雨就是这种。她像水，推开你，又拍打着你，包裹着你。还有一种女人，散发着灼人的热气，你明明很想靠近，却要保持一种适当的距离，最好叫一个客气规矩的称呼，以免让人看出你内心的欲念。任小菲属于后者。

在小杯小杯喝茶的啜饮声中，任小菲几乎要介绍自己的一生。周杨得知，她是湖北人，原来在银行做大客户经理，五年前帮老板经营这家会所。老板的意思，现在会所过时了，让她改造一番，怎么痛快怎么来。花钱不是问题，能不能赚钱才是问题。“你们也看出来了，会所装修有点旧，关键是团队思维太老，没文化。”

她再次强调了“文化”一词。会所原来的功能，主要是满足各种客户的各类需求，常见的不外乎宴请聚会、吃喝玩乐，当然还有几样精神属性较强的，比如写字画画、金石收藏、做些展览、搞点活动，“都是些中老年男人玩的东西”。

“现在已经二〇〇三年了，时代不同了，靠关系做不了大生意了。”张伟左手抱在胸前，右手指尖摸着下巴，用预言家的语气说道。他神态自若，仿佛已经是这里的一员，有义务代替老板思考。

“是的，我们老板也这么说。”任小菲给三人添茶。

周杨不知道她所说的“老板”是不是吴真，如果是，那么就有点麻烦；如果不是，还可能糊弄过去。当务之急，是搞清楚她老板是谁。于是他说：“任总能不能介绍一下？”

不是吴真。老板叫梁永成，客家人。这名字很容易让人想起各种土老板。但在任小菲的描述里，梁永成聪明绝顶，白手起家。一九九几年，先是开农场，没赚到什么钱，时来运转，坚持就是胜利。有一年，突然兔子生意火了，靠卖兔子赚了第一桶金。

卖兔子也能赚大钱，这是周杨没有想到的。

再后来，梁永成找关系开了家奥迪4S店，赚了第二笔，关键是积累了大量客户。随之，开了会所，进入房地产，老板身家越来越高。以前，老板靠胆子赚钱，靠脑子赚钱，现在，老板想靠眼光赚钱，靠文化赚钱，准备出手文化地产。

非典刚过，地产低迷，正是进军的时机。老板看中了一处罐头厂的旧厂房，预备把厂房开发成创意园，顺便开发点住宅。那时的广州，遍地旧厂房，看上去是黑不溜秋的铁，实际是生锈的银。简单说来，还是那套古老的生意，低价盘下大片大片旧厂房，盘活后，高价出租赚第一道，卖房子赚第二道。既然要搞创意，哪怕只是口头说说，原来那一套也行不通了。老板给任小菲的短期任务，是不计成本，把会所改造成年轻人爱玩的地方，最好还能紧跟潮流，积累一批年轻的合作品牌。如果她做成了，那创意园就是她的项目。

“别给自己那么大压力，就开这个店也挺好的。”张伟的语气，很像任小菲的老朋友。

“如果做不成，那这个店就让我们另外一个合伙人干了，我也不玩了。资本家给你打鸡血又不花钱，他们不做亏本生意的。”任小菲笑着说。

她所说的另一个合伙人，应该就是吴真了。听起来，似乎他们并不是那么亲密无间的合作关系，反而带点竞争的味道。一时间许多念头涌来，加之很多词听不懂，周杨不禁有点慌张。不要慌，沉住气，少说多听，一定要面试成功，他想。

任小菲接着说，这两个月，她去看了广州所有展览，托朋友介绍，或是主动上前搭讪，认识了广州几乎所有叫得上名的艺术家。“广州艺术家不多，有点名号的也就三五十个。”其中，以孙子苏名气最大，又最投缘，还恰好是这个旧厂房改造项目的顾问。“他说给我介绍两个厉害的人，我还不赶紧请你们过来。”任小菲说。

这两个月，她还找人设计了一套会所改造方案，做了两百万的预算。本来准备七月一日动工的，可她总觉得还缺点什么，自己把握不准，团队也没有能帮她的，拖了一个多月。“现在太好了，孙子苏给我推荐了你们。我太高兴了。张伟的策划方案，很有想象力。周杨的文字，很有感染力。”任小菲再次夸张地表达，话里的热情如同滚烫浓茶，“要是没什么问题……”

似乎没什么问题，什么话也没说，什么也不用做？事情太顺利往往意味着麻烦。周杨一口气还没舒完，任小菲话音未落，敲门声响起，一个女孩从半开的门探进半个头，问任小菲："菲姐，那些人又来了，你有没有空下去看看？"

周杨三人坐在门后的沙发上，因此没有看见女孩的脸。但他看到了女孩的马尾，听到了女孩的声音，那女孩曾尊称他为老师，双手递上信封。那信封轻轻一捏，可判断是三百而不是两百。他低下头，用半长的头发遮住半边脸，并用眼神暗示张伟。他祈求女孩不要进门，可任小菲说："你进来，我给你介绍一下。"

女孩进来了，看到他们，明显有点意外。她还摸不清情况。任小菲介绍她是空间运营，小马，负责活动执行的，以后会有很多合作的地方。女孩伸出手来，说："郑老师好，李老师好。"任小菲愕然地说："怎么，你们认识？"马尾女孩说："他们就是那天美术馆那俩人。"

第十一章

黄昏的新河浦，太阳躲在树后一动不动。终于出了云中会馆大门。天色从怒吼的巨大火炉，变为潮湿温柔的傍晚。

周杨说："没想到广州有这么安静的地方。"张伟说："富人区就是这样，你以为是杨箕村吗？"陈园园说："你们到底怎么把那帮人劝走的？"

周杨想起那三张照片里周夏雨胸口的痣。新河浦也像广州胸口的一颗痣，暗红色，掩映在高楼的山峰里，是画龙点睛的一点。现在他就行走在这颗痣的中心地带。

"说出来你别骂我。"周杨说。

"你们要我怎么办？"当时，听完马尾女孩的话，任小菲伸手倒茶，身体前倾，乳房的饱满更为明显。她声音没有更高，也没有更低，笑一直不减，像被一种柔软的胶水固定住了。

"确实是我们错了，错得很离谱，错得很不应该。"张伟说，"俗话说，大人不记小人过……"

"任总，有句话我不知道该不该说。"陈园园打断张伟的话，喝光了满杯大红袍。看她的神情，似乎又要启动母鸡的属性。

"当然可以。"任小菲说，"叫任总显得我好老了，你们可以叫我小菲或者菲姐，大家都这么叫。”

周杨认为结果已经注定，可是陈园园似乎还想努力一下。这再次显示女人除了比男人成熟，还比男人坚韧。

陈园园说了一句确实不该说的话：“我觉得这其实是他们的一个优点。”

不过相比她接下来要说的，这句还不那么让周杨吃惊。她接着说：“我跟孙老师也商量了这件事，问他要不要跟你讲清楚。孙老师说，讲清楚比较好，这不是什么坏事，谁都有遇到难处的时候。孙老师说，这说明他们做事不拘成法。菲姐的项目，需要新创意、新想法，正好合适。可我想了想，还是没敢跟你坦白。现在既然你知道了，我觉得孙老师的意思，是不如给他们一个机会，看他们是不是真的有什么新想法。”

陈园园是随机应变，还是早就清楚那天他们冒充了记者？如果她早已知道，那么周夏雨也是，那么她们为什么假装一无所知，还愿意气氛融洽地吃饭，还费尽心思为两人介绍工作？仅仅是因为照顾两个男人稀薄的面子？周杨一时间想了很多东西，可是他不能再想下去了，而是得做点什么。不然，他就真成了小鸡，需要陈园园的保护。如此一来，他就在陈园园面前失去了尊严，更在周夏雨面前失去了可能。他接过话，说：“任总，不，菲姐，你做什么决定都是应当的。如果可以，希望有一个机会让我们证明自己。”

“你们让我很难办。我也有老板的，不是我一个人说了算。”任小菲说。

“我们可以先改改你刚才说的设计方案，应该能省不少预算，这方面我有点经验。”张伟说。

“预算不重要。”任小菲鼻子里笑了一声，她转着手中的茶杯，转了转椅子，“现在倒有件事可以试一试。万一没完成，希望你们向孙老师说清楚，是我们的缘分没到，不是我不想跟你们合作。”

陈园园说：“当然了，这种事我们分得清。”

“那好。”任小菲说起了这个奇怪而艰难的任务。马尾女孩刚才说的“又来了”那拨人，一直来店里闹事，他们坐在那里，什么也不干，只坚持要见老板。警察来了也不管用，因为他们什么也不动，什么也不喊。一群人穿着白衬衣、黑裤子，像守灵团体，庄严肃穆地坐着。隔一两个月就来这么一回，客人都被吓跑了。“你们要是想留下来，那就试试能不能让他们安静地离开。”任小菲说。

“他们目的是什么，你知道吗?”周杨问。他意识到问得很傻。

“我当然知道，但我觉得你自己去问比较好。”任小菲笑着说。

“所以那群人到底是干什么的?”陈园园又恢复了那种幼稚好奇的鸽子模样。

已是傍晚，三人步行回杨箕村。肠粉店、甜品店、杂货铺中间夹杂着蛋糕店、咖啡厅、小小的书店，发出明暗不等的光，蒸腾着浓淡不一的烟火之气。路面崎岖不平，据说为了次年在多哈举行的亚运会申办大会，政府早早准备，东山口老城区一带都在翻路，翻了一次，又翻第二次，理论上应该还会翻第三次。

当时，陈园园留在任小菲办公室里，周杨和张伟下到大厅。在一面巨大的唐仕女图壁画下，那群人如同画中的马夫，岿然不动。只有一个人嚼着槟榔，把嚼剩的残渣往水杯里扔。再走近点，周杨发现他满脸络腮胡子，却有一双比胡子更引人注目的大眼。

像十字路口的红绿灯那么引人注目。就那么看了两眼，周杨拍拍张伟的胳膊，目不斜视，出了大厅门口，来到院子里的大树下。

“抽根烟。”周杨拆开那包没派上用场的芙蓉王。

“有点可怕。”张伟给两人点燃了烟，“我们非得在这里干吗？”

“还有你害怕的时候吗？别丢陈园园的脸。”周杨想的是，不能让接近周夏雨的机会就这么溜走。不只是这样，他必须向周夏雨证明，自己不是个只会幻想而不能解决问题的小弟，更不是吴真所指责的临阵脱逃者。

“你别这么冲动，这跟领车马费不一样。”

“你想想，这个店开起来，我们是不是能在这儿学点经验，以后开酒吧有用？”

“那怎么办？要跟他们打一架？”张伟摸摸丰满的肚皮，“刚才茶喝多了，现在饿得慌，没什么力气。要不要先去吃点东西再回来？”

周杨吐出一口烟雾，芙蓉王烟雾似乎比红双喜更细腻柔和。搜索了一番脑海里的犯罪电影和小说桥段，他最后只得到一句话：所有骗子成功的第一步，都是获取你的信任。比如火车站的龅牙，就用爽朗的笑轻易获取了信任。所有骗子的第二步，是必须脸皮足够厚，厚到可以面不改色。当然，他不愿意把自己归类为骗子，但如果他诚实地直接以员工或是客人的身份上去提问，那他收获的，要么是沉默，要么是挨揍。所以，他应该暂时扮演骗子，并且是没有精神压力地扮演骗子。

“你名片带了吧？”周杨想到了某种可能，铤而走险，也许一无所获，也许至少可以问清楚那群人的目的。

“万事开头难，开了头，顺其自然就好了。”周杨对陈园园说。

"后来呢?"陈园园体现出听故事的人应有的素养。

后来，两人回到大厅，来到那张硕大的大理石桌前，将假记者郑秋和李尔克的名片双手递给络腮胡子。周杨说："我们过来采访，刚才本来已经上车准备回报社了，看你们好像有一些故事，想了解了解。"

周杨半长的头发，张伟的胖肚皮，两人的格子衬衫，此刻都显得他们真的很像记者。

络腮胡子自报家门，说他叫朱红旗，湖南人。他用一口长沙普通话说："我知道你们报社，孙志刚案就是你们报道的撒，非典也是你们第一个报道的。"说他们也是受托于人，做一件行侠仗义的事，而且他们遵纪守法，和平示威。张伟说："一看你们就是讲义气的人。"朱红旗说："莫这么讲，我们也是看不惯，没收钱的。"

朱红旗给两人递槟榔，说出和梁永成的往事。那是一九九七年，香港还没回归，梁永成在番禺石壁开农场。农民把地租给他，先是相安无事，后来梁永成开始卖哈白兔，才有了今天这个场面。

"哈白兔你知道吧?"朱红旗问。

周杨说："我听说过，不是很清楚。"

朱红旗说："就是哈尔滨大白兔，也不晓得是不是真的有这种兔子。梁永成那时怎么骗农民的你知道不?一对十块钱成本的种兔，卖给别人两百块，号称等生崽了，按市场收购价回收。骗了几百万是有的。"

周杨问："他要回收，不是亏惨了吗?还怎么骗?"

朱红旗说："你听过亏本的生意吗?要是他亏本，肯定是为了赚你更多的钱撒。他先送几对给几户人养，三个月后，生了一窝小兔子，两百块一只回收。大家一看，妈呀，原来真的会回收啊，养一对兔子，一次生四个崽子，他妈的可以赚七八百块，养十对，那是八千块，养一百对，八万！那还不抢着干。后来，他的种兔卖得越来越贵，四百块，八百块，最贵卖到一千多一对。听说还去电视台打广告。生意火了，哈白兔种兔供不应求，这家伙直接去菜市场买那种肉兔子，冒充哈白兔。他妈的，比我们黑社会还黑。不对，我们不是黑社会，我们是没收钱的。总之，农民嘛，太傻了，也太相信电视台了。”

周杨说：“我还是没明白，他不是要回收吗，怎么骗钱的？”

朱红旗说：“兔子生崽长大要时间的撒，等长大了，拿去给他回收，他说二十块一对回收。大家说签了合同的呀，你怎么能这样？他说，签的合同里，写的就是按市场价回购，现在市场价就这么低撒。”

周杨说：“后来呢？”

朱红旗说：“人家说这是合同纠纷，就是让你们起诉。我有个兄弟就是这个村的，光这个村，这家伙就欠着八十来万，农民赚一辈子也赚不到这么多撒。他生意做得好大了，也不愿意给这八十万，你说是不是太坏了？后来我们找到他这个店子，他从来没露面过，就让员工跟我们扯皮，让我们去法院告他，农民哪懂什么起诉不起诉的撒，你说他是不是太欺负人了？这种事，你们报社真的应该报一报。”

“太坏了，太欺负人了。”张伟摸摸肚皮，附和着。

原来梁永成的第一桶金是这么来的，原来是跟六合彩一样的骗局。

听朱红旗的语气，倒不像是故意找碴儿的人。不仅如此，他的络腮胡子有一种江湖义士的气质。周杨从看过的武侠小说和古惑仔电影推断，他属于已经快要绝种的那种江湖人士，应该疾恶如仇也心狠手辣，喜欢广交朋友也痛恨背叛。周杨不禁对将要骗这样一个人而感到有点羞愧。

有没有和欺骗无关的办法，能让他们悄然离去？

很明显，没有确信拿到钱的把握，他们不可能愿意。而让他们拿到钱，任小菲和梁永成不可能愿意。死结在这里。那么打开死结的方法，只有一个，就是让朱红旗能拿到钱，同时让任小菲认为他们再也不用出钱。这是个悖论。

跟他说梁永成会还钱？朱红旗不会相信。即使他相信了，瞒得了一时，瞒不了一世，还有可能招致极大的报复。

如果我有这八十万就好了，那就可以“大庇天下寒士俱欢颜”。这是周杨冒出的第一个想法。钱真的能解决很多问题，钱也能交到朋友，可是钱本身是你最难结交的朋友。

“要不我们去旁边，找个店坐一坐，这里说话有些不方便，你说呢？”周杨一时想不到什么好招，心想也许换个地方，聊得愉快了，会有新点子。况且，坐在这大厅中央，一举一动很可能被服务员小妹随时转播给任小菲。

“旁边有家顺记糖水店不错的，我查过了。我们去那里，看看有什么解决方案。”张伟摸摸肚皮，甚至还吞了吞口水，建议得颇为具体。

“什么？”周杨当时灵光一闪，“你说什么？”

“我说去顺记糖水。”

“不，是最后一句。”

“我说看看有没有什么方案。”

“嗯。”是“方案”两个字给了周杨灵光，让他看到了价值八十万的希望，“朱大哥，我们去商量看看有没有什么方案。”

“可以，全部去也没必要撒，他们留在这里，我请你们去喝点饮料。”朱红旗粗犷的络腮胡子一点也不影响他心细如发。要获取他的信任，似乎还需要点时间，需要点运气，需要点真诚和实惠。但周杨心里有主意了。他像拍一匹马那样拍拍张伟的肩膀，准备出发，去验证他脑海里的想法。

第十二章

顺记糖水陈设得很广州，或者说很顺德。墙上几个相框，挂着店铺漫长的威水史。店铺源自解放前的顺德容桂，源自一个老婆婆推着车卖糖水，渐渐声名远播，客人闻名而来，便开了家店。一九五六年公私合营，老婆婆的店收归国有。再后来，店铺重新归还其后人，便有了这家顺记糖水。历史不知真假，但糖水口感纯正，价钱公道。

张伟点了一堆，双皮奶、姜撞奶、杏仁露、椰汁西米露、绿豆沙、龟苓膏，平均下来一碗不到五块钱。朱红旗抢着买单，周杨说："这次我们先来，等你们的事解决了，你再请我们一顿大的。"

虽是下午，店里却塞得满满当当，老人最多，妈妈带着小孩其次，打扮时髦的女孩三三两两。三人等了一阵，才抢了个僻静位子坐下。不一会儿，糖水依次到位，摆满了那张乌木色圆桌。

一起吃夜宵大排档，是朋友式的大快朵颐，一起吃高档餐厅，是谈恋爱约会，一起喝咖啡，更像佯装随意谈点生意，而一起喝糖水，倒有点家人消遣的意思。于是三人从老家开始，攀谈了家乡情谊，周杨说自己来自江西，朱红旗说那我们都是江湖人士撒。周杨谦虚地说自己混不了江湖。朱红旗说："你是江西的，我是湖南的，我们合起来就是‘江湖人士’撒，广州江湖人士很多的。”细聊下去，像大多数湖南人一样，朱红旗祖上也是明朝洪武年间从江西迁到湖南的，属于千万“江西老表”中的一个，周杨的半个老乡。三人一起批判了若干不良社会现象。周杨说起火车站被抢的经历，朱红旗说那肯定是广西帮那帮孙子干的，那是断子绝孙的钱，穷人不要欺负穷人。

朱红旗分享了一番珠三角地区“湖南帮”“东北帮”和“广西帮”的势力范围、行事风格，一桌糖水消灭大半。也许是因为世纪初那种对记者的好感，也许是因为老乡见老乡那种情感，也许是因为张伟豪气干云的吃相，朱红旗已将两人视为同道，他圆而大的眼睛里，有一种信任和欢喜的眼神，甚至已经约好了择日喝酒。张伟说他来做饭；朱红旗说他来买酒；周杨说不要急，等我们帮你把八十万要到，再来庆祝。

当糖水见底时，周杨想结交朱红旗这个朋友，想解决他的问题，也想顺便完成任小菲布置的任务。两全其美。为此，说一些善意的谎言，是必要的。他说：“你们的做法是对的，没有硬碰硬，但你们的做法也不对，没有打中要害。”朱红旗说：“是嘛，你讲详细点撒。”张伟只顾低头吃双皮奶。

周杨说：“你们这事已经过去几年了，报社选题不一定能过。你也知道，每天这么多新闻，这么多猛料，一般小事根本没版面报道。”朱红旗说：“那确实，我们也没这方面的经验，不认识报社的人。”

周杨说：“必须把事闹大一点，让梁永成压力更大，才有报道的价值。有报道的价值，梁永成才可能想息事宁人。”朱红旗问：“怎么闹大呢？我们不打架的。”周杨说：“你知道这个会所是干吗的吗？”朱红旗问：“会所还能怎样，不都是吃喝玩乐吗？”周杨说："你说得没错，但你知道来这个会所的人都是谁吗？"朱红旗说："我没看到什么特别的人。"

周杨假装神秘地放低声音，说："他们不会从前门进，也不会来大厅，你在大厅只会看到一些普通客人。"

朱红旗说："懂了，我们去后门堵？"

周杨把头凑得更低，更接近朱红旗的耳朵，说："你别冲动，这个店有大问题，我们正在准备暗访，今天来，我们是假装面试的。梁永成的问题，其实已经在我们的掌握之中，你要是相信我，就等我们暗访结束，这段时间先不要过来。等我们把脉摸清楚，到时所有问题一起写，包括你们的。写完稿，我们再跟他谈判，我估计他不敢不给钱。但你得答应，千万不要跟别人说暗访的事，一暴露，我们可能有生命危险。"

朱红旗连连点头，说："你估计需要多长时间？太久了也不行。"周杨算了算，说："你先给我们一个月时间，到时会给你一个初步答复。"张伟半张着嘴，疑惑地看着周杨，周杨给了一个"你放心吧，没问题"的眼神。服务员过来收吃完的碗盘，张伟说："再来份萝卜牛杂。"朱红旗说："莫争了，让我来买单吧，不然我好过意不去。"

"他们就这么走了？"陈园园眼睛睁大之后，浓密的睫毛几乎顶到了眉毛，"他们是不是傻?!"

此前，任小菲也问了同样的问题，但眼神没有任何变化。周杨给了她另外一个剧本，说他堂哥也是干这行的，也是帮人收账，恰好是他们的老大。一物降一物，他让堂哥打了个电话，这人也就没了脾气。他拿出顺记糖水的单据出来，补充说："那个朱红旗还请我们喝了糖水赔罪。"至少表面上，任小菲没对此表现出任何怀疑。她没提什么时候上班，但拿出了设计稿，让周杨这几天好好看看。

任小菲的问题很好回答，周杨已事先想好了答案。而陈园园的问题是一连串的。“八十万你准备怎么办？你以为是几百块房租？你不怕他们打？你们这是饮鸩止渴，想了前招没后招吗？”

“有的有的，放心放心，八十万而已嘛。”周杨自信，只要朱红旗给他一点时间，那他不仅可以伸张正义，还能让周夏雨大吃一惊。不过，这种自信只持续了一小会儿。前两天，还在为一日三餐发愁，现在竟然敢说八十万而已了，他自己也觉得有点好笑。他需要和张伟好好商量一下，推敲脑海里所谓两全其美的方案的可行性。“你回去吧！”他对陈园园说。

“今天你真的太厉害了，回头我再送一张专辑给你。”张伟夸奖着陈园园。

这么一夸，陈园园就不再追问了，但提出了新的要求，要求再次鉴定一下张伟的手艺。

张伟看看周杨，周杨看看陈园园，后者用一种可怜巴巴的眼神从下往上看着他。周杨想了想，说：“你要不再叫个人来，一起吃。”

陈园园说：“夏雨姐不是说她回老家了嘛，估计要开学后才能回来。”

开学后，那还得半个月，那还得想她十几天，那还得十几天后，才能跟她吹嘘今天的跌宕起伏和丰功伟绩。不过周杨并不是想叫周夏雨吃饭。他说：“不是叫她，叫一个可能帮我们搞定八十万的人，你认识他的。”

“你越着急，我越不着急，等我抽完这管烟。”周杨让陈园园喊来上回一起喝酒的师兄，从艺术家转行室内设计的寸头。这回，周杨听清楚了他的名字，赵小林。来自雷州半岛，村里第一个大学生，结果学了艺术这种要花很多钱却很难赚钱的专业。这让周杨部分理解了他抢着买单却迟迟掏不出钱包来的举动。赵小林吸着大烟斗，鼻孔和嘴一同冒着浓烟。他把云中会馆的改造设计图和施工报价表摊开，摆出鉴定稀世珍宝的架势，表情严肃。陈园园说："你别摆谱，任务已经给你了，你就努力思考怎么完成吧。"

张伟在厨房忙碌，系着围裙，形象很接近真正的大厨，只是厨房的逼仄影响了他发挥。空气十分安静，除了张伟颠勺的响声，除了赵小林翻开设计稿的沙沙声。

在此之前，去菜市场的路上，曾有激烈争吵。路上，周杨说出脑海里的计划。他说张伟在朱红旗面前蹦出"方案"那个词的时候，他想到两全其美的方法。想起在去吴真工作室面试的途中，张伟吹过牛，说他写的策划方案，都会把报价尽量往高里报，至少虚高一倍。而据任小菲所言，会所改造的设计方案预算是两百万。那么，从两百万里挤掉水分，是不是可以挤出八十万来？至少挤出三五十万应该没问题，他这么给自己打气。只要时间足够，就有可能腾挪这八十万。"你们说呢？"他这么问。

"这就是你的两全其美？你是不是想死？"张伟没有如周杨意料的那样拍案叫绝，"你先把今天买菜的钱整出来吧。你太冲动了，太狂妄了，你以为你是天神下凡？"张伟甚至说出这么严重的话来，面带颓丧，脸色类似杨箕村肉菜市场肉摊上猪头的灰白，"你会把我们都害死的，我连做饭的心情都没有了。"

"虽然我相信你，但这是有点夸张了。"陈园园说，"难怪你的小说都写得那么天马行空。"

张伟要了一块中方五花肉，五花中最好的一块，带着脆骨，准备做回锅肉。又要了一副生肠、一副猪腰，做爆炒猪杂。周杨说："再买点虾吧。"张伟说："没钱。"陈园园说："我不吃虾，过敏。"周杨说："你先叫你师兄来，他有经验，说不定能省八十万呢？"

张伟挑拣着螺丝辣椒，为了照顾周杨的口味。他翻动着辣椒，找那些更细更长的，说："你有没有想过，即使能省出八十万，一个月时间，你要怎么把钱挪出来？挪到自己账上，算不算吃回扣，是不是挪用公司财物？是不是可以把你送进牢里？"

陈园园说："有这么严重吗？"

周杨说："朱红旗不是坏人，不会对时间卡那么死的。"

张伟说："我听说湖南帮不是那么好惹。再说了，梁永成这么坏，我们在那儿干什么？"

周杨死鸭子嘴硬，说："我们现在是在干好事，劫富济贫，替天行道，懂吗？再说，又不是跟梁永成干，是跟任小菲，你看她像坏人吗？周夏雨不也在那演出吗？你别自己吓自己。"

张伟看了眼陈园园，说："你这是被爱情冲昏了头脑。"

陈园园说："那我到底要不要叫我师兄？"

周杨说："叫吧。叫你师兄看一看，感觉他挺能抠钱的。"

为了周夏雨，冲昏头脑，冒险，是值得的。为了更好的明天，冒险是必需的。周杨帮张伟端菜，期望缓和他的表情。

上第一个菜时，赵小林看完了平面图、效果图、硬装施工图；上第二个菜时，看了一半材料图；上第三个菜时，还在看材料图。上第四个菜时，他说："材料太多了，要看得仔细点。不过目前还没看出什么问题。"上第五个菜时，他说："你们为什么要替老板省钱?”

张伟说:“如果我说周杨是为了替老板还债，你信不信?”

“陀思妥耶夫斯基说，”赵小林吸了一大口烟斗，满屋子都是烟，“大凡善良的人，总喜欢把人往好处想，总是把人想得比实际上更好，总爱夸大他们的好处。对这样的人来说，以后的幻灭是很难过的，在他们觉得自己负有责任时就更难过了。”

“师兄，你能不能别跟孙老师一样神神叨叨。”陈园园蹙眉说，“能不能快说能省多少钱。”

“这真的是个良心企业。”张伟端上最后一道汤，赵小林说，“张伟你真的很会做菜。”

“还行吧。这些就花了五十几块。”张伟搓搓手。

周杨眼前和心里都是烟，赶紧问良心企业是什么意思。

“要么这个设计公司是良心企业，要么你们老板是个黑心老板，真是一点水分也没留啊。我看你们就找这家公司，设计费是贵点，但人家是大公司，也算良心价。我这么抠门的人，估计也就给你们省个一两万了，那还是割肉。”

五菜一汤冒着热气，在慢慢变冷。张伟擦着额头的汗，说:“吃饭吧，吃饭吧，今天心情一般，影响发挥，不一定好吃，大家将就将就。”周杨说:“真的没有办法了吗?”陈园园说:“师兄，你这么厉害，再想想。”

“能不能先吃饭?”赵小林放下烟斗，“民以食为天，我吃着吃着，可能会有点灵感。有酒吗?”

“有多大的肚子，吃多少饭，咱们还是不要这么折腾。”张伟再次打起退堂鼓，“我去买点啤酒。”

带回来四瓶酒，周杨估计张伟钱已经花光了，不然不会带这么少。在赵小林制造的烟雾中，四人用时约三十分钟，吃完了这顿气氛凝重的饭。不知不觉，男人们喝了两三瓶，陈园园也不管不顾，喝了两杯。吃完了，喝完了，赵小林说："我还是没想到什么办法。"

周杨翻翻设计稿，他只是翻翻而已，当然也期望像新疆和田随意翻石头的人，捡到一块被千万人忽略的稀世美玉。

翻到家具，总预算三十几万，他问："这块不能省吗？"

赵小林说："顺德乐从家居市场也是这个价，高级会所，家具这块不能省。"

翻到灯饰，总预算十几万，周杨问："这块能省吗？"

赵小林说："就算去中山工厂进货，估计也就便宜个万把块。"

翻到挂画，预算二十几万，周杨问："这块能省吗？能不能找点简单的插画版画代替。"

赵小林说："不行，看过《喜剧之王》吗？周星驰捧的那本《演员的自我修养》，里头有一句话，你知道是什么吗？'艺术喜欢严整与和谐，而"一般"却喜欢杂乱无章。'你买些行画，就没了格调，没了氛围和档次。"

陈园园又倒了杯满是泡沫的酒，张伟教她怎么沿着杯壁倒酒，可以避免产生泡沫。倒完后，他让她给条活路，说："周夏雨知道你喝这么多我就死定了。"

陈园园说："我那有孙老师两幅画，夏雨姐也有一幅，能代替吗？"

周杨心里燃起一点希望，但赵小林浇灭了它："挂画总共将近三十幅，两三幅不顶事。"

"你他妈太冲动了。"张伟仰头喝完那杯满是泡沫的酒，"一个月后等着死亡降临吧。"

当天晚上，满脸络腮胡子、眼睛大得像红绿灯的朱红旗，率领他表情木然的小弟，一言不发而又威风凛凛地光临了周杨的梦境。

第十三章

硬着头皮去到任小菲办公室，周杨给出了一些赵小林提供的建议，并强调了一番方案的扎实性。任小菲双手一拍，说："那装修交给你们了，最好这两天就动工，我让设计公司直接和你对接。这段时间我要忙一忙园区那边的事，你们要盯紧点，不要让他们超预算了。行不行？"

张伟摸了摸显得干瘪的肚皮，说："我们没干过装修。"

任小菲说："我知道你们没干过，就说行不行？"

周杨说："行。"

任小菲说："我看也行。"

张伟再次摸了摸显得干瘪的肚皮，说："任总，有个不情之请，不知当说不当说。"

任小菲带着好笑的表情，说："叫我菲姐。我说不当说，你会不说吗？"

张伟挠了挠头皮："菲姐，能不能先预支一千块钱工资？"

任小菲说："给你们两千，够吗？"

张伟刚吞了口口水，周杨就闻到了酸菜鱼的味道。后来，他们跟随自己的胃和鼻子，走进了阿强酸菜鱼，一种浓郁的混合气味蹿进鼻孔，是油泼干辣椒、薄薄的鱼片和爽脆的酸菜混合而成的味道。它们经由毛孔而不是鼻孔攻击你每个细胞，并最终入侵了大脑。

服务员小妹做出灿烂的表情，说："哥，你们总算想起我来了。"

她对着厨房喊了一声，两条鲈鱼。她的四川话悠扬婉转。人只有吃饱了才能感受到世界的美好，这个真理让人感到伤心。但当第一口鱼入口，周杨的伤心便渐渐平息。当桌子上扔满了新鲜鱼骨，他对张伟说："让我们大干一场吧。"

张伟不怀好意地提醒："我梦见朱红旗把我们打了一顿，打得你满地找牙。"

周杨说："一会儿我们去买几本书，学学装修怎么搞。"

去广州购书中心买了几本类似《商业空间设计装修实战指南》的图书，周杨用两天时间闭门不出，自认已经修炼到了可以现学现卖的水平。

这天，他对任小菲说："装修流程我和设计公司商量好了。大体是这样的，预计工程五个月，除去春节一个月，预上意外时间，明年二月底三月初应该能完工了。"

任小菲双手一拍，说："我看也行。"

一开始，工程还算顺利，很快问题越来越多。主水管被工人敲裂了一次，喷溅的水把周杨和张伟的衣服全部打湿，两人手忙脚乱找东西堵水管，狼狈不堪。躲开趵突一般的涌泉，周杨拿根烟出来抽，湿了，点不着，两人互看一眼，苦笑起来。水压上不去，加装了水泵还是水小，只能将就。老房子墙面漏水严重，外墙防水额外花了三万多块。

这些小插曲，让周杨确认他有多么无知，大学学的东西多么没用。钱哗哗地花出去，钱太不经花了。他自我安慰一切坎坷都是值得的，他感叹人生常常有突如其来的麻烦。时常焦虑，偶尔烦躁，更多的是担忧。担忧即将到期的一个月期限。

八月很快会过去，八十万却永远不会来临，不会从天而降。

周杨把自己变成了一部智能机器，头和身体都围绕“尽快完成装修”这一指令，力求榨干每一分钟，力求不出一点乱子，多快好省。说大量话，口干舌燥，再喝大量水，每一滴水仿佛一进喉咙就直接穿透肌肉到达了皮肤，流下大量的汗，风干大量的盐。你有过那样的感觉吗？每晚睡前，总是担心明天那些不可预料的；每早醒来，总是怀疑昨天干了什么不对的。

唯一让他想尽快入睡的，是争取梦到周夏雨。但事与愿违，满脸络腮胡子、眼睛大得像红绿灯的朱红旗，几乎每晚都会率领他表情木然的小弟，一言不发而又威风凛凛地光临梦境。

这段时间，周杨认为，有一个真理是不言而喻的：人生最大的动力，便是确信你爱着某个人，或者更确切地说，是你想让某个人了解，你确定无疑地爱她。

在二十二岁这年，他还不知道，这种燃烧的火焰，有时会把你和别人区别开来，有时会把你烧成灰烬，但更多的时候，会遇到一场场大雨，化为几行黑不溜秋的眼泪。

对两人的夜以继日，任小菲看在眼里，以为他们是因为热爱工作而乐此不疲。她不遗余力地夸奖，毫不吝啬地奖赏。资本家打鸡血不花钱，而她不仅善于打鸡血，还肯花钱。她问了张伟原来的工资，直接给两人提了差不多一倍，并说暂时只能这么多，远远配不上你们的能力和贡献。五千块，这是怎样的巨款，在二〇〇三年的广州你可能难以想象，那时的房子一平方米只要三千多。

这么一来，根本花不完。某一天，穿过烟墩路，张伟提出了他的作战计划：把工资存一部分，少则两年，多则三年，便可以开一间属于两人的酒吧了。最好同时做私房菜，一展他的厨艺。到时候他们就是自己的老板，想干什么干什么。那个年代，男人喜欢开酒吧，女人喜欢开咖啡馆，都相信这样就能实现财务自由，也实现时间自由。工资一发，两人保留两千块生活费，换了一台豪华版诺基亚手机，剩余的全部存进一张银行卡。算下来，每个月有七千之多，每年八万多。那岂不是很快就可以开个酒吧，岂不是很快可以邀请周夏雨来驻唱？少则一年，多则两年。多么美好！

可是那八十万横亘在眼前，八万和八十万还是有天壤之别。这天终于还是来了。

这天，是教师节，张伟去了材料市场选地板，周杨在工地监工，突然想到陈园园说的，开学后周夏雨便回来了，为什么现在还没消息？

现实世界没有想象中这么波澜不惊，几天前刚完工的防水，又不行了。施工队私自更换了防水材料。施工图里要求的材料，装修队总能找到差不多的，还说根本看不出差别。你说他们为了多赚钱吗？也不全是，他们会告诉你，材料不要用太好的，我们给你算便宜点，这样万一倒闭了还能少亏点，等赚钱了，再换更好的，也不迟。听起来让你无法拒绝。到了中午，工人嫌天气太热，工期太紧，临时要加价，怠工不干。包工的换了经理，太嫩，管不了工人。

现场乱糟糟的，头发乱糟糟的，心情尤其乱。周杨开着免提，呵斥设计公司对接的经理，说：“你们别蒙我，你们怎么找的包工头，尾款不想要了？要么给足工钱马上开工，要么你们滚蛋！”他说完才意识到，自己的声音很凶狠。可能人一急就变得凶狠，也可能这段时间的殚精竭虑、日夜奋战，让凶狠成了一种新的习惯。

经理连连赔不是，说现在房地产太火了，招工难，招优秀的工更难，农民工太难管了，对不住对不住。周杨想骂娘。一个年轻工人听到扩音器传来经理的话，回骂说：“你他妈别歧视农民工，你爸往上翻三代，也是农民。”另一年纪较大的工人说：“你们才给多少钱哦，我们做的活，对得起这个钱！”周杨对经理说：“你听到了？你还想要尾款的话，最好马上解决。”

现实世界善于在给你一巴掌之后，再来一巴掌。

这边通话还没结束，朱红旗打来电话。

周杨迟迟不敢接，也没挂。

那边锲而不舍，周杨躲到室外院子墙角，说：“朱大哥。”

朱红旗问：“快一个月了，进度怎么样了？有没有希望？”周杨说：“进度还可以，才半个多月嘛。”

“不是半个多月，是二十七天了撒。兄弟，你可别坑我，”朱红旗的话里除了疑问，还略带焦虑，“我很相信你的撒。”

“我一直记着你的事。”

“那我现在过去撒。你去那边等我。”

约莫半小时，周杨抽了五根烟，朱红旗到了，嘴里嚼着一颗槟榔。相比于友情，利益总是更能驱动人性，何况是那种没有共患难过的友情。利益冲突时，才能见到真正的人性。朱红旗当然没有必要绝对相信周杨，除非周杨马上能给他八十万。可是不能。唯一能做的，是强装笑脸，在院子门口迎上前去，说：“抽烟。”

“这怎么回事？”看着一片狼藉的工地，朱红旗似乎忘了他主要是来要钱的，“梁永成跑路了？”

“我跟你说了进度不错，我们已经打进敌人内部了。”

“么子意思？”

“我们说服了梁永成，对会所进行装修，装修由我来负责。你的钱我估计很快就到。”

“你怎么没跟我讲呢？”

“太忙了，”周杨指指凌乱的现场，“我一直记着你的事。”

电话再次响起，是经理。经理说：“周总你在现场吗？”周杨说：“你们处理好了吗？”经理说：“我看到你了。”

经理给了周杨一个红色塑料袋，说：“周总，你多担待，是我们的问题，我们会处理好的，这点小意思，请你先收下，请你放心。”

周杨打开袋子一看，是几捆百元大钞，旁边放着几个橘子。一瞬间，他想退回去，转念，有了另外一个主意。他把袋子递给朱红旗，说：“朱大哥，你拿一下。”又回头对经理说：“这事不会这么容易就了了，后面该怎么处理，你应该知道。今天先这样，我朋友来了，不跟你多说了。”

待经理离开，周杨拉着朱红旗出了院子，避开工人，说：“我跟你说了钱马上到，这是第一笔。”

朱红旗拉开袋子，是三沓票子。只有三万，不过刚才的对话，已经足以证明周杨的话了，已经可以让朱红旗和周杨达成统一战线，也足够让朱红旗叫一声兄弟。朱红旗吐掉嚼成一团的槟榔，说：“兄弟，辛苦你了，有什么我能帮得上的地方，喊我一声。”

当然，叫一声兄弟不代表他忘记了还有七十七万。他问估计什么时候能全部到位。周杨说：“应该不用多久，但可能也没那么快。”

“兄弟你这话说得也太灵活了。”朱红旗说，“你给个准确点的时间撒。”

不敢再承诺一个月，周杨试探着说：“等装修完，估计我们的暗访也完成了。”

“那得什么时候？”

“明年三四月。”周杨再给自己放宽了一个月。

“最好过年前有一笔，我跟那边好有个交代。”朱红旗的大眼睛里，有种殷切的期望，他拆掉一颗新的槟榔，递给周杨，“兄弟我看你声音都哑了，少抽点烟撒，我走了，你先忙，注意安全。”

一块石头落了地，一口气出了胸口，装修也逐渐步入正轨，还有点时间，可以暂时忘记那七十七万。一放松下来，周杨再次想起最重要的那件事。

这段时间，和包工头的沟通技能迅速提高，和任小菲也进入了一种可以开玩笑、可以争吵而不产生芥蒂的良好关系，偶尔，周杨甚至忘了来这家公司，干这些苦力活，还有一个隐秘的心愿。

陈园园也来得勤了，隔三岔五便出现在杨箕村，展示家务能手的功能。看上去她十分享受照顾两人生活的感觉，或者说，十分享受别人被照顾后的感激。后来装修太忙，不能每次都跑回去开门，周杨便在窗台放了把备用钥匙。陈园园简直成了女主人，几乎每个周末都来，平时课不多，也来。有时她来得晚，就在楼下大喊，周杨，开门！有时她来得早，周杨回屋，时不时能品尝到一大桌丰盛的饭菜，搭配着各种零食和饮料，偶尔还有鲜花。张伟时常抱怨陈园园剥夺了他大厨的快乐，但吃起来毫不含糊，可以说，他脸上幸福的表情比陈园园刚擦过的白瓷碗还要闪耀。

到九月十日这天，朱红旗终于出现了，周杨猛然放松下来，类似完成了一场重大的考试之后，有一种不知道要干什么的空虚感。他想发个短信给陈园园，问问周夏雨的现况，又想着等两天再说。下班路上，路过杨箕牌坊，无法忍耐，还是打了电话。电话里他说："今天你没约吗？"陈园园说："没约啊，你约我呗。"他说："教师节不用和孙老师吃饭？"陈园园说："我还以为你知道。"他问："知道什么？"陈园园说："今天我生日。"他说："你生日怎么不回家？"陈园园说："我这不等你喊我玩嘛。"有点后悔打给她，他只得说："生日快乐，你过来吗？请你吃好吃的。"

"不了。"陈园园说，"过两天再聚。"

"生日还能过两天吗？"

"因为，夏雨姐答应回来给我过生日的，她每年都给我过生日。"

"我们先过一次。等她回来再过一次。"周杨说得言不由衷。

"不行。我生日可以喝酒，我要等她回来再喝。"陈园园说得郑重其事。

"她这就不对了。"周杨说，"既然要给你过生日，怎么不能早两天回来？"

"小朋友刚上幼儿园，有点不适应，她说还要晚几天。"

原来陈园园说的"开学后"，是指幼儿园开学？周夏雨有孩子？谁的孩子？她和陈园园什么关系？周杨很想一股脑儿把这些问题抛出来，陈园园打断了他的念头。她说："你别跟她说我说过她的事。"

"那等她回来我们约。"周杨还是忍不住加了一句，"具体哪天定了吗？"

“估计十一后。十月十五日之前她肯定会回来的。”陈园园说了个很粗略的日期。

“这么久，你这‘过两天’很灵活。”周杨说。

“怎么，你这么想见我吗?”陈园园说。

“改天约。”“改天”也是一个灵活的词。

第十四章

“爱情有四层境界，你知道是哪四层吗？”十月十四日下午五点多，在海产店紧追不舍的腥味中，张伟这么问周杨。

这天下午，周夏雨宣布了重大消息，说她要回广州，“你们有空的话，可以共进晚餐”。周杨和张伟将房子打扫一新，在周杰伦隔壁，贴了上映不久的《加勒比海盗》的海报。张伟认为约翰尼·德普的胡子很帅，周杨认为凯拉·奈特莉不笑时有点像周夏雨。

这场期待已久的晚宴，需要不一样的规格。两人准备了大量食材，用掉了预留的两千块生活费的一半。张伟买的菜很贵。贵在三个地方，一是大量时令海鲜，二是蛇舌草、洛神花一类罕见的蔬菜，三是两瓶波尔多的红酒。菜摊上，有的摊主有世故的沉默，有的有浮夸的言辞，但张伟一一友好地招呼。市场入口处的海产店，获得了单日最大一笔收入。

“暂时别谈爱情了，我们带点水果上去。”到了水果摊前，周杨说。

“买点提子。提子要买霜厚皮薄的。”张伟告诉周杨挑提子的方法，那些可以看到果肉类似血管一样的纹路的，皮薄，更甜，“谈恋爱就像挑水果，你需要仔细观察，不能用力去捏的。”

“我承认我没有三五个女朋友。你都是怎么追上她们的？”周杨诚心诚意地取经，希望晚上立马可以使用。恋爱是种天赋，他承认这方面自己完全没有头绪。如果恋爱是装修就好了，周夏雨是包工头就好了，那么他现在就有十足的把握很快了解流程、步骤、细节、预算，以及最终呈现的效果。

“爱情有四层境界。你知道是哪四层吗？”张伟诚心诚意地传授。

“我只知道‘三个代表’和马斯洛的五种需求。你这是谁的理论？”

“我的啊，没跟你说过吗？这是我根据多年实践，结合丰富的做菜经验，再加上最近在木棉树下苦苦思索而得出的理论。”张伟去士多店买了包烟，“对付工作你比我擅长，但感情方面，你必须承认，我可能高明那么一点。这套理论我可以免费传授给你，你想不想听？”

“不想。”周杨要了一提啤酒、几包纸巾，想着张伟准备的菜太过丰富，纸巾也许不够。士多店隔壁楼房已装修一新，加盖了三四层，在周围没有加盖的楼房对比之下，很像是一排蹲着抽烟的农民工里突然站起来一个。

“我认为你想。”张伟拆了包贵一点的硬盒红双喜，扔过来一根，“因为你对追求周夏雨还处于抓瞎的阶段，急需我提供必要的指导。我应该没猜错吧？”

两人哈哈笑了，周杨说：“愿闻其详。”

“第一层，叫童年味道。第二层，叫苍蝇馆子。”张伟拉开大铁门，惊动了闭着眼睛正在拉二胡的老白。

“听上去很接地气。”周杨说，“从群众中来，到群众中去。”

“你抬举我了，我没毛主席那么伟大。”张伟撩起T恤，露出稍显扁平的肚皮，“童年味道是什么？是最满足的味道，最深刻的记忆。光是一个米粉，叫得上名号的，就有常德米粉、长沙米粉、桂林米粉、新疆炒粉、南昌拌粉、柳州螺蛳粉。光是猪肉，就分很多部位：猪脚筋、猪天梯、猪春天、猪心顶、猪柳筋、望天光、猪金钱……这么多种，每个人喜欢的都不一样。你要看懂女人内心的需求，并满足她，才能打动她。她要吃榴莲，你给再多西瓜她也不喜欢，对不对？”

到二楼了。那一刻周杨认为张伟说得有那么几分道理，那时候总想着有可以解释一切的律条，这样便不用那么心烦意乱抓耳挠腮了。进而想到，要看懂某个女人的内心需求，首先得了解她的经历，包括她的父母和她的孩子。这正是他目前最大的好奇、最难解的困惑。

“有没有眼前一亮的感觉？好的理论就是这么深入浅出。”张伟喘了口气，得意地喷了口烟，“现在说第二层了啊。”

“第二层，苍蝇馆子。大家为什么要去苍蝇馆子吃饭？因为味道好，环境差点、服务态度恶劣，都不重要了，对不对？这就是说，你一定要有某种特别吸引女人的地方，让她主动靠近你，并忽略你其他的毛病。明白不明白？”

到三楼了。周杨说：“我还在想第一层境界，童年记忆。”

“那第三层我就暂时不跟你说了，贪多嚼不烂。”进门前，张伟神秘地笑着，“实践是检验真理的唯一标准，你在实践中慢慢参悟。”

准备就绪。周杨的情绪准备就绪，张伟的大餐即将完成。周夏雨正在从机场回市区的车上。陈园园正在从学校来杨箕村的路上。

沙发上，周杨尽情享受等待周夏雨出现的无穷乐趣，尽情想象她的表情和心情在听到这两个月发生的离奇又疯狂的事情时显著的变化。他意识到，那种自吹自擂的毛病正蠢蠢欲动。

该怎么恰如其分地吹嘘一下面试表现以及帮助朱红旗的机智，该怎么描述一番这段时间完成的工作和学到的本领？她会给出一抹笑容、一声赞美吗？兴奋之中，他没有注意到一件奇怪的、好像无关紧要的事情。

他尝试帮张伟打打下手，但还没有动手就感到无法集中注意力。要辣椒给了蒜，要盘子给了碗。太兴奋了，不太可能恢复到工作中那种细心和专注的状态，也不太可能从坏的方面去考虑任何事情。那时他的心脏还没有经历过真正的折磨，还不知道稍微收敛一下从未体验过的狂喜。

窗外传来狗吠和歌声。是女声唱的朴树的《那些花儿》，“那片笑声让我想起我的那些花儿”。可能是有人在大声放电视，也有可能是某人在唱歌。一阵热风吹动窗帘，再吹动茶几上的桌布，桌布是陈园园某一天带来的，蓝底上印着白色几何图案。

房东的黑狗吠叫。她们来了。

“你不该买酒。”陈园园一进门，便看向了桌上的食物，红酒，啤酒，“我一喝起来，这几瓶根本不够。”

周杨谨记张伟发明的爱情理论第一层境界，想了解周夏雨的内心，了解她这一两个月都去干什么了。如果可以更进一步，当然还希望了解她的孩子、她过往的每一天，乃至她的所思所想。

可是张伟的理论太过粗略。没想到具体操作方式，周杨便顺着陈园园的话，提议喝点酒，以起到人们常说的酒后吐真言的效果。

周夏雨部分拒绝了这个提议，她允许两人和陈园园喝，但自己滴酒不沾。她颇为不满地说，应该他们来照顾陈园园，现在完全反了过来。她批评张伟时语气比较温柔，说："你妈这么教你照顾女孩的呀，天天让她给你们做饭？"批评周杨时，语气严厉一些，说："你妈没教你怎么照顾女孩吗，天天让女孩洗碗？"

看来陈园园已经提前跟周夏雨复述了一遍这两个月的日常生活。"你以为我不心疼吗？这是园园主动提出来的，"张伟呼啦呼啦地扒着米饭，"我妈说，不要像其他潮汕男人一样大男子主义，女孩子的需求，我必须满足。"

周杨错愕了几秒，他对母亲的印象已逐渐稀疏，一时不知该怎么回应周夏雨的批评。

"你不知道他们这段时间有多忙，比抢银行还忙。"陈园园解了围，一大口一大口地喝酒，一小口一小口地夹着米饭，"我还没跟你说他们面试的事情呢，太搞笑了。"

用她弹跳着的声音，陈园园讲述了一番面试那天的经历，添油加醋。周杨失去了吹嘘的机会，只能佯装谦虚地说："别听她瞎说。"

讲到两人冒充记者暗访的时候，陈园园说："你说周杨是不是傻！"

周杨说："你别听她瞎说。"

讲到帮朱红旗还那八十万，陈园园说："你说周杨是不是傻！"

周杨说："你别听她瞎说，我哪有钱还他？先稳住他而已。"

"他有点冲动，不过还不傻，我们会想出办法的。"张伟帮陈园园剥了两只九节虾。

"任小菲你们最好不要惹。"周夏雨没说什么批评的话，当然也没说什么赞美的词，而是夹了两块白灼鱿鱼，给周杨一块，给张伟一块，说，“这段时间，辛苦你们了。有什么我能帮忙的，就跟我说。”

像真正的姐姐那样，她不透露自己的苦难和快乐，但乐于奉献她的所有。张伟的“童年味道”理论，在一个不愿意透露记忆的人面前，完全没有功效。

“放心，一切都很完美。”张伟满嘴红油。

直到张伟的肚皮回复到滚圆状态，陈园园关于这两个月的讲述还没有结束。周夏雨时不时穿插着问装修进度，何时硬装结束，哪天开始软装。尤其关心软装，提出了许多建议，恰好解决了周杨的许多疑问。

夜深了，整个杨箕村的声音逐渐熄灭，七街五号还亮着灯。在一连希冀了这么多天之后，这个夜晚给了周杨一丝安慰，那便是周夏雨似乎很关心他们的工作，也表现出朋友式的鼓励。但在啤酒的不停浇灌之下，他心里那团火慢慢冷下来，他意识到，自己目前还不具备自如地和周夏雨聊天的能力，不具备走进她内心的条件。

与此同时，是不该买酒，更不该让陈园园喝酒，不该让她喝醉。

她醉得太快了，两个月的讲述还没有结束，她已经口齿不清。她喝得太快了，周杨甚至没来得及阻止。他也不忍心阻止，因为她说："今天我过生日，夏雨姐允许我喝酒的，让我多喝几杯吧。"

周夏雨说着差不多该回去了，陈园园醉得更为明显，让人怀疑她是不是装的。“太晚了。”她看看手表，抬起红着的脸，眼睛也红着，声音从软糖化成了含混的流淌的蜂蜜，“你们继续聊，我醉了，我要睡会儿。”

“我送你回去。”周杨说。

“嗯……”陈园园话还没说完，已经倒在了沙发上。

“让园园睡你们这吧，张伟你送我一下，你们楼下那条黑狗好凶。”周夏雨说。

走到门口，周夏雨再次说：“有什么我能帮忙的，就跟我说，别死鸭子嘴硬。”

像真正的姐姐那样，她再次强调。正确的回答应该是“没什么我们挺好的”，但周杨想最后努力一下，顺竿子爬了上去，说：“还真有件事要找你帮忙。”

周夏雨问：“什么事？”

周杨说：“回头跟你短信里说。”

当然不是指那七十七万。他根本没想到什么要周夏雨帮忙的，但“回头”这个词很有灵活性，跟“改天”一样灵活。总能想出什么招，那时，就可以和她更密切地接触，更深入地交谈。

比起装修，比起什么园区，了解周夏雨重要得多。甚至比开酒吧、写小说也要重要一些，在当时周杨的人生考卷里，是最后一道大题，占分最高，难度也最高。

周夏雨和张伟的脚步声彻底消失了。周杨转头看到陈园园像一团毛线那样蜷缩在沙发上。腰背露了出来，随着呼吸颤动。颤动的还有鼻翼，还有脖子处的血管。还有微微张着的嘴唇。微张的干渴的嘴唇。周杨拍拍她的肩，她没有动弹。拍拍她的头，她没有反应。周杨想拍拍她的脸，但落手时速度很慢，于是像在抚摸。皮肤是滚烫的，细腻的，流水一般。突然，她张开了眼睛。眼睛里没有别的内容，只有醉意。周杨赶紧把手缩回来，但他缩不回来了，因为她抓住了他的手。

“我去给你拿条毯子。”他用了一些力。

“不用。”她松开他的手，但抱住了他的腰部。

周杨想动，但完全动弹不了。因为陈园园抱得很紧，也因为那双手臂传来一种奇怪的触感，这种触感跟酒精一样使人头昏脑涨。

“我去给你拿条毯子。”周杨再次说。

“不用。”陈园园松开一只手，飞速从旁边拉了件外衣，盖在腰部，“现在好了，不用毯子了。”

她脑袋往上移了移，压在了周杨腿上。

大腿靠近膝盖的位置，传来那种让人头昏脑涨的感觉，一种沉甸甸的温柔，让人快乐的压迫。

“要不，你把我收了吧。”她单眼皮的双眼朝上看周杨的脸，显得眼睛尤其大。

“你喝醉了，快睡。”周杨认为这便是自己的拒绝了。为了表现得不那么冷漠绝情，他用手遮住她的眼睛。她的睫毛似乎在手心扫了扫，随后匍匐平静下来。

“你还记得那句吗：他无声地跟随鸽子，把全世界放在她触手可及的地方。”

“我给你倒杯水。”

“不用。你知道我为什么要留下来吗？”

“因为你醉了。”

“我就随便说说，你别告诉夏雨姐。”

“放心，睡吧。”

“我不想睡。”

“我开开窗，空气新鲜点。”

“有蚊子。你不要动。”

“广州蚊子真多。我们看下电视。”

电视里，正在重播中国第一艘载人飞船“神舟五号”发射全程。

“我也好想到天上去。”陈园园眼睛有点发红。

“要是发射失败了怎么办，杨利伟会不会死啊？”画面里，杨利伟在失重状态下挥着手。

“你知道夏雨姐今天为什么不喝酒吗？”

周杨完全没想过这个问题，正想问为什么。毫无征兆地，陈园园哇的一声大哭起来，并且一边哭一边摇头。

不知道怎么办。对如何安慰女孩，周杨没有一点人生经验。还好张伟回来了，用一种周杨不熟悉的方法，哄好了她。还好任小菲打来电话，问：“你们睡了吗？明天下午和我去见一个人。”

第十五章

这两个多月，任小菲已经带两人见了无数人，谈了各种生意，见识了社会万象，深入了广州的混乱和美，有时甚至耽误了装修进度。她常常称周杨是她的左膀，张伟则自然是右臂。所以这天，她说要见人，周杨并没有什么意外，只是他实在很不情愿，他更愿意和张伟好好聊一聊接下来的感情生活如何开展。

唯一不太寻常的是，这段时间她有时带周杨，有时带张伟，但几乎没有同时带过两个人。仅有的那么几次，也是去一些园区参观，看看别人的经验，偷学别人的长处。而这次，她说的是：“你俩和我去见一个人。”

周杨问：“必须去吗？”

任小菲说：“这个人不能不见。”

往常，她带周杨去见那些不需要吃喝玩乐的合作伙伴，说是为未来园区改造业务储备资源。大部分是年轻人。在此之前，周杨不知道这个城市有这么多可怕的年轻人。他们的生活丰富得可怕。有喜欢历史的，在咖啡厅里可以谈八个小时。有喜欢跑车的，喜欢射击的，喜欢打德扑的，喜欢打网球的，喜欢玩音乐的，喜欢玩烟斗的，还有喜欢收集卡牌的。每当这种时候，任小菲总要求周杨做充分的准备工作。她像个老师，又像个盯着你补习的同桌，更多时候像个学习程序。最好对付的是喜欢茶和酒的，有老有少，只需要拿出现成的好茶好酒，好好招待。

当然，大部分人还是钟爱吃喝玩乐这类活动。这种人任小菲只是打个照面，剩下的事就让张伟去办了。要给谁送点什么钱、什么礼，都是张伟经手。她说："爱吃喝玩乐的客户都是好客户，因为他们的需求容易满足，你需要做的，是获得对方的信任，让他愿意跟你玩乐。"这方面，张伟毫无疑问颇具优势。周杨曾问他方法，他说："这没什么的，像朋友一样相处就行了，千万不要神秘兮兮扭扭捏捏的。你不扭捏，别人也会表现得大大方方的，随随便便的。有时候你加一句，'反正钱是老板给的，不花白不花'，大家会更放松。"

但张伟声明，每次去夜总会或KTV，他都是喝王老吉凉茶。那种盒装的，只要一块钱一瓶。即使有时洗手间传来"砰砰砰"的响声，他也涨红着脸，一边唱歌，一边喝凉茶。原因很简单，一方面是他要开车送人，另一方面，他已经开始正式追求陈园园了，不仅蓝色妖姬断了，碰到漂亮服务员也不会再问电话了。花红柳绿，夜夜笙歌，不如陈园园的一个白眼。

任小菲亲自开着车，越开越偏僻。穿越街道，穿越厂房，往番禺郊区开去。跨过一条深绿色的小溪，芭蕉树茂盛的深处，有一块斑驳的牌子，写着"永成庄园"。

靠近铁栅门，眼前是一片果园，荔枝林，番石榴树，木瓜树，芒果树。几片池塘，白鹅浮游，斜阳挂在远处白色房子的屋檐上，一条黄狗狂吠。仿佛这里是一百年前的广州。两个保安气势汹汹地跑过来，像两只巨型南方蟑螂飞进了这幅百年前的画中。看到是任小菲的车，他们开门鞠躬。

上车时，任小菲说，晚上七点，梁永成有一小时空当，她要将他们介绍给老板。“你们干了这么久，该给你们介绍了。”她说，“而且旧厂房改造方案也要着手启动了，你们是必须参与进来的，今天提前沟通一下。”

在车上，任小菲说：“少说多听，少问多看。有的人喜欢听别人的意见，有的人不喜欢听，梁永成属于不喜欢的那一类。要获得他的认可，便不要随便说话，除非你们有了非说不可的想法。”

进了铁栅门，任小菲说：“刚才说的你们都记住了吧？”

进入白色的三层小楼，保安将三人交接给秘书。秘书端正地站着，在门口迎接，笑得像一块奶油蛋糕，发出甜味。周杨认出来，她是那个在吴真工作室泡了一壶橘红茶的女人。

刷了电梯卡，往顶楼开去。电梯风箱的嘶嘶声，像有人在头顶偷窥发出的呼吸。

秘书把三人领到一个宽大无比的大厅。窗外是广州郊区无边的黄昏，室内的气味有点刺鼻，摆设很少。秘书说：“刚装修不久，味道大点，希望别介意。”周杨由此知道，太窄的空间会让人压抑，太大的空间同样让人压抑。更让他紧张的是，任小菲和往常随意的样子判若两人。进屋后，她坐在茶台侧面，身上不常穿的旗袍紧裹着结实的浑圆，姿势优雅挺立，脸上有一种经过练习的自然神态，仿佛她刚刚照过镜子并精心准备了表情。

梁永成推门而入，还差几步便掏出名片递上，动作是亲切的，眼神是热忱的。他的长相和周杨此前的猜测略有不同。周杨以为，他应该是粗犷的，至少也是憨厚的。但梁永成戴着细框金属眼镜，四十几岁的样子，穿得简单利落，步伐轻快而放松，像是刚刚从赛场下来的高尔夫球手。一只沉甸甸的手表，暗示他是个有钱人。

他没有立即问工作，问计划，反而摸出一小坨普洱茶饼，开始讲故事。跟所有平易近人的大人物一样，语气轻松，拉家常式的。说你们今天来得太巧，这是当年进贡给乾隆皇帝的茶树，“文革”时被红小兵差不多砍个精光，只剩下几棵，现今每年只产几斤，每斤十来万，还不一定能抢到。这次他托云南省某领导打了招呼，才抢到二两。

“你看看，一般生普泡个十泡就没味了，这茶能泡六十泡，等我们泡到二十泡时，你看茶色，还是这么浓郁。这么一算，一份茶相当于六份，算下来一斤也只要一万多了。你说值不值？”他拿茶刀切了一小块茶饼，边浇开水边说。

任小菲从包里拿出一幅卷轴，卷轴展开，是孙子苏写的字，题自郁达夫的诗：曾因酒醉鞭名马，生怕情多累美人。

“前段时间参加一个拍卖会，估摸着你会喜欢这字，拍了一幅回来。”任小菲轻描淡写。

梁永成展开一看，面有喜色，说：“这字好，随心所欲不逾矩，这老头可是我们广东的大师。”

秘书问：“要不要喝点红酒？”

梁永成抓起茶壶，给每人倒满烫茶，说：“谈小事喝咖啡，中等事喝酒，大事喝茶。”

周杨深吸一口气，以为要开始进入正题了。尽快进入正题，便可以尽快结束，便可以尽快赶回去。可是梁永成递给秘书一张纸，说：“你通知下这些人，今晚九点，一万入场。准备一些酒和雪茄。”

梁永成抖抖手腕，看看表，拿遥控器打开电视，《新闻联播》正在播放。梁永成双手摊开在沙发扶椅上，说：“一会儿再聊工作。啊，年轻人可能不太喜欢看《新闻联播》，给你们个建议，每天都看看，即使再忙，也不差这半小时。《新闻联播》里，真的包含了很多很多的信息，这种信息，短期内可能没什么用，长期积累，就不一样了。”

周杨一会儿看电视，一会儿盯着茶杯。电视声音很大，即使他不看，也能听到。播音员说道：“广州秉持‘人民城市为人民’的理念，大力推进三旧改造。通过旧城改造，不断提升基层治理水平，改善社区环境，扩大公共空间，让人民群众生活更有品质，更加幸福。”

“看到了吧，都上《新闻联播》了。”梁永成简短地发话，众人点头。似乎他会咒语的功能，只要他一发动，众人就会点头。

梁永成点上烟，也给周杨和张伟发了一根。有了烟，手指有了安慰，可是还是微微发抖。周杨强烈地意识到自己的慌乱，意识到迄今为止他还没有足够的方法缓解这种慌乱。这段时间，任小菲带他见了各色人等，他本来已很不容易对陌生人感到紧张了。和朱红旗的交手，让他以为已经可以应对各种层出不穷的突发状况。不，也许是空腹喝了太多茶，手才会发抖的，只要少喝点就行了。他放下茶杯。

终于等到那句“今晚的《新闻联播》就到这里”。终于等到梁永成对任小菲说：“你说说看。”离约定的时间只剩下半小时。

梁永成背靠在沙发上，脸上挂着一种饶有兴趣的表情。这人物的态度是和蔼的，但周杨知道，这种和蔼本质上是一种表演、一种训练。

任小菲脸上则是专心致志，仿佛她是第一次汇报工作，并为这次汇报进行了系统的培训。她先夸奖周杨和张伟的认真细致，迄今为止，改造预算只超了两三万，还是因为要额外防水。刚说两句，梁永成便打断她，说：“这种事我相信你，不用说那么多细节。”

于是任小菲转而夸起两人的学习能力。说这段时间带他们参观了各种园区，他们进步神速，总结到位，观点新颖。带他们认识了之前大部分客户，还结交了不少新的合作伙伴。说周杨游刃有余，面对各种意外事件，他总能提出有创意的解决方案，妥善处理。说张伟粗中有细，和他打交道的人他都照顾得妥帖周到，已经积累了一大帮年轻艺术家和商业品牌资源。总之，都是一些极尽赞美的形容词，令周杨略微感到有些脸红。

“你们去过现场没有？”梁永成突然问。

周杨不知道他问的是什么现场，任小菲插话说：“您这边还没决定是不是让他们参与，我哪会带他们去现场。我已经让人把所有厂房拍照存档了，只要您决定，马上可以着手写方案。”

“我知道你很想做这个园区，但是，我们是不是还是找专业的公司来做方案比较好？”

“所谓专业的公司，接的项目多，要是我们自己没有想法，很容易被他们牵着鼻子走。我是这么想的。”任小菲说。

“你们的想法比专业公司还好？”

“您还记得那群时不时来闹事的人吗？是他们搞定的。后来确实没再来了。”

“是吗？”梁永成咳嗽了一声，不置可否。

“我有个堂哥，有几个小弟，吓唬了他们一下。”周杨说。

“你不怕报复？这种小喽啰最难对付。”梁永成说。

“还好。”周杨故意说得很随意。

“这样吧。你们以前没做过创意园区，没案例，没经验，怎么让人相信你们能做？你们说说想法，我听听。”梁永成说。

任小菲看向周杨。周杨拿烟的手更抖了。他吸一口气，脑海是空白的。可是现在不应该空白。

他想起自己是怎么得到这个工作机会，得以在广州落脚。与其说是因为他让朱红旗安然离开，不如说是因为孙子苏的推荐和周夏雨的推动。如果没有他们，他算什么东西，没有经验，没有背景，凭什么让人相信？就这么说吧。

字斟句酌，挑选着词语，他说："梁总说得很对。每行每业都有规矩，如果不按规矩来，就会寸步难行，除非有颠覆性的技术和想法。对项目来说，最好你有强大的品牌、丰富的案例，证明你不会犯错误，不会让人丢面子。但如果你品牌不够强，案例也不够有说服力，那怎么办？"

梁永成似乎有了一点兴趣，说："对，最怕出错。你接着说。"

周杨喝了口茶，尽量使用严谨的书面语："我想有一个办法，一种间接的背书，一种实力的暗示。我们应该找一些名字如雷贯耳的顾问团，用我们合作的对象，来证明我们的实力。我相信梁总和任总这方面的资源很多，品牌商、投资人、艺术家、媒体人，都有助于树立形象，展示实力。比如任总刚提到的孙子苏，还有在我们店演出的周夏雨，都是有名的艺术家、音乐人……"

周杨以为自己的讲述是合理的，动人的。可就在说到孙子苏、周夏雨这一段的时候，咳嗽声出现了。

咳嗽声之后是一声不耐烦的轻喝："停一下。"

"商业讲结果，不讲情怀。"梁永成的声音提高了，"你前半段说得还有点道理，后半段问题很大。不好意思啊，我说得比较直白。"

"具体有哪些问题，可以说说吗？"任小菲声音很低。

"你跟了我七八年了，他们不懂，啊，你也不懂？我就说三点吧。第一，为什么要把孙子苏放进顾问团，孙子苏是政府请的顾问，你们这是脑门上写着自己走后门，搞关系，竞争对手不搞死你吗？第二，你们没有风险意识，找周夏雨干什么？啊，你们知道她是什么人吗？不合适。第三……”一般大人物发表意见都喜欢说“我就说三点”，实际上他们开口时并不知道有没有三点，因此常常卡壳，梁永成似乎也遇到了这个问题，“第三，你知道这次招标是和平常不一样的吧？还有市民评分的，知道吧？”

这个第三和前面两点没有任何逻辑关系，于是便显得有点强词夺理。“你就不能好好说话吗？”任小菲的声音还是很低，但话里意外多了一份埋怨，一种女老板那样的底气，和刚才低声下气的状态判若两人，“你要不想让我做就直说。”

“咱们谈工作，你别耍情绪。”梁永成将茶杯顿在茶几上，有如即将冲出战壕的士兵那样身体前倾，“先写个初步方案给我看看，别跟报纸一样无聊。”

“报纸怎么了？至少比《新闻联播》有趣。”不知为何，任小菲噌地站起来，头也不回地往门口大步前进。矫健的步伐使得旗袍变成贴身的运动服，裙边生风。梁永成目瞪口呆地看着她的背影。这反应超出了周杨的理解，他和张伟对视一眼，不知如何是好。拉开大门，任小菲立定回头，说：“周杨，张伟，我们走。”

周杨不知是不是该起身告别，像任小菲一样，头也不回，潇洒离场。他以为梁永成最合理的反应是起身去追，其次是打个电话什么的赔礼道歉。可梁永成既不像有事，也不像没事。他说：“你们等等。”随后再度点燃一根烟，喷出一口烟雾，倒宽慰起周杨来，说：“不用急，她就这脾气。啊，你们写个方案，我们再讨论。切记一点，把孙子苏、周夏雨拿下来。”

周杨说：“梁总，孙子苏我能理解，周夏雨应该没问题。”

梁永成说：“不合适，非常不合适。做生意，还是要懂人。”

张伟说：“周夏雨人很好的。”

张伟就是这样，总是无条件信赖朋友。梁永成没有立即回答他，而是去到办公室一侧的长排书柜前，搜索，端详，最后只是拿出一饼普洱茶来。“周夏雨我还是比较了解的，你们也可以多了解了解。”梁永成将茶叶装袋，递给张伟，“有句话怎么说的来着？不近人情，举世皆畏途。不察物情，一生俱梦境。”

张伟接过茶叶。秘书不知何时出现在身旁。

“我们会写个方案，建议梁总也找专业公司做一版，到时可以对比一下。另外，”周杨起身，吸了一口气，说，“您要不要跟任总道个歉，我们可以代为传达。”

“那你们代我跟任总说声抱歉，就说我不该说到报纸。”梁永成愣了下，不过很快恢复了怡然自得的神情，“顺便转告她，去孙子苏那边买几幅画，打点一下，具体情况她知道。”

秘书刷了电梯卡，送两人下楼。电梯风箱的嘶嘶声，正像有人在头顶偷窥发出的呼吸。秘书端正地站着，比周杨和张伟站得更为端正。送出门时，秘书笑着说：“你们认识周夏雨啊？她很厉害的。”张伟说：“你也很厉害，有空一起吃饭。”

第十六章

夜里九点，任小菲将两人送到杨箕村牌坊。路旁的灯火正到了最亮的时候，巷子也到了最嘈杂的时候，美好的女孩们也到了洗完澡穿着拖鞋出门逛街吃夜宵的时候。整条街的小店播放着陈奕迅的新歌《十年》，巷子深处，巷子另一端的河道，传来那巨人呼吸一般的气息，略腥，略臭，但让人安心。

只是有些问题萦绕不去。何水曾说“你敢喜欢周夏雨”，现在秘书又说“周夏雨很厉害的”，她到底是个什么样的女人？有什么神秘故事？和梁永成有什么关系？

为此，周杨提议，趁现在还早，去周夏雨所说的暨大后门，挑一些盗版碟看看。电影也许会给出一些突如其来的灵感，让周杨找到进入周夏雨内心的路径。

公交车上，周杨问张伟：“你跟陈园园怎么样了？”

张伟说：“我们现在不是应该想想园区方案怎么写吗？”

周杨说：“写方案比较简单，你的第一层爱情理论比较复杂。我现在对周夏雨一点也不了解，完全没法开展工作。”

“兄弟，你知道你的问题在哪里吗？”张伟撩起上衣，试图露出肚皮，旁边紧握扶手的黑衣女孩鄙夷的目光让他中止了这一举动。

“我只知道我的问题很大。”

“在于你脑子很热，感觉你看周夏雨的眼神，要吃了她一样。”

“有吗?”

“我想你表现得很明显。”

“那我应该怎么办?”

黑衣女孩鄙夷的目光更为明显了，仿佛两人在谈论杀人越货的买卖。到了天河城站，女孩逃也似的跳下了车。

“让脑子冷下来。我看你跟朱红旗周旋的时候就很冷静，比我强多了。爱情这方面，最忌头脑发热。要冷静观察，不是询问。哪个女人一上来就告诉你她的一生啊，你又不是警察。”

“大师，我懂了。”

“你懂什么了？你说说昨晚从周夏雨身上观察到了什么?”

“她什么也没说啊。”昨晚，周夏雨像个真正的姐姐，热情外包裹着客气，没有什么异常。

“你懂个屁啊懂。不要看她说的，要看她没说的部分。”张伟搂住周杨的肩膀，巨大的重量压上来，“你有没有发现，周夏雨一整晚都没怎么笑，而陈园园说起你面试的时候眉飞色舞?”

“我真没怎么注意陈园园。”

“兄弟，这就是我想跟你探讨的问题。”路过天河电脑城，无数扛着电脑机箱的人将路堵死，张伟拉着周杨去到后车厢没人的座位，“陈园园喜欢你，那我应该怎样才能让她喜欢我呢？我了解她的‘童年记忆’，可是你有什么地方吸引了她？也就是说，我在她这是第一层，你在她这是第二层，‘苍蝇馆子’，那我必须到第三层，才能让她喜欢我。可是，第三层很冒险，结果可能很好，也可能很坏。”

“第三层是什么？”

张伟透露，他原本设想的第三层境界，叫“重庆火锅”。“要制造一点大场面，发生一些大事件，类似英雄救美、雪中送炭，浓郁，猛烈，这样你喜欢的女孩会记住你，爱上你，离不开你。”他本来已经准备按照这套理论，设计一个剧本，追求陈园园，可是有个声音告诉他，他的理论还需要修正，需要完善。他分析，武侠小说里，英雄救美这样的情节里，女人喜欢这位恩人，便会说无以为报以身相许，不喜欢，便会说来世做牛做马来报答。如果贸然行动，“重庆火锅”的结局，很可能换来一句“你真是个好人”。最后他问：“我应该怎么完善一下？”

“你他妈说得太乱了，你知道我喜欢周夏雨。”周杨没接他这茬儿。

“你紧张什么？我又没怪你。现在我问你，周夏雨对你而言，是‘苍蝇馆子’还是‘童年味道’？”

“你这‘苍蝇馆子’是不是可以换个名词？”

“话糙理不糙。我估计，是两者都有。你想想是不是？”

“我刚想了一下，周夏雨确实没怎么笑，这代表什么？”

“我再免费指导你一次。是不是我们认识她以来，见过三四次，她都没怎么笑？”

“确实。”这个平常的、微不足道的细节，周杨一直忽略了。

他本来应该注意到的。即使在猫窝唱歌那晚，她看上去笑了几次，但也许是表演需要，并且都混合有一丝不易察觉的嘲讽。

“那你应该怎么样？”

“问她为什么不笑吗？”

“我他妈服了你了，你是不是想死？”终于到了暨大站，男生女生正三三两两停靠在各类小店前，他们脸上的表情仿佛没有任何烦恼，“一个女人生气了，你跟她说，你为什么生气，别生气了，她就不生气了吗？”

“主要我也不会讲你那样的笑话。”

“什么笑话？”

“昨晚你哄陈园园的那套。”

昨晚，陈园园哇的一声哭了起来，并且一边哭一边摇头。她的哭声里有什么东西破碎的感觉，周杨略微感到烦躁，只是拍着她的背，帮她擦眼泪，后来眼泪太多，便把纸巾递给她自己擦。等她哭了有那么五六分钟，张伟把她逗笑了。

其实张伟只说了第一句话，陈园园的哭声就小了一些。他说：“你继续哭啊，别管我说什么，我来讲个笑话。”她必须哭得小声一些，才能听到这个笑话。

张伟接着说，说的是从前，有个女孩老爱哭，男朋友每次只会说别哭了别哭了，女孩总边哭边说，你就会这两句吗？后来，男朋友终于想到一个哄她的新办法，心想着下次一定要试试。

到这里，为了听清张伟说什么，陈园园已经开始由嚎啕转为抽泣了。张伟清清嗓子，继续说：“这天，因为一点小事，女孩又开始哭了。男朋友就安慰她，别哭了，别哭了，别哭了。女朋友不为所动，边哭边说，你就会这两句吗？永远是这两句吗？男朋友很委屈地说，我明明说了三句……”

大家都还在等下一句，但张伟说：“说完了，这个男人不好笑吗？”陈园园笑了出来。她笑了之后说：“这就是他的新办法？张伟，你他妈比他还无聊。”

“那不是哄，那是我的真心。”张伟逮住个穿暨大校服的同学，问这面围墙有没有一扇小门，同学狐疑地看着他，没有给出答案。

“女孩笑了之后，才会告诉你那些让她哭的事。注意，是真心的笑。我觉得是这样的。”张伟不再把手伸进上衣抚摸肚皮，再问一位同学，便获得了围墙尽头的小门方位。那位指路的同学还神秘地说：“你们要跟老板说，来点特别的，老板才会给你们日本动作片。”

确实是这样，昨晚，当陈园园破涕为笑，她就说起了为什么哭。没人问她，她自己说了出来。她说：“我想我哥哥了，今天是他生日。”

猜到一些不好的可能，没有人问更多话。陈园园继续说：“三年前，他去世了。你们知道夏雨姐今天为什么不喝酒吗？因为今天是我哥哥的生日。好啦，我好啦。我们继续看电视。”

还没说完，她已再次倒在沙发上。

当时，将陈园园抬到里屋的床上，周杨心里有点乱，不知该怎么回应陈园园，只能倒一杯酒。由于尽力控制自己不去问她哥哥的事，他的心跳得很快。

“拿出你装修那股狠劲来，你让任小菲喜笑颜开，怎么就不能想想办法让周夏雨笑啊？先让她笑。”暨大东门外，一位大妈狐疑地朝这边看，张伟朝她笑了笑，“如果你能让她笑起来，那我估计她会主动让你了解她。明白没？”

“没明白。”

东门往前一百米，是那扇极其隐蔽的小门。进门后右手边第一栋，是一层楼的平房，没有任何标志。如周夏雨所说，只要推门而进，里面就有一个广阔天地，全世界的音乐，全世界的电影，全世界的色情。

关键是，要找到那个愿意为你指路和开门的人。

“你他妈想死。”张伟一脚蹬上周杨的屁股。

现在想来，两个人都像摸象的盲人，以为自己掌握了全面的真理。周杨坚信，张伟传授的经验很有道理。让周夏雨笑起来，然后便可以了解她？从暨大平房提着一袋碟片回到杨箕村，周杨一直在想这个问题，以及另外一个。

另外一个，是自己为什么爱上周夏雨，她对自己而言意味着什么。似乎莫名其妙，用一见钟情来解释有点牵强，用命中注定也有点玄学。他想起第一天遇见，那是神秘的吸引。但他承认，如果后来没有再见面，这种吸引最多持续几个月，跟大学那些网恋差不多，在无所事事的时间投入无所谓真假的感情。

而认识她之后，发生了什么，让想念越来越强烈？是她什么不经意的举动，满足了我内心不为人知的需求？是她发射了什么信号，牢牢吸住了我？

想起昨天她说，你妈没教你怎么照顾女孩吗？她声色俱厉禁止陈园园喝酒的神态。她回老家前托付他们照顾陈园园的样子。她阻止二房东涨房租的言谈。周杨想，也许我是渴望那只抚上滚烫额头的温凉的手。她的不可靠近，她的严厉和呵斥背后隐含着的某种关心，吸引自己靠近。包括许多事情依赖张伟，同样出于这种心理。也许是这样，那个被要求十二岁选择独立生活的小孩，还在原地等待。

又想起了母亲，音容逐渐稀疏，只有一团模糊的影子。侧身埋在枕头里，埋了很久，那张脸越来越稀疏，终于消失在一团漆黑中。周杨萌生了一丝想哭的苗头，觉得很好笑，自己竟然他妈的这么幼稚。又觉得还是哭吧，反正没什么人听见看见，没人知道自己这么幼稚。

后来，盯着黑漆漆的天花板，只思考一个问题：该怎么让周夏雨笑？张伟说的是不是真的？如果我让她笑了，是不是代表我成熟了一点？是不是能走进她的内心，看到一些角落？

周杨承认自己再次陷入了愚蠢和冲动而不可自拔。他想制造机会，但张伟建议他等待。他想让张伟传授第三层和第四层境界，但张伟说："不急，你先体会体会。"

其间见了三四次周夏雨，都是四个人一块儿吃饭，没什么发挥空间。周夏雨依然没有那种开怀的笑。

十月底，节气进入立冬，广州还在等待秋意，阳光变得软了一点，打在身上不那么噼啪作响了。周杨认为真正的机会应该快到了，因为书本上说，许多大事都在秋天发生，包括陈胜吴广起义，包括新中国的成立。既然如此，一定要在这个秋天，让周夏雨大声笑起来。

第十七章

这天，是周五，下班回到杨箕村，路过士多店，周杨照顾何姐生意，买了一提啤酒。没有零钱，何姐说老朋友了，下次给就好啦。又问他们老黑怎么好久不吃面包了。周杨说，它吃腻了，挑食了。出租屋里，陈园园正在铺碗筷，张伟正在厨房履行照顾的义务，洗菜做饭。陈园园接过周杨手里的酒，说："你怎么知道买酒了，你是不是知道了？"

周杨说："我知道什么？我什么也不知道。"

陈园园说："夏雨姐明天要过生日了，当然要喝酒了。"

她说往年她只有两天被允许喝酒，一是她生日这天，一是周夏雨生日这天。

周杨说："那这可是件大事。"

陈园园说："可不是。"

周杨说："看来很多大事都在秋天发生，比如周夏雨出生这件事。"

陈园园说："广州没有秋天的。"

周杨打开窗，说："说不准，你说有就有，你说没有就没有。在广州等待秋天是不行的，它不会因为你需要它，就跑过来，和你打个招呼。"

陈园园说："你还是那么能扯。"

熟了之后，周杨确实变得像网上那么能扯。窗外的榕树和木棉树还是纯绿色，没有任何秋天的痕迹。但周杨认为，一定有一些凉意远道而来，穿过树叶的缝隙，进入这顶楼的室内。他说："明天和周夏雨一块儿吃饭，我估计秋天就到了。"

陈园园说："夏雨姐一般不和别人一块儿过生日。"

周杨说："我们也不行吗？"

陈园园说："估计不行。"

"为什么？"

"你就别瞎打听了。"

情况变了，目标必须改变了。不仅要让她笑，还要让她邀请自己共度生日，还要和她喝酒，最好能喝得足够多，喝到足够醉。这道题的难度陡然增大，但同时，分数也增加了不少。

经过半个夜晚的挣扎和修改，周杨凌晨时分先给任小菲打了个电话，问："菲姐，你之前说的那个洋酒的供货商，联系方式给我，我明天去谈谈。"

任小菲说："深更半夜，这么热爱工作吗？"

周杨说："这不秋天了嘛。"

任小菲说："要我一起去吗？你别被坑了。"

周杨说："我先去试试。"

随后，他给周夏雨发了条短信："一个月前，我有件事想找你帮忙，还记得吗？"

不等回应，他又加了一段，说明早要去和洋酒供货商洽谈，但自己不懂酒，怕被坑了，想请她一起去。

他设计了一套解题策略：考试中，最难的一道大题，一般分为三个小问。先拿到必须拿的分，解决第一小问，实现一整天和周夏雨在一起。在此基础上，解决第二小问，让她笑起来。如果有可能，争取完成最难的第三小问，让她邀请自己共进晚餐。

可以说，跟所有深陷莫名疯狂又不确定的爱恋中的年轻人一样，他又犯了想得太多的毛病。可是那时候很容易想得太复杂，像使用现金，需要经过复杂的心算乃至借助于计算器，以避免算错钱。而若干年后，男女可以因为一瓶酒便滚在一起，因为一句话又分道扬镳，像只需要把APP打开，便可以结账走人。

发完短信，抱着那台昂贵的诺基亚手机等待回信。回信一直没来。每过两秒钟看一下手机屏幕，让周杨感到有点痛苦，还有点羞辱。窗式空调的嗡嗡声，听上去很像嘲笑。于是把手机反扣在床上，点亮打火机，又熄灭，点亮打火机，又熄灭。他认为这样时间会过得快一点，让他没有想到的是，这种机械动作有一定的催眠作用，他睡着了。

第二天早上，一连串猛烈的敲门声震醒了周杨。耳边是张伟的声音，周杨起身睁眼，看到的却是周夏雨的脸。他以为还在做梦，周夏雨用一串骂声提醒他，已经天亮了。“你是不是想死？”张伟帮着周夏雨骂了一通。在两人交错的批评声中，周杨弄清了基本事实：他迟到了。电话设置了静音，周夏雨给他打了十几个电话都没人接，张伟也在睡着周末的懒觉，她便直接冲了过来。

竟然迟到进入考场。周杨穿错了袜子，刮胡子又刮破了嘴唇。

窗外没有昨夜的风，反而是雨前的闷热。榕树硕大的叶子低垂，乌云翻滚，很像电影里大事发生之前的宁静。

周杨清楚地记得，这是十一月十五日，正好是周六，本该放假休息。这天生日的人属于天蝎座。

周夏雨很严肃，比平时更为严肃。似有心事，一路无话。整体而言，她的脸色像北方初冬冒着冷气的湖面。虽然也很好看，但这样的情况如果持续一整天，那就很难让她敞开心扉。怎么才能把她逗笑？周杨一紧张，小动作便多了一些，有时摸摸头发，有时看看窗外。他以前没听说过有什么称得上天大的事，饿肚子不算，找不到工作也不算，都没有周夏雨不笑这么严重。

一直想着这个问题，去酒庄的路上，周杨脸上总带着做梦的神态，也可以说有点像是喝醉了。下车了，周夏雨说："你是不是还没睡醒？这样会坏事。"

她终于说话了。周杨说："今天会发生一件大事。"

"什么事？"

"今天中国女排在巴西世界杯和日本队对打。"

"这是大事吗？"

"中国女排有可能时隔十七年再夺世界冠军。这还不大？"第一次尝试失败，看来这个玩笑有点太冷了。

"醒醒吧你。"周夏雨还是没笑，脸色还是冒着冷气。

进入火炉山，路过一家叫肥仔烧排骨的大排档，来到酒的海洋。胖胖的洋酒代理商说："一路跋涉，你们辛苦了。"

"路上一点也不堵，不辛苦。"周杨说，"都有些什么酒？"

"你们要真的还是假的？"

周杨问真的怎么卖，假的又多少钱。留着小胡子的代理商带领他们穿梭酒墙，说："各个档次都有的。做生意，我们讲究明码标价，诚信为本，绝不会以次充好的。这一堆最受欢迎，七块钱一瓶。不瞒你们说，主要成本是瓶子和包装，你不要包装还能便宜一块钱喔。做鸡尾酒基酒，没人尝得出来的，很多夜总会都用的。”

空气中弥漫着好酒和坏酒混合的味道，难辨真伪。周杨一心想着自己此行的主要目的，显得有点心不在焉，问的问题也有点傻。他问的是：“假酒会不会喝死人？”

“酒喝多了都会死人的喔。”小胡子看了看周夏雨，“酒跟爱情差不多啦，小小喝一点最好味，喝多了会出人命的。”

可以看出，小胡子很得意自己说出这句话。他带着得意的神情，问两人要不要尝尝世界各国的酒。没等两人表态，他就让小妹端来了托盘，十几种酒十几个小杯子，直接倒满了每一杯。小胡子径直坐在身边的桌子旁，仰头喝了一杯，说：“喝一喝吧，我来介绍一下。”但是周夏雨说：

“我不喝，我是来买酒的。”

“这是好酒喔。”

“我不喝酒。”

周夏雨一点也不给小胡子面子。周杨想问问有关酒的品种、产地、风格之类的知识，这时也问不出口了。周夏雨一点也不给人面子，但周杨喜欢她这一点，所以很大气地对小胡子挥挥手，说：“我们不喝了。”

小胡子胖脸上的汗几乎要流到小胡子上了，虽然按节气来说已经立冬。

“我跟你们任总很熟的，你们要真酒还是要假酒，都给你们最优惠的价格。”小胡子站起来，动作是生硬的，让人感觉他都不想做这个生意了。

周杨突然想到了市场营销课上老师分享过的一个话术，一种诡辩，一个也许可以逗笑周夏雨的方法。既然冷笑话没有奏效，那也许她会喜欢这种有一点技术含量的话题。他没有把握，但想试一试。他对小胡子说："你确定给我们的价格是最优惠的吗？"

"那肯定的啦。你们可以比价的。"

"不用比价，我问你三个问题，只要你给我是或否的回答，就知道你的话是不是真的。"

"这么神奇的喔。"小胡子抹了抹脸上的汗。周夏雨脸上好奇的色彩也浓了一点。

"第一个问题，你是否会诚实地回答我下面两个问题？"

"当然会啦。"

"请回答是或否。"

"是。"

"第二个问题，如果我第三个问题是'要是你给我们的价格不是最低价，那你是否会赔偿我们三倍价格'，你对这两个问题的回答是不是一致的？"

"我想想，我有点晕了。你再说一遍。"

周杨再说了一遍。与此同时，周夏雨嘴角动了动，但那不能称得上笑。

"还是没搞清楚，我再想想。"

周夏雨还是没笑，反而说："周杨你别嬉皮笑脸了。老板，你第二个问题无论回答是或否，第三个问题都必须回答是。"

"是吗？我试试。第二个问题我回答是。"

"好，第三个问题，要是你给我们的价格不是最低价，那你是否会赔偿我们三倍价格？"

"我应该怎么回答？"

"你只能回答是，因为你刚才说，你对第二个问题和第三个问题的回答是一致的，也就是说，都是肯定的回答。”周杨说。

“我第二个问题回答否呢?”

“那你想想看。”

“好了好了。”周夏雨的神情松弛了，不再是初冬的湖面而是春季的湖面，但离夏天的波光粼粼还有一段距离，“都要真酒，你给我们列个清单，各个价位的都要点。我们要得多，也不用你给什么最低价，你就按照拿货量给阶梯价。”

没一会儿，小胡子就列了一张单子，一边跟两人解说，一边指责服务员小妹没有及时清理酒杯：“你们有没有一点服务意识?”奇怪的是，服务员一点也不生气，还是笑嘻嘻的，慢腾腾的。

出门时，小胡子很真诚地说谢谢。周杨郑重地回了句应该我们说谢谢。小胡子说：“别这么说，我们的服务是很好的，你们放心好了。”周杨客气地说：“你放心，我们会买你的酒。”小胡子说：“为什么这么说？不要这么说啦，买卖不成仁义在，没关系的。”他的表情简直快哭了。周杨认为自己感受到了和他同样的痛苦，凑近他，安慰说：“我说的是真的。”小胡子叫人提了瓶酒过来，抹了抹汗，尽量咧开嘴笑着，说：“谢谢，谢谢，我送你们一瓶威士忌，不错的，真的是真的。”看着他的表情，周杨希望尽量让他好过一点，便开了个玩笑，说：“我知道，我知道，‘宫廷玉液酒，一百八一杯’。”可能这个玩笑还是有点冷，跟周杨开过的大多数玩笑一样冷，小胡子丝毫不明白什么意思。可另一件意外的事情出现了。

听到这个玩笑，周夏雨不仅扑哧笑了，而且白了周杨一眼。可以用雪山顶端的日光来形容，一闪而过。看来她看过这个小品，或是听过其中最有趣的几句。总之，毫无征兆地，她笑了，并且说:“周杨，别吹了。”

回去的路上，周杨全程沉浸在周夏雨的笑里不愿意醒来。不是指那一抹笑，而是越来越多的笑。雪山顶端的日出。夏天湖面的波光。不知道是什么理论发生了作用，仿佛无意间打开了笑的开关，两人交流了许多赵丽蓉和宋丹丹的小品。从“这酒怎么样，听我给你吹”到“我叫白云，我叫黑土”。这些小品是周杨在西安上学时跟东北辽宁的同学一块儿看的。作为南方人，他从来没想过有一天会看这么多小品。作为男人，他从来没想到北方小品能让一个四川女人这么开怀大笑。周夏雨说，她外婆是从河北去到四川的。从小，她就和外婆翻来覆去看这些小品。

原来这才是她的童年记忆。周杨再次承认自己过于缺乏生活经验，缺乏理论和实践，过于自以为是。

与此同时，他也满脑子是小胡子那句话。酒喝多了要人命，爱也是。周夏雨比一瓶酒的成分要复杂许多，要神秘许多。如果今晚能和她好好地喝一场，最好是只有两人，最好是把自己灌醉，那么，有些话，也许就敢对她说了。有些话，她也可能愿意说了。

接下来该说什么呢？该说周杨想问周夏雨三个问题，只需回答“是”或“否”，最后一个问题是“你是不是也有一点喜欢我”。当然他没有问出口。该说周夏雨确实邀请周杨和张伟一同去她的小屋，四人一起做饭，一起喝酒。该说中国女排那天时隔十七年重新夺得了世界冠军，全国人民一同为她们干杯。该说那晚上的欢愉和畅快，张伟在说完一句总有人值得你烂醉如泥总有人让你想一醉不起之后，就滑倒在地。众人费了好大力气，才将他庞大的身体抬上沙发。可是周杨对这个夜晚印象最深刻的记忆不是这些，不是这欢愉的部分。

或者说，不是这中间的乐章，而是愕然的开头和伤感的结尾。

时至今日，周杨依然记得那晚的每个细节。一半来自记忆，一半来自想象。

第十八章

周夏雨租住在东山口，一栋四层红砖别墅顶层阁楼，带个宽阔的露台。从遥远的郊区酒庄回到东山口盆地，秋天似乎临时来了一趟。凉风不紧不慢，一路的紫荆花被风摇晃，雨点般飘落，地面上出现紫红色的地毯。轻踩在上面，没有声音，没有气味。

后来下起了小雨，空气更为凉爽。周夏雨和周杨隔着一米左右的距离并排而行，有时她转头看他一眼，便飘移开去，像是花瓣触碰了一下肩膀。经过一排密集小区，穿过一排锈迹斑斑的窗户。一些高大的绿植和杂乱的衣物遮住了部分窗户，还有窗户没有遮住，就会看到乱糟糟的客厅或厨房。客厅里有小虎队的海报，厨房里永远在煲汤。

爬楼梯上到顶楼，开门而进，周夏雨像是家里有人似的，说，我回来啦。打开灯，周杨以为会看到许多女孩的东西，杂乱而美的摆设。可是眼前的客厅几乎空无一物，只有一把吉他像关公一样摆在白墙正中央。拐过玄关，几个大大的行李箱躲在墙角，其他杂物也整齐地躺在纸箱子里。茶几上一摞老高的旧报纸，是唯一凌乱的部分。像刚刚搬进去，又像准备搬出去。这多少让人有点意外。周杨开了个玩笑，说你可以参加整理大赛了。周夏雨打开电视，正在播放电视剧《我爱我家》的某集，她说她一直是收拾好的，随时准备离开。

为什么她随时准备离开？周杨来不及多想，没机会多问，张伟和陈园园四只手都提着菜，推门而入。

厨房跳跃着清蒸鱼的热气，小雨的水雾融化在灯光里。世界一片朦胧。生日的蜡烛，拥抱每个人。祝你生日快乐。祝你们宏图大展。祝我们友谊天长地久。祝世界和平。祝有情人终成眷属。所有的祝酒辞都用上了。威士忌，红酒，白葡萄酒，所有酒都干了，只剩下六瓶啤酒。后来，边喝酒，边看了会儿电视。张伟强烈建议看那部古老的《红蜘蛛》，说有一集特别好看。

那一集，是一个女孩设计诈骗某个中年男人。飞机上，女孩神情忧郁，看着窗外。中年男人靠近她，关心她，问她为什么不高兴。女孩忧郁地说："我的心很孤独。"

那时的骗子，有一种特殊的真诚感，或许是因为那时的骗术必须真人出面。这种印象鲜明地留在周杨的记忆里。

张伟趁着酒意，让陈园园模仿这骗钱的女孩，说一句"我的心很孤独"。他收获了一顿白眼，但也最终收获了陈园园的表演。

再后来，带上烟和啤酒，去露台上，周夏雨弹起吉他，唱起了歌。二〇〇三年的新歌，一首一首，还记得有陈奕迅的《十年》，有孙燕姿的《遇见》，有周杰伦的《晴天》《以父之名》。还有些忘了。露台的欢声笑语之中，她的弹唱断断续续，不能说多么杰出，但已经足够让人生出许多秘密的狂想。后来她又唱起了自己作词作曲的一首歌，准确说是半首，因为还有一半词没写完，只能哼哼着唱：

我想看一万次日落。

我想喝一千种美酒。

我想过一百种生活。
我想爱十个男朋友。
我想建一个虚荣广场。
最后毁掉它，
和你一起到处去游荡。
…………

周杨问后面怎么没词了，她说还没想好，想了好多，总不合适，就搁下了。她说以后你帮我续一段。这句话引起周杨神经的舒适。“总有人值得你烂醉如泥，总有朋友让你想喝多。”张伟喊完这句话，滑倒在窗台前。陈园园说去上一下厕所，许久不出来，再去找她，已经歪在床头。突然安静了。快乐戛然而止，雨还没有停下。

周夏雨将杯盘碗筷放进水池，便和周杨坐在露台，抽起了烟。抽到第二根，周夏雨说 :“是不是我们该聊聊天呀?”

果然，一个人笑了之后，更容易敞开心扉。张伟的理论发生了作用。周杨认为，在种种因素作用之下，这个夜晚将改变他和周夏雨的关系。

露台有些绿植，不过大多不是很鲜活。周夏雨说是前任租户种的，因为没想久住在这里，她也没管。露台望去，是东山口一带别墅的屋顶，能看到东山肉菜市场的顶部。灰黑色的天幕，影影绰绰的房顶，夜深人静，很适合观赏，适合谈情说爱。

“聊个十块钱的。”周杨脑海里全是周夏雨那句随意说出来的话，她为什么随时准备离开广州?这也许和她几乎从来不笑有些关系?

雨大了一点，但还是可以淋的雨。有些电影是这样结尾的，细雨迷蒙，适合伤感的故事。

两人抽着烟，坐在屋檐下，雨和夜，使一切变得模糊。周杨认为，这样坐着，也很好。这样对周夏雨的一切认知模糊，也很好。

不远处有人跑上天台，开了灯，收晾晒的衣物和被褥。屋内电视里依然是《红蜘蛛》的对白。沉默了一会儿，周夏雨转过脸来，灯光照上了她的侧脸和眼睛、她的脖子、衣领的褶皱，于是她的眼睛发亮。得益于那不知什么理论的作用，周杨已经可以长时间看她的眼睛，放松地，自然地。他正想说一句“你眼睛好亮”，可是周夏雨说起了另外的话题：“你跟陈园园到底怎么回事？”

“你知道的，张伟很喜欢她。”周杨说。

“你不喜欢吗？”

“我……”周杨想说我喜欢你应该表现得很明显，“我感觉张伟更适合她。”

“你要特别注意处理这件事。”周夏雨说，“你知道我为什么不让她喝酒吗？”

说了许多关于陈园园的事。周夏雨说，陈园园自小体弱多病，不能让她多喝酒。母亲从小便认为她是负累，害自己只能在家里照顾她，害自己让陈园园爸爸看不起。母亲认为自己理应有更多彩的人生，对陈园园说得最多的一句话，是“你怎么不死了算了”。只有哥哥对她好。后来，父亲出轨，父母离婚，母亲对她更为仇恨。那时她十二岁，法庭上，法官问陈园园，你愿意跟谁？她看向爸爸，又看向妈妈，两人都低头不与她对视。最后，法官将她判给了爸爸，而将哥哥陈川判给了妈妈，改姓为林。爸爸和新的女人结婚，妈妈去了外地，从此，除了收到生活费，她一年难得见父母一次。每年，陈园园都独自在广州过年，直到哥哥考来广州上大学。她需要保护，不仅因为她的身体，更因为她不能承受分离。

“她哥哥怎么去世的？”周杨想起陈园园那晚一边哭一边摇头。

“出了意外，”周夏雨含糊地回答，“不要去问陈园园，免得她难过。”

周夏雨的讲述让陈园园一切矛盾的性格、不寻常的举止合理起来。陈园园身上，有想要帮助所有人的决心，又有想要依赖所有人的脆弱。既温暖天真，又敏感忧伤。她享受照顾每一个人的幸福，也享受被照顾的每一刻。周杨不得不反省，自己最初对她的态度，过于简单粗暴，感情用事。他本可以处理得更温和一点，更灵活一点，但当时的他，是一只光顾着扑火的飞蛾，只有唯一的目标、唯一的热情。对此，周夏雨宽慰说：“你也不用太在意，毕竟男人都是不成熟的。”

周杨这时才知道，周夏雨为什么要像托付遗孤一样，让他和张伟照顾陈园园。可是如此一来，自己再喜欢周夏雨，追求她，算怎么回事？

雨更大了一点，落在绿植叶子上，为谈话提供了合适的背景音乐。两人又聊了些各自的生活。

酒意驱使，周杨分享了许多干过的傻事。从图书馆门前的草坪驱散野合的情侣，到网吧里和张伟一整月的鏖战。从火车站被骗被抢，到从面包里吃出虫子。也分享了一些过去很痛苦而现在却变得美好的回忆。

高中时，利用帮班主任登记成绩的便利，他得知了一个暗恋女生的家庭住址，离学校约二十公里。于是放暑假那天，搭一辆四轮货车，到这个女生所在的镇上，来来回回地，在她家门口的街道晃荡，希望制造偶遇的效果。

“后来遇上了吗？”周夏雨笑着问。

“结果是痛苦的，但回忆是美好的。”周杨说。

“你怎么这么傻，怎么不直接上门？”

“更傻的还在后头。”

一天都没有遇见，到夜里九点多，周杨决定找个地方睡觉，第二天再来。可是没有钱。在某间店铺屋檐下的角落蹲了一会儿，蚊子实在太多。第二天一清早，被吵醒之后，他决定还是回去。

“为什么？”周夏雨问。

“因为一条狗正在舔我的脸，并且在我睡的地方撒了一泡尿，划定了它的地盘。这种情况下，请问我还能见人吗？”

周夏雨哈哈大笑，说：“你说得很有画面感。”

不知是酒意驱使，还是周杨的讲述引发了某种连锁反应，周夏雨也说起一些往事。第一次见到周杨时，她觉得他幼稚，冲动，喜欢打架和吹牛，没什么好印象，很反对陈园园找他。知道他和张伟找不到工作的时候，陈园园让她给两人介绍工作，她其实是不愿意的。“后来园园说服了我。”

“怎么说服的？”

“说出来你别不高兴。”周夏雨将喝光的珠江啤酒罐捏扁了，这表明练琴的人手劲很大，“你跟她的聊天记录我都看过，她说你救过她的命。”

“没这么严重。那时就是随便聊聊天。”

“有这么严重。所以，你要千万注意处理好这件事。”

再说到他们面试的过程，设计帮朱红旗拿赔偿，周夏雨说：“你不知道园园夸你夸得多厉害。”

“你不觉得我们对梁永成有点过分吗？”周杨问。

“真没有，”周夏雨说，“我外婆说过一句话，对好人不使坏，对坏人不留情。”

“问题是还有七十七万没解决。”

“一起想办法。”

聊天是越来越随意的，周杨则越来越恍惚。周夏雨说起她刚毕业时，在一家私立小学教音乐，教朴树的*New Boy*，“十八岁是天堂，我们的生活甜得像糖”，周杨手中的啤酒也变得甜蜜。

空气越来越安静，深夜也逐渐有了冷意。周夏雨脸色酡红，锁紧了双臂，仿佛在拥抱一个不存在的人。

周杨不自觉想伸手去抱她，但只是在裤兜里动了动手指。他点燃烟，烟头明灭，像那一会儿想伸出一会儿又想缩回的手。

聊了这么多，没有说到周夏雨的孩子，没有说她为什么要离开广州。当然也没有说她和吴真或梁永成的关系。这么多问题之中，周杨选了最迫切的那个：“你估计什么时候离开广州？”

“还有件事，还得办完，估计两三个月。”周夏雨更紧地抱着手臂。

“那还有机会。”

“什么机会？”

“还有机会等我们开业。”周杨顺利地撒了个谎。

“欸，我也问你一个问题。”

“你说。”

按照周杨的期待，此时周夏雨应该问“你是不是喜欢我”，至少也该问“你到底对陈园园什么感觉”。此时，两人的关系应该发生一些根本性的变化。谁知道，雨中深夜，周夏雨问了一个比广州到底有没有秋天还要神秘莫测的问题。

“你读过《红楼梦》吧？”

“算读过吧。”

“你喜欢哪个人物？”

现在想来这真是特别奇怪的问题，不过那时候倒不觉得，那些年年轻人聊聊小说是很常见的消遣，还没有那么多游戏占据人们的时间和话题。周杨本想回答是史湘云的，因为她憨而有趣。但他估计，周夏雨也总是蹙眉，不常笑，应该喜欢林黛玉，便回答了林黛玉。

可是周夏雨说：“我不喜欢林黛玉。”

她的理由很奇怪，因为林黛玉说“最不喜欢李义山的诗”。李义山便是李商隐。而她本人喜欢李商隐。如果谁不认同她喜欢的，不喜欢她热爱的，那她也就不喜欢这个人。她就是这么固执，这一点周杨已经有所了解了。

“这个理由不太成立。”周杨说，“其实林黛玉喜欢李商隐。她心思太重，才说她不喜欢。她不想让别人知道自己和李商隐一样心思重，于是装作不喜欢。就像一个人明明喜欢谁，但又怕对方知道自己喜欢，就偏偏不说，有时候还故意装作不喜欢。”

“那你的心思重不重？”

“我应该表现得很明显。”

“什么很明显？”

“我很明显……”

借这个细雨蒙蒙的氛围，和酒的力量，周杨想说那句“我很明显喜欢你”。话就在嘴边了，可是电话声响起了。是朱红旗的。周杨按掉了。

周夏雨说：“你还能走路吧？张伟不会睡在这里吧？”

“再待一会儿，好吗？”

烟抽完了一支又一支，周杨不知该怎么说出口。本质上，他认为自己是个内向的人，虽然他时常想要开个玩笑，来掩饰内向的本质。这种性格往往在关键时刻表现得尤为明显。他根本不关心什么红楼青楼，只想着两三个月后她就要走了。不知是该祝福，还是询问原因，或是交流一下未来的打算。他就那样沉默着。沉默着。他简直想大喊，想喊你能不能别走，还是沉默着。他沉默着长久看着周夏雨的侧脸。凉风吹动她的头发，他想将那头发拢到她耳后，还是沉默不动。

很久没说话。后来，周夏雨说：“你看看张伟醒了没有。”

周杨借着最后的酒意，说：“姐，我可以抱一下你吗？”

抱了有那么一分钟，周夏雨拍拍周杨的肩膀，他知道这是让他松开。拥抱是一种神秘的语言，可以表达爱，可以表达幸福，可以表达关心，也可以只表示简单的问候。至于具体表达什么，完全取决于力度和时间。周杨抱了很长时间，用很大的力气，想表达“我爱你我爱你我爱你”的意思以及所有说不明、道不清的有关爱的语言。但周夏雨拍拍他肩膀，示意适可而止。

因拥抱而产生的残余的温度很快消失，进入这一天伤感的结尾。没有什么实质的变化发生，好像进了一步，又好像原地打转。周杨拍醒张伟，踉踉跄跄开门。

开门时，陈园园从房间晃出来，说：“你们要走了吗？”周杨不知她什么时候醒的，有没有听到他和周夏雨在露台的聊天。

电话再次响起，还是朱红旗。他按掉了。再响，再按。他想跟陈园园道别，可她正恍惚地晃回房间。

朱红旗锲而不舍地打着电话，周杨都没敢接听。第二天，朱红旗发来短信，问是不是换号码了，问暗访怎么样了，店什么时候开业。他一句有关钱的话也没提，但隐晦地问到，今年在哪里过年，怎么过。周杨没回复，他暂时没有精力管那七十七万，完全沉浸在那一分钟的拥抱里。他拉着张伟，顶着醉酒之后的头痛，聊到几乎通宵。

第十九章

彻夜长谈，从火炉山洋酒代理商的小胖子，说到赵丽蓉的小品引发了周夏雨不期而至的笑。说起陈园园原来是身体的缘故不能多喝酒，说起周夏雨随时准备离开的奇怪举动。说起最后还是没把表白说出口，只获得了一个耗时约一分钟的拥抱。他请张伟分析，这到底算不算往前走了一步，他和周夏雨之间会有哪种未来。张伟当时似乎听得很认真，又似乎神游天外，听完了，他说："我知道怎么修正一下我的第三层境界了。"

周杨意外地让周夏雨展露几个月以来少见的笑颜，让张伟意识到，放松自然的呈现，才可能产生那种和谐的共振，美妙的融合。既不是卑躬屈膝的曲意逢迎，也不是高人一等的刻意吸引，而是平等呈现，呈现你所有的好、所有的坏、优点和缺点、光明和黑暗。这么做可能起效很慢，但让人安心，没有后遗症。于是，张伟修改了第三层境界，由"重庆火锅"改为"原汁原味"，类似广东菜，只呈现食材原本的味道。一觉醒来，他看了半本《银河帝国》，又觉得这个发现堪比书里哈里·谢顿可以预测数十亿人集体反应的心理史学，充满创造性的火花，"原汁原味"这个名字有点配不上它。思考，推翻，再思考，再推翻，最后将其暂定为"到目前为止还不知道"。

立冬之后，很快是十二月。秋天还没到，冬天已经来了。这段时间，任小菲催着要园区的策划，周杨和张伟紧赶慢赶，日夜加班，给了一版初稿，她批了个狗血淋头，要求春节前再给一版。不过她批评的方式还是很委婉的，她说的是，我不相信你们只有这个水平。真是个要命的女人，连批评人都让人更想卖命。

周夏雨应邀和周杨出去了几回，但是都是干正事。正事有很多，包括去陈村花卉市场买绿植，去江南果菜市场找水果供应商，去小洲村装裱挂画。还去了好几趟乐从家具市场，挑选家具。设计公司说，定制家具基本要留足四十天的工期。

更多时间，周夏雨都待在店里帮着盯紧软装。任小菲曾经问周杨，和周夏雨什么关系，怎么她变成了你的免费劳动力、贴身指导员？周杨说，朋友关系，朋友关系。

有几次，周杨鼓足勇气，尝试往男女关系的方向引导，周夏雨便错开了话题。到后面，他已经摸清了她错开话题的方式，那就是继续谈正事。

十二月二十二日，冬至这天，工人回家，公司放假，装修暂停。广东人都说，冬至大过年，因为这是一年中黑夜最长的一天，但冬至阳生春又回，接下来就能充满希望地等待春天。周杨不想过节，每逢过节总会想起母亲。但这天中午，楼下传来陈园园的大喊：“张伟，开门！”

不知为什么，这一个多月，自从周夏雨生日之后，陈园园越来越少联系周杨，没再缠着他问东问西，没再说萤火虫，来到楼下也是大喊：张伟，开门！有时在巷子口相遇，远远地，她就挥手示意，大呼小叫，让你感觉有什么重要的事要告诉你，可是到了跟前，她也只是说，下班了啊，去买点菜去。

周杨乐见如此。

陈园园是和周夏雨一道来的，她们打包了饺子和汤圆。陈园园的习惯是广东的，冬至吃汤圆；周夏雨的习惯跟她外婆，是吃饺子。吃完了，又喝完张伟特意做的花蛤排骨汤，陈园园没头没脑地说："晚上可以喝酒吧？"张伟有点不乐意，说："你不能喝酒你不知道？"陈园园白了他一眼，说："我想喝，我有重要的事。"她只需要一个白眼，张伟就没了任何脾气。万紫千红抵不过她的一个白眼。周夏雨说："没事，今天过节，喝点，我约上何水他们。"张伟说："不如我们一边喝酒一边商量一下开业仪式，现在十二月底了，以前我们做活动，都至少提前两个月策划。"周杨说："喝酒就喝酒，你有必要这么争分夺秒吗？"

张伟电话约了何水、赵小林、刘梦一干人等，预计将挤满杨箕村七街五号的顶楼。周夏雨和陈园园收拾屋子，周杨和张伟两人去菜市场采购。这是这么久以来第三次和周夏雨喝酒，周杨预感将发生点什么。他脱下装修中沾满白泥的球鞋，换了双干净的，赶紧出门。他有许多话和张伟分享，许多问题需要讨论。

路上，两旁的小店纷纷打出了冬至的广告，有些店顺便连圣诞的广告一起打了。周杨说："你发表你的新理论已经两个多月了，我一直谨慎遵守，不过，到目前为止还不知道有什么明显的作用。你会不会出现失误？"

张伟说："你再仔细想想这两个月的所有细节，有没有什么不对劲的地方？万丈高楼平地起，打好地基，才能创造奇迹。"

按照新理论的指导，两人正在一同实施一个巨大、漫长的工程。所谓打好地基，是不要妄动，在日常相处中，分别获得周夏雨和陈园园的信任。所谓创造奇迹，是日积月累后，分别获得喜欢。

“她除了谈正事，就是谈正事。我感觉她就是帮任小菲盯装修来了，没什么特别的。”

人是一种很奇怪的动物，有时对几分钟的细节记忆深刻，比如和一个人在雨中抽烟、她衣服的褶皱。有时却对几个月的时间记忆模糊，比如从二〇〇三年十一月十五日到十二月二十二日这一个多月，周杨几乎记不住什么。

他记不住什么，可能和这个阶段广州的街景几乎没什么变化有关。绿树永远安静，花朵天天吵闹。路灯照着的部分树枝，甚至比夏天还要茂盛。完全没有秋天，也几乎没有冬天。

“按照相对论，这恰恰说明这段时间很丰富，很忙碌，丰富到你不记得发生了什么。”张伟随意地挑着各种菜摊，阐述爱情理论的同时还可以用粤语和菜摊老板互道节日快乐，“至少你不能否认，这两个月，你已经单独和周夏雨出去好几回了。”

“就是这样我才怕，感觉我们已经进入一种很牢靠的普通朋友关系了。”周杨说，“那些关键问题我一个都没有进展。”

所谓关键问题，比如周夏雨什么时候离开，为什么离开，有什么办法可以不让她离开。还有，周夏雨的孩子是谁的，她和吴真、梁永成什么关系，陈园园的哥哥到底怎么去世的。他完全没往这几者之间可能有什么联系的角度去想。

“也许今天会有些不一样，你没听园园说吗，她有重要的事情。”提着几塑料袋食材上楼时，张伟满怀希望地看向楼顶。

“对她来说最重要的事情就是能喝酒吧，冬至可以说是一个不错的喝酒理由而已。”周杨提着酒，很多酒。

六点多，张伟在厨房做饭，周杨用拍打的方式修理旧电视机。

一屋子的人等着饭菜，也等着电视机亮起，放一张英国乐队北极猴子的打口CD。

CD是何水带过来的。他最近除了筹备莫须有的演出，也利用业余时间解决生活问题，拖个大袋子，顶着寒风，在岗顶天桥卖打口CD，顺带卖一些盗版书。据说，最好卖的是卫慧的《上海宝贝》。

张伟找了何水，策划开业音乐会；找了刘梦，帮忙召集报道的记者；找了赵小林，帮忙布置开业的展览。当然，还有更重要的事，是和朋友们一起过冬至，吃水饺，喝酒。

“你们找我来做音乐会，有点大材小用了。”何水说，“我现在一般做音乐节。”

“我们给你五万。”张伟在厨房大喊。

“那能做。”何水撩了撩凌乱的卷发。

“减个零。”张伟在厨房大喊。

众人哈哈大笑。自从初次见面，这群人一共也只聚过三五次。但每一次聚会，总是随叫随到，不管多晚。夜宵或喝酒。喝几碗暖粥，开几瓶冰啤。吃粥在天河立交下的蚝得喜，喝酒有时在华侨新村陈旧的猫窝，有时在五羊新城新开的2003Space。人们没有心事，像每天见面的人那样，互相贬损和取笑。刘梦时常对何水翻着白眼，何水总是一副傲慢的模样，这些场景引得周夏雨放声大笑。

北极猴子的打口CD听完了，新闻里正在播报小布什的画面。小布什用他薄薄的嘴唇，在美国国家航空航天局华盛顿总部发表讲话，提议争取最早在二〇一五年，最晚不超过二〇二〇年，让美国宇航员重返月球。

周夏雨提议大家暂时停下对月球的关注，先讨论一下音乐会的主题。

陈园园说："要不先说我的事吧。"

周夏雨说："你等会儿说，不要吓着大家。"

何水说："既然我们和周杨认识是因为张国荣，那么，各位，音乐会就在四月一号愚人节那天搞，主题就是张国荣逝世一周年，前后呼应，完美！"陈园园说："四月一号好像不是周末哦。"何水说："小妹妹，这你就不懂了，就是不要在周末做。"陈园园说："为什么？"何水说："这你就不懂了，工作日还有时间来参加活动的人，才是真正有钱有闲的人。"陈园园说："你说什么呀，我的意思是，我要上课，来不了。"何水说："现在的学生都不逃课的吗？这不合常理。"刘梦说："你别扯了，你结婚挂遗像吗？开业做逝世的纪念？我看你别叫何水了，叫脑子进水好了。"何水说："你嘴这么毒，是不是看了太多社会的阴暗面？多看看《新闻联播》嘛。"赵小林说："《演员的自我修养》里有句话，你们听过吗？'艺术喜欢严整与和谐，而"一般"却喜欢杂乱无章'。你这个主题和开业氛围搭吗？"何水说："你能不能换句名言？"他甩了甩长发，头发划过张伟的厨艺作品。赵小林说："关你屁事。"何水说："周杨，你定吧，你现在是金主。"周杨说："我想听听夏雨的意见。"

已是深冬，广州天气突然降温，周夏雨穿了件高领紧身薄羊毛衫，胸前曲线明显了些，周杨看得有点不好意思。张伟端出他的潮汕美食解了围，他说："先吃先吃，吃完更有灵感。"陈园园说："吃吧吃吧，张伟人不咋地，做饭还可以的。"

除了CD，何水还带了一塑料桶白酒来。据他说，他采购了若干种药材，泡了一年，因此酒中累积了植物和时间两种力量。白酒有些塑料味，但入口尚甜。觥筹交错，除了陈园园，大家都喝醉了，包括周夏雨。满桌鱼骨残渣，酒气烟臭。喝醉了，便没有意识到他们的决定可能带来意料之外的后果。

关于音乐会主题，周夏雨否定了陈园园提出的二次元主题，因为太幼稚，和定位不符；否定了周杨提出的摇滚主题，因为太小众；否定了张伟提出的民谣主题，因为乐手一般比较丑；否定了赵小林提出的把张国荣和梅艳芳合在一起纪念的提议，因为风格相差太远，会互相打架。赵小林这么一说，周杨才知道梅艳芳已于去年十二月三十日病逝。

最后，周夏雨说，还是张国荣纪念音乐会吧。或者准确点说，张国荣音乐改编大比拼。用电子、摇滚、民谣各种风格改编，把广州各种路数的乐队都叫上。何水认为这个主题应该归类为张国荣音乐的新生而不是纪念，这样便不存在晦气的暗示了。同时，既满足了乐队想要与众不同的虚荣心，又照顾了大众想要听到好歌的朴实愿望，堪称完美。赵小林难得同意何水一回，说："你说的有一定道理，死亡即是新生，冬至到了，春天就快来了。"刘梦也罕见地赞美何水，并表示一定召集一票媒体朋友，大张旗鼓地报道，以达到妇孺皆知、人满为患的效果。

"既然开业仪式的主题定下来了，我能不能说一说我的一点小事？"赵小林从包里掏出一幅卷轴一样的东西，"我设计了一个产品，和二十四节气有关的，刘梦你看能不能在你们报纸上推广推广。"

赵小林打开卷轴，是一个九宫格，写着繁体的描红书法"亭前垂柳珍重待春风"，旁边的插画却很现代。陈园园问："什么意思？"赵小林说："这是古人的一幅《九九消寒图》。"刘梦说："我听说过这个。"赵小林说："你们看里面有九个字，每个字都是九画，共九九八十一画，对不对？"何水说："你这设计来干吗的？

自娱自乐？”赵小林说：“这跟我们每个人都有关系的。你们看，从冬至开始，每天按照笔画顺序填充一个笔画，每过一九填充好一个字，九个字都填完了，大概是公历三月下旬，春分前后，那时就春回大地，春深日暖，桃花朵朵开了。那时周杨的店也刚好开业。怎么样？是不是寓意特别好，是不是你们每个人都可以买一幅？我成本价卖给你们。”张伟说：“成本价是多少？”赵小林说：“我要算一算，大概八十一幅吧。”张伟说：“你很会做生意嘛。”周夏雨说：“行，我先买一幅。”赵小林把手中的那幅卷好，系上绳子递给周夏雨，说：“我后面还会设计一些年画，就是把老东西变成新时尚，欢迎大家选购。”

“我也买一幅吧，看在你是我师兄的面子上。”陈园园举起酒说，“大家干一杯吧，趁还没喝醉，我先说说我的事。”

周杨酒精上了头，说：“还有什么比我们今天在一起喝酒更重要的事吗？”

陈园园说：“当然有了。”

张伟说：“是什么？”

陈园园看了一眼张伟，说：“是我们可以每天在一起喝酒。”

她倒出白塑料桶里残余的酒，说：“最最最重要的，是我，哎……”

她欲言又止，又看了一眼张伟，说：“你知道我的意思吧？”

张伟糊里糊涂，说：“我又不是你肚子里的蛔虫。”

“今天当着大家的面，我就明说了吧。”陈园园干下一杯酒。

她正想说什么，电话响了。她按掉了。又响。周夏雨说，接吧。接通了，传来一个男人的声音，带点火气和抱怨：“你又跑哪儿去了，电话也不接，今天过节你不知道吗？”

陈园园捂住话筒，小声说：“是我爸。”她对着话筒说：“今天过什么节啊？我不知道。”

“冬至大过年，你不知道？别天天跟一帮狐朋狗友在一起，连家都不知道回了。”

“那你叫上我妈和我哥，一起过节。”陈园园的语气陡然冷下来。

“你这是对你爸说话的态度吗？”

周夏雨凑近手机，打圆场说：“叔叔，你不用担心，园园和我在一起，吃完饭我就让她回去。”

男人的音量猛然高了许多，像是有人给他的共鸣腔接上了电：“我就不想说你了，你害死我儿子还不够，还要害我女儿，是不是！”

周杨来不及想这句话的意思，因为陈园园猛地扔掉了手机，哇地哭出声来。众人看向周夏雨，这种情况下，只有她可以把控局面。但周夏雨看向张伟，说：“你来。”

张伟深吸了一口气，说：“我说个笑话，你先别哭。”

陈园园边哭边说：“你他妈的笑话我听过了，你别想蒙我了。”

张伟说：“另一个。”

陈园园说：“除非你答应我一个要求，不然我不会停的。”

张伟说：“不行。”

陈园园说：“你什么意思？”

张伟说：“怎么能只有一个呢？太少了。”

陈园园扑哧笑了，说：“那你听着。”

张伟说：“我听着。”

陈园园说：“我想和你搞对象，你搞不搞？”

张伟说：“这就是你说的重要的事？”

陈园园说：“你搞不搞？”

…………

冬至的黑夜很长。在众人的起哄声中，陈园园爸爸的电话带来的插曲，仿佛没有存在过。只有周夏雨的脸色多少有点不自然，头发也稍显蓬乱，有点像那天她跑到顶楼把涨房租的花衬衫二房东镇住的样子。周杨总不由自主地将关心的目光投向她。

众人散去之后，菜冷了，酒干了，张伟突然又说起音乐会的主题来，从潮汕人的角度，提出了一点风水学的看法。他说从风水学来说，是不是不要用张国荣为好。在几人一致的谴责声中，他承认封建迷信已经深入了他的血液。在一致的哈欠声中，周夏雨说："我们走了。"走之前，她跟周杨拥抱，并在他耳边轻轻地说："我没事。"

如果周夏雨不在周杨耳边说这句话，也许他不会认为自己获得了她的信任，随后在接下来的这些天里，盲目地以为诚实的劳动将换来尊重和金钱，自己正在过一种值得过的生活。但在冬至的气氛里，没有人看到不好的征兆。因为他们喝得太疯了，太高兴了。白色酒桶里琥珀色的酒见底时，大家被酒的后劲冲击着，觉得未来每一天都会这么高兴，生活正在朝着更为现代、更为璀璨的方向迈进。蟑螂在冬天依然爬到桌子上，谁都没有在意。

第二十章

在张伟提出风水学时，如果大家不那么谴责他，那么开业那天的结果也许会不一样。

如果刘梦不那么卖力地宣传，也有可能不那么乱七八糟。

开业那天发生的事，周杨不想回忆，只有一个画面也许值得保留。

愚人节，陈园园逃了半天课。几人避开人群，来到顶楼，像猫窝酒吧初次认识的那天，拍了一张肩并着肩的照片。背景近处是湖一般平静的东山口的绿色屋顶，远处是山峰一样的灰色高楼。周夏雨左手食指和中指依然夹着烟，和上次不同的是，张伟逗得她大笑。而陈园园依然含着棒棒糖，做出像周润发叼着牙签那样的动作。

如果他们晚点下楼就好了。

经过四楼几个神秘房间，周杨暂时不知道它们的用途，只知道里面摆了些红酒和雪茄。经过三楼的活动空间，经过二楼展厅，来到一楼酒吧。出门进入院子。满满的人潮。音乐会招揽了文艺青年，艺术集市吸引了附近街区的妈妈孩子们。卖手工首饰的，手作甜点的，手工皮具的，古董旧物的，沙画表演的，都在笑。

春日暖阳，将一切镀上金光。镀上金光的，还有大厅入口处孙子苏一件全新的装置作品。用锯木和胶水，粘成动物排泄物的形状，通俗来说叫粪便。再镀金，组合成各种奢侈品LOGO，堆放在展厅中央的地板，取名为“黄金岛”，不过所有人都叫它的俗称：金狗屎。用赵小林的说法，这是“金狗屎”全球首次展出，足以起到蓬荜生辉的效果。

院子也铺满了黄金。昨夜，黄桷树叶突然落满了院子，一层又一层。大片大片的叶子，轻易落满了院子。本该秋天落的叶子，在春天落满了院子。这说明，其实广州没有春天也没有秋天，因此一般广州人也没有伤春悲秋这回事，每天乐呵呵地喝茶，喝早茶，喝下午茶，喝晚茶。

巨大的黄桷树下，几个小女孩簇着头，试戴一堆堆的复古手工首饰。一位妈妈正对孩子进行植物科普，指着黄桷树，说："这树落了叶子落果子，粘在桌子上很难洗。"

周杨已进入一种不太正常的兴奋状态，这些平常的景象也就不那么平常起来。周夏雨的轻笑导致身体发出美妙的摇动，偶尔碰到周杨的手臂也引发一些更深层次的战栗。在脑海里，周杨复习了一遍昨晚想好的计划，对他和周夏雨的未来进行了合理想象。

一个约莫五十岁的男人满脸慈祥，带着一个小男孩路过，看起来像爷爷带着孙子散步，误入了院子。可是突然，陈园园躲到张伟背后。

陈园园小声说："挡住我。"

男人还是透过缝隙看到了她。他停住脚步，喊了一声："园园？陈园园！"

那小男孩喊了一声："爸爸，我要去看飞机。"有个航空积木的摊位挤满了孩子。男人慈祥地说："你去玩吧。"小男孩张开手臂模仿飞机的姿势滑翔出去。

陈园园从张伟背后移出来。

男人的满脸慈祥突然掉落，他脸上应该有个掌管表情的开关。与此同时，他的声音也迅速变冷变硬，说："你天天不上学，不回家，就是玩这些乱七八糟的？"

陈园园低着头。男人来拉她。张伟打开他的手，说："你是谁？"

男人说："你是谁？"

张伟说："我是她男朋友。"

男人说："我是她爸！你哪儿来的混混，滚一边去！"男人一边说一边伸手推张伟。

陈园园大跨一步挡在张伟面前，说："你敢打他，我就死！"

空气应当凝固了一刻。陈园园眼睛圆睁着，睫毛几乎要顶到眉毛。男人呼吸陡然变粗，扬起巴掌。陈园园下意识地低头举手。男人发动了打人的攻势。院子里的众人被争吵声吸引，朝这边观望。陈园园拉着张伟和周夏雨的手，往室内跑。男人要去追，周杨将他死死抱住。男人双脚腾空，咒骂着，挥舞着手，很像在空气中练习游泳。小男孩跑过来，拍打着周杨的大腿，呜呜地哭。周杨说："大爷，您儿子哭了，您儿子哭了，儿子要紧。"男人说："去你妈的，谁是你大爷！"

他在百忙中回头慈祥地看了一眼小男孩。小男孩呜呜地哭着，口齿不清："爸爸，我要回家，爸爸，我要飞机。"男人狠狠地看向大门，对周杨说："回头我再找你们！"

男人被小男孩拉着扯远了，周杨回到室内，看到陈园园趴在桌子上哭。周杨想上去安慰一下，这时电话响起来，是任小菲。

"菲姐，你快来，音乐会快开始了。"

"啊，啊。"任小菲呼吸很急，听起来像在跑。她说："我刚才，在路上，碰到那群人了，他们，怎么又来了呀？”

周杨说：“谁？”

任小菲说：“那群人呀。啊，那群，守灵的。”

周杨明白是谁了，这一天还是来了。他说：“你别怕，你在哪儿？”

“啊，我没怕。我是问你，怎么回事？啊，他们，怎么又来了？”

主持人不合时宜地宣布音乐会即将开始。整个屋子突然黑下来。门窗关闭，灯光熄灭。一声尖叫，接下来又一声。来自周夏雨。第一声因为黑暗，周夏雨被麦克风电线绊倒。第二声是因为周杨抓住了她的手臂，抱住了她的腰。手臂上传来柔软的温热，是冬天阳光下一只蜷缩的猫。手臂仿佛有了味觉，觉得这种温热很甜，很软。那一瞬间，周杨突然想把她拖到角落里，以便疯狂地吻她。如果灯光不亮，他就想把手一直放在那柔软温热的腰部。可是他必须出去了。他不能这么安静地和她一起看演出，甚至没法看她的演出，也没法管陈园园哭不哭了。朱红旗啊朱红旗，你为什么早不来晚不来，偏偏挑这个时间来？

舞台灯光亮起，屏幕上打出整面墙那么大的张国荣的身影，接着是他或妖娆或忧郁或睥睨的眼神和动作。与非门乐队将那首《我》改编成了粤语电子音乐。周杨到达广州的第一天在面包车上听到的那首，龅牙小王手舞足蹈地唱完的那首。晚到的人陆陆续续推门而进，周杨必须拨开人群才能逆流而行。

今天是星期四，为什么有这么多不上班的人？周杨生起这样的疑问。任小菲运动员一般的身躯出现在院门口。周杨迎上去，递给她一瓶水。

咕咚咕咚喝了半瓶，任小菲说："你找几个人，拦一下他们。无论如何，不能让他们搞破坏。"

遥远的声音已经传来，盖过了室内的音乐。路尽头拐角处，朱红旗大声喊："周杨。"仿佛他的络腮胡兼具喇叭功能，无限扩大了他的音量。真应该把那六万取出来给他。好像还多点，现在应该有七八万了。

喊人来不及了，就在这里挡住他们。只要他们不进去闹，那在外面打一架也没关系。准确说，他周杨被打一顿也没关系。

任小菲脸红扑扑的，挺拔地站立着。周杨说："菲姐，要不你先进去，我来跟他们说。"

任小菲脸红扑扑的，手环抱在胸口，说："你要不要打个电话给你堂哥？"

周杨说："没事。"

任小菲说："没事？"

周杨说："以我对他们的了解，他们不会打人。"

"周杨！"朱红旗挥起右手喊着，扬起的手里拿一条管状物体，另一只手提着红塑料袋，跑过来。"周杨！"他一路喊着。离着还有五十米左右时，周杨看到另外两个人的侧影，很熟悉，又很陌生。他们是龅牙和老李，勾肩搭背，从周杨身旁进入院子。其中一人至少看了两秒任小菲因手臂环抱而耸起的胸部。看来还有更多意外和倒霉。

一辆装满硬纸板的三轮车挡在众人面前，推车的大爷问："搞活动啊，有废纸吗？"任小菲摆摆手。大爷推车慢慢前行。朱红旗挥动手中的管状物，敲向周杨的背。周杨本能地一躲，并未躲掉。

“兄弟，开业怎么不喊我撒？”朱红旗的塑料普通话此刻听来如同土制火铳，还好他手里只是一份卷成筒状的报纸，“我还是在报纸上看到消息。”

朱红旗身后四人面无表情。白衬衫黑裤子，好像他们只有这一身衣服。不同的是，朱红旗这次穿了件椰树图案的长袖衬衫，衬衫系在裤子里，露出某个名牌的皮带头，像是刚到泰国去了一趟。

周杨首先想到的，是刘梦的宣传工作做得很好，可是做得未免过头了一点，竟然连各路江湖人士都看到了。

周杨其次想到的，是张国荣的受众范围很广，未免太广了一点，按照他这段时间恶补的营销理论，许多并不是目标用户。

周杨最后意识到还是该想想眼前的出路，要不要叫张伟他们出来，要不要叫何水、赵小林出来。

“不是不邀请你们，是人太多，怕招呼不周。既然你们来了，我们是去外面找个地方，还是就在这里？”

周杨递给朱红旗一支烟，朱红旗摆摆手，指指嘴里嚼着的槟榔。

“我们来了肯定要进屋的撒，里面没位子了？”朱红旗搂着周杨的肩膀，要强行把他拉进去。

任小菲还是环抱着双臂，不过脸已不大红。推三轮车的大爷又回来了，伸头往院子里瞧，问道：“你们有其他废品吗？”任小菲说：“没有！周杨，给你堂哥打电话！”

周杨正感到为难，不知该不该伸手掏手机，假装打给那不存在的堂哥，还好张伟打来电话。张伟问：“菲姐还没到？”周杨说：“来了，和我在外头呢。”张伟说：“一会儿该你俩致辞了。”周杨说：“朱大哥来了，要不你来招待一下。”张伟说：“什么朱大哥牛大哥，你快进来。”周杨说：“你快出来。”

朱红旗说：“张伟也在撒，正好，我正想找他。”

周杨说：“他就出来了。”

朱红旗说：“进去咯，进去咯。”

周杨说：“他出来啦。”

朱红旗说：“外面好热的撒。”

张伟出来了，朱红旗递给他一颗槟榔。张伟说：“你们来怎么不说一声？”朱红旗说：“你们也没叫我，看不起我撒。”说完就要往院子里跨。任小菲一个箭步，跳过院门门槛，用力拉动门扇，大声喊：“张伟锁门！”

朱红旗半张了嘴，槟榔差点掉了出来。他转头看看周杨，说：“她是哪个？我以为是你女朋友。”周杨说：“她是我老板。”朱红旗喊了句我操，放低音量说：“你们暗访是不是暴露了？”周杨说：“应该没有。”朱红旗大喊：“美女，我是来给你们祝贺的撒。”任小菲大喊：“你们滚。”

周杨脑子完全乱了，可是朱红旗看来一点也不着急，一点也不上火，可能他们见多识广，见惯了这种场景。接下来的发展，让周杨始料未及。他以为朱红旗会用力拍门，以为终需一场肢体冲突，最后需要警察来解决。事实上，朱红旗只是很疑惑地说：“我今天是来祝贺的呀，你跟你们老板说一说。他们钱都给我了，我来祝贺一下，帮兄弟捧捧场，别这么不给面子撒。”

“是不是我看起来太凶了？”他转头问随行的四个人，四人面无表情地摇头，显然他们只带了这一副表情出门。

周杨将信将疑。张伟倒是表现出十足的把握，说：“任总，不，菲姐，他们是来祝贺的。”

任小菲说：“周杨，你给你堂哥打个电话。”

周杨真希望回到二十三年前，制造一个叱咤风云的堂哥。此时他只能说："朱大哥，抱歉。要不你们证明一下你们是来祝贺的？"

朱红旗举起左手里的红塑料袋，说："我真的是来道贺的，我带了水果来的。"

水果的说服力不够强，他又说："周杨和张伟是我兄弟，我不可能来坏他们的场子。"

张伟说："任总，不，菲姐，我保证他们说的是实话。"

收废品的大爷再次来到门口，周杨对他说："大爷，你先去别的地方收，这里我给你留着，你两小时之后过来，这样不浪费你的时间。"大爷说："好的好的，可是我的车装满了，放一些在门口行不行？"周杨说："你放吧。"

任小菲说："你保证什么？你凭什么保证？"

张伟没有解释，说："里面等你和周杨致辞，要不你们先进去，我和他们说。"

周杨完全没空想什么致辞，也不知道该不该实施盘算已久的计划。有很多问题困扰着他。朱红旗说收到了钱，那剩下的七十七万，谁给的？不可能是任小菲。难道是周夏雨？莫非她向谁借钱垫了这笔账？还有可能是谁？包括此前来不及想的问题，也浮现出来。刚才那熟悉又陌生的龅牙和老李为什么来这里？他们去哪儿了？他们要干什么？

第二十一章

张伟留在院门外，招待朱红旗。周杨和任小菲进屋。任小菲上台，声音很低，似乎刚才什么也没发生，只是和朋友在交谈。像精心准备，又像临时起意：

“感谢朋友们来到这里，见证C-U空间的诞生。

“很多人问我为什么要开这个店，我想是因为两个人的两句话。

“第一句，我的同事张伟送给我一本书——《银河帝国》，书里说：我一定要去寻找，就算无尽的星辰令我的探寻希望渺茫，就算我必须单枪匹马。

“另一句，是我另一个同事周杨说的。我问他为什么愿意一起做这件事，他说了一句话，打动了我，可能他自己也没有意识到。他说，这个世界上，有的地方富丽堂皇，配纸醉金迷的人；有的地方眼花缭乱，配物欲横流的人；也应该有一个安静舒适的地方，配那些自由美好的人。”

周杨没想起自己什么时候说过这些。不过他承认，任小菲总能应对各种场合，通俗来说，便是世事洞察，人情练达。他也承认，任小菲真诚的语气，让他相信了他曾说过这些酸溜溜的句子，只是忘记了。

任小菲致完辞就走了，说园区改造招标在筹备了，要去和负责的人吃饭。“店里就交给你了。”她说，“不要出什么乱子。”她语气里的担忧浓度很高。“不会的，你放心。”周杨一点也没有把握。

主持人用春晚的腔调高声欢迎周杨。周杨对身旁的周夏雨低声说：“我不知道说什么。”周夏雨没有出声，而是抓了抓他的手臂，给了他一个眼神。周杨听到了她心里的话，那意思是别紧张，那意思是我相信你，那意思是还有很多意思，比任何鼓励的话含义都更为丰富。如果说鼓励是糖果，那这个轻轻的动作则可以看成是一个糖果工厂。

可周杨脑海里满是昨晚反复盘算的计划，一个词也没有。看到离舞台最近的女孩端着一杯鸡尾酒，正用红唇靠近喇叭一样的杯子，他想起在《地球周刊》上看过的一篇冷知识文章，便借此开了个头：

“德国天文学家的研究表示，银河系中心的气味，是朗姆酒的味道。

“大家都知道，朗姆酒一般用来调鸡尾酒，鸡尾酒的气味，我想一定是女性的气味。这也说明，宇宙就像女人，色彩斑斓，宇宙孕育生命，神秘莫测。”

该怎么编下去？他真不该上来致什么鬼辞。他想起来当时大家讨论给这家店取个什么新名字，他提议的C-U，取的是“See you”的谐音，但也可以说成是The Center of the Universe的缩写。于是他想，就这么编几句吧。

“大家可能还不知道，C-U的意思，是英文宇宙中心的缩写，也是英文‘再见’的音译。这说明，我们希望C-U像一个女人，能给每个人安慰。我们希望，总能在这里和大家见面。”

似乎过关了，人们鼓掌，有人吹口哨。周杨放松了许多。不要再想别的词了，就按昨晚计划的说吧，他想。说完那句必须说的话，周夏雨也许会留下来，也许不再想着什么随时离开。可是台下高亢的手机铃声响起，是时髦的彩铃，一个可爱的小女孩的声音，喊着，来电话啦，来电话啦，来电话啦。一个人站起来。是他，是那个龅牙。那个将周杨按在去年六月底的马路上捶打的龅牙。

龅牙站起身，大声喂喂喂，往外挪动。紧接着老李也站起来了，紧凑的五官，像在大人脸上安装了婴儿的器官。周杨想起龅牙曾说张国荣是他的偶像，难道他也是看到了刘梦的报道？难道今天必须发生点什么乱子？

一种不祥的预感，让周杨停顿了那么两三秒。把那句话说出来，还是不说？他等了很久，无数次想开口。过年回来的这几个月，不是没有机会。这几个月，有那么几回，周夏雨陪他喝酒到天亮，一晚上讨论音乐和文学，一下午看雨，去长隆动物园看鸟看鱼看狮子老虎，和他一起开起了玩笑，而不是冷酷的嘲讽。也许早该说了，但今天也不错。甚至今天才是最好的时机。在陈园园横在张伟面前，说出“你要是敢打他，我就死”之后，他认为陈园园确实不再是那个吵着要和他去看萤火虫的女孩。

台下龅牙的声音再次打断了他。即使龅牙已经挪到了门边，他的声音还是穿透人墙，在室内飘荡，显然他的龅牙也具有部分扩音功能。他说：“快来快来，哈哈哈。这里好多美女。哈哈哈。”

周杨看到张伟朝他跑过去。张伟的身躯应该可以震慑住他了。周杨清清嗓子，说：

“我不多说了，只有最后一句。一句和女人有关的话。”

张伟把龅牙请出了门去。

周杨紧张地看向周夏雨，看向她身边的陈园园。他感受到小说里常写的那种“四周一片安静”的状态。他曾在梁永成面前体验过小说里所写的“眼前一片空白”，在被龅牙他们捶打时体验了“眼冒金星”，这是第一次体验到“四周一片安静”。有点像小时候看蚂蚁入神，又有所不同。杂念消失，他能听到自己的呼吸，能隔着几米远的距离看清周夏雨的表情。

是的，他看到了周夏雨的表情。她很严肃地直视他，很缓慢地摇头。那意思是她知道他要说什么，并表示阻止。或者说无论他说什么，她都建议不要再继续。

“我想说，我喜欢一个女人很久很久了。她牢牢控制住我的渴望，她是我永远不会离开的伙伴，如果喜欢她是犯罪，我希望永远不要获得赦免。我想对她说，如果你也愿意，请上台，唱一首你的歌。”

周夏雨的摇头也阻止不了周杨。那些词都事先商量好了，排队经过喉咙，进入空气之中，进入话筒。说完之后，侧身站在话筒边，周杨才发觉这些话很浮夸，加了过多修饰，像一个十七岁的女孩，过于想获得注意，愚蠢地涂满了胭脂。不安分的年轻的人们，开始起哄，鼓掌。周夏雨看上去笑得很开心，眼睛弯起来。上了台，她象征性拥抱了周杨，在他耳边说：“今天别乱说话。”

“意思是以后可以乱说？”周杨开了句玩笑。

周夏雨打断了他的玩笑：“陈园园还在哭呢。”

周杨感到一阵自责。和所有深陷想念和爱恋的人一样，他总想从对方细小的语气、动作、眼神里，捕捉可能的希望，满足自己的幻想，或者说支撑自己那脆弱的信念。

“我等会儿唱。”周夏雨握住话筒，往远处看了一眼，表情还是微笑的，鼻子中间微微皱起，“我们先让乐队唱吧。”她再次向远处望了一眼，似乎看到了什么不该看到的东西，脸色冷下来，匆匆下台，消失在人群中。

她是委婉拒绝，还是只是照顾陈园园的情绪，暂时冷却？周杨心慌，四处找她。乐手们依次表演，张国荣成了放克，成了雷鬼，成了Disco，节奏和旋律都很火爆。客人有的闲逛，有的去二楼看展，更多的占了位子，喝酒聊天。几个男人聚在门口抽烟，用脚踩灭烟头。周杨搜索周夏雨的身影，可是遍寻不见。

乐队依次上场，唱得周杨心酸。他不确定是不是自己做错了什么，让周夏雨有点不快。

暂时逃离人群，拐去后院抽烟。路上遇见五官紧凑的老李。他拍拍周杨的肩，说：“老板你好，发言不错，恭喜恭喜！”周杨说：“你不认识我了？”老李说：“不好意思，你是不是什么名人？”周杨说：“不是不是，你好好玩。”

后院是一条窄长通道。几个人或蹲或立，抽烟闲谈。在最深处，一个姹紫嫣红的民族长裙打扮的背影动作很激烈，但声音不大。随着她的移动，周杨看见了周夏雨的半边身子。他正要往前靠近，周夏雨扬起脸。目光对上，她疾步走来。民族长裙嗓音随之变大，说：“你别跑！”到周杨身边，周夏雨也没停，面无表情。民族长裙几个大步，挡在她面前，说：“你别跑！”周杨伸出手臂护住周夏雨。民族长裙斜眼看看他，眼睛里有一种凶狠，牙齿里的声音有点像西南地区的岩石碎裂。她说：“小伙子，你刚才的表白很动听，你可要小心了。”周杨刚抬头准备应答，她一个巴掌呼地拍向周夏雨，紧接着说：“婊子！”

她的话简单直接，很有效果，周围迅速围起看热闹的人群。女人再打过来时，周杨一把抓住她的手，女人挣了几下没挣脱，乱踢了两脚，一群云贵高原地带的图案在她裙子上乱摆。她边踢边说："有种你说话，有种你说话。"周杨转身叫周夏雨先走，她却丝毫不急，说："没事，你让她打。"

周杨松开民族长裙女人，想拉周夏雨离开。但周夏雨用力定在原地。女人又呼过来几巴掌，周夏雨嘴角流了一点血，说："差不多了吧？周杨，我们走吧，去唱歌。"

周夏雨自顾自往前院奔去。民族长裙被她朋友拉开，她骂骂咧咧，说着怎么还有脸待在广州……不要脸……不要让我再看见她……她的朋友说算了算了，别跟她一般见识，走吧走吧。

周杨追上周夏雨，说："别唱了，我们回去。"周夏雨说："我答应你的。"她上了台，甚至是笑着的，似乎刚刚什么都没有发生，又仿佛一切她已司空见惯。一束黄色的光照在她脸上，有乐队的人把吉他借给她。她唱起那晚在天台上唱过的半首歌："我想看一万次日落……"

周杨后悔闯到后院去，撞见周夏雨的秘密。他认为周夏雨那句"我答应你的"，看似回应表白，又有点临别赠言的意思。她可能真的要离开广州了。离她说的"两三个月"早已超出了很久，不知道她说的那件事有没有办完。他认为这个下午会在歌声中结束，他将失去周夏雨。可是这个下午还没有结束，甚至才刚刚开始。

"和你一起去游荡……"周夏雨唱到这句，台下突然传来一声大喝："这不是张国荣的歌吧？"声音来自嗓门洪亮的龅牙。他倒也没说别的什么，只是在询问身边的朋友，可他的声音真的太洪亮了。

"今天不是张国荣音乐会吗？"龅牙继续说。

周杨朝龅牙走过去。周杨说:“哥们儿，我有个朋友想认识你，可以借一步说话吗?”

龅牙面带惊喜，说:“我吗?男的女的?”

到了院子里，周杨打电话给张伟，说:“你出来一下，介绍个朋友。”

阳光明亮，周杨想起去年六月底火车站阳光的毒辣。他的脸色自然很严肃。龅牙说:“兄弟，我好像在哪里见过你。”老李说:“哥们儿你应该是个名人吧，我也有点眼熟。”

“我这是大众脸。”周杨打了个哈哈。如果是去年七月，他会让两人饱尝一顿拳头的滋味，把抢走的东西加倍奉还，但此时此刻，他不希望横生枝节，这个下午发生的事已经太多了。

张伟来了，还带着朱红旗。朱红旗问:“是不是他们想闹事?”

“没有没有。他们想提前走。”周杨脑子里再次闪过那个疑问，谁给了朱红旗七十七万块?“王哥，今天我们主要是针对内部的试营业，要不你们下次再来?”

“你怎么知道我姓王?”龅牙突然警觉起来。干坏事的人当然都有天然的警觉，而周杨没干坏事，于是不小心叫出了龅牙的姓氏。

朱红旗打了电话，很快四个面无表情的人出来了，仿佛他们串在一起，必须同时移动。这边有七个人，而龅牙只有两个，周杨认为他们应该灰溜溜地跑了。

他们也确实准备灰溜溜地跑了。可是龅牙的大嗓门不该临出门时说了一句话。

“我想起来了，你是那个把五百块藏在秋裤里的人。”

周杨听了这句话倒没什么，他只想让这场开业顺利完成，让这个下午尽快结束，不要再出什么幺蛾子。

可是张伟在场，张伟的暴脾气在场。“原来是你们！”他拳脚并用，脚掌比拳头更快地抵达龅牙的腰部，龅牙脸部着地，还好墙角有一堆尚未清理的河沙，接住了他。张伟捡起一块河沙上的砖，说：“你们是不是想死？敢抢我兄弟。”朱红旗说：“哎，怎么打架了？”张伟说：“他们抢劫了周杨！”朱红旗对四人使使眼色，四人迅速换位，堵住了大门。

周杨拉住张伟，说：“别打架，今天咱们不能打架。”

龅牙从沙子中爬起，嘴角和额头擦伤了一片。他抹了一把粘在脸上的沙子，指着周杨问道：“你叫什么？”

周杨说：“哥们儿，你们走吧。”

龅牙说：“你以为我们怕你？”

张伟说：“你是不是想死？”

龅牙说：“你叫什么？”

张伟说：“行不改姓坐不改名，张伟。”

龅牙说：“你别耍我。每个人都认识一个张伟，全中国有几十万个张伟来的。”

张伟说：“妈的，你爷爷我不一样。”

抽烟的人陆续围过来，有人说，打一架，打一架。

龅牙看看聚集的人群和人多势众的对手，说：“我们是来看音乐会的，你们为什么打我们？”

老李眨巴着小眼睛，拿出手机：“我报警了啊。”

龅牙说：“不如我们坐下来谈一谈。”

老李用广式普通话说：“我看你们是文化人，把砖头扔掉先，我们坐下来谈一谈。”

周杨压抑住摸起墙角砖头和马钉的冲动，对张伟说：“让他们走吧。”

张伟说："不能这么便宜他们，先把抢的钱还了。"

龅牙说："我们坐下来谈一谈先。"

人群中有人继续起哄："快打啊，怎么还不打了？没意思。"

两队人马这样无言对峙了约莫一分钟。人群中的窃窃私语多了起来，表明大家对这场免费表演很不满意，耐心已消耗殆尽。龅牙的手机铃声响起，还是那个时髦的彩铃，那个可爱的小女孩的声音，喊着，来电话啦，来电话啦。龅牙手伸向口袋，掏出来的不是手机，而是一把刀子。掏出来的同时，刀子朝周杨刺去。人群整齐地发出"啊"的一声，自动退远两到三米。周杨本能地拿空手挡刀，并没有感觉到痛，只听到刀锋割裂布料，衬衣的袖子裂开。张伟的砖头迅即飞到，砸掉龅牙的刀子。

来电话啦，来电话啦，铃声还在响。拳头和呼喝声激起群众的热烈反应。一片混乱的击打声，一片由盛转衰的呼喊声。周杨只得抓起沙子四处撒，姿势有点狼狈。张伟捡到了另一块砖头，朝老李头顶一拍。来电话啦，来电话啦，铃声更响。那一拍应该使尽了张伟毕生的力气，老李膝盖一弯，倒在沙堆上，还在挣扎着爬起来。

"还打吗！还打吗！"张伟歇斯底里喊着，龅牙吓得转身飞跑。面无表情的四人将他挡住，周杨说："让他跑，让他跑。"他担心是不是有人报警了，警察是不是快来了。

这愚蠢的冲动，愚蠢的年轻。周杨压抑不住，探身去看地上的老李，看他是不是死了。老李抓着周杨的胳膊，脸色苍白，鲜血淋漓。他带着哭腔说："大哥，放我一马。"周杨说："你们哪里的？"老李说："广西的。"周杨说："你们住哪里？"老李说："麦地村。"他回答得毫不犹疑，看起来不像撒谎。周杨说："滚远点，要是再看到你，你会死得很惨。"老李说："不来了，不来了。"周杨说："要是警察问你，你怎么说？"老李说："我自己摔了一跤。"周杨甩开他的手，裂开一半的衬衣袖子完全破开。

老李双手捧着头飞奔而去。周杨膝盖颤抖，手指颤抖。室内的演出还在继续，可是这个下午还是没有结束。

龅牙那通电话，为他喊来了一大帮人。十几个广西小伙子，他们自称广西帮。大约二十分钟后，龅牙领着他们，闯进院子，踢开大门，一声粗犷的大吼打破了音乐会怀旧的氛围。这个声音大喊道："谁敢打我兄弟?!"老李双手捧着头，指着张伟，说："就是他们!"

粗犷的声音来自一个两广地区少有的大胖子，他的造型很符合人们的想象，他从衣领口掏出条金链子，在手心把玩。

周杨对周夏雨说："你带陈园园去四楼，锁好门，不要出来。报警。"

大胖子把灯打开，抄起最近的酒瓶，往桌子上一顿，瞪圆眼睛，吼道："这很明显是假酒来的。他妈的，看一场音乐会，我兄弟被打成这个样子！你们这是黑店啊，啊?!"

朱红旗迎过去，说："兄弟，哪里混的？我在黄埔村一带。"他递过去一张名片。朱红旗竟然还有名片，这是周杨没想到的。

胖子看了看名片，说："你们不是收账的吗？怎么，今天想打架？"

朱红旗说："你们不是抢钱的吗？何必打架呢？"

胖子说："纠正你一个错误，我们不叫抢钱，叫打抢来的，打架也是我们的业务范围。你说，我这兄弟的伤怎么算？"

朱红旗说："兄弟，消消气，该怎么样，我们肯定赔偿撒。消消气，啊，您贵姓？"

胖子说："怎么，想以后报复？告诉你也没关系，我的名字就是，山鸡哥！"说完他还撩了撩不多的刘海，引起部分客人的一些笑声。

朱红旗说："你们真要动手的话，考虑一下后果撒。"

胖子说："你们湖南帮是不是管太多了？"

朱红旗说："你朋友宰了我兄弟一道，是他们不对在先撒。另外，你们去火车站拉客，抢了东北帮的地盘，也要考虑一下后果撒。"

胖子说："那要是我不考虑后果呢？"

朱红旗说："最好不要使用暴力，冤家宜解不宜结撒。"

胖子喊："装狗屁文明！给我打！"

他甩手把酒瓶摔在地板上，玻璃四溅。几个客人吓得跑了出去。室外的人也跑来一堆看热闹的。门被推开，关闭，像是一只受伤的乌鸦扇动翅膀。

广西小伙们挥动手臂，挥动棍棒，手中没有东西的，便借用酒吧随处可见的酒瓶和凳子。啤酒乱喷，酒香四溢。噼里啪啦，哀号痛哭。客人见状不对，一窝蜂跑出去。四个面无表情的人看了看朱红旗，朱红旗点点头，他们抄起了家伙。原来他们也是很能打的，也是可以分散行动的。后来何水也加入了战局，但他的长发拖累了他。赵小林没有加入战局，只是紧紧地守护那堆"金狗屎"，喊着别过来别过来。

倾盆大雨猛然从天而降，像落下透明的铁栅栏，跑出屋的人只能折回，紧挨在屋檐下。室内变成斗兽场，观众隔着门框，面无表情地观看表演。刚才他们还热切地鼓掌。

周夏雨呢？陈园园呢？她们安全吗？有人想要往楼上冲，周杨死命挡住。一个拳头或一个酒瓶，飞过来，砸在后脑勺，他的战斗力基本丧失。他趴在地上，眼前许多双脚、许多双鞋。酒架被砸个稀烂，舞台被砸个稀烂，满屋酒气流淌。

雨像鼓槌，打在全广州的地面。

后来门被踢开了，周杨被拉进雨里，摔在一堆落叶里。他不再还手。当警察嚷嚷着冲来，张伟猛地把其中一个撞倒，说："你他妈还有多少人？都过来！过来！过来！"店员死死抱住他，他号啕大哭。警察将张伟按在地面，胖子一行趁着混乱逃散，临出门时说了句话，属于杨过：兄弟，他日江湖重逢，定当杯酒言欢。我还会回来的！龅牙跑的时候踩到地上滑腻的液体，摔了一个狗吃屎，这次没有沙子接住他，不知道他的龅牙是否依然存在。

等场面安静下来，警察嫌弃地看着满脸是泪的张伟，催促他赶紧起来，去派出所。警察身边，一个大爷寸步不离。

第二十二章

大爷一直说，他丢了好多东西，希望警察能帮他找回来。他常在这一带收垃圾，收了一堆废纸盒、旧电线，放在院子门口，下雨了他来捡，竟然被人偷走了。警察没有理他，说你们不都是互相偷来偷去的吗？周杨看不过去，给了大爷五十块钱。

雨看样子很不想停，广州的雨季似乎比往年来得更早一些。集市骤然撤退，下午热闹的摊子，都伏倒在地。雨中的院子化为破败工地，落叶混合着水和泥，大爷开心地收拾着废铁废纸。

一同被拷走的，还有朱红旗和周杨。去大东街派出所的路上，张伟说："我哭的事别到处说。"周杨说："我是这种人吗？"张伟说："你不是。"周杨说："所以，我怎么会到处说，我只会跟一部分人说。"张伟说："你是不是想死。烂在肚子里，明白没？"

定性为结伙打架斗殴，依《治安管理处罚条例》，拘留十五天。广西帮只抓到了一个。当晚，警察赶到麦地村时，人去楼空，剩下胖子躺在床上，说抓我去坐牢吧。据说他语气很平静，还带点傲娇，警察估计他将坐牢看成了军功章。奇怪的是，警察可以说扑了个空，半夜回来却面露喜色，甚至兴高采烈。一个年纪轻轻的小警察，跑到笔录做到面色发黑的周杨面前，发了根烟。周杨不解，还以为他们发现了自己什么特殊之处，或者有什么神秘人物疏通了关系。警察说："当时我就感觉不对，几个妇女同志看到人民警察，竟然拔腿就跑。我还以为她们是卖淫嫖娼的团伙。"周杨问："难道不是吗？"警察说："她们年纪有点大了。"周杨问："年纪很大就不用抓了？"警察说："她们只是通风报信的，她们给做假烟的报信的。"警察表示，麦地村是制售假烟的据点，这次意外的收获可以说很大。警察感谢周杨为打击假烟做出了贡献，不过，这不能改变拘留十五天的事实。

半个月不长，上班时一晃眼便消逝了，但在拘留所便很不一样。时隔多年，周杨依然记得里头的每一刻。

共同度过了半个月生活，周杨、张伟和朱红旗差点完成了桃园三结义。这个有点古老的仪式，放在外面很奇怪，但在监狱一类古老的地方却很自然。本来准备在里头结拜，但张伟从一个潮汕人的角度，表示最好在关公面前举行仪式。后来，大家一致认可还是要重实质不重形式，以兄弟相称只是形式，有难同当、有福同享才是实质。

当然，周杨印象更深的是出来那天。那天，有两个女人在拘留所门外的阳光里站着，靠在一辆出租车旁，等他们。门岗的警察同志也被她们吸引了，工作状态有点心不在焉。她们是周夏雨和陈园园，她们无一例外，打扮了一番，显得比平时更美一些。陈园园遥远地用力挥手，周夏雨遥远地笑。旁边几米处，还有四个面无表情的人。朱红旗对周杨说："你们都有女人来接，我却没有。"周夏雨笑了笑，说："谁说你没有？我请你喝酒。"

周杨以为任小菲也会来，但她不在。可能店里的事太多，耽搁了。也可能她和他们没那么亲。朱红旗让小弟们先回去，他今晚要和朋友喝酒。周杨问周夏雨今晚是否可以晚归，他想和朋友们喝到不醉不休。

五个人大吃大喝了一顿，像真正的朋友那样。有时候需要一些激烈的意外，才能让人变得更为亲密。

那天大家都喝醉了，在出门前和出门后，说了很多话，很多肝胆相照的话，很多玩笑话，很多莫名其妙的话。但让周杨记忆最深的，是其中两句。第一句是陈园园趁周夏雨上洗手间时说的。第二句是出门时周夏雨说的，只有四个字。

五人在湖中大吃大喝。餐厅是周夏雨选的，荔湾有名的园林餐厅泮溪酒家。窗外是岭南园林，近处是不规则的假山鱼池，远处是看不到的楼房，和天空翻滚的淡乌的云。家具都是旧的，像朋友一样可靠。

开餐时，任小菲来了电话，问周杨人在哪里。周杨说：“我在吃饭了，你要不要一起来？很好吃。”来广州将近一年，他已逐渐习惯并喜欢上广东饮食的清淡。任小菲说：“我这儿一堆事，来不了，你好好吃，吃完给我电话，我们沟通一下。”

服务员上菜，有些不必要的仪式感，先用粤语介绍每道菜的食材和工艺。看得出她是生手，很紧张，声音很小，好像在背诵课文。后来周夏雨说：“小妹你不用介绍了，我们来过的。”她的语气轻快、友好，往常那种冷淡和嘲弄消失不见了。

后来喝酒便顺畅多了。喝完一瓶澳大利亚产的雷司令葡萄酒，吃完半只烧鹅，说起拘留所发生的趣事。在混杂着呼喊吆喝的讲述中，大家都说了一些平时说不出口的话。

说起他们怎么劝服了朱红旗干正行，将一个社会不安定因素扭转成了创业青年。周杨从自己陪张伟逛菜市场的丰富经验出发，建议朱红旗做了一桩造福他这类懒得逛菜市场的人的生意。简而言之，就是村里的蔬菜瓜果，不要再卖给其他批发商了，自己做批发商，组织起一帮弟兄，给城中村和社区无所不在的小超市供菜，送货上门。朱红旗先说不干这种摆摊卖菜的生意，说这样有损兄弟行侠仗义的形象撒。周杨说："老话说得好，仗义每多屠狗辈，潇洒最是卖菜郎，何况你算过账没有？这是笔好生意。"朱红旗说："真的？"周杨说："真的，你算算广州有多少城中村小超市，有多少社区小超市，每家店每天大概卖多少菜。"朱红旗说："我是说，真的有这句老话？"周杨说："那可不。"朱红旗说："这么好的生意肯定早有人干了，轮不到我们赚这个钱。"张伟说："抢客户这方面你应该挺擅长的。"朱红旗点点头，说："你这么说，我会不好意思撒。"张伟用预言家的口气说："这个市场很大。"朱红旗说："干这行需要点文化吧？"张伟说："我看你就挺有文化的。"朱红旗说："你这么说，我真的会不好意思。"

朱红旗说："喝完这顿酒，回去就创业，投入火热的赚钱中去。"

周杨说："为人民群众不断增长的物质生活需求添砖加瓦。"

张伟说："广东人把赚钱的叫做生意，不赚钱的叫创业，你要记得你这是做生意。"

随后张伟说起三人准备结拜的过程。结拜的缘起，除了一同打过架，一同坐了牢，还有一个很重要的因素，跟陈园园有关。

"跟我有什么关系？"陈园园再次表现出听故事的人的基本素养。

"我告诉他们了。"张伟说。

"张伟你说话别跟挤牙膏似的，赶紧说。"周夏雨说。

"你还是别说了，听到没！"陈园园似乎知道了，又想掩饰。

张伟靠在椅背上，摸了摸已不那么丰满的肚皮，看向周夏雨，打了个饱嗝，说："夏雨姐，你能不能保证，无论如何，你都不生气？"

"你别说了，夏雨姐不会生气，但我会。"陈园园白了张伟一眼。

"总之，你不说，我会很生气。"周夏雨说。她的语气不仅轻快、友好，还加上了点俏皮。

张伟所要说的结拜的缘起，是他在看守所告诉两人，那七十七万怎么从天而降。

从永成庄园回来，张伟把茶叶给了任小菲，转告了梁永成的话，让她去买孙子苏几幅画，打点打点。他看出来，任小菲当时明显还在气头上，不然不会大口抽烟。像往常一样，她直接让张伟去找孙子苏买画，直接找财务转账，直接将画送给指定的人。

晚上回家炒菜时，张伟把这个消息告诉了陈园园，让她约孙子苏。陈园园开头答应得好好的，说吃完饭就约，可是吃完那盘清蒸鱼，她打了个电话，就改变了主意，说："我们好傻啊，这不正好可以还钱吗？"当时张伟没听懂。陈园园说："你真的很傻啊，你吃的饭都长哪里去了。"

张伟说："我吃的饭都用来想你了。"

陈园园说："我不是说过我那有两幅孙老师的画吗？我给你画，你给我钱。任小菲得到画，我们得到钱。这不就可以还钱了？"

张伟说："还什么钱？"

陈园园说："那群守灵的人的钱呀。"

张伟对朱红旗说："朱大哥，不好意思啊，当时我们是这么称呼你们的。"张伟说他当时笑了，说："我们欠的可是七十七万，你两幅画能卖多少钱？”陈园园说：“我估计，卖三四十万还是可以的。”张伟当时张大了嘴，说：“你开玩笑吧，孙子苏的画这么值钱？”陈园园说：“你是不是傻啊！你可以查查拍卖记录，我们卖得算便宜了。”

但三四十万还是不够。陈园园说：“夏雨姐那不还有一幅吗？三幅不就五六十万了。”还差二十多万怎么办？张伟把他和周杨的酒吧基金取了出来，一共八万五。于是只差十来万了。两人瞒着周杨，也瞒着周夏雨，从她一堆行李里翻出那张画。三张画被张伟送给了任小菲指定的某几个人，钱被张伟转给了朱红旗。剩下的十来万，朱红旗慷慨地说：“这就不用了，就当感谢你们了。”

他们当然想过后果，并且后果很快来了。任小菲专门给孙子苏电话，感谢他给了张伟优惠价。还好孙子苏机灵，没有拆穿他们，转头把这事告诉了陈园园。

张伟举起一杯红酒，碰了碰周夏雨的酒杯，用试探的语气说：“我交代完了，把你的画卖了，你不会怪我们吧？”

“我有点生气。”周夏雨说，“第一，你们早该跟我说，是不是不相信我？第二，这钱本来该梁永成还的，你们不能这么纵容坏人，还不明不白地当了冤大头。”

“我也这么跟他们说的。”朱红旗说，钱已经发给村民了，不然他当时就会还回来。

“不重要不重要，都不重要了，还有什么比我们在一起喝酒更重要的事吗？”周杨说。

“我懂了，又好像没懂。”陈园园眨着她举世无双的单眼皮眼睛，“这跟你们结拜有什么关系？”

“是我要求结拜的。”朱红旗叫来服务员小妹，请她帮忙到外面的小卖铺带一包槟榔，说半个月没碰槟榔，他感觉快死了，“因为张伟太他妈的讲义气了，我要不认这两个兄弟，我还混什么江湖？”

饭桌上当然也要交流一下外面发生的事。外面的事没有拘留所那么有趣，那么刻骨铭心，可以说有点糟糕。周夏雨说，任小菲这段时间很忙乱，压力很大，似乎瘦了很多。广州正铆足全力创建文明城市，公安将这次案件定位为顶风作案，结伙打架斗殴，甚至要上升为黑恶势力火并，至少要停业整顿两个月，是否吊销营业执照视整顿情形而定。后来任小菲托了人，才免于处罚。

服务员小妹怯生生地过来，给了朱红旗槟榔，找回他五块钱，换了一遍骨碟，又添了茶水，一杯杯地添满。她的大拇指揭开茶壶盖时，有一些发抖。“现在我们来谈谈以后吧。”张伟环顾着众人说。

翻滚的淡乌色的云化成了雨，落在湖面上，餐厅里暗了一点。雨点打着窗玻璃和屋顶，餐厅里更安静了。雨越下越大。岭南园林也便越发显示出和江南园林的关键区别，那便是雨的大小。江南的雨是烟那么淡，而岭南的雨是硝烟那么浓。看来雨季提前到来了。

“下雨了。”周杨说，“我们还是先喝酒好了。我真的太想喝酒了。”

在拘留所里，真的太想喝酒了。一方面是因为犯了酒瘾；另一方面，是因为他需要麻醉，才能不去想周夏雨，不去思索有关周夏雨的那些问题，不去猜测周夏雨对那天的表白到底是答应还是拒绝。在看守所里，张伟只是解答了关于七十七万的疑问，可是关于陈园园的哥哥是怎么被周夏雨“害死”的，关于周夏雨的孩子，关于那个民族长裙女人的咒骂，以及周夏雨会不会离开广州、为什么离开，都是未解之谜，比拘留所里众多男人的体味汗臭还要强烈地占据他的感官。

“我不知道你这么喜欢喝酒。”张伟说。

“其实，我是因为喜欢下雨。”周杨说。

“我们知道。”张伟看了一眼周夏雨，在最后两个字加上了重音。

“张伟，你不说话不会死的。”周夏雨说。

“我们开始谈论我最喜欢的话题了。”陈园园让服务员小妹又开了两瓶红酒，“今夜我们不关心人类，只喝酒。”

“废话少说点，喝酒撒。”朱红旗从服务员手里接过酒瓶，给所有人倒满了一杯，提议大家玩一些他熟悉的猜拳酒令之类的游戏。

朱红旗教了许多酒令，复杂的有哥俩好五魁首八匹马，简单的有老虎棒子鸡，满屋子喧闹。周杨看向周夏雨。她今天出奇地安静，出奇地温柔，时不时给周杨夹菜，有点像犒赏刚刚考完试的小孩。天色渐暗，雨声稀疏，灯光勾勒出她的侧影，勾勒出下巴和脸颊的线条。总之，周杨看了无数遍这些线条。“那今天先这样吧。”后来大家都喝醉了，周夏雨的声音含混，但意思是清楚的。

周夏雨上洗手间时，陈园园说了让周杨印象深刻的第一句话。她说：“我跟你们说一个秘密，你们谁也不许说出去。”

她说的秘密是，其实是周夏雨给她出的主意，让她卖画，凑钱。也是周夏雨和孙子苏打了招呼，让他不要露馅。

出了餐厅，小雨使许多人聚集在屋檐下，那个怯生生的服务员怯生生地追出来，问朱红旗要了个手机号码。任小菲打来电话，问周杨吃完了没有，能不能马上见面聊一聊。她的语气有点累，又有点急，周杨说还在喝酒，能不能晚点。周杨也很想过去，可是刚才出门时，在其他人身后，周夏雨用含混的语气，带着一些酒气，对他说了四个字：你跟我走。

很明显，这四个字是一句咒语，周杨必须听从它的指引。

第二十三章

再次走在那条铺满紫荆花的路上。再次去到细雨中顶层的阁楼。不知是因为这十五天的分别，还是因为酒，周杨如梦初醒，在门后将周夏雨紧紧搂在怀里。她柔若无骨地被包围在他的手臂之中。他寻找她的嘴唇，狂乱地吻她，将所有的力气揉进那个长久的吻里。一旦突破这一步，他发现事情变得简单起来，他只需要沉默地用力，憋住呼吸。随后他将头深埋在她的脖颈处，将她身体的所有气息吸进肺里。此时，他才感觉到她软绵绵的乳房紧贴在胸前，而她的手僵直着。她小声喊他的名字："周杨。"

客厅不大，但是对接吻是足够的。对拥抱着接吻，同时躁动地移动脚步，也是足够的。一面硕大的穿衣镜，像一面屏幕，放映他们的狂乱和放纵。白色的窗纱晃动，像有人撩起帘子偷窥。不过什么也阻止不了周杨。床阻止不了他陷落。床头有只企鹅玩偶，也背过身去。他的手指像藤蔓爬上她的每寸皮肤，最后掠过耳垂，停留在颈部。他掐得周夏雨喊疼。她越喊，他越用力，仿佛是用尖锐的撞击在她身上刻字。在沉睡着的女人依稀可闻的鼻息声中，他对世界的美好憧憬达到顶峰。

"你说我们现在算什么关系？"周夏雨伸手拉开窗帘，露出裸露的后背。她蹭着他的胳膊，脸上露出傻笑一类的表情。

次日的晨光照着她的瞳孔，那双眼睛之后的眼睛完全不见了，周杨注视着她，说："是不是还要下雨，这么闷？"

周夏雨说："我们算什么关系？"

周杨说："你说呢？"

周夏雨说："你真的很傻。"

周杨说："我真的爱你。"

以前周杨没谈过真实的恋爱，只在网上想象和练习，学习和揣摩。那时他以为真爱的两人，对话必定绚丽而浪漫，隐秘而辉煌，可是现在他知道了，在旁人听来，这些对话是琐碎的，无聊的，只有在爱人眼里，它们才发光，才迷人，才百听不厌。

起床，她洗漱完毕，用水拍打着脸回到卧室，从床头的梳妆台拿出一包整齐的化妆品，开始化妆。抹保湿霜的时候，周杨问："这是什么？"

她说："护肤的，可以保湿。"

她抹隔离霜的时候，周杨问："这是什么？"

她说："隔离脏东西的。"

她又涂了一层什么东西，周杨问："这是什么？"

她说："这个说了你也不明白，防止化妆残留的。"

"化妆残留洗了不就行了吗？农药残留都能洗掉。"

"你把我当蔬菜了？"

周杨想起张伟带他认识的菜市场："有种花，很适合形容你，叫洛神花。"

"怎么啦？"

"洛神花传说是洛神眼泪幻化成的花，一生只开一次，一次只开一天。"

“在广东人这里，都是煲汤的原料而已。”

“你估计什么时候能化完？”

“现在就开始，很快的。”

“刚才那都不是化妆？”

“那是准备工作。”

“其实你不化妆也好看。”

“那是你没见过我真化妆的样子。再说，女人化妆给自己看的，素颜才是给男朋友看的。”

“你男朋友是谁？”

她停下画睫毛的手，白他一眼，没接话。等化完了，她用手从脑后拢住头发，做出扎成马尾的样子，问，好看吗？又盘成一个发髻，侧过头来，问，好看吗？又从左侧晃到右侧，问，好看吗好看吗？最后，她三两下将头发拢成圆髻，露出圆满的额头。

周杨愣了愣，眼前是一个从未见过的人。头发绾起之后，眉毛奔向鬓角，那双有点迷蒙的眼睛突然亮起来，脸部原来稍硬的线条变得柔和，嘴唇鲜红地抿着，似笑非笑。尤其修长脖子上细小的颈纹消失之后，类似香槟酒杯，晶莹挺立，让两处锁骨沉淀的阴影更加凸显。愣了有那么两秒，他从身后抱住她，去亲吻脖子血管跳动的地方，说：“你这样很容易让人犯罪。”

“论犯罪，你应该比不过我。”周夏雨将头发抖得更为蓬松，“我有事跟你说。”

“好事还是坏事？”

“有一个坏消息和一个好消息，你想先听哪个？”

“女人都有这个习惯吗？”

“什么习惯？”

“吊人胃口的习惯。”

还没等她揭开谜底，手机铃声急促地响起。是任小菲。“昨晚怎么不接电话？喝多了？”周杨支支吾吾，看了一眼通话记录，竟然有五个未接。

“我等了你一晚。你现在过来可以吗？不要叫张伟。”任小菲说。

“你觉得我这个人怎么样？”任小菲问了周杨这个奇怪的问题。他本来计划一见面就说的话，只能缓缓。

店里正在进行重新装修的收尾工作，工人扛着梯子出门，任小菲指挥着开荒打扫的阿姨，没有化妆，脸色憔悴。

“不好意思，没去接你。”快到中午，两人打包了腊味煲仔饭，低头在茶几上吃，任小菲将几缕散乱的头发夹到耳后，“你不知道这段时间发生了什么。”

“我听周夏雨说了一点，听说差点停业整顿了。对不起！”

“钱能摆平的就是小事。”任小菲抬头看了一眼周杨，“你觉得我这个人怎么样？”

周杨略微愣了愣，稍微想了想，说：“聪明，能干，大气，直爽。”

“还有吗？”任小菲说，“听起来像是人力资源部的评价。”

“仗义。”周杨加上一句朋友式的点评。

“有没有和男女关系沾点边的？我感觉这方面我很失败。”

芭蕉树叶切割之后的阳光照进室内。周杨想起头一回见到任小菲的情景。那时她身体前倾着给他倒茶，那时他也曾对她有一种本能的心动。现在她身体前倾着夹取煲仔饭的米粒，每次只是夹着几颗而已。她明显瘦了许多。时间改变了两人的关系，改变了周杨对她的感情，他生出几丝心疼的感觉。

“是不是最近发生了什么事？”他只能这么小心翼翼地问。他想起那天任小菲突然从梁永成那里摔门而去。

开荒阿姨敲门问，有些废品她可不可以捡走，任小菲说：“可以的，阿姨。”阿姨又问，有些杂志和书脏了，可不可以送给她，她带回去给儿子看。任小菲说：“可以的，阿姨，你看到什么合适的，随便拿。”

每个人都有苦处，并且在苦楚中寻找安慰和光明。周杨知道，任小菲现在把他看成了安慰。他所需要做的，是倾听，安静一点比较好。

“周杨，我感觉我很没用。”任小菲的眼泪突如其来。一转瞬，她抽了一下鼻子，别过头去，抽出一张纸巾。一个女人无论经历过多少沧桑，见识过多少男人，有时还是会为一句话而流泪。区别在于，有人忍不住，有人能一直忍住，直到无人旁观，再无声流泪或放声痛哭。

“陪我喝点酒。”任小菲点燃了烟，咳嗽起来。一只猫推门而进，踱步移到任小菲脚边。她弯腰将猫抱起，猫一下挣脱，跳到桌面，又跳向窗台。

任小菲很快忍住了哭泣，也终止了不受控制的表情。女人一旦对你放开戒心，酒便喝得快了。喝得一快，她的话就会多起来。一个女人，一个很美的女人对你倾诉，本是件美妙的事，但周杨却听得悲伤。

八年前，她刚毕业，在银行做大客户经理，认识了经常来办业务的梁永成。一来二去，她成了他的情人。或者像她自己以为的，是“女朋友”。情人听起来只是肉体关系，但女朋友就不一样了。女朋友得有爱，她对梁永成有爱。“爱”这个字，就像纸币上的编码、金属线，代表了真和假的区别。

她记得是自己先爱上了梁永成，暗示过几次，才有梁永成对她的追求。她是被他用两只手指轻轻捏着一把手拉壶眯着眼睛端详的样子吸引了，或者被他和那些书画老师谈着八大山人、《幽窗小记》之类的悠然自得的神气迷惑了。或者，是因为他说话时缓慢而坚定的语调，像一壶年份久远的茶。

在银行这种散发着纸币油墨和金属混合气味的嘈杂环境里，她甚至能准确辨别出他的味道、他的脚步，他一进门，她便知道他来了。有那么几次，她给他讲解业务，一定递过去几个眼神。那年，她二十三岁，他三十八岁。她只能通过做饭、洗衣、干活、记住他的生日，来表达爱。

现在，她已经三十一岁了，八年时间过去了。

在这八年的前三年，她一直不声不响地等待他和老婆离婚，等待传说中的七年之痒发挥功能。就像一个老农只会祈求风调雨顺，该发生的按时节发生。

第三年结束时，一九九九年，他说他开了4S店，赚钱了，要开一间会所，招待各路神仙，问她愿意不愿意辞职，帮他干。她说好。她说从陪睡陪玩到卖力卖脸，她要的很简单，有份真心就可以，半份也行，另外半份你给你老婆。

她认为等个七八年，会瓜熟蒂落。她甚至愿意等到第十年。但在前不久，梁永成告诉她，三年前，他已经和老婆离婚了。以前没有告诉她，是他老婆禁止散布消息，以免两边的老人伤心，以免孩子面临破裂的家庭。而现在告诉她，是因为她应该去另外找个人结婚了，她马上三十二岁了。他给她的礼物，便是这家店的股份，一部分股份。还有一部分给吴真，跟随他多年的老弟。“一部分”三个字很有杀伤力。至于园区，他建议她还是不要参与了，“他说，既然你开业典礼都不能搞好”。

“对不起。”周杨很愧疚，为开业典礼的意外，也为接下来准备说的话。

“这只是他的借口。”任小菲舌头逐渐僵硬，可思路还是清晰的，“你说一个男人，坐着喝喝茶，女人呢，给他像狗一样玩，陪他像猴子一样耍，还要帮他像驴一样干活，这女人久了，心里也不好过吧？可男人不会注意这些，只觉得女人耍脾气，耍性子，睡一觉什么都好了。等到女人稍微闹闹，男人就想，把这个女人甩了，去找另一个好了。去他妈的！”

她喝得越来越快，于是喝得越来越多，语速也快起来。她说：“你知道梁永成对我说过最恶毒的话是什么吗？他妈的，他说掀开我的裙子就像掀开一份报纸封面。我还问为什么。他说就像翻开一沓报纸一样容易，完事了，就像看一沓报纸一样无聊。我他妈真贱。”

周杨现在明白了，那天在农庄，她为什么反应那么大。因为梁永成那句话，那句“你们的方案别像报纸一样无聊”。

“这个世界上的坏事，大部分是男人做的。”周杨阻止她继续喝酒，阻止她继续说下去，“别喝了，菲姐。”

任小菲拿空杯子对嘴倒了一倒，说：“你说得对，但女人要是狠起来，男人会一败涂地。女人既然能做狗、做猴子、做驴，那也能做狮子、做老鹰。”

任小菲的神情里，原来是湖北女人的爽朗，现在是湖北女人的狠辣。周杨忍不住问：“你为什么不离开他？”

那只猫再次跃上桌面，任小菲将它抓住，横抱在胸前，这回她明显用了力，猫无法挣脱。

任小菲说：“不好意思，我喝多了。”

周杨说：“嗯，别喝了。”

“我还可以喝点。我会控制住的。”任小菲的头发散乱着。

“你知道你现在像个什么样子吗？”周杨看着她散乱的头发。

“像什么？”

“像头母狮子。”

任小菲笑了笑，说：“我的头发太乱了。”她让周杨帮忙抓住，她要重新扎头发。扎的过程中，她碰到了他的手，眼睛望着他，一眨也不眨。

那一瞬间，她的眼神里，世故退去，只剩单纯的渴望，并且美，并且像不经世事的少女一样信任他。周杨升起一种生理上的冲动，他认为这跟酒有关。又陷入一种道德的胆怯，他认为这跟周夏雨有关。很快，头发扎好了。任小菲收回了眼神，说：“我有个想法……”

“我也有个想法。”周杨抢先说。如果还不说出自己前来的目的，他怕会心软。

两个人的想法都还没有说出口，有人给周杨打来电话。接通了，对方自称于娜，周杨说你打错了，对方说：“我们见过的，我是梁总秘书。”于娜说梁永成在庄园等他，约他深谈。是的，她用的是“深谈”这个词。任小菲的描述，已让周杨将梁永成自动归到“烂人”一栏，因此他拒绝得很干脆。秘书说：“梁总说你写的园区改造方案很好，把老东西变成新时尚，他很喜欢，希望和你谈谈。”那是受了赵小林《九九消寒图》和年画设计的启发而改的第二版方案。周杨说：“谢谢，这个我知道，我有事，先挂了。”三分钟后，电话又响起，周杨按掉了。

周杨拒绝得这么干脆，这么不想和梁永成再有任何交集，还有一个原因。这原因便是他所要说的“想法”。这想法，便是周夏雨上午临出门时告诉他的好消息和坏消息。

应周杨要求，周夏雨先说了坏消息。

“坏消息是，既然你和张伟所存的酒吧基金已经花光了，那你们开不了酒吧了。”周夏雨说。

“那好消息是什么？”周杨当时问。

“好消息是，我已经租下了五羊新城春风路一家店，交了定金，下午正式签约。你们可以开酒吧了！”

本质上这也是同一个消息，是一个天大的好消息。但周杨转念一想，这次又要用周夏雨的钱，这样是不是有点不好。对此，周夏雨说：“我出钱，你们出力，希望合作愉快。”

还有比上述消息更大的好消息。周杨问：“既然你要投资，那是不是意味着你应该经常来看看店啊？也就是说，你离开广州是不是不太好？”周夏雨的回答是，我正在考虑这个问题。这个回答刺激了周杨。他抱着周夏雨啃了几口，使她刚抹的口红一片模糊。

也许有点残忍，但周杨还是对任小菲说了自己的打算，他要辞职了。他要和周夏雨、张伟、陈园园，他生命中重要的人，一起开一家酒吧。为了减轻这种残忍的色彩，他说，会再做两三个月，帮任小菲把店做上轨道。如果以后有需要的地方，他也会不遗余力。

开荒阿姨又来了。阿姨问打扫完了，要不要检查一遍。猫从任小菲手里滑脱。任小菲的反应出乎周杨的意料，她既没有回答阿姨，也没有回应周杨，只是轻声说了一句：“你们的关系真好。”

手机再次响起。周杨看到，来电号码是梁永成。按照任小菲的教导，他每次收到名片，便会当天之内把电话号码存在手机里。

犹豫了一下，他接了。他喂了两声话筒才传来声音。梁永成的声音似乎苍老了一些，又像是刚刚睡醒。他说："不好意思，刚才不好让秘书跟你说，你过来一下吧，我有个朋友，想给你看一些周夏雨的东西。"没等周杨回答，那边便挂断了。

这句话像鸟的爪子抓住电线，准确而用力地抓住了周杨的每根神经。这说明，梁永成明确知道，他的话有这种效果，所以根本不需要等周杨的回答。

"周杨，你听见我说的了吗？"任小菲拍了拍周杨的肩膀，他才回过神来。

"你说什么？"

"我说我们出去聊吧。"

不知道为什么，任小菲要舍弃空调的舒适。周杨是不太想出去的。四月中旬的广州，已经暑气蒸腾。何况这是个大晴天。

移到院子裸露着枝干的黄桷树下，任小菲用手拢住风，给两人点上烟，说："房间里可能有窃听器。接下来我说的话，你知，我知，谁也不能告诉，包括你的朋友。"

事情变得奇怪了。房间里有没有窃听器，任小菲不知道吗？如果有，那又是谁安装的？软装硬装可是他全程盯着的，即使他不在，也有周夏雨帮忙盯着。

"我们合作这么久了，我是什么人，你很清楚。"周杨说。

"怎么说呢？"任小菲一副欲言又止的表情，这和她干练的外表极不相称。她咬着下嘴唇，费力地咬下一块死皮，似乎那块死皮掉落之后能减轻她的包袱。终于，她还是说了："这次竞标园区改造的墨菲公司，是我找人注册的。"

那家公司周杨知道，一家没有任何背景和实力的新公司，这种公司大多是用来陪标的。也就是负责把价格报得极高，方案做得极差，衬托真正竞标公司的优秀。他以为任小菲想让他打理这家公司，便说：“你想自己单干？”

“是的，但不只这样，”任小菲顿了顿，深吸一口烟，又轻轻吐出，仿佛在用呼吸精确控制面前的树叶，让它们尽量缓慢地飘落，“我有办法，拿下园区项目。但我需要你。”

周杨再次意识到自己完全不懂女人这种生物，不知任小菲是单纯出于报复，还是因为看破了梁永成而采取的自保？即使是她要报复，要出一口气，那一家新公司又凭什么可以胜出？何况，即使打败了梁永成，还有一家北方的知名地产公司竞标。许多疑问接踵而来，一时间，周杨尚不足以用语言传达如此复杂细微的思索，只来得及说一声：“菲姐，感谢你这么看得起我。能用到我的地方，你尽管说。但是，你知道的，我跟朋友说好了。”

“跟我一起，做大了，我们可以平分的。”这句话结合任小菲的神情来看，不仅仅是慷慨，还简直是暧昧。她结实的浑圆，一旦站起身来便一览无余。这个女人是好的，有情有义，能伸能屈，可惜不是周杨想保护的那个人。想到这里，他给了尽量委婉的拒绝：

“放心，我绝不会向任何人透露一个字。”

“你可以不要这么快做决定吗？”任小菲眼神里有希冀，又有哀求，“要不你先去农场，回来再决定。希望那时你能改变主意。”

这个提议击中了周杨的心思。他既想立刻去到永成庄园，又不愿让任小菲因为他的残忍而更为憔悴。

周夏雨打来电话，问什么时候回，下午三点一起去五羊新城，和房东签酒吧租房的正式合同。周杨预估了一下时间，签完约再去农场，应该来得及，便说：“春风路是吗？我现在直接过去。”

去往春风路的路很短，但足以让周杨想象未来的酒吧。和有趣的人说话，和无聊的人喝酒，和喜欢的人吹牛。周夏雨来唱歌，迷倒众生。陈园园先兼职，毕业了就来上班，做酒保，呼朋唤友，就是要想办法防止她天天偷酒喝。酒吧一定生意兴隆。没必要赚那么多钱，逢年过节多赚点，淡季暂停营业，到处去游荡。他将未来想象成一片大海，而将四人想象成驰骋于海上的冲浪手。

他忽略了一种情况：未来可能很重要，也可能只是离末日更近的一个时间。

第二十四章

如果你来广州，一定要去五羊新城春风路那家“宇宙中心的小酒馆”。

因为那是我们几个狐朋狗友开的酒馆。当然我们开的不能说明任何问题，但问题是，免费，全部免费。酒水免，小吃免。你自带酒水，随意，别喝吐就行。

有各种风味的威士忌，世界各国的啤酒，你可以敞开喝，还有自酿的鲜啤（但每天供应量有限，最好早点来）。

唯一的要求是，你需要选择我们的明信片，写上一段话，寄给你的朋友，世界各地的朋友。寄件地址已经写好了，就叫春风路宇宙中心的小酒馆。当然，这都是免费的。

要找到这里很简单，拐进春风路，就能看到我们的招牌。实在找不到也没关系，沿路的保安、小店，都知道，他们会友好地给你指路，他们都喝过店里的啤酒。

对了，酒吧允许抽烟，酒吧的老板们都爱抽烟，如果你拒绝吸二手烟，可能有点不方便……

再一次调整几个字之后，周杨说："这个广告语还行吗？"陈园园和张伟面面相觑，朱红旗嘴里的槟榔残骸清晰可见。张伟说："你是不是想死？比诚品书店还长，诚品是写首散文诗，你这是写篇散文。"陈园园说："我不明白，酒吧……全部免费……不会倒闭吗？"

周杨转头看去，酒吧正在裂解。招牌歪在墙上，照片飘在空中，都是周夏雨的。她唱歌的，她拿着酒瓶喝酒的，早点摊买包子的，夹着一根烟在路上跑的，她故意大笑着扯开领口给他看胸口上暗红色的痣又飞快合上衣服的。当然，也包含那张猫窝酒吧热腾腾的乐器旁众人第一次见面的合影……瞬间，整栋楼开始坍塌，灰尘和碎块发出嗡嗡的响声，照片飞出尘土，飞出废墟，化为一群乌鸦扑腾。这时有人敲门，用力地敲门，同时喊着模糊的话。过了一会儿，周杨听清楚了：该醒醒啦！

周杨还没有时间去回味梦境，思考梦境有什么隐含的预示，便从梦中过渡到现实。先是耳朵醒来，过一会儿，鼻子也醒过来，闻到了霉味。接下来眼睛醒了，眼前的器物慢慢现形，是地下室的场景。

他完全醒来。想起来了，前一天，和周夏雨去到春风路，等待他的，不是酒吧的签约，而是一场莫名其妙的对峙。

最后约没有签成，他迫切地想去农场。他对周夏雨谎称有点别的事，打了一辆车，来到番禺石壁的郊区。

人在想保护什么的时候，便会变得冲动，变得鲁莽。下了车，进入那铁制大门，那两个巨大蟑螂一般的保安快速移动，来到面前。那条忧郁的黄狗对他吠叫。白鹅在池塘里扑棱追赶。保安捆住他的手脚，捂住他的嘴巴，用布带蒙住他的眼睛。漫长的拖行，布带一点光也不透。他听到地下室大铁门嘎吱嘎吱的响声。随后，他被什么击打，晕了过去。

把周杨喊醒的人，同时带来一盆水和毛巾。洗漱之后，虽然部分区域肿痛，但他完全清醒了。

穿保安制服的人进来，比门口那两个瘦小一些，因此没有那么让人恐惧。保安让他脱下脏兮兮的衬衣，扔来一件T恤，领他到宽敞的室内。那间装修气味浓郁的大而空的房间，四面窗帘严实，还是那张巨大树根雕成的茶台，还是那些红木沙发、缎子椅垫，和所有中老年企业家的布置差不多。一种阳具崇拜式的装潢，什么都越大越好。和上次来的时候，不同之处有二，一是房间中央多了张德扑牌桌，另一处是墙上挂了任小菲带去的那张条幅，孙子苏的字，挂得略微歪了点，像一抹歪着嘴的嘲笑。

保安出去没多久，有人推门而进，是秘书于娜。她热情地甜笑，递来毛巾，说："辛苦啦，擦擦吧。吴总说，很抱歉用这种方法招待您。他等会儿就过来啦，您先喝茶。"

"什么吴总？"周杨恢复了一点神志，努力镇定下来。

"吴总说你们认识啊，吴真。"于娜表情很平静，像在和朋友见面。周杨也只能按捺住怒火和疑虑，转而观察起低头泡茶的她的动作。

大部分人没有意识到，彼此的第一面，往往就是最后一面，因此没有必要留下什么印象。但周杨当然记得吴真。那天他经历了在广州的又一次失败，也经历了在广州的又一次冲动。现在想起来，他的生活仿佛直接从周夏雨那三张赤裸的照片跳到了今天。

"听吴总说，您是周夏雨男朋友？什么时候谈的？"对周杨为什么被绑，被打，被丢在地下室，于娜丝毫没有解答，仿佛他是被请过来聚会喝茶的。"先恭喜你们哦。吴总吩咐我，先和您交代一些背景，这样等他来了，就能聊正题了。”

“把我的手解开，也许会舒服一点。”周杨说。

于娜按下铃铛，随即有保安进来，解开了绳子。周杨下意识地摸口袋，手机还在，他按下了110。

于娜一边泡茶一边说：“第一个背景，就是您在吴总公司应聘那次，其实吴总对您印象很不错。”

“我其实更关心你对我的印象怎么样。”周杨安静下来，意识到今天将有无数意想不到的冲击。光有厚脸皮完全解决不了问题，他需要专注，灵活，放松，掌控自己的节奏。

“您别说笑了。”于娜续了一杯茶，“第二个背景，怎么说呢？你们是不是和一伙广西人有仇？听说他们把你们店给砸了？那伙人蛮可怕的，好像势力还不小。一会儿吴总和您聊的时候，您一定要认真听他说什么哦，不要激动，不然吴总会把你们的信息给他们的。”

周杨抽出手机，没电了。

“这里信号都是屏蔽的啦。”于娜笑得很端庄，坐得很端正，因此凸凹之处更为显眼。周杨冲向门口，很快他发现一个事实：门锁上了。

“背景说完了吗？”周杨只能转回去，把手机扔到茶台上。无数谜团滚动着，扑腾着，像电钻，螺旋着钻他的脑仁和心脏。于娜的目光迎着他，依旧笑得很迷人，说：“还有，吴总说，周夏雨以前是他女朋友啦，不知道夏雨跟您说过没有？”

“这只杯子不错。”周杨抓起面前的建盏茶杯，砸向墙上那幅字，杯子没碎，又掉下来，碰到墙角的花瓶，花瓶破了一角。保安在门外喊：“于小姐，有事吗？”

“没事。”于娜回喊一声，轻抬手腕，以手掩口，喝一口茶，

“您不要激动。我还有句话，不是吴总吩咐的，不知道该不该说出来。周夏雨有个小孩，那是吴总和她的小孩。”

“我知道你在想办法打击我。不过，我并不怪你。你放心，我也并不激动。”周杨拿起另一只茶杯，“一晚上没吃东西，光喝茶心慌，可以来点吃的吗？”

“您不要生气，生气不能解决问题的。”于娜说，“背景介绍完了，吴总大概五分钟后过来，您在这里等等，我去让人准备一点吃的。”

这五分钟里，周杨脑海里放了一场完整的电影。于娜解开了几个谜团，又留下了更多。周夏雨一直对我若即若离，是不是因为吴真？孩子是吴真的？他们还在一起吗？如果吴真喜欢周夏雨，为什么要用这种手段？一个人爱另外一个人，为什么要去伤害对方？梁永成和吴真是什么关系？画面模糊得像暴雨中的远山，问题像山脉一样隆起，想到一点头绪，又泥石流一样坍塌。最后只剩下两个最大的担忧：周夏雨现在怎么样？吴真找她了吗？他几次拧动门把，只是徒劳，只能坐下，点支烟，告诉自己，应当尽量让画面消失，收敛心神，不要乱了阵脚。

当吴真进屋，烟正燃到一半。于娜端着托盘紧随其后，托盘上有红酒、醒酒器、两个酒杯，还有一碟花生和一盘芝士。

周杨抬头看到，吴真没刮胡子，长发垂在两旁，比去年见面时苍老了很多，脸色更为阴沉、更为严肃。他没有给名片，也没有握手，而是摸摸手腕油光发亮的佛串，给周杨倒上酒，以杯沿碰了一下杯腹，往后靠在硕大坚硬的红木沙发上。看得出，他在模仿影视作品里黑帮大佬的姿势，不过，因为潮汕口音，他的气场比梁永成要弱那么一点。像面试那天那么亲切，他说：“不好意思，昨天我不在，梁哥说一定要教训教训你，我也觉得这样子不好。现在你们重新开业了吗？营业情况还可以吧？”

周杨说：“我想你找我来，不是探讨生意的。”

吴真捏着酒杯晃动：“怎么说呢，不是我找你来的，是有人让我找你来。真的，之前我都不知道周夏雨跟你在一起。”

“那你现在应该知道啦。”吴真的话真假难辨，周杨一口把酒喝干，加入了一些表演成分。

吴真放下酒杯，身子往后靠，显得思虑重重：“是啊，现在才知道，听说你开业时的表白很动听。你不用这么紧张，今天我不是来跟你吵架的。而是想和你商量，看有没有和平解决的可能。甚至可以说，我是为你好。我比你多吃几年饭，斗胆说几句，你看看有没有道理。”

吴真开启了循循善诱的模式，说：“你们这代年轻人，赶上了好时候，所以觉得一切都是理所当然的，所以觉得随心所欲是正当的。要知道，我们刚毕业时，九二年吧，工资才四五百，最高也就千把块，你现在才工作第二年，就拿五六千，是因为你们比我们能力强十倍吗？当然不是，只是因为你们赶上了好时候，碰上了好老板，对吧。可是，这种好时候会不会结束呢？谁也不知道，也许十年结束，也许五年结束，也许一年就结束了。九八金融危机不是说来就来了吗？香港房价跌了多少，跳楼的人多少？四千万国企员工不是说下岗就下岗了吗？连纽约双子塔都被恐怖袭击了。当你做决定的时候，最好还是考虑一下，你可能遇到的最坏的情况是什么。你说呢？以后你还会遇到很多女人，没必要为了一个，把好好的工作丢了，把大好的前程毁了。”

吴真说得头头是道，像是大学校长对毕业生的临别赠言，不过在周杨看来，这种话属于攻心战。他认为吴真把永恒的爱情和眼前的利益相比，老掉牙，不安好心，是低看了他周杨，是一种中年人的世故和庸俗。经历了这么多，和任小菲学了这么多，和周夏雨相处了这么久，他自认成熟了许多，稳重了一些，可以以平等的角色和眼前这个男人进行必要的对话，而不是接受面试和教导。用牙签插了一块芝士，烟熏味的，他直盯着吴真的眼睛，说："我不太明白，你现在功成名就，怎么还紧抓着她不放？"

吴真笑了，歪着嘴巴笑。接着他捋了捋头发，又用左手大拇指指腹摩挲右手的佛串，笑意逐渐稀疏，转为淡漠的微笑："你不知道我和周夏雨的关系，等你每天梦见一个人的时候，也许就懂了。"

"于娜跟我说了一些，你们曾经在一起，你们有个孩子。她还说，你准备和广西帮合作，来整整我们。"

"那她说得还不够全。我们从没分手过，至少到目前还没有。"

"周夏雨和我说过这些了。"周杨语气轻松地撒谎。小说和电影里都说，如果要战胜你的对手，唯有打乱对方的节奏。而要打乱对方的节奏，只能让他疑惑，疑惑你掌握了什么他不知道的信息："我跟她说，那是她和你之间的纠葛，和我没什么关系。她分不分手，什么时候分手，和我是不是喜欢她，也没什么关系。"

吴真咕噜喝下一杯酒，抬起头来，他的脸上还是浮着笑意。你可以视为冷笑。但周杨明白，这不是冷笑，甚至不是吴真的笑，而是每个人心底的恶魔浮现之后的得意的笑。是这个恶魔的声音而不是吴真的声音在说："小兄弟，咱们今天别绕弯子了，快刀斩乱麻，你到底怎样才愿意和周夏雨分手？"

"我为什么要分手？"周杨干脆地说，"你不用伤心。一个人不喜欢你，并不一定是你的错。"

周杨认为，此时此刻，有点儿像打牌或拳击。他必须主动出击，催逼对方，让他出错，出乱，站不稳，跌倒，败下阵来。

吴真短促地一阵大笑，可能笑得太厉害，又咳嗽起来。他喝了杯茶水平息咳嗽，说："我真的是想帮你，我并不想把事做绝。你想想，你能给周夏雨什么？你知道她喜欢什么？她喜欢音乐，喜欢最好的吉他，喜欢最好的丝质床单，喜欢有人帮她打理一切，她什么也不用操心。"

"你真的不了解她。"周杨跷起二郎腿，摆出胜利在望的姿态，"我在酒吧见过很多酒鬼，你知道他们的共同点是什么吗？"

"酒鬼们都以为，世上最美好的东西就是酒，每个人都需要酒。他们不知道，只有脑子里全是酒虫的人，才把酒看得重要无比。也只有满脑子是钱的人，才以为钱是世上最好的东西。你想想，是不是这么个道理？"周杨认为该摊牌了，这种举重若轻的暗讽，是一种高级的摊牌，吴真理应认输。胜利在向自己招手。他几乎准备站起来，潇洒地离开。

吴真笑了，他的表情显示他想梭哈，一把定胜负。

"听说你写东西不错，你可以发挥你的特长，遣词造句。但我今天既然叫你来，那我应该也有点筹码，不然我不会上桌，更不会跟注，对吗？"

"你可以用任何你喜欢的方式。"

打败一个人，最重要的，是让对方感到害怕。其次，是自己不要感到害怕。

吴真站起来，拉开一扇窗帘。周杨解读为他在掩饰紧张。窗外是阴天，浓重的阴郁。吴真在窗前站了一会儿，回过头来，说："好像你还是没明白我在说什么，还在这儿跟我兜圈子。我在想，是不是应该把周夏雨的过去，原原本本告诉你？"

原来潮汕口音也是可以很凶狠的。

吴真的加注，让周杨意识到，有关周夏雨的谜团像一根麻绳，紧紧箍住心脏，把他捆在椅子上。

吴真将牙签插进最后一块芝士，说："我还想给你最后一次机会。我自问是真心爱周夏雨，给她最好的，给她钱，给她机会，她要什么我都能给她。她拼了命要躲我，可我还是爱她。对得到的东西嗤之以鼻，这就是女人？"

周杨说："如果没有自由，她宁愿死，你不了解这一点。"

吴真将杯中酒一口喝完，说："'嫉妒'两个字是女字旁，但是男人的嫉妒，才是最可怕的。"

周杨说："我想你也不了解我。"

"别太嘴硬。"吴真从茶几抽屉拿出两张复印好的文件，翻开一页，再翻开一页，"我的朋友比较多，你知道这意味着什么吗？"

第一张是一些开房记录。包含周杨认识周夏雨之前的，也包含认识她之后的。主要地点是一家古惑仔电影主题酒店，酒店老板是周杨在德扑牌局上见过一回的TVB配角演员。

第二张是一篇文章，准确说是日记，一看字迹和口吻，便知道是周夏雨写的。简单扫一眼，里面写的是她对吴真的告白。周杨惊疑地看着那几张纸，后背迅速濡湿一片，像是猛兽舔的口水。

"有一句话不知道你同意不同意，如果一个人没有和你分享过去，那就没有办法共享未来。你可以问问周夏雨，日记里写的二十八块钱的信封是怎么回事。如果她不好意思开口，你可以问问她，日记里还有些什么内容。如果有需要，我不介意再给你打印几篇。"吴真往后撩撩乌鸦翅膀一样垂在脑袋两侧的长发。

"我应该比你了解她。"周杨想起昨晚，一晚几乎没睡。他和周夏雨持续喝酒，持续做爱，直到深夜。相对枕着胳膊，不停地说话。

说的既是各自的心事，又是彼此的表白。说到琐碎的快乐，没有控制住笑；说到各种伤心的细节，不能自抑地在对方面前流泪。

这一夜之后，周杨自认已经和周夏雨建立了足够深刻的联系。但显然，吴真给出的信息，才更接近真实，才能把所有疑点真正串起来。

“虽然爱情是盲目的，但如果有人能点醒你，我想也不是一件坏事。”吴真欠身还要倒酒，却发现酒瓶空了，便用力按下茶台上灰色的呼叫铃，“你可以咨询一下律师，私下收设计公司三万元，算不算犯了‘公司企业人员受贿罪’，算不算数额较大，要坐一年牢还是两年？”

一口气打光了所有筹码，吴真表情略显激动。于娜从门口小跑过来问什么事，吴真冷冷地说：“你没长眼睛吗？加酒！”于娜犹疑了一两秒，退步而出，两手垂在腿上，一直退到门口。

窗外响起雷声，响起雨声。“看不出来这些是真是假。”周杨故作轻松。说完这句话，他便意识到，自己已输了气势，因为他已起了疑心。虽然预做了许多准备，准备接受周夏雨的所有过往，但知道和不知道还是很有区别。不知道，你不会想象，知道了，你不能不想象。想象那些画面，想到后来，便认为这是一种欺骗。

吴真把酒一饮而尽，说：“什么是真，什么是假呢？我只有一个请求，看在我和周夏雨孩子的分上，和她分手。你看看什么时候和她说？”

周杨用尽最后的力气虚张声势，说：“我现在就可以回答你。”

“听说，你们昨天去酒吧签约有点纠纷？这种事，急不来的。”

“是你安排的？”

“我只是听说而已。你回去看看这些再定也可以。”吴真没有正面回答，而是从茶几抽屉掏出一张光盘、一个棕色封皮的笔记本，又叫来保安，让他喊辆出租车。送到门口，他说：“给你两个月时间考虑考虑。其实咱俩挺像的。今天我做得不对的，希望多多担待。以后遇人遇事，记住凡人总有些不好的地方，也总有些好的地方，你多多体谅。”

第二十五章

郊区公路扭动着，想要掀翻一辆黄色出租车，仅有的一辆车。雨斜射在车窗上，撞击，破碎，飞溅。

幸福，被人爱的幸福，刚刚一天而已，连回忆都还没有来得及形成。幸福变为悲伤，再化为不受控制的怒火，和雨水变为洪灾一样，有时过于迅速。

洪灾应当从昨天下午便已开始酝酿。昨天下午三点，去到春风路，周杨以为等待自己的是春天的风和光。但是河南口音的房东说，原来开网吧的租户，是群东北人，本来说好今天退租，现在又不肯退了，他也没办法，就不租了吧。“你们另外找一家好不？”他不停地抚摸自己的光头，仿佛上面有许多头发。

“你把他们清退，我们交了三万定金的，你违约的话，可是要赔我们双倍定金。”周夏雨点了根烟，也给房东递了一根。

“我清退不了嘛，定金就算了，我还给你们。”房东不愿意接烟。

“那不行。”周夏雨说。

“那你们自己把他们清退好了嘛。”房东把周杨拉到一边，放低声音，说，“你女朋友好泼辣的样子。我跟你说实话，你是不是惹了什么人？这个租户跟我说了，租给谁都可以，租给你们就不行。”

“你是房东，这个问题该你来解决的。”周杨学着周夏雨的口气说。

“我也是没办法嘛，这伙子东北人，和什么吴哥、梁哥很熟，我没办法嘛。”

“别说什么悄悄话了。要么你清退，要么你双倍赔偿我们定金。你看呢？”周夏雨走上前，将烟头在墙壁摁灭。

“要不你们跟他们谈谈，我假装不知道行不？”房东继续摸着他的光头，“真的别难为我了。”

周夏雨还想说什么，房东可怜巴巴地说：“看你们是搞艺术的，我以前也是搞乐队的，我以前的头发比这位小兄弟还要长。”他的意思是，同是天涯沦落人，黑恶势力不饶人。周杨想到此前梁永成喊他去农场的电话，示意周夏雨算了。他的表情和语气装得格外冷静，因为他认为人在想保护什么的时候，需要冷静，需要克制。他不知道自己其实已变得冲动，变得鲁莽。他对周夏雨说：“还有点别的事，不跟他们纠缠了，等我回来。”

他以为有重要的未来正等待自己。当然，现在知道了，等待他的是一场爆裂的大雨，和比雨更密集的悲伤。

悲伤是因为笔记本里的日记，拼凑出一个和周杨所见所想完全不同的女人。周杨意识到自己输了，于是燃起了冲动，想要鱼死网破。

出租车上，他本来不敢打开那个笔记本，只是用力按着手机开机键，长按，又急促短按。司机用广东口音说：“给充电器一点时间，一分钟就好啦。”周杨说：“能不能开快点？”司机说：“路这么烂，雨这么大，不要催啦。年轻人，开心一点啦。”

为什么有这样的司机？为什么要来到广州？为什么总有那么多妄想？妄想生活清澈见底，友谊牢不可破。二十八块是什么意思？周夏雨为什么不能主动说出孩子是谁的？她到底是个什么样的女人？她爱我吗？是不是我该放弃这折磨人的关系，选择接受任小菲的邀请？该如何面对，刨根问底，还是假装毫不在意？他意识到，他陷入了彻底的混乱，就像整个广州陷入了雨里，一片模糊。终于，他忍不住翻开那棕色封皮。

是几篇日记，跨度一年有余。笔记本一角浸过水，卷了起来，露出霉点。周杨想翻出和自己相关的篇章，只看到写陈园园网恋的那一篇提到了两句，带着怀疑和不满。那已经是几年前的事了。最后一篇记于二〇〇三年元旦。跳着看完了，又想要从头看起。

渐渐进入城区，前方雨幕中出现层叠的高楼，满城的脚手架时隐时现，伸出狰狞的手臂。周杨紧闭眼睛，周夏雨的过往山洪一般涌来。雨幕织得更密，拍打着旧车窗，拥挤着爬进缝隙。雨扑过来，他身体僵直，不敢给周夏雨打电话，因为不知该以何种语气交谈。

一开机，他先打给张伟，问周夏雨有没有联系过他。

张伟还没睡醒，说："怎么回事？昨晚你去哪儿快活了？我找你半天。夏雨说她去店里找你了，你去那看看。"

周杨又把手机关掉。到了烟墩路，离店里只有不到一公里了，司机不直行，却要绕行合群一马路，周杨说："师傅，那边经常有维权讨薪的，堵车，能不能走原路？"司机说："我是专业的啦，相信专业啦，今年申办亚运，前面在修路，都封啦先生，国家大事，老百姓要让让的啦。要不要带你去看看？"

车到培正中学门口，街道一片汪洋，再也开不动了。老旧的红砖楼，老邻居一样袖手旁观。电视台几台摄像机正在拍摄这场雨，提前到来的暴雨，雨中是艰难的人和艰难的伞、肆虐的风。刹车，刹车，周杨跳出车门，在汪洋之中用力奔跑。跑在雨里，跑在无边的雨季里。

某人被周杨撞倒在地，篮球一样从水里弹起，张开双臂扑过来。周杨低头侧腰从他腋下闪了过去。那人骂了一句粤语：死仆街！

跑回店里时，他全身湿透，吸引了所有人的注意。这是装修后第一天开业，许多客人，所有人像在列队等待看他笑话。邻居里一个年轻孕妇坐在店门口，喝一杯柠檬可乐，见他进来，开朗的笑容瞬间收缩回去。一只被淋湿的麻雀，掉进众人注视的目光交织的网里。

周夏雨也在，并且正在伸手摸孕妇圆滚滚的肚子。她过来抓周杨的手，问怎么回事。周杨甩开那只手。

几桌客人识相地散席，几张挂画里的人物表情依旧冷酷。头顶那把仿古黄铜风扇慢慢地转着，电视里轻声播放着朴树的新歌，《我爱你，再见》，据说是写给周迅的那首。“像命中注定一般……如火一般的夏天……你跳向我的身旁。”“下一曲舞伴更换，失去的永不再返。”一片平静，一片优美。任小菲拿了条毛巾和一身店员服装，递给周杨。周夏雨端了杯水递给他，坐在桌子边，可以说很平静地看着他，像在等他参加午餐。或者，说严肃点，像开家庭会议。

周夏雨脸沉着，说：“怎么淋成这样？打牌也不说一声。”

周杨愣了：“谁说我去打牌了。”

周夏雨说：“吴真上午给我打电话，说你跟他谈事，后来打牌，你喝多了，醉了。”

周杨说：“没打牌，他给我看了几篇日记。”

周夏雨的表情没有出现明显的变化："什么日记？"

周杨放下毛巾，说："等会儿再说。我要先上去一趟。"

他拉着任小菲去她办公室，不由分说，让她开启电脑，播放那张光盘。任小菲说："这是什么？"周杨说："吴真给的光盘。"任小菲抱着手臂，说："你真要看吗？"周杨说："我不能看吗？"任小菲说："有些东西不看为好。"周杨说："你知道里面是什么？"任小菲说："我没看过，但这种光盘梁永成有很多，里面一般不是什么好东西。"周杨说："不看看怎么知道。"任小菲说："我只提醒你一句，看事情要看全貌，更要看前因后果。"周杨说："我现在正在了解全貌。"

真的不该看那张光盘，那约两分钟的影像。

任小菲掩门出去。画面里，先是几人在打牌，周夏雨依偎在一个男人身旁。男人挽着她，打开一扇门。画面切换，是周夏雨瓷器般的身体，是她的喘息和男人的脸。不止一个男人，看不清楚。

画面的背景，某个密闭房间，周杨死也不会忘记那种半新不旧的棕褐色的装饰，那张绿色的德州扑克牌桌，那种阳具崇拜版的中年装潢。看格局，像是农庄新装修之前的布置。

周杨迅疾关掉电脑，弹出光盘。无法再看一秒，也不想让另一双眼睛再看一秒。他想摸根烟抽，烟盒却湿透了。起身，把烟盒抓成一团，掰碎光盘，砸进垃圾袋里，又扎紧垃圾袋口，冒雨冲出门去，扔进最远的垃圾桶。仿佛这样，他就能离那些怒吼的绝望远一点，能离艰难的平静近一点。他不知该往哪里走，脚步是乱的，想法是模糊的。周夏雨举着伞追出来，伞是红色的，她脸色苍白。追上了他，她说："你跟我回去。"

这次的咒语，是五个字，但周杨没有听从它的指引。他冲进雨里，路过一家五金店，花二十五块，买了一截铁丝、一把钳子，往春风路走去。

大雨中路过那些紫荆树。紫荆树不开花的时候，枝叶纠缠凌乱，如同有人痛苦地揉乱头发。路过那些斑驳的窗户。周夏雨跟在身后，打着伞追着他。似乎知道他要做什么，她并没有阻拦。

那网吧名叫狙击者。宁愿做被告，也不要做原告。周杨只想着这一句。

第二十六章

“别再去做那些傻事了，事情不是靠冲动解决的。”周夏雨拖着周杨，回到东山口那间顶层阁楼空荡荡的房子。进门时，她没有说“我回来了”。箱子依然躺在墙角。

周夏雨说：“你去泡个澡。”

周杨说：“我不冷。”

周夏雨说：“你想说什么就说吧。酒吧的事，我已经跟房东说了，让他给我们另外找家合适的店，不然我会让他赔双倍定金。你不要再去锁门了。”

在狙击者网吧，他提着钳子和铁丝，满身是雨，走进那群嘶喊着组队攻城的年轻人中间。烟雾弥漫，臭味弥漫。他问前台老板在哪里。前台是个瘦高的女孩，说：“老板不在，你上网还是……？”周杨说：“这家店我租了，你跟你们老板说一声，尽快搬走。”女孩打了电话，挂掉之后说：“老板说不认识你。”

周杨不声不响，出门，随后将门关紧，将铁丝穿进门把，并用钳子拧紧，拧成密集的麻花。前台跑出来，哇哇大叫，又拿起手机呼叫。周夏雨一言不发。那些暂时没玩游戏的人，跑来了几个，啪啪拍着门，脸上带着若有若无的笑。周杨脸上也带着若有若无的笑，隔着玻璃说：“你跟你们老板说一下这情况，他报警或者退租，选一样，寺右新马路那边就是派出所。如果他不选，我会每天来锁门。”前台说：“你知道我们老板是谁吗？”她驱赶着看热闹的人，说：“没事没事，一会儿老板就来了。”

“你放心，我不会扯上你。”风雨从没有关窗的露台飘进，周杨还挂着那若有若无的笑，“我就是发泄一下。你说的，对坏人不留情。”

“不要在不值得在意的人身上浪费太多时间。”周夏雨给两人倒上酒，“你这样憋着，我很担心。”

她淡然的语气，让周杨更加不知道该说什么了。发泄带来的，只有疲惫。那本日记里，写满了周夏雨对前男友的爱和怀念，却没有周杨一个字。如果这点还可以接受，还可以用日记结束于两人认识之前来解释，那些对吴真深怀感动和爱的字句，那二十八块的故事，该怎么接受？

还有，那些周旋于不同男人间的描述，该怎么接受？

如果她是一个和自己想象的认可的完全不同的女人，该接受吗？

周杨喝下一大口酒，看了一眼周夏雨，长久地看那眼睛之后的眼睛。日记里的文字，在写到外婆和前男友时，口吻是一个无忧无虑的小女孩。写到吴真时，是一个平淡幸福的女人。在少数写到其他男人的篇章里，是冷艳猎手。写到孩子时，是满含爱意的妈妈。所有这一切形象，都和过去她清冷孤傲的表面相去甚远。哪一个是真实的？她真实过吗？

光盘里的画面，周夏雨逢迎着那些男人，那便是最真实的她吗？

喝完一杯之后，周杨将光盘、日记、A4纸的开房记录，还有吴真的讲述，串在一起，拼凑出周夏雨的过往：她和前男友林川在大学期间恋爱，后来林川去世，她悲伤得想自杀，吴真救了她，也用他的爱和安慰感动了她。不知出于什么原因，也许是对婚姻不满，也许是本性使然，她周旋在其他男人身边。

再结合陈园园父亲的话，周杨猜测，林川的死，也许和周夏雨有关系。故事变得完整，周夏雨的反常行为也得以解释。但他没有头绪的是，她究竟怎么“害死”了林川？他也想不通，她既然和吴真在一起，为什么要接受自己的表白？

该说什么，该怎么说？一种软弱感和酒意一起升上来，压过了悲伤，压过了愤怒。周杨知道，是自己卑下的自尊心诱发了这种软弱。吴真这样的人，了解周夏雨的一切，掌控她的所有，利益、秘密，乃至记忆，自己算什么？

何水曾说，“你敢喜欢周夏雨，不简单”；于娜曾说，“你们认识周夏雨啊，她很厉害的”。现在周杨知道他们所指为何。他不知道，现在两人到底算不算男女朋友。年轻时总有种把事情神圣化的冲动。比如，以前有位同学，前额上方有一块胎记，同学说这是上帝怕他走丢留下的记号。比如，酒吧、咖啡馆、书店，还有诸如此类的小店，很多人以为是开启自由生活的梦想，其实更多是失败者逃避现实的幻想。而爱情又何尝不是，以为是交换灵魂，很有可能，也只是把一段暧昧神化为永恒，还认为对方也这样想。

也许，很可能，这只是她无数段情缘中最普通的那一段。

他打开冰箱，喝了口冰水，希望有助于平静，有助于回到正常，回到那种全心全意爱周夏雨的状态。如果一瓶不行，就两瓶，直到最终使自己如愿，可以真诚毫无遮掩地看着周夏雨说，我相信你。

他希望周夏雨哭，给他一个理由。但她没什么表情，不看他，也不说话，只端着酒杯一口一口地喝。不喝酒的时候，嘴唇闭成一条线。

冰水不太管用。一口气干了半瓶酒。他想让自己醉死，这样就不用处理这么复杂的情绪。

眼看一瓶酒快喝完了，周夏雨终于说话了。她说："你别喝了。你想发火吗？"

她那和第一天见面时一模一样的冷淡表情，让周杨意识到，他和她竟然经历了这么久才走到一起。这么久对她的想念，这么久和她相处的共同记忆，就像每个月把生活费省下，存进银行，已经累积成了一笔巨款。如果这样烟消云散，回到一无所有，回到那种无人回应的生活，他无法想象那种恐惧、那种自毁般的痛苦。

他说："我去泡个澡。"

周夏雨说："喝多了不要泡澡，我怕你泡死。"

他说："那我冲一下。"

她说："你不用这么冷静，想发火你就发火。"

他说："你要我和你吵吗？"

她说："你是冲一个你想象的女人发火，不是冲我，我不会和你吵。如果你相信我，你可以随便发火。"

周夏雨这轻飘飘的态度，像是一个轻飘飘的救生圈，让周杨的头从怀疑、悲伤和愤怒的海洋里浮了上来。缓慢但终于浮了上来。那卑下的自尊悄然退去，这种自尊支撑的阴冷表情也退去，周杨意识到身体不再那么僵直，另一种情绪占据了上风，一种好胜的情绪。他想跟周夏雨表现成熟，展现稳重，展现他不是被情绪控制的毛头小伙。

女人是男人的学校，尤其是平静的女人。

语气略急但基本平稳，周杨复述了一遍农场的遭遇。没有透露光盘里的画面，以及受贿三万块的威胁。

周夏雨说："你看过日记了吗？"

周杨掏出那几张湿透的A4纸、那些开房记录和那本日记，说："我看过了，以后你还是把日记收好。我能理解，每个人都有过去。"

周夏雨说："你相信吴真的话？"

周杨犹豫着，诚实地说："我不知道。"

周夏雨说："不管你信不信，我想说，如果你仔细看了日记，应该很清楚，孩子不是他的，是林川的。林川是园园的哥哥，你可以问她。"

"吴真说孩子是他的。"周杨确实仔细看过了日记，逐字逐句，但他不知道该相信谁。

"也可以说是他。"

"怎么说？"

"林川去世了，孩子要上户口，上在吴真这里，名义上，吴真是孩子的爸爸。至于那些日记，是假的；那些开房记录，更是假的。"

"假的？我不懂。"

"假的，意思就是不是真的。"

"那什么是真的？"

"我骗了吴真，那篇日记，是故意写给他看的。"

这句话引发了周杨更多疑问："为什么？"

"为了让他喜欢上我。不对，为了让他相信我喜欢他。"

"我不懂。"

“你记得吧，我说过还要办件事才能离开广州，这件事需要他帮忙。”

“到底是什么事？”

“可以以后和你说吗？我不想把你扯进来，相信我。”

“那天开业仪式上和你吵架的女人，是谁？”

“是吴真的前妻。我和吴真认识之前，他们就离婚了。”

“你和吴真还在一起吗？”

“可以以后说吗？”

周杨其实也不想听下去了。他还需要一点时间消化这么多秘密。他需要冷静，或者不只于此，需要宁静。冷静是将不好的东西冰冻起来，而宁静是将不好的东西消化掉，重新回到一片空明状态。

“你还会离开广州吗？”这是周杨最想知道答案的问题。

“我不会走了。我现在要做的，是和你们一起开酒吧。”

咕咚咕咚再喝下去半瓶，周杨认为彻底战胜了脑海里那个张牙舞爪的恶魔。他告诉自己，你爱的是眼前这个人，因为她是她，尽管她是她，竟然她是她。哪怕有一天她死了，你的爱也理应相同。窗外传来雷声，窗外的屋顶下，住着一些幸福的人和一些不幸的人，而只有这一个屋顶，住着她。

盯住周夏雨眼睛深处的某一个点，那双眼睛之后的眼睛，周杨说：“我看起来还正常吧。”

周夏雨说：“周杨，你别这样。”

周杨说：“我打个比方，只是比方。一个房子，有草坪、绿树，一般人见到它的外观，都说好得不行。少部分人进到室内，看到客厅、卧室、厨房，有些脏乱差，也还能接受。更少人进到了洗手间，极个别人进到地下室甚至暗道，看到里面也许有吸血鬼。

夏雨，你如果一早告诉我，我不会这样恐惧。我恐惧的，不是吸血鬼本身，是你没有告诉我，是我害怕未知，害怕更多恐惧等着我，害怕我们之间的信任消失。”

又举起酒瓶倒酒，空了。用空空的杯子喝了一口空气，周杨说：“我爱你。”

周夏雨说：“真的吗？”

周杨说：“真的。”

周夏雨重新拿了瓶酒，一口一口喝着。不小心呛到了，呛出了眼泪，她咳嗽着，咳嗽停了，又慢慢地一口一口喝酒。似乎下了很大决心，她说：“我早已准备和你分享最隐秘的地方，带你参观地下室、暗道，每个秘密，我会和你说的。”从后背抱着周杨，抱着抱着，她哭了。

将近傍晚，雨鞭打着露台上牵拉着的绿植。被击打过的后脑勺一阵疼痛，周杨双手深深插进头发，闭上眼睛。周夏雨的胸膛柔软温热。周杨曾经幻想，一个人胸膛的温暖，恰好可以填充另一个人胸中的空茫，世上最幸福的事大概如此。曾经他认为，真正的爱，本应毫无保留地信任，即使是万箭穿心的信任。转过身，抱着她，他喃喃地说：“我相信你。对不起，对不起。”

周夏雨一定是被抱疼了，挣扎着脱开他的怀抱，说：“周杨，你别这样。”

雨季开始连绵，乌云翻滚，奔腾，组成黑色舰队，在广州天上冲锋，一天出动几回。从四月到五月，从五月到六月，从六月到七月，吴真所说的两个月期限很快到了，什么都没有发生。或者说，周杨并不关心会发生什么，他高估了自己的消化能力。

第二十七章

真正的问题，发生在二〇〇四年七月的第一天。是周四，难得的天晴。洪涝积水退了大半，广州获得了亚运会举办资格。全城一片欢腾，全城的路将再次迎来翻修，如同周杨心中的裂缝，缝合又裂开，裂开又缝合。一清早，周夏雨在梳妆台前化妆，周杨睁眼看到了，说：“化妆干什么？化不化差不多。”

一说出口，便后悔了。他高估了自己的消化能力，这两个多月，还时不时被那些画面缠绕。一些东西你觉得不好，但就是挥之不去。一些东西你觉得好，但苦等不来。不好的画面有时进入梦里，有时猛然跳到眼前。

有时是吴真那句“‘嫉妒’两个字是女字旁，但男人的嫉妒才是最可怕的”，有时是那句“如果一个人不能和你分享过去，那就没有办法共享未来”。理智上，他不应该被吴真掌控，那是过往，已经发生的事实无法改变，未来掌握在自己手里。可是随时保持理智不是太困难，而是几乎不可能，何况吴真说，他们还没有离婚。吴真那种咬牙切齿的语气，无限次切割他的心脏，那种痛感也是真实的。

彻底遗忘需要时间，死而复生则不只需要时间，还需要某些神奇的时刻。

周夏雨没有理会他语气里的嘲讽，说："今天天气不错，我们去爬白云山好了。"

周杨翻身起来，套着T恤，说："白云山上蚊子很多，而且，我上午约了人。"

周夏雨说："那我先去，你下午有空来，晚上可以在半山腰看夜景。"

对这样浓重的示好，周杨甩出不感兴趣的语气，说："你不用这么迁就我。"

周夏雨停下涂唇膏的手，说："你今天必须去。"

看，她就是这么强势，这就是真实的她，周杨想。以前他凝视她的脸，月亮一般明洁宁静；现在他怀疑，当时一定是被年轻的荷尔蒙蒙蔽了双眼，或者被她的化妆术骗了。她脸上有痘印，胸口的痣有绒毛，不像诗歌中的月亮，而像照片中的月球。某些角度，脸部线条过硬，因而显得寡薄。因为常年练琴，她手指尖有一层粗硬的茧，甚至整个指端都显得有点粗大。进而他想到，除了对何水不客气，她对谁都很大方，这种大方有时候不亚于虚伪。她所有东西都整理得井然有序，与其说是一种清洁的习惯，不如说是防备心过重，不愿与别人分享生活空间。还有，还有什么呢？对，那么多人爱她，喜欢她，帮她，照顾她，可是她好像没有什么朋友，她不当任何人是朋友，除了陈园园。那么她声称的爱，理应十分可疑。

他承认，有很多他臆想出来的细节和毛病，都安在周夏雨身上。他极度渴望她一遍遍、一遍遍地说我爱你，又极度恐惧地一次次、一次次否定她的爱。有时他不禁会想，要用一些更激烈的手段，才能证明她爱我。

"我今天上午约了人，准确说，不是我约了别人，是别人约了我。”周杨很想告诉她要去哪里。如果她知道是谁约了他，那么她可能哭，崩溃，发狂，这样他心里才能满足，才能说服自己，安慰自己，她是爱他的。“你知道是谁吧？”

“不知道。”周夏雨继续化妆，“我等你到下午两点。”

“看情况。”周杨起了床，“我拖个地。”

“你几点出门？”

“我拖个地就出门。”

这两个多月，雨季一直不散，人声稀少，风雨飘摇，思维无法转动，只有擦地板能让周杨活着。

为了照顾他，或者说为了安慰他，周夏雨让他搬进东山口的阁楼。他可以一整个下午跪在地面移动，擦拭每根纤维、每个角落，直到深色木地板光亮如水，散发被雨淋湿的珠江一样的潮气。

他唯一能依靠的只有时间，使一切重归于好。有时他希望什么都没有发生，回到去年夏天，回到那第一晚的酒吧，回到那三张照片，或者再早一点，回到火车站，回到他在那辆面包车上的憧憬和想象。回到那盆火锅里，肥胖的中年大妈说，住店吗？他说住。从此被绑架到山西黑煤窑，永不见天日。总之，最好有一条合适的时间线，让他可以说，那天去农场只是打牌。

万籁俱寂，房间悬浮在空中，犹如孤岛。他整个身体陷进了一团胶水，无法对任何事情做出反应，除了偶尔去店里一趟，几乎从不出门。可能你很难理解这种状态，那么请想象一下小时候用融化的糖黏住苍蝇的情景。周杨像那只苍蝇，挣扎着想要活下去。

他什么也不关心。四月底，张伟告诉他，酒吧那伙东北人还是不愿意退租，并说如果你们不服那就自己消化消化情绪。房东找了几个熟识的房东，却都被东北人警告了。房东只得退了双倍定金，表情很痛苦地抚摸光头上不存在的头发。对此，周杨说，对不起，退租好了。

五月份，朱红旗说，他听从了周杨的建议，做起了蔬菜批发生意，现在月流水一百来万，对，没错，是一百来万。需要大量搬运工人，有没有老乡介绍。对此，周杨敷衍说，恭喜，我会留意的。

六月份，任小菲说，梁永成跟她说了农庄里全部细节，让她劝周杨尽快给吴真答复。说吴真不可能善罢甘休。她也顺便再次提议周杨和她合作，强大起来，让吴真自惭形秽。对此，周杨说，谢谢关心，这段时间我想先休息一阵。

大家都是聪明人，都看出他所作所为不再像以前了，不再开不好笑的玩笑了，不再开完玩笑后故作神秘了。回复到冷淡客气的样子，其中的严重性不言自明。慢慢大家都减少了和他的通话。

怀疑变成灾难，和暴雨变成洪水一样，是突然发生的，却要慢慢退散。

最初，因为吴真端出的事实，周杨感到一种被欺瞒的痛苦，过了几天之后，他逐渐接受周夏雨的过往。可他的痛苦却升级了，难以承受那种越来越强烈的疑问，那种他拼命压抑住的对周夏雨是否真正爱他的疑问。

一个经历丰富的女人，一个乖戾的人，会对这样的穷小子付以真心吗？就像一个有钱人，真的会给陌生的年轻人无限机会吗？钱是聪明的，真心是稀缺的，不会给天真的人。以前，周夏雨每个动作，都会挠动他主管舒适和兴奋的一些神经，现在她每个表情都会切割他主管痛苦的细胞。

他多次在深夜睡不着，即使是紧紧拥抱着身边的女人，也怕一觉醒来，会发现只剩孤身一人。过去他以为找到了人生非做不可的事，遇到了非爱不可的人，现在他知道在二十三岁妄谈人生还言之过早。爱情是种天赋，男人只能努力，女人生而知之。何况周夏雨有过那么丰富的生活，爱过那么多人，被那么多人爱过，无数人对她痴心不改。他算什么呢？一段经历，一种过渡？在人生旅途上偶然擦肩而过，并肩一段，便挥手道别，偶然想起——像大多数人那样。

“你记得，我等你到下午两点。”周夏雨化完了妆，并没有绾起头发，露出额头，问周杨好不好看。

并非周杨约了别人，而是别人约了他。准确说，公安经侦大队传唤了他。吴真的期限不是玩笑，只是晚到了那么几天。

张伟和陈园园也被传唤了，还有任小菲。警察说，两件案子一起办了，别浪费了执法资源。是的，不只受贿三万块的事情。这是周杨没有想到的。

笔录前，周杨就三万块和任小菲通了电话，和张伟、陈园园也做了良好沟通。笔录一开始，周杨认为气氛是轻松的、有趣的，完全没有以前那种对穿制服的人莫名其妙的反感和恐惧。警察看起来毕业不久，故作严肃的娃娃脸，制服显得很大，有点松松垮垮。他很不满这些小案子浪费他的时间，浪费他建功立业的机会，可是有一种无法抵抗的力量让他硬干下去。他态度不太耐烦，立场大体公正。他和周杨的对话核心内容如下：

“你有没有收到设计公司给你的三万块？”

“收到了。”

“钱去哪里了？”

“给公司了。”

“给公司了？”

“对呀。”

“为什么给公司？”

“这是设计公司的违约金，我为什么不给公司？”

“你不用提问，只需要回答。”

“好的。设计公司没有按时交付装修，交了三万块违约金，我代公司收取，已经交还给公司了。”

“谁可以证明？”

“任小菲。你们可以问她。”

“有没有转回公司账户？”

“这我就不知道了，我直接把钱给老板了。”

这么轻松简单的笔录，轻易解决了受贿三万块的威胁。周杨认为，吴真手段有点低级，并不构成杀伤力。他随便借鉴几部电影的反侦察技巧，和其他人沟通好供词，让张伟、陈园园一概回答不知道，让任小菲先垫三万块交回公司，再让张伟那边用酒吧房东退回的定金，把钱还上。

签字，按手印，表示“以上记录我已详细阅读，确认属实”。周杨问：“结束了吗？”警察点了根双喜烟，说：“结束了。”周杨说：“那我走了，谢谢。”警察说：“别急，刚才只是配菜，还有个案子，两个案子一块办了。”

好吧吴真，看看你还有什么把戏。周杨心情还是轻松的。他也点了一根烟，警察说：“派出所不能抽烟。”周杨灭了烟，说：“上次还抽了。我还有什么违法事件？”警察说：“倒不是你的，只是希望你配合调查。”周杨说：“我可以不配合吗？”警察说：“是张伟涉嫌职务侵占罪，用公司账户前前后后给他私人转了一百万，准确说是一百零二万，建议你还是配合一下。”

“这种一般判几年？”周杨以为，这不过是和那三万一样，是吓唬人用的。他以为，不做亏心事，不怕鬼敲门。

警察的回答是：“你回去搜搜《刑法》第二百七十一条，一百万属于数额巨大，三年以上十年以下。”

“你别吓我，”周杨确实吓到了，“这是帮公司花的钱。”

警察说：“所以我们要调查呀，现在开始笔录吧？”

“你说其中五十五万是给公司买画用了，买谁的画？”警察问。

“孙子苏的。”周杨老实作答。没有和张伟商量过，他不敢胡诌。

“多少钱一幅？一共几幅？”

“具体多少一幅不知道。一共三幅。”

“有没有收据或发票可以证明？”

“不知道。”

“那谁可以证明？”

“孙子苏可以证明。”

“孙子苏有没有给收据或者发票？”

“不知道。”

“画现在在哪里？”

“应该送人了吧。”

“送给谁了？”

“不知道。”

“有没有收据或者其他东西可以证明你们把画送人了？”

“不知道。”

“其他钱呢？”

“不知道。”

到这里，对话进入了死胡同。后来周杨和警察打着哈欠。警察合上笔录本，又点了根烟，进行不那么有趣的对话。警察说：“我知道是有人整你们，梁永成和吴真嘛，对不对？他们整的人不少。我是站在你这边的，可你得给我个理由，对不对？你这么回答，我都感觉是你们挪用公款了。”

到中午了，派出所空调关了，周杨满头是汗，说：“你应该知道，我们是被冤枉的。”

警察说：“那你们要好好找证据，对不对？目前所有的证据只有一条是有用的，就是公司账户前前后后给张伟私人转了一百零二万。钱去哪儿了？不知道。不能说。你想想，你想想是不是？”

周杨说：“要不你传唤一下孙子苏？”

警察说：“我们会传唤的。”

周杨说：“还有别的办法吗？”

警察说：“你们把钱填回去，运气好的话可以解决，运气差的话，你懂的。”

周杨说：“我感觉有点可惜。”

警察说：“是很可惜，五十五万买几张画，还摊上坐牢了。”

周杨说：“我是可惜大量的资源浪费在一些人渣身上了。”

警察说：“你最好严肃点，我们是秉公执法！”

周杨说：“谢谢。我可以走了吗？”

其他三人情况基本类似。去派出所之前，周杨是很轻松的，他想看吴真到底能怎么样。园林工人正在修剪沿街的芒果树，任由半大的芒果掉落在地。如果去年七月摘些芒果，也不失为一种对付饥饿的办法。芒果遍地，他有一种浪费生命的痛快，一种破罐子破摔的冲动。也可以说，他当时想变得更惨一点，以便检验周夏雨那种带着责骂和呵斥的爱。但如果涉及张伟，那便不一样了。何况还有陈园园。

陈园园的一个举动，让他更为动摇，或者说让他更为清醒。

张伟在里头做笔录时，周杨出门，看到陈园园蹲在不远处角落，看上去像在观察蚂蚁。他上前想喊她，想跟她表现一番谈笑自若，却看到她抹着眼泪。周杨到了她跟前，她站起身，擦干眼泪，说："一会儿你别跟他说。"

看来她和张伟已完全融为一体。周杨想起和周夏雨缠绵那晚说的一些话。周夏雨说，她之所以决心接受周杨，和陈园园的话有很大关系，和陈园园接受了张伟的追求有很大关系。她说她问了陈园园是不是真喜欢张伟，得到了一个肯定回答，她认为这个回答是可靠的，因为这回答很细致。

陈园园说的是，当她躺在张伟宽阔的肚子上，就像一个"园"字。她边说还边比画着那片肚皮和她的关系，就像一枚硬币和硬币中间的"圆"字的关系，两者已融为一体。

从小到大，她认识的都是本地孩子，都是本地的样子，要不然就要潮弄酷，要不然就好好学习，有一部分还有点娘。而那些年纪大一点的男人，称得上彬彬有礼，说好听点是绅士，说不好听点是假模假式、故作矜持，就像街边的观赏树木。相比之下，张伟好坏都很明显，怎么看都很舒服，是一棵野生的树、一块顽固的石头、一个会做饭的胖子。

陈园园蹲在派出所外抹着眼泪的样子，再次验证了这个回答的真实性。

她反复说了几次"一会儿你别跟他说"，周杨反过来要求她，那你也别告诉周夏雨。

两人达成了某种默契，笑了一笑。

想起那些困顿不堪的日子，张伟说着“放松，有你哥我呢”，两人相视一笑。想起张伟在厨房忙得热火朝天。想起张伟和陈园园怎么瞒着他，去筹钱给朱红旗。也想起陈园园那句“表现好一点，别给我丢脸”。

想起前往广州时，失败的被开除的民办老师父亲说：“你这个年纪，是狗都嫌弃。到了广州，记得多交朋友，少干坏事。”父亲说：“你十二岁时想成为什么人，那便是你一生的理想和方向。”

很久没有想十二岁那年看过什么书，想成为什么人了。但如果放任朋友置于危险之中而不顾，那便连狗都不如了。这样的人，一定会让十二岁的自己觉得可耻。

“我会解决的，你放心，张伟不会有事。”周杨对陈园园说。

“我没事。”陈园园容貌没有什么变化，睫毛还是那样高翘着，嘴角还是那样向上弯曲，但她的眼神，因为眼泪，不再是那种清脆的薄。很可惜，人是因为捶打而变成熟的，而不是因为年龄变大。

“别跟他说我哭了啊。”陈园园再次强调一遍，并像一只鸽子那样跑起来，用力朝远处挥手，仿佛有什么重要的事，要告诉前方正走出大门的张伟。

所有人都结束了传唤，目光集中在周杨身上。

第二十八章

出租车司机车技了得。车窗敞开着，热风灌进来，司机说空调坏了。“要不要再快点？”司机说。“再快点。”周杨说。“好嘞，坐稳了。”东倒西歪。周杨想要打电话给周夏雨，让她再多等半个小时。

他承认应该先去筹到一百万，不让朋友陷于牢狱之灾，不让自己成为十二岁时觉得可耻的人。但他更忍不住想要打电话给周夏雨，想要看她梳得十分仔细的头发、她化妆后发光的脖颈。

中午快一点时，结束完笔录，和张伟他们吃了一小时午饭。培正中学中午下课的学生，从饭店前穿过，嘻嘻哈哈地。女孩们都扎着马尾，都穿着绿白相间的校服，跟小树苗似的。有些斜背着书包的男生，偷偷跟在女生后面，窃窃私语。

太阳高照，他们吵吵闹闹，笑得无所顾忌。他们丝毫没有意识到，十几岁时的快乐将稍纵即逝，永不再来。

有一个男孩隔窗看了一眼陈园园，应该是她小而明媚的脸给了他青春的冲动。他表情是慌乱的。周杨想，当时自己应该也是这么看周夏雨的。也曾这样凶猛莽撞，错误地对所有明天满怀期待。

“我会想办法的。”吃着一碗五块钱的牛杂粉，周杨这么说。

“什么办法？”张伟说。

“放心，肯定不是卖画。”牛杂味道有点淡，周杨加了一大勺辣椒酱。很奇怪，广州肠粉店的食物很清淡，辣椒酱却比湖南菜馆还要猛。

“你可别说你要和周夏雨分手，那样我会看不起你。”张伟不小心就要露出肚皮，陈园园打掉了他的手。

“你不会真想和夏雨姐分手吧？”陈园园说。

“我不会。”周杨说，“我等会儿去找她。”

“你记得多笑。”陈园园说，“别老板着张脸，跟谁欠你一百万似的。”

“我下午陪园园去拍毕业照，你跟夏雨聊好了，晚上一起吃饭，我最近在学淮扬菜。”张伟说。不知不觉，竟然一年过去了。竟然又到了毕业季节。

“一百万而已，你们放心拍照。”周杨说。

“你属气球的吧，太飘了。”张伟说，“我们一起想办法。”

“无论你们有什么想法，都要尽快。”任小菲说。

没有什么想法。没有什么办法。没有什么神机妙算。一百万是一笔巨款，一吨炸药，一把大刀，一根毒刺，有专横的锋利的目光。周杨迫切需要去到白云山，和周夏雨言归于好。此时此刻，他认为只有在她身边，才可能获得灵感。只有像那群中学生一样，和她吵吵闹闹，嘻嘻哈哈，才能获得力量。

能和她相比的人，世上还没有。周杨深舒一口气，拨通了电话，去除了那些故作冷淡的语气，说：“你在白云山哪个门？”

从云台花园往上，到摩星岭，一路无言，路过树木花草。城市的声音从树的缝隙钻进来。周杨没有说上午的传唤，一百万的案件，只想着怎么表达我投降了，危险不论有多么可怕，我和你在一起是快乐的。我保证不再提起旧事。我们忘掉过去好了。可暂时还是说不出来。这操蛋的自尊心。

路过一丛夏天开放的无名小花，周夏雨说话了，问周杨最喜欢什么花，以后她买给他。她像问一个孩子最喜欢什么玩具一样。

“雪花。”周杨回答，他勉强开起了玩笑。

“一下雪，四川就成了天府。”周夏雨说，“有一次，老家下雪了，我去吃树上的冰溜子，摔了个狗吃屎。”

“我能想象这个画面。”周杨附和说。他还是没有找到合适的时机。

“上午还顺利吗？”周夏雨应该还不知道上午发生了什么。

“挺好的。”

“以后准备怎么办？”

“还没想好。”

爬到山腰，有家小店，卖山水豆腐花和甜品，坐满了人。周杨要了碗豆腐花，周夏雨点了款小蛋糕。蛋糕是紫色的，却有一个听起来像绿色的名字——“森”。外层是蓝莓和百香果，内层是芒果，包裹着罗勒夹心。周夏雨要周杨吃一口。他闻到罗勒的味道，刺激又清新。这些细节要是以往，一定会使他幸福不已，可是这天，他还要等待机会，才能自如交谈，他只说：“不错，有点像薄荷。”

一只花蚊子停在周夏雨手臂上。广州的蚊子很大，很花哨，叮人很疼。周夏雨像在凝神思考什么，丝毫没有察觉。周杨想要去拍打她的手臂，最后只嘟囔了一句：“你手上有蚊子。”

除此以外，他不知从何说起。换作以往，他一定跟她分享上午的每个细节，再加上适度的调侃、适度的温柔。见她之前，他以为自己会表达出租车上热烈的想法，可是见到她之后，他退却了。因为在白云山山脚云台花园入口处，见她第一眼，他在她眼神里看到了一种不明所以的空洞，那双眼睛之后的眼睛不是消失了，而是似乎从未存在过，这让他心神凌乱。

因为蛋糕中的罗勒，周夏雨讲起了一个故事。她说忘记在哪看的了，讲的是有个富家小姐爱上了仆人，哥哥发现后，夜半杀死仆人，扔进森林。后来小姐找到了爱人的尸体，割下头颅，放进花盆，种上罗勒种子。这盆罗勒层层叠叠，意外丰茂，小姐每日抱着花盆，对着花盆说话、哭和笑。秘密总是要败露的，哥哥趁她不在，砸碎了花盆。仆人的头骨带着罗勒馥郁的香气滚到哥哥脚下。哥哥惊出一身冷汗，命人把头骨丢到更远的地方。毫无意外，小姐抑郁而终。

周夏雨说，明明是个阴森的死亡故事，她却感到温暖，是那种每天可以无休止地袒露心扉的温暖，甚至是幸福。

“为什么要讲这些死亡的事？”周杨抵挡不住想要去拥抱她，可是另一个残酷的声音告诉他，最好等周夏雨先发出明显的邀请或暗示。不要轻易相信女人的感叹。

“我们坐会儿回去？”周杨说，“还有挺多事的。”

这种公事公办的语气，这段时间他已经运用娴熟了，不经意间又流露出来。周夏雨也很熟悉了，她柔和的笑表明她不在意。

“没什么事是必须做的。我想和你多待会儿，你陪陪我。”她说。

她又以无限温柔的声音，说起陈园园来。她说林川去世后的一段时间，陈园园不敢在安静的地方待着，每天循环着坐地铁，因为地铁上人多。陈园园在地铁上，拍摄所有打瞌睡的人。她说，陈园园像一只小猫，温柔又灵性。某一天，陈园园满脸天真，说她要做独立摄影师，“就算我没钱，我也会坚持我的梦想”。周夏雨说那种天真神情很幼稚，却很亮。

那个下午，她对周杨介绍她认识的每个广州人，说哪个人品不错，哪个做事有能力，哪个好玩，哪个有才华，哪些值得深交。有些她说过，有些从未提起。

说起刘梦，她说，有的人很混乱，又很勇敢。说起任小菲，她说，这个女人很厉害又很脆弱，不要太近。说起朱红旗，她说，不要小看他，他有大多数人缺乏的品质，坚韧，坚持。

说到这里，周杨想到了什么。他说：“你给了我一个灵感。”

“你灵感很多，我从没见过像你灵感这么多的人，可是，没见你写过。比如那篇和音乐有关的小说。”周夏雨说。

“哪篇？”

“猫窝那次，你说你要写一篇音乐主题的小说，有些专业上的问题要和我聊聊。”

“啊，我肯定会写。不过我刚说的，不是写小说的灵感。”周杨想到的，也许有办法解决那一百万。但他不能透露一百万的麻烦，因此也就不能说有关一百万的灵感，“是关于未来的。”

周杨后来知道，这是告别的一部分，是将她所有记忆留给他。是交接她的过往。可当时他还在被可怜的自尊心控制，虽然听得很认真，却不能无所顾忌地回应。

临近晚饭时间，周夏雨说：“你看过《银魂》吗？今年刚出的动漫。里面有句台词，‘拥有和舍弃都很痛苦，既然无论怎样都会痛苦的话，我宁可选择守护它而痛苦’。我曾经想成为这样的人。”

真的，周杨听到这里都没有意识到这是告别。他还以为是在讨论艺术和人生。为此，他认为自己应该聊得深入一点。便想了想看过的小说，搜索到记忆深处的一篇，是茨威格的《一个不能忘记的人》。

“我记得这篇小说的开头。”他说，“一个人在人生的两桩最困难的事情上使我受到了教育：为了完全的内在的自由不屈从于世上最强大的力量，金钱的力量；另一桩是生活在人们中间使所有人都成为朋友，连一个敌人都没有。我要是忘记这样一个人，那就是忘恩负义。”

“你什么时候看的，这么拗口的？”

“我想想。”周杨终于想起十二岁的那个夏天，他看的书，他那时候想要成为的人，成为所有人的朋友，不屈从于金钱的力量。

茨威格的书藏在初中图书馆的角落，没什么人翻阅，除了发黄，还有灰尘。那些更好读的篇章只记得篇名和大概剧情，比如《一个陌生女人的来信》。而这篇不怎么好读的，除了开头，他还记得小说主人公安东终日游荡，“他的独特之处是不管工作多么劳累，他总是坚持拒绝多拿一分钱，够一天生活的就行了。若是这天他恰巧日子过得去，那他根本就不要报酬……与其把钱存在储蓄所，他宁愿在他周围的世界里放进一笔道义存款……甚至那些极端冷酷的人面对一个心甘情愿为他们服务且不索取报酬的人也不能无动于衷”。

吴真的力量不过就是金钱的力量，有钱能使鬼推磨的力量。如此而已。而我拥有朋友。周杨感到一种飘飘然的轻松。一直到入夜。半山腰一间茶室，可以俯瞰整个广州。两人吃了一点东西，静静坐了很久。直到天黑下来，夜色笼盖整个城市，灯火依次亮起，山脚下，灯光中的广州像一盆小小的炭火，一个人内心剧烈燃烧的心事。这盆炭火在午夜时分逐渐熄灭，黑暗从地底升起。

蚊子也从四周扑来。白云山上漆黑一片，连虫鸣也似被屏蔽。周夏雨手臂和腿都被咬了不少包，周杨提议两人下山。他改变了想法，但从想法到行动，难以跨越，还需要一点时间、一点契机。他想着，下山时，一定要说些什么。

从小路斜坡直行下去，暑热的湿气飘游，星光明灭，两人没有更多话，只有呼吸起伏。周夏雨有时挨着周杨，有时又移开。沿着阶梯逐级而下。沿路植物在黑暗里散发出大片大片的香味。

快到山脚了，周夏雨用力拍了拍周杨的手臂，说："你手上有蚊子。"

这个暴力动作让气氛转变了一点。这说明，女人在转变气氛这方面更为擅长。

周杨说："你想打我可以直说。"

周夏雨说："太累太累了，你背我好不好？"周杨没说话，弯下腰，她跳上来。

他背着她，她朝前一指，说就到前面那棵树那里。等到了，她继续说，我是说前面那棵。他便这么背了很远，背上开始出汗。在夜色和花香之中，身体和身体在温热中交流，已经代替周杨，说了无尽的话。

回到家，周杨瘫倒在床，这一天跑了不少路。迷迷糊糊中，他在梦中被一百万把刀追杀，又一一化解。哗哗的水声传来。枕头边没人。浴室门关着，周夏雨似在洗澡。他轻声叫她，她也不应。他悄悄推开浴室门，想问她怎么还不睡。

她什么也没穿，抬头望着镜子。他从未这样看过她全身，包括背影，散乱的头发高高绾起，发梢歪垂，在水汽和灯光下，头发的黑和肌肤的雪白对比鲜明。他听到她在和人打电话，声音被水声冲得含混，听不清楚。

只听到一句："你可以停下了。还有林川的事，必须做个了结。"

无论她说什么，周杨都不想再追问，不想再追究了。打开门，他从后面抱住湿漉漉的她，闻着那些混合的香气。有水滴在他手臂上。起初他以为是头发上的水，后来发觉是眼泪。

他认为她是被这迟来的拥抱感动了，于是加大了手臂的力度，说那句在嘴边回旋了多次的话："夏雨，我不是有意的，你原谅我。"

她拉下毛巾，把自己裹在里面，望着他，说："没事，你困了吗？"

他当然很困，希望快点睡觉，明天早点起床，去找那一百万，或一百零二万。

但在水汽之中，周夏雨的眼神显示，她希望他不困。于是他说："我们喝点酒，聊聊天。"

她说："不喝酒了。以后你还是少喝点酒。"

她裹着浴巾，去柜子的一堆行李里摸索，找出一个听诊器。周杨以为她不舒服，但她说："等会儿再睡。我想让你听我的心跳、我的声音。"周杨说："我听着呢。"她说："不是说话啦，我要你听我不说话时的声音。"

夜色之中，两人像两团火一样融在一起。

她脱光了，拿出听诊器，放在胸口，心跳的声音激起潮汐。周杨放弃了所有杂念，第一次这么主动地探索她。在冰凉金属的静电中，绒毛颤动着。

听诊器在她全身游移，缓慢移动。她让周杨闭上了眼睛，说这样能听得更清楚。金属渐渐变得暖热，周杨听到各种声音，听到她的呼吸起伏，制造了一个迷宫。她赤裸身体的每一部位，像迷宫的门，一一打开，照亮。她开始一动不动，接着稍微扭动着腿和身体，接着他想触摸她，但她禁止。

周杨进行得很慢很慢，十分十分慢，一棵树长大那么慢。当移动到双腿之间时，她睁开眼睛，朝他笑了一下。是那种他所期待的混合着忠贞和淫荡、爱意和赞许的笑容。他承认这是他无法不爱的女人。

经过漫长时间的酝酿，这刻的笑才得以诞生。

如果把此时周杨内心涌动的想法记录下来，应该是一本小说那么长。两人忽长忽短的呼吸，是有人翻动书页。

听诊器里的声音，化为过去日子窸窸窣窣活动的声响，化为一个远途而来和周杨相遇的人粗重的脚步。那一刻，那段初识的日子回到他面前，那个正常的他从耳朵进入他脑子，逐渐覆盖全身。

虽然他还有一些杂念，无法满心欢喜，但一条隐约的路在眼前铺陈。他永恒苦求的，无法言说的，无非是这种心灵交汇的幸福、坦诚相待的宁静。这瞬间的快乐，远远超过了性的美妙。

如果时间能回去多好，但时间就这样最好。无论怎样，我只想和她在一起。周杨想，我爱她，我愿意在她面前彻头彻尾地袒露，我愿意让我的人生在她这里变成另一个人生。

如你所想的，这是告别的终点。半夜，准确说是七月二日凌晨，是的，是这天，周杨突然惊醒了。他没有看到她熟睡的脸。枕边还有一丝温热，同床而眠的企鹅玩偶还有她的体温，包含汗味和香味。墙角的箱子少了一个。梳妆台上有一本打开的笔记本，打开那页是一封信，一声告别。还有一个厚厚的牛皮纸信封。

周杨拿起信时是颤抖的，而读完后完全是麻木的。他知道了，这过去一切都有关告别。头剧烈疼痛，他打开窗，让风吹进来，然后又去到阳台上，往远处张望。当然，这是徒劳的，窗外只有树影，没有人影。

一个不能分享过去的人，也就不能分享未来。他曾想分享这一切，也逼迫别人分享。分享怯懦、邪恶、自私，也许满怀喜悦，也许满怀痛苦，但最终毁了这一切。

一封正式的信之外，还有一页纸写着几行字。告诉他房租和水电怎么交，房东的联系电话。哪些柜子有哪些东西。还有，她说，她不会回来了，不用担心她，不用找她，不用等她。

默默坐着，缓缓躺下。牛皮纸信封里，是几张照片，抽出第一张，是一个小女孩的，有点发黄，看上去两三岁的样子。周杨有点纳闷，又抽出一张，还是这个小女孩，五六岁的样子。再看几张，他明白了，是周夏雨从小到大的照片。

拨打电话，登录QQ、MSN，都联系不上。发送邮件，被退回。打电话吵醒张伟，让他们联系，也打不通。甚至陈园园所有联系方式也被删除。

吵醒任小菲，问她吴真的电话，任小菲说："周夏雨一个多小时前从店里离开，吴真和梁永成大概才走了半小时。怎么，出什么事了吗？"周杨简直要忍不住眼泪，说："周夏雨走了。"任小菲说："走了是什么意思？"周杨说："反正你有什么新消息就告诉我。"

他想等天亮。可是黑夜扑杀过来。微弱晨光照进窗户，他想起一个重要细节，为什么周夏雨要删除陈园园的联系方式？"这不合常理。"他自然而然地冒出这个想法，彻夜的悲伤开始转为担忧。

第二十九章

周杨：

想了很久还是选择用一封信跟你告别。因为我想正式地、有仪式感地、极其确认地告诉你，我保证，我和你，我们俩都真正爱过。尽管你可能自始至终，都没弄明白我为什么爱你。

别怪我，我宁愿在还记得原本的你的时候离开。就像我第一次告诉你，在烤土豆上撒盐，能吃出苹果的味道，你试了很多次，吃了很多土豆，不是咸了就是淡了，没有一次吃出苹果的味道，但你永远地记住了那个晚上，苹果味的晚上。

你知道吗？那是一种很丰盛的情感链接，和你在一起的时间里。

你出现在我面前，愣愣地横冲直撞地来了，你的蛮横撞破我所有的世故和经验，那种莽撞有巨大的力量，拽着我无法挣脱。在这之前，我错误地预判了我们的关系，那种互相交换灵魂和秘密的爱，我以为已不存在，或者说我不需要。

可是这些天，只要被你的眼神罩住，我就能想明白很多事。你看我的时候眼睛总是很亮，很热，头发常常乱着，有一股子笨劲儿。我像是参加了一场开卷考试，不需要开口问，不需要抽丝剥茧，便有一筐的答案摆在面前。我想，那一刻我立即就爱你了。

这么一个滚烫的相信爱的男人，太稀奇。所以，你根本不必怀疑我的爱。是谁说的这句话：我爱你，爱的是那个和你在一起的我。那个相信一切的我。命运给了我重新拥有无知的快乐的机会，我必须抓住。

周杨，我们彼此各自走了那么远，隔着这么长的时间相遇，竟然还能有废寝忘食的心情，简直不可思议。我一直告诉自己，不能浪费它。我幻想过很多关于我们的未来，想过我会先老去，想过很多年之后我们会从爱人成为亲人，想过今后我每一次走出家门，都会像小时候出门上学一样，心安理得地回来。

可是，我唯独没想到我会在这么爱你的时候和你告别。

周杨，我见识过各种各样的男人，也了解情感的游戏和交换。那爱人呢？怎样才能完全地信任，怎样才能完全地被信任？我不确定，你也没有答案。我似乎已经失去了你的信任，你也不再和我交换灵魂。我有些难过。不是因为你如何对待我，是自始至终，你都在怀疑，我，我这样一个人，也会这样爱你，就像你爱我一样。

但是周杨，我正好是这样爱你的。

也因此，这些天一想到你我就会疼，像潮水一样漫上来的痛楚。你正在变成我身体里的某一部分。那些多灾多难的部分，推倒后又卷土重来的部分，相信后又胆怯的部分。

所以，如果我们不能全然信任地那样相爱，我们就分开吧。

其实我并没有很难过，只有些遗憾，又好像有点轻松。还是你说的，我们俩，是一片湖，和湖岸边的树。以后，就让我们隔岸相望吧。

周杨，你不用找我。我不是出门上学了，所以不回来了。也许有一天我们还会再相见，希望那一天，我们都是干干净净的自己。

夏雨

2004年7月2日

第三十章

清早，警察打来电话，周杨没管。张伟又打来。陈园园又打来。电话铃声接力着，交叠着，犹如带刺的铁丝网缠着野兽，试图缠着他。他沉默地刷牙，洗脸，思考。

楼下传来舞狮的锣鼓声，估计有新店开业。周杨屏蔽了这些噪声，以便分析面临的问题，得出合理的判断。如果周夏雨是因为信中的理由而离开，那么我应该听她的，尊重她的选择，不去找她？如果她是被逼的呢？她会有什么危险？

想到周夏雨张开翅膀保护陈园园的情景，想到此前周夏雨卖了她的画帮他筹钱，拿出十几万存款帮他开酒吧，最终，周杨得出结论，最大的可能，是周夏雨犯了不该犯的傻，想用什么条件，交换吴真不再控告张伟，放他们一马。

虽然这代表她也许陷入了困境，但周杨反而不再像昨夜那么难过了。因为这种情形，表明情况并不像信中写的那样可怕，那封信，可能只是周夏雨做戏给吴真看。毕竟，她写过骗吴真的日记，这方面已经有些经验。

那么，只要解决那一百零二万，不就好了吗？

钱是最难结交的朋友，但还好，白云山上，周夏雨已经给了周杨灵感：吴真有钱，而他有朋友。

不知不觉，周夏雨那种不管别人怎样都与我无关的习惯影响了他，那把什么东西都整理得十分清晰的习惯影响了他。要让吴真知道，他与之打交道的是值得尊重的对手。谨慎和沉默。观察和反击。一击即中。不再自以为是，也不要过高估计自己的能力。

等他刷完牙，获得平静和勇气，窗外锣鼓声更为喧闹了。人们去菜市场，去上班，去体验世俗的幸福。周杨被一种令自己惊讶的力量驱使着，驱使他服从内心的声音，一种隐隐约约的责任感，作为朋友的责任。这种冲动和面对龅牙时想杀人的冲动不一样。

他抛了一枚硬币，默念，如果是正面，那么，那封信只是做戏。他并没有看结果，而是直接出了门。

拨通朱红旗的电话，周杨说想去仓库一趟，朱红旗说："你想什么时候来就什么时候来，不过最好做点心理准备。"周杨说："我给你准备了槟榔。"

"江南果菜市场，对对对，那里拐进来。看到那个大标语了撒?"大太阳之中，朱红旗在电话里指路，语速比以往快。工人硫黄味的争吵声传了出来。

挂掉电话，周杨打开没来得及看的好几条短信。张伟发的是：醒了回电，急。

警察的短信是：尊敬的市民您好，您在我局的案件有新的信息沟通，请见信后拨打电话020–28××××××。

这些信息让周杨略为不适。陈园园的短信温暖了他一分钟：你还好吧，担心。而任小菲的因为发得最早，最后才看到。她发的是：你方便时来店里一趟，有周夏雨的情况。

周杨想立即跳下出租车，可是，只有一公里，就到达朱红旗的蔬菜仓库了。

“坚决打击物流运输垄断行为，坚决打击欺行霸市行为”。从巨幅标语旁边的路左拐，直走一公里左右，朱红旗的仓库空旷、闷热。三四个赤膊工人正把一筐一筐的西红柿从车上卸下，码成山高的小堆。两三个月不见，朱红旗一脸络腮胡子剃得光溜溜的，整张脸黑皱得像男人的袜子。皮带上的爱马仕大扣子，比仓库的一盏大灯还要亮一点。

当周夏雨在白云山上评价朱红旗坚韧坚持时，周杨便有了灵感。他的蔬菜批发生意既然已经做到了月流水一百多万，那么按照两成左右的毛利，三四个月赚一百万应该不成问题。只要解决了一百万，那么吴真还有什么筹码吗？没有了。那时，周夏雨便可以回来。那时，可以继续开酒吧。到时也请佛山最好的醒狮队，来一场锣鼓喧天的表演。将没有任何人任何原因，能使两人分开。

只是朱红旗这副打扮，让周杨有点于心不忍，不知该怎么开口。等他和工人忙乱完了，周杨把路上买的槟榔递上，说：“你这打扮，让我想说一句话。”

朱红旗说：“我已经让你做好心理准备了。”

周杨说：“想说那句土豪我们交朋友吧。”

“这一身两三千呢。”朱红旗大圆眼睛一瞪，撩起衬衣给周杨看闪光的皮带扣子，“个人形象设计撒，懂吗？看，爱马仕，小超市老板吃这套。”

“喝点酒。”朱红旗说。周杨见识了真正江湖人士的喝酒方式，或者说湖南帮的喝酒方式，也就是用一种酒来下另一种酒。好比一道江西菜，用一种辣椒炒另一种辣椒。一边喝邵阳大曲，一边喝珠江啤酒。

“是不是看我快疯了？”朱红旗指指骂骂咧咧的工人们，“我猜你来不是看我发疯的。”

“我来看看你有什么要帮忙的。”

任小菲打来电话，声音急切，说：“你看到短信吗？”

周杨说：“我过会儿就来。具体什么情况？”

任小菲说：“有点麻烦，见面再说。你尽快来一趟，打车吧。”

“没事吧？”朱红旗问。

“没事，刚才说到哪儿了？”

“你说看看我有什么要帮忙的。”

“对，有没有什么要帮忙的？”

“还真有。你问问有没有老乡找工作撒，工资高，两千五，一个月休一天。年轻人吃不了苦，不要，太老的也不要，问问三四十岁的，他们养家糊口，愿意卖力气。”朱红旗一口啤酒一口白酒，说合作的超市现在拓展到四十家，计划年内拓展到八十家，但他没有人手。不是没有销售，超市抢着合作，是没有卸菜分拣和装菜的人。因为这些活大都只能在晚上十点到次日凌晨五点之间操作，一般人不愿意干。

听起来他的生意火得出乎意料，那么提出借钱，就没那么难以启齿了。

周杨正想开口，一个赤膊工人走过来，全身汗如雨下，朱红旗赶忙站起来。工人说有些菜坏了，让他去看看。周杨也跟了过去。每个人都汗如雨下，灰尘和菜叶新鲜腐烂混合的气味，浓重黏稠，在空气中滚动。几筐西红柿被挤压变形了，朱红旗捏了捏，把筐子移到边上，打电话给供货商商量赔偿。

处理完，朱红旗说："你看到了，我不是缺几个人，是缺几十个人。"

周杨说："现在利润怎么样？"

朱红旗说："还可以，毛利大概二十来个点吧，一个月毛利二三十万是有的。就是收款太他妈的麻烦了，超市老板都精得跟鬼一样的，压账一压三个月起，以后我都要谈月结了。"

周杨说："手里有钱吗？"

朱红旗说："有啊，现在我就剩下钱了，你要多少？"

"一百万。五十万也行。"周杨想起，等房东那边把酒吧租金和押金退回来，会有一笔，任小菲那边说不定也能帮点忙。

朱红旗噗地喷出一口酒，大圆眼睛更大更圆了，说："你去赌钱了？"

卡车轮胎那么大那么黑的风扇，将几张报纸吹到地上。周杨解释了一番。包括一百万的案子，包括张伟可能面临三到十年刑期。包括周夏雨的离开，以及他对周夏雨离开原因的怀疑。朱红旗说："十万八万的现在就能给你。钱都压在超市那儿，供货商这边又要现钱，资金周转不过来，你给我两三个月时间。"

周杨说："不急，我想想别的办法。回头我问问我爸，看老家有没有要找工作的人。"

为了让朋友脱离危险，为了让周夏雨回到身边，周杨可以死一千次，但他需要的是钱，不是牺牲。即使他竟然和朱红旗成了朋友，还是没办法和钱结交。钱真他妈是最难结交的朋友。没什么可说的了。周杨起身告别。一个女人从仓库外跑进来，跑得汗淋淋的，对朱红旗大喊："又喝酒，一天不喝你会死吗？"等她近了，周杨看清她是泮溪酒家问朱红旗要电话号码的服务员小妹。她的神态和声音，和那时怯生生的样子截然不同。朱红旗苦笑着介绍，说："这是周杨，这是我女朋友，苏小婷，你们见过的。"

苏小婷不好意思笑了笑，说："不好意思，他没胆了，医生说不能喝酒。"

朱红旗撩起上衣，露出一道伤疤，说："前段时间把胆切了。"

苏小婷眼里有一种让周杨羡慕的东西，可以称其为满足。再次告别。朱红旗让货车司机把周杨带到大路上，说："连我都有女朋友了，你别太担心。拿点水果，我现在也卖水果。给张伟也带点。路上，你可以边吃水果，边想。有什么要我做的，说一声。"

任小菲再次打来电话，周杨按掉了。转瞬之间，下起了雨。货车行驶在雨中的高架桥上，视线是模糊的。有那么一瞬间，周杨真想司机看不清路，装满西红柿和黄瓜的货车撞出护栏，撞进高架旁的楼房，撞穿楼房，飞到不知名的角落。而他被撞飞，飞出车外，飞得越远越好。

不过，他很快给自己打足了气。因为任小菲再次发来短信：来了吗？我估计张伟那一百万没问题了。

雨中，那棵黄桷树还在奋力地朝天空张着手臂。周杨满头雨水跑进门，任小菲说："你这个样子很像是要去杀人。"

周杨说："我是很想杀人，不过目前还不会，你这儿有什么消息？"

任小菲说："一会儿你可要稳住情绪。"

她说话时挺拔而矫健地站着。仿佛她一出生就是这样站着的，仿佛她是先学会了站立之后，才学会了爬行和抬头。

那扇五彩斑斓的满洲窗前，任小菲叫服务员送来毛巾，让周杨擦干满头的雨水。没有倒茶，也没有倒酒，只给了瓶矿泉水，她按下电脑开机键，半天没反应。她拍打机箱，问周杨上午去哪了，怎么耽误这么久。

周杨说："去朱红旗那借钱了。"

任小菲说："你们关系真好。不过，张伟那事不用担心了。"

周杨说："你准备给我个惊喜，借我一百万？"

任小菲说："我本来给你准备了五十万。"

"看来现在这五十万没有了。"

"我给你看个东西。"电脑正缓慢地启动，蓝色屏幕一闪一闪。从办公桌抽屉拿出一团电子产品，任小菲说："你知道这是什么吗？"

一根线，连着一个方块形的黑疙瘩。周杨说："不知道。"

任小菲说："这叫窃听器。"

周杨说："这跟一百万有什么关系？"

任小菲说，昨晚梁永成和吴真过来，是找她签字，会所变更法定代表人，修改股份，法定代表人改为吴真，他占股百分之七十，留给她百分之三十。签完字，他们转走了账户上所有资金，于是那五十万便没有了。他们还要走了周杨和张伟之前写的两版园区方案，拷走所有照片、文档、视频，并彻底删除了备份。电脑估计也给他们搞坏了。半夜，又叫了些人上四楼喝酒，打德扑，折腾到一两点，喝多了，其他人离开了，她以为可以休息了，可是两点左右，有人敲门。

听到这里，周杨忍不住问："是周夏雨？"

"是她。我还以为是不是什么神经病来了。"任小菲说，周夏雨拖了个箱子，全身湿了一半。开门后，上了四楼。大概两点半，吴真叫人把她接走了。看上去他们神情没什么异样，我以为她就是来喝酒的，可她出门前和我握了手。

“我当时没注意，你打电话来说周夏雨走了，我才想起来有点反常。”电脑桌面还在转动图标，任小菲说，“她握得太用力了，像个男人那么用力，我当时只是以为，是不是她们练琴的人手劲都特别大。早上，我想起来，她还说了句话。”

任小菲说:“她说了‘感谢’，我说了‘常来’一类的客气话。”

周夏雨捏紧了任小菲的手，还说了一句:“四楼的隔音效果好像不太好，隔壁房间是不是有人在打呼噜？”

早上起床，任小菲越想越不对劲：这种情况是绝不可能的，隔音是四楼房间的首要功能。

她把四楼房间翻了个底朝天，翻出来两个窃听器。藏在红酒架后的软包墙里，外观没有丝毫痕迹，是敲打墙面时听到空鼓声，她拆了绒面的墙布，才看到藏在里头的小东西。

周杨想起来，装修时，周夏雨确实过于主动地盯着软装的每个细节。四楼包墙那天，周夏雨确实曾长久在里面逗留，他去喊她吃饭，她锁着门，说要休息会儿。

“你听了录音吗？是什么？”周杨问。

“如果没听，我怎么会知道张伟那一百万的问题解决了。”电脑终于启动正常，任小菲将U盘插进去，“你要控制住你自己。”

录音播放起来，准确说是一段录音的前两三分钟。是两个人的对话。一分钟对话约一百五十字，两分钟对话约三百字。周杨可以说受到了三百余颗石头的袭击。

“都删除了？”听上去是吴真的声音，有点沉闷，像隔着一层布。

“你可以相信我。”很明显是周夏雨的语气和声音。

“好啦好啦，我相信你。”吴真说，“不要再节外生枝了。”

“我的手机也给你了。QQ和MSN也都删除了，邮件也拉黑了。”

“这样比较好。”

“真的有必要这样吗？”

“很有必要。你知道，我是很爱你的。”

“我知道。”

“你不知道，没有人会比我更爱你，更懂你，更在乎你。”

“你确定周杨他们不会再有麻烦？”

“不会的。”

“你当年也说你没对林川怎么样。”

“我说的都是真的。”

“林川是怎么死的，你别以为我不知道。”

“我真没动他，你相信我。”

“林川的事，我要做个了结。”

“你放心，会的。这段时间有可能比较危险，你先不要露面了，也不要和任何人联系。”

“我回老家。”

“你回老家干吗？我把木头接到香港去了，正好暑假，你就多陪她玩一下。”

后面两人的声音低了许多，听不清楚。再后来，只有一阵嗞嗞嗞的电流声。

电流声也戛然而止，因为任小菲按下了暂停键。周杨听明白了，如他所料，吴真要挟了周夏雨。他没有想到的是，吴真用孩子软禁了她。他更没有想到，林川的死，绝不是意外。之前那种勇气泄漏了一点，他预感到有什么残酷的事情将要发生。

“为什么停下了？”周杨问。他伸手去按播放键。

“不用按了。”任小菲说，“按也没有了，后面的录音我收起来了。我再给你听一段别的。”

任小菲换了一段音频，也是三四分钟的录音，是吴真和梁永成的。应该说，刚才的录音，是三百颗石头，而接下来的，是三四百颗子弹。

“周夏雨真走了？”一声关门响后，听起来是梁永成的声音。

“走了，所有联系方式都让她删除了，不会再联系了。”吴真说。

“你把她藏哪了？”

“我不用藏她，孩子在我这呢。”

“那事呢？她还在调查那事？”

“应该没什么进展。梁哥，我们是不是给她一点什么补偿，让她熄了这个念头？”

“你别听她吓唬，林川死这么久了，要有证据她早放了。我早跟你说过，女人不是靠哄的，要给她点教训。”看来，周夏雨一直在调查林川的死因。

“梁哥你放心。我跟她说了，要是她再搞下去，周杨陈园园都得完蛋。”

“喂，好。知道了。你给他香港账户打一百万……那小演员迟早会害死他。”听起来是梁永成接了一个电话。

“去他妈的，要是他不同意，你就转告他，说现在社会风气不好，互相留点面子。就说我这么说的。”梁永成声音陡然增高。

“要是还不行，你派两个兄弟跟着他女儿吧。”梁永成挂了电话。

“刚才说到哪儿了？”

“梁哥，我有种感觉，现在管得越来越严了，你一直说守正出奇守正出奇，奇用多了则为邪。我们是不是讨论一下以后的方向？”

“你是不是热水瓶摔跤——没胆了！刚才说到哪儿了？”

“我说，周夏雨要是敢再犯毛病，周杨和陈园园迟早得完蛋。”

“那看来她喜欢周杨还是超过你嘛。”

“唉，问世间情为何物。”

“你能咽下这口气？”

“那小子算了吧，折腾不了什么风浪，梁哥你也别整他了，我也答应周夏雨不搞他了。”

“兄弟如手足，女人如衣服。衣莫如新啊兄弟。最近有个女的，听说八字特别好，要不要试试？”

“唉，梁哥你知道我的。”

“不是我说你啊吴真，你这是妇人心肠。”

“还是说说园区的事吧。听说任总最近在到处活动。”

……

后面录音又截断了。任小菲口头转述了完整的录音内容。她说没想到周夏雨竟然把窃听器藏到了四楼，没想到周夏雨学的声学专业用在了这里。这个高明的侦探，一直在引导吴真，引导他说出当年林川死亡的真相。完整的录音，证明了许多事，完全可以置吴真和梁永成于死地。

从已知录音看，吴真似乎不会再用那一百万来整事了。原来这便是任小菲所说的“张伟那一百万没问题了”。到目前为止，警察也确实没有再打来电话。

从任小菲转述的内容来看，周夏雨已达到目的，林川死亡的真相，梁永成等人的罪行，都证据确凿。那么，一切就这样解决了？有了这个录音，向吴真摊牌，漆黑退散，光明降临？周夏雨可以回来，世界可以照常运转？想到这里，周杨还是没有掩饰住急切的心情，说："完整的录音可以拷给我吗？"

任小菲说："你不知道吗？窃听录音是违法的，不能作为证据。"

"我不会拿去举报，只会要求他们放了周夏雨。"周杨认为这只是个借口，是任小菲为了保护梁永成。

"但我可以让它变成合法的。"任小菲说，"你跟我来。"

四楼几个房间门口，钉上了蓝色提示牌：为了您的安全，本包厢安装有录音录像设备。

"只要我公开提示，录音就合法了。"任小菲说，"至于我是哪天提示的，并不重要，也很难查证，对吧？"

"谢谢。"周杨说，"记得你之前问我觉得你这人怎么样，我想必须加上一条：完美。"

"你先别夸我。"任小菲关上了门，"我可以给你，但我能得到什么？"

第三十一章

周杨没有任何东西可以给予。但任小菲说，你有的。她公布了条件，令周杨服从。说完她站起来，挺拔地迈进窗前正午的雨幕前，说："男人要做狮子，做老鹰，不要做猴子被人耍，不要做无头苍蝇，更不要做缩头乌龟。"

捡垃圾的大爷叼着烟，打着伞，踩着三轮从门口掠过。在雨中坚持不懈地喊着收废品，收废品。经过周杨，他停下三轮车，问抽烟不，扔过来一根不错的烟。周杨摆摆手，垂头往前走。

任小菲的条件，让他回忆起在永成农庄那种被野兽舔舐后背的寒意。任小菲的站姿，是猎人开始射箭之时的动作。

他不得不承认，自己是弱小的猎物，最多是一只被人驱使的猎狗。那些自命不凡的小办法，更可能只是感情用事。世上最残忍的东西，不是绝望，而是希望，一丝希望让他挣扎着想往前冲。那不确定的未来，是悬在猎狗前方的骨头，追不到愈想追。那不确定的爱，则更让人狂热。如果说未来是猎狗前方的骨头，那某个人的爱，是那块骨头上的肉。

不得不承认，任小菲很会蛊惑人心。她说只要周杨帮她把园区项目拿下来，成功之后，他便得到完整录音，顺便得到金钱、安全和爱情。

“你知道这意味着什么吗？”任小菲重复了这句吴真曾说过的话，让周杨更为强烈回忆起那种被野兽舔舐后背的寒意。

任小菲说：“意味着你可以摆脱吴真，和周夏雨双宿双飞。还意味着你可以得到一大笔钱，当然，承诺你的股份我也一定会兑现。”

窗外的雨是广州的雨，人们称之为“豪雨”。任小菲说：“如果你在云层之下，那么总免不了被黑云压顶，被雨追赶。但如果你在云层之上，那么到处都是阳光。避开乌云最好的办法，不是左右躲避，而是往上飞。”

任小菲说：“难道你怕他们吗？”

周杨知道自己没有选择。作为一条猎狗，他不可能噙着眼泪哀求，也不可能发一顿脾气，更没有资格礼貌而高傲地拒绝。唯一能做的，是尽量减少其中的风险，免得上当受骗。经历这一年多来的捶打，尤其是最近两三个月的痛苦，他自认多少坚强了一些，也稳重了许多。很可惜，人不是水果，不是蔬菜，不会因为时间自动成熟，而必须经历捶打。

“你这么做，多少有点奇怪。”周杨说。

“我也不想用这种方式。”任小菲说，“我其实是在请求你帮忙。”

“倒也不必，我接受你的条件，只是有几点我必须问清楚。”

周杨首先感到奇怪的是，任小菲为什么不干脆把录音举报了，那样梁永成的公司理应自然出局了。任小菲没有直接回答，而是反问了他一句，说：“如果把梁永成换成周夏雨，你会举报吗？我想要的是这个项目，不是让他被枪毙。”

紧接着，他提出另一个疑问。既然她不想让梁永成坐牢，那等项目结束了，她又怎么保证能将录音交出来？任小菲像是早已知道他要问这个问题，说："周杨，你真的成长了很多，想问题细了，说明我没看错你。那你猜猜我会怎么做？"周杨说："我猜你会把跟梁永成有关的信息全部删掉再给我，让我只对付吴真。"任小菲说："一个人能准确猜出另外一个人的想法，说明他们互相非常了解。我想你很了解我，我不会言而无信，对吗？"

"第三个疑问，你为什么不把录音放给梁永成听，跟他谈条件，让他主动退出？"

"你也听了录音，你认为我不是件衣服吗？你认为我想找死吗？"

合情合理，似乎没什么疑问了。但多想想总不会错。想了想，周杨说："我还有一个要求。"

任小菲说："你讲。"

"我们参与项目的事，一定要绝对保密，我不想再横生枝节。"周杨不愿直接说出内心的恐惧，但他确实害怕再引来无穷无尽的报复。他只想赶紧结束，和周夏雨找个遥远的地方，躲起来，平静点。

"成交。"

"好了，"周杨说，"我们来说说项目目前的情况。"

任小菲说："我先跟你说明，我们什么也没有，没有钱，没有资料，没有方案，只有困难。但我相信，有了你，那都不是困难。"

她还是那么会夸人。她细细道来。她浓密的头发不再披散，而是盘在头顶，用一根银色簪子固定。仿佛头上趴了一只鹰，簪子是鹰嘴的尖钩。

傍晚，周杨提了些水果，去杨箕村。雨变小了。雨中的霓虹，给杨箕村上了一道俗艳的妆。老白抱着二胡，靠着门槛打盹儿，黑狗趴在他脚边。周杨羡慕这种平静的生活。为此，他要付出必要的代价。只有任小菲指明的这一条路。一旦方向确定了，心情反而会轻松一些。就像狗的赛道已经固定，你只需要跟着骨头全力奔跑。

这个季节广东的水果正大量上市，郁南的无核黄皮，连平的鹰嘴毛桃，增城的桂味荔枝，还有些不知哪里产的芒果、火龙果。奇形怪状，颜色鲜艳，入口难忘。周杨设想的画面，是大家剥着果皮，露出果肉，吃进嘴里，事情就解决了。

首先要解决的，是园区改造方案。之前参考赵小林的灵感写的方案，被吴真拿走了，不能再用。任小菲说项目路演在七夕那天举行，在旧罐头厂露天的老篮球场。七夕是八月二十几号，那么还剩下一个半月左右，时间应该还来得及。其次要解决的是北京那家公司，确保他们出局。最后要解决的是梁永成的公司，也要确保他们出局。

陈园园问周夏雨联系上了没有。张伟说："警察打电话来说，那一百零二万的案子结束了，到底怎么回事？你不会跟任小菲出卖色相了吧？"考虑到录音的内容冲击力过于强大，周杨隐瞒了一些信息，扭转了一下故事真相。

他带着轻松的神情，说任小菲确实做出了一些跨越界限的举动，但自己没有就范。真实情况是：吴真用那一百零二万要挟周夏雨和他在一起，把周夏雨和小孩哄去了香港，暂时没什么危险。任小菲会帮忙出那一百万，公司账上有五十多万，她四处找朋友，把这些年积累的关系用一用，再筹了四五十万，很快就能打到公司账上。等钱一到位，吴真没了筹码，张伟不会再有麻烦，周夏雨也就可以脱身了。

“那我们等着就行了？”张伟用勺子大口挖着红色火龙果，“以后怎么还任小菲这一百万？”

“这个简单。”周杨发觉自己进入了一种境界，一种说起谎来脸不红心不跳的状态，“任小菲不但不用我们还钱，还答应和我们合作，一起拿下园区改造项目。我们要做的，就是重新写个方案。怎么样，我们一起搞一把，杀杀吴真和梁永成的锐气。”

周杨认为自己说得天衣无缝，表现得很讲义气，张伟应该会高兴，欣喜，至少会赞成。可是他的反应十分抗拒，这是周杨没有想到的。

“你是不是想死？”张伟刚吃了两口火龙果，张嘴说话时很像血盆大口，“我宁愿还钱给任小菲，也不想和那两个人打任何交道了。”

说完，他扔给周杨一个牛皮纸信封，说：“你看看。”

是一本北方省份的文学杂志。张伟说：“你看看，你的小说发表了。”

那还是去年七月投的稿件。那时期待稿费单，可现在没有了那样的期待，也就没有了那样的欣喜，甚至开酒吧的前景也不再那么迷人。他将杂志扔在一旁，说：“我们不能再躲了。如果你在云层之下，那么总免不了被黑云压顶，被雨追赶。但如果你在云层之上，那么到处都是阳光。避开乌云最好的办法，不是左右躲避，而是往上飞。”

“这话不像你的风格。”张伟又用一种奇特的方式吃起了芒果。他将硕大的芒果切成两半，再用勺子把果核挖出来吮吸咬嚼，最后剩下的全是果皮包着的果肉，于是也用勺子挖，手一点也不会脏。他边挖边说：“这不叫躲，必要的忍耐，是对付疯狗的良策。既然夏雨安全了，我们现在应该做的事，是等她，我们四个人可以一起去云南开酒吧，开客栈。你写点你爱写的小说，我做点我爱做的大餐。难道吴真还能管到云南去？”

张伟将一大勺芒果肉喂给陈园园。陈园园说：“你是不是没跟我们说实话？夏雨姐真的没事？”

“放心，她很安全。”周杨用了一个模棱两可的回答。

“那她怎么还不和我们联系？”

“刚才不是说了吗？等任小菲钱到位，她肯定能回来。”

“我觉得还是张伟说的有道理。”陈园园说。

周杨试图用金钱说服他们：“园区改造项目可以赚大钱，前期改造投一千万，五年之内预计能赚一千万，任小菲答应分百分之二十的股份给我们，也就是两百万。”

张伟说：“我现在只想当个小老板。忘记跟你说了，前几天房东把房租和押金退回来了，云南房租便宜，开酒吧估计还能剩点。园园过两天也毕业离校了，我们去云南多好，园园你说是吧？”

陈园园说：“我觉得你说的有道理。”

周杨试图用友情说服他们：“任小菲对我们还不错，帮我们出一百万，以前工资也没少开，她现在需要我们。”张伟说：“我们以后赚了钱，加上利息还给她。再说了，我对你也还不错，我现在需要你去云南。”

周杨试图用爱情说服他们：“你不想让陈园园过得好一点？她想学摄影，出国学更好，出国学，需要钱，很多钱。”但是陈园园自己否定了。她说：“我不需要，我跟山川河流学摄影，我跟芸芸众生学，我跟飞禽走兽学。”

三人沉默地吃着水果。水果残骸和破碎细枝，将茶几堆满了。周杨品尝不到甜，只觉得苦涩。

“我还是跟你们说实话吧。”他说。

带着一种黔驴技穷的无奈，他将实情一股脑儿吐出来，包括录音的细节。周夏雨一直在追查前男友林川的死因。她和孩子被软禁在香港某处，吴真不允许她和任何人联系。只有拿到完整的录音，才能逼迫吴真放手。也只有拿到完整的录音才能永绝后患。而要拿到完整的录音，必须加入任小菲这个局。

“夏雨很危险，我们没有别的路。”他搓着手上黏稠的糖汁，“你们觉得，有别的办法吗？”

“有这回事吗？”张伟举着一颗鸡蛋大小的荔枝，用不太相信的语气问陈园园，“夏雨一直在追查你哥的死因？你知道吗？”

“她没跟我说过，我一直以为我哥是出了意外。”陈园园焦急而又惊奇，“周杨你怎么不早说！还有什么你没说的？赶紧说。”

“我都说完了。你们决定吧。”

“那还去云南吗？”张伟问。

“肯定要等夏雨姐回来再去。”陈园园快要哭出来，但这次没有哭，“周杨你告诉任小菲，如果她骗我们，我让她绝对做不成这个生意。”

没有了照片、文档、视频，所有资料必须全部重来一遍。这一天，任小菲托人约见北方地产老板贺总，而周杨三人进入罐头厂大门，拍摄一些方案必要的素材。

更老的房子掩映在更老的树下。雨水冲洗它们，阳光暴晒它们。雨水已冲洗了很多年。如果无人修葺，它们将终究破败成为泥土。可是修葺成本很高，不如重盖新楼。好比一段感情，有时只能眼睁睁看着它消失。

陈园园的摄影爱好派上了用场，她瞅着不下雨的空当，几乎是上蹿下跳地拍照。一个巨大的仓库前，巨大的拱形窗户是一张无忧无虑的笑脸。躲在屋檐下，张伟对周杨说:“写完这个方案，我真的要和陈园园去云南了。”周杨说:“挺好的。”张伟说:“你和周夏雨不去吗?”周杨说:“我要看她想去哪里，也许她会想回四川。”张伟说:“我们兄弟从此可能见面就少了。”周杨说:“有机会的。”

中午时分，陈园园还在上蹿下跳，周杨和张伟端着一碗面条，靠着厂房破败的窗台吃着。周杨心想，等我们吃完这碗面条，命运就改变了。等我们写完这个方案，这片旧厂房，这片旧厂房附近所有拆迁户的命运，就被我们两个小屁孩改变了。任小菲打来电话，通报她所掌握的情况，加深了他这一想法。

第三十二章

那天在暨大后门平房买的盗版碟一直没时间看，为了寻找灵感，周杨花两天全部看了一遍。重看了两遍《教父》，周杨得出一个结论：你无法和每个人成为朋友，只有斯杀能带来地位，区别只在于你是有原则的斯杀，还是无差别的斯杀。而往往，有原则的人更可能死于非命。当老教父定下决不贩卖毒品的准则，拒绝与毒枭的合作，也便埋下了他遭人暗杀的结局。

园区改造，便是一场斯杀。需要让两家竞标公司败退，出局。

其中一家，是北方地产。任小菲托了些关系，专程去天津拜会了贺总，大概了解了北方地产的情况。这是一家天津房地产公司，本来没打算进入广州市场。只是贺总女儿在中大读书，学的化学，却不想学了，寻死觅活，非要考美院油画专业的研究生。专业跨度太大，考上的希望很小。女孩嘛，从小任性惯了，脾气暴躁，她要干什么，当爸的都不敢否定。就想来广州搞个项目，一方面多陪陪女儿，另一方面也给女儿练练手。

周杨说："你吃顿饭，怎么把人祖宗八代都挖出来了？"

任小菲笑了，说："可能是因为魅力吧。"

"应该能搞定。"周杨想到了一种可能，"你的信息太关键了。"

"你要对她女儿下手？"

"对。你果然很了解我。"周杨说，"不过你这话说得我要干坏事似的，最多说从他女儿入手。"

"入手和下手有什么区别？梁永成那样的事我们还是别干。"任小菲说。她应该是想起了周杨不存在的堂哥，想起了录音里梁永成说的那句，"你派两个兄弟跟着他女儿"。

"那当然，不会那么无耻，也不会那么冒险。"周杨说，"你了解我的。"

得益于任小菲罕见的交际能力，北方地产公司似乎节省了很多力气，也不必冒违反原则的风险。路演方案，有张伟在，可以放一百个心。周杨不得不绞尽脑汁，思考最令人头疼的环节，那便是怎么一击必杀，让梁永成的绿海地产出局。一击必杀，并且，还不能让梁永成知道是他和张伟在背后策划。他发现，自己看过的电影和小说还是太少，心思还是不够狠，脑子还是不够用。

一直到七月底，还是没有想到什么必杀技。有原则的没有原则的都不曾想到。八月来临，雨依然没有撤退的迹象。八月三日，周杰伦出了新专辑《七里香》，听了十遍，也没有什么灵感。这天，他看了日历，农历七月初七是阳历八月二十二日，星期天，只有半个多月了。

回想这一个多月，是一种狂热的报复，一种希望渺茫的拯救，但同时，在周杨这里，也是一种可悲的证明。证明他可以对付这个世界，狭路相逢，勇者胜。任小菲说，不能让钱被坏人赚干净了。他附和。任小菲说，等路演结束，梁永成会不会大吃一惊呢？他附和。但他知道自己更想对周夏雨证明，他不同于她过往认识的任何男人，也不输于他们。

需要证明的爱，是卑微的，造作的，可周杨忍不住冒出这一想法。而此时此刻，他特别需要一个主意、一点灵感、一种计策，才能完成他的证明。

大约八月六七日，任小菲说："约了北方地产贺总二度见面，是不是可以行动了？你看还需要改改计划吗？"

周杨说："可以了，我等你的好消息。"

任小菲说："你要不要一起？"

周杨说："我还是不露面了，不想造成太大的轰动。"

给任小菲支的招，他相信是有用的。可是谁来支一招，让他击败梁永成？

吃午饭时，他征求张伟和陈园园的意见。目前而言，他只能依靠他们。张伟狠狠扯下一个盐焗鸡的后腿，说："你都没有办法，我怎么会有办法？我只负责写方案，和做菜。"

陈园园扯下另一个鸡腿，跟张伟在一起久了，她似乎越来越能吃了。嘴四周全是油，她拿纸巾擦着，说："你怎么不去找他呢？"

陈园园说的是孙子苏。陈园园说："这么久了，你们也该去感谢一下他。他鬼点子很多，说不定能给你们点建议。何况，他还是这个项目的顾问。"

周杨夹起几片麻叶，粗粝中带着爽滑，柔软里又满含韧劲，清香之后是咸鲜，一道让人欲罢不能的菜。咀嚼着，周杨想起电影里，老教父的手在脸颊上轻轻触碰两下，这个手势表示，大家静一静。他不自觉地做了这个手势，让自己静一静。

他放下碗，说："去找你孙老师。"

陈园园说："什么时候去？"

周杨说："现在就去。"

张伟说："你们去吧，我改改方案。"

进入美院，路边草木葱茏，女生们三三两两，总是那么新鲜，像树叶。陈园园混在其中，是最鲜活的一片。男生们流里流气，像藤蔓。周杨混在其中，是最干枯的一条。校门口，美术馆正在举办什么展览，一个胡子花白的艺术家从大门出来，一群男女簇拥着，如同树叶簇拥着树干。

路上，任小菲打来了电话，说："一个好消息，一个坏消息。"

女人总是喜欢这样吊人胃口吗？也许是的。

好消息很让人振奋。任小菲说，她依照周杨的设想，将墨菲创意势在必得的计划和盘托出，希望北方地产退出竞标。任小菲说，如周杨所料的，贺总用憨厚的山东口音，表达了愕然和好奇，说即使我们退出了，你们又凭啥打赢绿海地产。任小菲说，那不是我们要讨论的话题，你更应该担心绿海怎么针对你们。她开出了她的条件，正反两个条件。

什么条件？按周杨所说，一个男人可能不爱老婆，但肯定爱孩子，尤其是女儿。

按周杨所说，先释出反面条件，再说正面的。这样的效果类似于先打一巴掌再给一颗糖，糖便会更甜。或是像医生那样，说病人快死了，再说努力救治还有希望，医生便会更受尊重。

反面条件，便是将梁永成的手段说给他听，同时用一段录音作为佐证。"去他妈的，要是他不同意，你就转告他，说现在社会风气不好，互相留点面子。就说我这么说的""要是还不行，你派两个兄弟跟着他女儿"，被反复播放了三遍。任小菲说，贺总当场脸就绿了，说这是拍黑帮电影吗，怎么还有这种事。任小菲说，哪里都有害群之马。害人之心不可有，防人之心不可无，您在北方，想必这样的事见得更多。

接下来是正面条件了。正面条件是任小菲将会全力帮忙，搞定女孩的研究生入学事宜。从化学转美术，看起来很难，但有人帮忙就不一定了。要学油画，学设计，学美术史，都可以。以后也欢迎她来墨菲创意实习，从项目一开始，就可以全程参与。

任小菲说，也许出于恐惧，也许出于无奈，贺总最终同意了，她却还是有点担心，因为贺总临走时说了一个坏消息。

已经到孙子苏工作室门口了。周杨暂时中断了对坏消息的好奇。好消息给了他一丝信心，他怀着期望，期望孙子苏给出一些石破天惊的建议。

周杨看过最悲伤的被拒，是一个智利小说家写的。作家名字忘了，在一篇小说里他写道："姑娘听了他的表白以后哈哈大笑。他就动手把她给就地强奸了。动作绝望而笨拙。"周杨被孙子苏拒绝的感觉，也可以用绝望来形容。

当然，孙子苏的哈哈大笑，没有嘲笑之意。据陈园园事后说，那就是他的习惯，他经常莫名其妙地哈哈大笑，跟小孩子一样。你想想赵小林的神神叨叨，再放大一百倍，就理解了。

当时，孙子苏正在画画，脸上沾了油彩，没有一丝皱纹，唐僧那样圆润。陈园园介绍了来者何人，他看也没看，说："是你朋友？"陈园园说："是的呀。"孙子苏说："你男朋友？"陈园园说："哎呀，上次不是跟你说过了嘛，你别画了。"

坐定之后，泡了茶，表达了一番对介绍工作的迟到的感谢。陈园园说："别废话啦，你快提正事，孙老师一会儿该打瞌睡了，说直接点。"周杨便直说墨菲创意想竞标园区改造项目，希望孙老师提供点指导意见，看怎么改方案，才能出彩，以及如果要打赢绿海地产，该用什么办法。

孙子苏听了哈哈大笑，说："任小菲跟我说过的，我帮你们干什么呀？"他鼻子和脸颊的油彩夸张地往四周散开，伴随笑声，一朵鞭炮那样炸开。

"艺术是一门生意，为金钱和性爱而创作的艺术家，才是最有前途的。"孙子苏说了句莫名其妙的话，又说了另一句，"生意也是一门艺术，为了不赚钱而做的生意，才是最赚钱的。"

周杨见识了陈园园所模仿过的孙子苏的孩子气和神经质，他狐疑地看看陈园园，投过去一个"我该说什么"的眼神。陈园园说："孙老师，你，能不能，说人话呀？"

后来陈园园说，孙子苏的话，是艺术家的话。他的想法是艺术家的想法。是一块块的颜料，一块块涂抹在画布上，不到最后一笔，你看不出来他画的是什么。有时候即使画完了，你也需要站远几步，才能看清楚。

当时，听了陈园园的话，孙子苏说："我不是人吗？"

陈园园说："您是最可爱的人。"

孙子苏好似突然想到一道数学题解法的高中生那样兴奋，说："你刚才说你跟他是朋友吧？"

陈园园说："当然是啊，不然我会带他来找你这个老头儿吗？"

此时此刻，周杨确实听不懂孙子苏要表达什么，但他只能听下去。

孙子苏露出熊孩子般的笑："那我跟你们说一下老曹的事。"

"又说他的故事啊。"陈园园撇了撇嘴。

孙子苏说起他和经纪人老曹的故事，说得颠三倒四，确实像一块块颜料往画布上堆，不过等最后一抹颜料堆完，就清晰了。

梳理一下，他说的是为什么和老曹的画廊签约，并且对老曹拿他的名头圈钱睁一只眼闭一只眼。

那时老曹还是一家国企的高层，和一些广告公司对接，分发些业务。按照传统企业惯常的生意模式，广告公司自然要巴结，送钱，偶尔也来个美女公关，老曹都不为所动。后来得知他喜欢艺术，有人便买了孙子苏好多幅画送给他。那时画也便宜。可有一天，老曹找上门来，把大部分画退还给了孙子苏。孙子苏当时很不解，以为他是害怕东窗事发，来退还受贿的物品。但老曹说了句让他大吃一惊的话："艺术家年轻时总是随便卖画，到后来，最得意的作品，却往往不在自己手里。你的画以后肯定很值钱，我留一两幅，已经足以抵扣价格了。"

前几年，老曹从国企辞职，说要找回人生价值，办画廊，孙子苏二话没说，和他签约。

"你们知道我当时怎么想的吗？"说完了，孙子苏问。

"精诚所至，金石为开？"周杨说。

"不是。你不喜欢一个女人，她再怎么追你你也没感觉的呀。"

"你说得太对了，老头儿。"陈园园附和。

"知恩图报？"周杨问。

"不是，有恩，可以用另外的方式报答，但是长期的合作，不能靠报恩来维持呀。"

"因为他懂你。"陈园园说。

"也不全是。"孙子苏吐出一个个烟圈，"听说过风动幡动的故事吗？"

话题似乎又要偏移到比远方更远的远方了。周杨只知道这故事发生在广州光孝寺，六祖惠能曾在此讲经。陈园园试图拉回来，说："你能不能直接给我们出点主意，老头儿？"

"我正在给你们出主意呀。"孙子苏说，"惠能说不是风动，也不是幡动，是仁者心动。你们刚才说的都是风和幡，都没说到心动上来。我的心动你们说是什么？是信任。我信任老曹。他当年都能把画还给我，那未来一定不会使什么手段。我也信任他的眼光，在我还自我怀疑的时候，他认可我。当然了，我也信任他这么多年的人脉和能力。”

“我看老曹是发现你的模特竟然是自己，才退回给你的。”陈园园说。

周杨似乎懂了。一幅画的初步轮廓显现了，可还需要最后几笔。

“你还没明白？”孙子苏惊奇地问陈园园。

“这跟我们竞标有什么鬼关系？”陈园园说。

孙子苏最后添上了关键的几笔，像是用刀往画布上刻，很直接，很劲道。

他说：“为了金钱和女人，我才有兴趣做艺术呀。”

他说：“老曹不指望赚我的钱，所以他才赚了大钱呀。”

他说：“任小菲又不是老曹，我又不是她的朋友，那我怎么可能花很多力气帮她呢？要找最信任的朋友帮忙呀。”

陈园园说：“不用你花什么力气，到时候你帮我们说几句好话嘛。”

“你们刚才说的是打赢绿海地产，又不是要我帮你们说好话。这两件事差得很远的好吧。”

“那你答应了。”

“既然他们是你的朋友，那我至少也会当半个朋友的呀。”

出门时，陈园园说：“你听懂了吗？艺术家说话是这样的。”

周杨说：“我懂了。第一不要想着赚钱。第二要找最信任的朋友帮忙。”

陈园园说:“那你有主意了?”

周杨说:“可能有了,我还要静一静。”

陈园园说:“还有,成功,可能有一些别的代价的。”

周杨说:“我知道。”

陈园园说:“项目一结束,我和张伟真的要去云南了,他催我好多次了。”

“挺好的。”

“那我们以后就不能经常见面了。”

“以后我可以经常去找你们玩啊。”

电话响起,任小菲即将说起中断的坏消息。

第三十三章

农历七月初七下午两点，便是竞标路演，最后一战。

路演选在元村乞巧文化节现场。各种小贩倾巢而出。隔那么几步远，便站着一个带棍的联防队员，那二十一世纪初特有的红袖章比迎风摆动的红灯笼更为鲜艳。那棍子不知是什么材质，比木头沉重，比铁要轻。

新上任的新领导，要搞些新花样，恰逢湖南卫视举办了首届《超级女声》，风靡南北，便把竞标搞成了路演，把内部投票，变成了专业评委加现场市民综合评分，主办方还邀请了超女来演出。

从元村祠堂，一直延伸到罐头厂旧厂房。祠堂是起点，临时搭建的路演舞台是终点，途中是漫长的游园路径。它们共同围合出的辽阔战场，正屏声静气，等待厮杀。

从中午开始，周杨就在确认每个细节。他问张伟："方案确定改好了吗？"张伟说："改完了，改成不赚钱的了。你那边呢，没问题吧？"周杨说："尽人事听天命。"张伟说："我心里很慌，我们去光孝寺拜拜吧。"

"你去光孝寺，我去现场。"昨晚，在入睡前，有一件事使周杨震惊，那便是他终于完全没有了恐惧的慌乱。不再害怕梁永成和吴真，也不再害怕周夏雨回来之后，发现自己是那个原地踏步的十二岁男孩，等着别人来关怀，来照顾。他舒舒服服地入睡，并精神饱满地醒来。看着镜子里的自己，他想，从今往后，我要毫无悔恨地生活了。

“你还是跟我去光孝寺吧，别让吴真他们知道。”张伟说。

“不用怕。”周杨说。

“你很平静，”张伟说，“但我很心慌。你还记得我们聊过的爱情理论吗？我怀疑出了点问题。”

“至少前三层境界没毛病。”

“这是我有生以来第一次这么不安。”张伟还是决定听从潮汕人来自血液深处的建议，“我要去光孝寺拜拜，祈祷平安，求个心安，消除点业障。”

“第四层你到现在还没说，你都快要去云南了，不准备走之前传授给我吗？”

“我的不安，就是和这第四层有关。”

“还以为你是担心项目失败。”

“我相信你。”张伟说出这句周杨经常对他说的话，“其实第四层，你应该体会到了。我给它取名叫‘佛跳墙’，有点草率了。”

一间寺庙总要找个古老的源头、古老的传说。一个节日也是。张伟进入光孝寺佛堂时，周杨正跨入喧嚣的乞巧节。张伟是为了心安，周杨是为了更为心安。祠堂两侧，摆放着一列纸板，解释乞巧节的来源如何久远，如何浪漫，又如何悲伤。

纸板上的故事，从汉代至今，从文言到白话。最后一块，印着清末民初举人潘名江的《珠村七夕吟》：“珠村大祠堂，要摆大七娘。小女勤乞巧，男儿换靓装……”

时间成就一切，将牛郎织女两颗星宿化为人类，将平淡故事变为浪漫悲剧，将浪漫悲剧转为节日狂欢。

人们各取所需。长辈们取故事前半段，把织女当作劳动能手，因为她能在“十日之内，织绢百匹”，便向她“乞巧”，乞求心灵手巧，乞求姻缘巧配，发家致富。年轻人取中段，将牛郎织女当成浪漫仙侣，为七夕这天约会寻找理由，制造机会。商家们则顺应所有需求，把所有节日演变为购物的借口。而生活本身却往往验证了后段，求不得，爱别离。

人们都得到了满足。祠堂中庭的供案上，摆放着上百件手工品、剪纸彩灯，让人眼花缭乱。长辈们醉心于传统的米花、谷花、斋塔、牌坊、鹊桥。姑娘小伙指着织女牛郎的纸灯，认为他们不够优雅，不够俊朗，但气氛是有的。

乞巧仪式的高潮即将来临。

另一边，光孝寺的大门不像法门寺那么巍峨，随随便便地建在那里，建在闹市车流里。大殿可以说简洁，侧殿甚至可以说简陋，像几只小动物躲在树丛之中。没有烟雾缭绕，只有花香飘扬。唯一让人生出历史浩瀚之感的，是那棵见识过惠能讲经的菩提树还在。

菩提树在大殿一侧，好似一个戴斗笠的干瘦农民看着庄稼一样看着来往的香客，好似一个朋友远远地对他们挥动一千只手，在说，来了，坐吧。

张伟进入大殿，僧人们席地而坐，在木鱼声中诵经，在阴暗的光线中诵经。在佛像之前，张伟想着“佛跳墙”。

融合了二十八种食材，鲍鱼、海参、鱼唇、牦牛皮胶、杏鲍菇、蹄筋、花菇、墨鱼、珧柱……融合了二十八种味道，甜、咸、浓、香，经历许久的煎熬。好比男和女，年轻的男和女，不知道因为什么在一起，不知道因为什么而分离。需要完全信任，交换本性，交换灵魂，才能浑然一体。需要犯很多错，每时每刻煎熬，才能获得完成一种使命般的快乐和宁静。

“相比之下，我的痛苦无足轻重。”出门前，听完张伟的阐述，周杨说，“这段时间太他妈荒诞了，还好都快结束了。”

一位年老妇人正在跪拜，双手合十，念念有词。有贵宾模样的人在参观，黄色袈裟的和尚正在轻声讲解寺庙的由来、法门奥妙。殿内是另一个宇宙，这里的时间很沉，很静，很缓慢。那贵宾模样的人问：“师父，您知道‘自律’两个字怎么来的吗？”

寺庙里是逐渐沉重的安静，而元村那遥远的乞巧节已进入爆裂的高潮。那是“迎七娘”的仪式。烈日高悬，锣鼓琴弦中，青烟袅袅里，年高发白的“乞巧婆婆”，带着妙龄貌美的“玉女”，手捧十宝、巧品、鲜果，迎接“七娘”。玉女们献礼敬茶、焚香祈祷，恭唱着乞巧歌：“小香炉，冒高烟，我请七仙下凡间。不爱姐姐好绒线，但求给双巧手段。”

旧厂区沿路两侧，厂房的灰，映衬用尽所有颜色的巨大纸灯玩偶和密密麻麻的红灯笼。联防队员手中的棍子，连成无形的堤坝，让人潮在合理范围内流动。各类古老的玩意儿，年画、剪纸、骨雕、点心、粤绣、彩瓷、佛珠、仿古的玻璃杯、散见于全国各地旅游景区的纪念品。主办方煞费苦心，营造出一种古今杂糅的热闹。满园嘈杂的声浪，情侣们窃窃私语，孩子们打闹。每个人脸上洋溢的，不是笑容，便是惊奇。

唯有周杨是平静的，像那些纸扎的古人。一群穿汉服的少女，摇着团扇，引起了所有人的侧目。她们是准备参加路演节目的。

那是周杨此前给梁永成写的方案里的一项。

路演即将开始，舞台背景是巨大的LED屏幕，正滚动播放有关乞巧节的画面和旧厂房改造的项目介绍。台下满满当当坐了约两百人，是从几千个报名者中抽出来评分的市民。

演出嘉宾唱了一首《酸酸甜甜就是我》，又唱了一首别的歌，成功吸引了里三圈外三圈的人。之后便是竞标路演了。一共三家企业——北方地产、绿海地产，还有任小菲的墨菲创意。

梁永成和吴真神情泰然地坐在第一排。梁永成还戴了个棒球帽，可能为了遮阳，也可能为了显得和年轻人更为接近。吴真的长头发不适合户外使用，被风吹着，他必须时不时甩头，才能露出完整的脸。

每家宣讲和问答时间，各三十分钟左右。绿海地产的路演严重超时，耗费将近四十分钟，方案基本沿袭了周杨和张伟此前的策划，主题定位为非遗文化体验中心，将传统文化时尚化。

汉服舞团表演是路演的前奏，也是未来常设的节目，是将抽象的文字化为画面，告诉你什么是时尚的传统，什么是时间的美。随后，是一个视频，应该是吴真公司新制作的。每栋厂房化身为人物，用第一视角，讲述自己的前世辉煌、今生沧桑，以及未来如何破茧成蝶。最后是商业展望，是详细的业态分布，运营规划。

在多次潮水般的掌声之后，吴真上台宣讲。不得不说，他的头发经过梳理之后，显示出不容置疑的艺术气质，而他矮而结实的身材和手上的佛串，又给人难以言表的沉稳之感。

他的发言很扎实，很贴近时事。他说，今年四月，文化部、财政部刚刚联合发出《关于实施中国民族民间文化保护工程的通知》，这个月，中国决定加入联合国教科文组织的《保护非物质文化遗产国际公约》，这个园区，将是中国第一个非遗文化体验和保护中心。

这种飘逸和沉稳的结合，是恰当的，给人信心，是一个惊叹号，完美的结尾。

提问很热烈。熙熙攘攘的人群掌声很热烈。有领导提议说："我们休息一下吧。"随后，领导们凑在一起商议着什么，轻声交谈，频频点头。周杨额头的汗珠开始变大。

年轻人爱躁动和狂欢，而老年人爱沉静的欢喜。寺庙里像张伟这么年轻的人不多，年老的妇人念念有词之后，对他说："小伙子，求姻缘?"张伟想着路演那边的情况，还想着明天即将离开广州，心情沉重而慌张，回答说："什么都求一点。"妇人说："不要那么贪心。"

张伟其实从未拜过菩萨，不知道那些泥塑和木雕能不能真正带来开示。

旁边，黄衣僧人正回答那大腹便便的中年贵客的提问，说："还请明示。"中年贵客说："自律也是来自佛家的话，记得有句偈语是'当勤精进，如救头燃，但念无常，慎勿放逸'。"僧人说："六祖惠能有话，'佛法在世间，不离世间觉。离世觅菩提，恰如求兔角'，佛门是人间的佛门，不是天上的宫殿，许多方法和道理，都是相通的。"

中年人又问："佛门讲善恶因果，可是现实往往是坏人颐养天年，普通人应该怎么看因果报应?"

僧人说："知耻而敬畏，敬畏或可自律，自律或可明性。"

张伟在蒲团上跪拜默念了许久，他的愿望十分烦琐，也十分急迫。有工作人员示意他该起来了，因为贵客要来参拜了。中年男人说："不要赶别人，我们再等等。"张伟不情愿地挪到侧边的蒲团，斜了一眼中年男人。佛门之内，众生也并不平等，但众生的苦是平等的。

僧人接着说："如果一个人想起了因果报应，说明他知耻了。如果他相信了因果报应，说明他敬畏了。敬畏了，便还是可救药的。"

听到这里，张伟被更多的担忧压迫，被殿内沉重的安静按压、逼迫，要在那尊塑像前跪得更深，伏得更低。他不知道他和周杨做的事是善，还是恶。不知道这一天将要发生的，是什么因，会种什么果，会得到何种性质的报应。

客人又问："常言道，杀人放火金腰带，修桥补路无尸骸。如果人做了好事，能不能真的消业障呢？"

周杨额头满是汗珠，因为热。领导还在小声讨论。趁这个空当，他绕过去找主持人，确认主持人拿到了那张手卡。

主持人示意可以开始了。评审们的神情像演出结束，准备退场。

一个Cosplay舞团，从屏幕背后步入舞台，一群摄影师端着相机靠近。陈园园在2004首届广州漫展认识了这帮Coser，她坚持她们是未来文化的象征，如果园区要做成年轻人的目的地，那没有比她们更合适的了。

Coser们站位完毕，周杨有点后悔请她们来，因为无论是妆容还是服装，都非常简陋，尴尬到可以让你咬破嘴唇，或闭上眼睛。

只能期待人们对新事物有足够的包容度。只能期待自己那点小设计能扭转不良印象。

主持人介绍："第二场竞标的企业，是墨菲创意。在宣讲之前，他们将表演一场舞蹈。”

动画《火影忍者》的主题曲*NARUTO Main Theme*轻声响起。主持人继续介绍着：“《火影忍者》是这两年风靡全世界的日本动画，这首背景音乐，*NARUTO Main Theme*，是让人热血沸腾的舞曲。很多人不知道，吹出这首激昂的旋律的，是一种古老的乐器——尺八。其实这种乐器源自中国，唐宋时期传入日本，后被日本改良。更多人不知道，兴盛于唐式微于宋的尺八，在‘南音’中始终是举足轻重的灵魂级存在。咱们广东的潮州音乐，就传承自南音，也一直使用这种乐器。让我们期待，这种古老乐器和年轻人的潮流会碰撞出怎样的火花。”

每个字周杨都能背出来，重点是最后两句。周杨写完每个字，做成手卡，无论如何要交给主持人。他庆幸主持人一字不落地读了出来。因为台下坐着的十位评审，至少有五位来自潮汕。潮汕人共同的特点，除了周夏雨所说的会做生意，爱搞艺术，会搞关系，还有一点她未曾言及，甚至这一点，才是潮汕的核心，那便是：固执地迷恋潮汕本身。

吴真满脸诧异，扭头对身后一排的任小菲说：“任总，你们这是玩什么呢？崇洋媚外，有用吗？”

任小菲笑了笑，说：“陪标也要认真一点嘛，群众的眼睛是雪亮的。”

吴真又说：“你会不会害了周杨？”

任小菲说：“他成熟了许多，不是吗？”

光孝寺殿内，诵经声音开始变大，但依然压不住张伟内心的恐惧。周杨那边怎么样了？北方地产说的坏消息能解决吗？他跪得更低了。贵宾模样的客人走远，转到了佛像背后，声音依稀传来。

僧人说："善因终有善报，恶因也终有恶报，但并非一定报应在具体的人身上。好比阳光均匀地照在万物身上，好比空气均匀地呼吸在每个人嘴里，好比广州这么大的雾霾，也是吸在每个人的肺里，好比钞票，兜兜转转还是回到你手里。恶，在时空中演化，会逐渐放大，但也会因为善的消解，得到稀释甚至消失。"

客人问："怎么叫演化，怎么叫消解？"

僧人说："举个例子，好比最近那个姓马的大学生杀人事件，小时候受了欺侮歧视，一路无人化解，时空累积，终于酿成悲剧。而如果在某些节点上，他受到关怀、帮助，会不会不一样呢？"

客人问："我想给庙里做点善事，能不能算善因？"

僧人说："善因多了，光明便多了，恶因多了，黑暗便多了。有权在位的，可以造福一方，可以服务人民。口袋有钱的，可以广散钱财，泽被众生。平头百姓，可以修心养性，不造恶业。"

客人问："庙里有没有什么需要？"

僧人说："庙是众生的庙，给庙里做善事，众生受益。"

客人问："具体可以做些什么呢？"

僧人说："光孝寺准备来年修葺，经费大约还有缺口。"

客人问："如果一个人出于善心，却做了坏事，那他算是种善因还是恶因？他能得到善果吗？"

…………

其声渐远。僧人有没有回答这个问题？这个问题有没有答案？菩萨眉眼低垂，昏昏欲睡，似乎也听不到张伟的疑问，听不到他在说，菩萨保佑，我们今日所为，皆出于善心，是不让坏人再造恶业，请勿怪罪，别惩罚。

少女们起舞。背后是一座密密麻麻爬满青苔的六层红砖家属楼。家属楼像一片浑浊的大海，少女们像飞舞的海鸥。周杨有点恍惚，她们怎么突然美不胜收起来，即使她们穿着最廉价最恶俗的表演服。当她们舞动身体，眉目传情，这一切都不重要了。所有人仰头，张嘴，惊叹。

屏幕上放着《火影忍者》的画面和台词，密集的人群往这边聚集。

这是张伟的新方案，不赚钱的方案。

无数个夜里，他拉着陈园园，一帧一帧地看《火影忍者》。对此，周杨说："你们必须每天黏在一起吗？"

张伟说："是的。如果我们不黏在一起，那我会唾弃自己。"

在无数画面中，张伟安安静静地选出让他心潮澎湃的段落和台词。就像吃最好吃最高级的食物时，总该安安静静的。张伟认为他在烹饪此生最拿手的一道菜。

第一声尺八响起，屏幕上端出一道前菜，一句台词：

人是为了某种目的而降生的，我坚信，活着便有重要的使命。

——君麻吕

第一小节结束，屏幕上第一道主菜：

我要去战场，我不会让这忍村，还有鼬，归于虚无。

——宇智波佐助

第一段高潮结束，第二道主菜：

我理解你们的做法，但不代表我会与你们同流合污。

——旗木卡卡西

女孩们继续海鸥一般舞动，天蓝得像一块巨大幕布，退得更高更远，为了腾出更大的空间让海鸥们舞动。张伟的烹饪一道道端出。有几十名摄影师，开始往舞台前移动，拍照。这些都是陈园园请来的朋友，也可以说是托。后排一些人跟着节奏鼓掌。时间不长，但效果令人惊诧，第一排就座的人回头往后看着，不明白为什么有这么大的动静。

容忍他们对年轻世界的不解吧。容忍他们的缺乏远见和不够敏感。音乐接近尾声，女孩们在最后一个音符一跃而起，打开手中的扇子。扇子组成一句话，屏幕上同时从空中砸下这句台词：

人在想要保护什么的时候，就会变得强大。

——白

一道完美的甜点结尾。掌声如同海潮。妈的，周杨想狠狠地脱掉上衣，绕着整个旧厂房跑一圈，并且他肯定，自己一旦跑起来，就停不下来。

僧人的诵经声如同鸟群，密集而响亮地占据天空，像是诵经也有起承转合。诵经声将张伟全部淹没，将他的许愿全部淹没，让他直喘气。他心里更大声地念祷着。祈求诸事顺利。祈求可以赚到钱，够花就行。祈求陈园园健康、快乐就行。最好明早能对他说一句，快点起床，我们要去云南了。也祈求周杨和周夏雨破镜重圆，从此安全、满足，再没有眼泪和猜疑。

诵经声要将他压垮了，他的膝盖疼痛，小腿酸胀，大腿麻木。僧人将他拉起，说："你拜太久了，菩萨也管不了你那么多愿望。"张伟说："我只是求个心安。"

那边也快结束了吧？张伟等待周杨的电话。他跨过门槛，从浓重的阴影回到暖和的阳光里，用力揉着眼眶，适应强烈的光线。那边会不会打起来？会不会有什么不可预知的意外？

如周杨此前所预计的，一个热烈的开场，一把火，少女们的舞蹈，将评委们此前的记忆全部烧尽。

后面的讲述当然也很重要，但相比之下，已经轻松很多了。周杨说服任小菲，让他上台，他将面带喜悦，让梁永成和吴真成为笑柄。

经过吴真，他拍了拍这个用手拢住头发防止发型被吹乱的中年男人：

"等会儿结束了，我们谈一谈周夏雨的问题。"

"有什么好谈的，不就是男男女女那点事吗？"吴真摘掉眼镜，黑眼圈暴露在阳光之下。

"不是我和你的问题，我们是没什么好谈的。"

"我就说嘛。我们该谈的早就谈完了。"

"是你和她录音的问题。"

周杨看到任小菲挺立的身姿、饱满的臀部，她构成了这个美丽下午的一部分。不自觉地带着一种没有由来的蔑视语气，他说："我们是家小公司，这一点很明显。另外两家是大公司，这一点更加明显。他们的方案，听起来也很有商业前景。既然如此，我们来干吗？我们来，是想提醒一件事：如果只是要赚钱，那不如直接推倒，盖房子，盖别墅，这样不是快多了吗？”

周杨看到吴真把握在手里的眼镜展开，重新戴上，斜眼瞥过来。梁永成将棒球帽摘下，半张着嘴，如同一个处于愤怒状态的雕像。音箱刺耳地响起来。短暂的意外，周杨短暂地等待，调整了一下语气。他朝着吴真友善地一笑：

“一代人有一代人的奋斗。这片厂房，代表这个城市上一代的奋斗和梦想。开场舞里，有一句《火影忍者》的台词：‘人是为了某种目的而降生的，我坚信，活着便有重要的使命。’让罐头厂这片土地，成为上一代梦想的博物馆，成为新一代梦想的代名词，这便是这一代人的使命。”

上学那会儿，国际大专辩论赛很时髦，学校也搞了不少。周杨对于激烈的攻防不擅长，但对于总结陈词很有一套。虽然那些辩题都不太值得辩。

按照惯例，最后播放了效果图的动画。赵小林出手，免费完成了这一环节。“艺术喜欢严整与和谐，而‘一般’却喜欢杂乱无章”，赵小林玩了一把很久没玩的艺术，粗略说来就是把其他人的方案都变成了金狗屎。

“梦想永远新鲜。”待掌声完全落下，主持人请第三家竞标企业上台。

一阵大风吹来，树叶哗哗直响。一架巨大的花灯歪斜着倒下，周杨盯着舞台，不知北方地产会不会兑现承诺。

北方地产上台时，有一百来人靠近了舞台。他们貌似游览的村民，也像等路演一结束便打扫战场的工作人员，队伍松散而又流畅。抱着棍子的联防队员们，被太阳晒得东倒西歪。

队伍之首是朱红旗。

那天，当周杨从孙子苏工作室出门，回想到底有哪些人可以互相称为朋友。

朋友并不多，但够了。

他在公交车上拨通朱红旗的电话，说：“生意怎么样？”朱红旗说：“钱我准备得差不多了。”周杨说：“有件事想找你帮忙，不过不是钱。钱不需要了，不仅不需要，我们还要赚大钱。”

朱红旗召集了那些多年前被骗的村民。

村民每人拿着一沓报纸，是刘梦找晚报做的报道，标题是《知名地产商是怎么起家的？哈白兔骗局下的悲惨故事》。晚报下午三点出摊，时间点好，打个措手不及，更有戏剧效果。朱红旗还写了控诉的传单，传单上印着当年的新闻，印着骗局的经过，印着几百名村民的手印。

朱红旗剃光了胡子，因此不那么像坏人了。那些传单是粉红色的，报纸是黑白色的。报纸和传单覆盖了道路，甚至掩盖了灯笼的红，掩盖了牛郎织女的爱情。粉红色的潮水蔓延，蔓延向舞台下的两百人，又往第一排蔓延去。粉红色最终覆盖了整片园区。粉红色的纸和黑白色的报纸混合成一种暗棕色，这种暗棕色爬上了梁永成的脸，爬上了每个评审的脸。

相当长一段时间里，梁永成不知道自己已经成了一个大明星。周杨被吹来的灰尘迷了眼睛，用手搓着眼睛，几乎流下泪。等他放下手，看到吴真把脸凑过来，一侧头发像一片黑色的舌头，几乎要舔上他的脸。吴真说：“挺厉害的啊！不过，你知不知道，这次要求得标的公司马上交一千万保证金？你交得起这个钱吗？会不会最后我俩鹬蚌相争，北方地产渔翁得利？”

一千万，问题就出在这里。这便是北方地产此前转告的坏消息。

周杨笑了笑，说：“我知道啊。我高兴。”

吴真说：“你高兴可以，别让别人太不高兴吧，这个关系要把握好不太容易。”

周杨忍不住说：“等你听到录音，再来考虑高不高兴的问题吧。”

吴真说：“什么录音？”

周杨说：“你老板跑了，你还不去追？”

有领导提前离席，拂袖而去，梁永成追着上前，吴真也紧随其后。孙子苏还嬉笑着看着人群，像个浑小子，越乱越高兴。北方地产贺总的宣讲要结尾了，这位宠爱女儿的中年老板看了一眼任小菲，任小菲对他笑了笑。

“可能是因为魅力吧。”事后任小菲说，“贺总结尾说了一句话，说，鉴于墨菲创意的方案过于优秀，我们的方案就不多说了。我们希望能够直接投资墨菲创意，好了，我就讲到这里。”

第三十四章

本来故事到这里该结尾了。竹升面的大锅里咕嘟咕嘟沸腾，升腾蒸汽，很适合当成故事结尾的一声叹息。

竹升面店老板是个二十几岁的女孩。墙上挂着她辞掉公务员创业开店的报道。她奶奶去世后，留下酥炸鱼皮的手艺，为了纪念奶奶，她给这份最受欢迎的鱼皮起了个长长的名字，叫“不是祖传秘方只是奶奶的手艺炸鱼皮”。任小菲吃了一大碗面、两份炸鱼皮，还说不饱，怎么也吃不够，说周杨上台时，她在台下紧张得快晕倒了，说她小时候最喜欢傍晚的时候吃面。武汉的热干面拌上花生酱、酸豆角，加一点榨菜粒，拌上女老板的叫卖，拌上咻溜咻溜吸面条的声音，那便是童年。

这家中华广场旁的竹升面店里，周杨和任小菲讲述了乞巧节现场的热闹和路演现场的慌乱。张伟讲述了在光孝寺如何祈祷，他认为菩萨为路演成功发挥了一定作用。他们本应更大张旗鼓地庆祝一番的，可是陈园园说她突然想吃面了，想在离开广州前，吃一顿正宗的竹升面。

“算是我的一个请求吧，”她说，“可能这是我最后一次吃竹升面了。”

“不吉利，呸呸！”张伟说。

面店墙上，几张照片印着竹升面的制作流程。碗口粗的竹筒，千万遍地来回滚动，将加了鸡蛋的面团，轧滚成筋道柔韧的面条。周杨认为自己应当和面条一样感谢这样的竹筒、这样的轧滚和碾压。

虽然是面店，也是有酒的，绿瓶的珠江啤酒，两块钱一瓶。饭局的灵魂，不是菜，而是酒。酒是一种神奇的物质，既能代表财富，也能代表心意，既能打通关系，也能破坏感情，具备了物质食粮和精神食粮的双重属性。酒后才能吐真言，酒后才能开玩笑，或者准确点说，酒后才方便用玩笑般轻松的口吻，把该办的正事提出来，把不好意思的歉意说出来。

竹升面店的装饰很广州，音乐却很国际。几首“枪花”的歌曲之后，那首平克·弗洛伊德的*Wish You Were Here*蹦出来，加深了这家面店和周杨命运的关联。歌里唱着：“How I wish, how I wish you were here。We’re just two lost souls swimming in a fish bowl……”

歌声里，张伟诉说着他的人生大事，对小酒吧的设想。只是不知何时，这个设想里已没有了周杨。他说他明白了，每个人各有使命，他的使命，就是无休无止地和陈园园做一些小事。他将在秋天的云南，完成酒吧装修。啃一口云南的秋天，再喝一口大理的啤酒。“宇宙中心小酒馆”将在秋天诞生。开业那天，他将邀请所有朋友，包括在座各位，办一场真刀实枪的行为艺术，纪念这一年多在广州的光辉岁月。

要在院子中央，摆一张巨大的德州扑克牌桌。所有人都能参与，来一场名为“佛跳墙”的赌局，以名誉、金钱、幸福、天赋、梦想、运气、身体、健康等二十八种重要事物为赌注，直到每个男人输光梦想，每个女人输光幸福。直到每个男人醉倒在酒里，每个女人醉倒在男人怀里。

就是这样，酒吧成为狂欢的盛宴。一杯一杯下去，张伟明显喝多了，忙碌的女老板过来收酒瓶，张伟对她说：“美女，留个电话号码好吗？”老板说：“小心你女朋友把你踹了。”张伟说：“美女你听说过爱情的四层境界吗？真的爱一个人，是让她相信，哪怕有一天，你不爱她了，她也不再害怕。”陈园园没有骂他，也没有瞪他，而是笑得眼睛眯起来，说：“张伟，我发现，你比周杨还能扯。”张伟说：“你不觉得是这样吗？”

朱红旗也不甘落后，描绘自己的雄图伟业，说他已经摸索出了一种新的模式，把能干的几个员工发展成了合伙人，事业版图正在迅速扩大，甚至让他有点把握不住。

赵小林对任小菲说：“你们这园区以后应该会做几个艺术家工作室吧？给我留一个有没有问题？”

何水说：“我看还是做个音乐空间，你那种架上艺术，开幕就是闭幕，没什么人看的。”

赵小林说：“你不懂。看演出的，是小年轻。来看展览的，能收藏画的，是有钱人，才买得起房。”

何水说：“你一个艺术家，怎么老谈钱？”

赵小林说：“为金钱和性而做，才是真正的艺术家呀。”

何水说：“这他妈又是谁的名言警句？”

赵小林说：“孙老师的。”

刘梦说：“你们别吵了，大家都是要发财的人了。哪个有钱人，会为理想是什么和别人争来争去的？除非理想能卖钱。”

朱红旗说：“你这么说不太对撒，报社不是很有理想的地方吗？”

刘梦说：“报社没钱开得下去吗？”

气氛可以用美好来形容。周杨也想说点什么高兴的话，可他关心的只有一件事。他问了任小菲录音什么时候给他，任小菲说等你喝醉的时候，等夜深人静。她的意思是继续喝酒。他又问：“我们是不是早点结束？”

可是张伟不想结束，陈园园也不想结束。陈园园说以后没机会这样喝酒了，她要把一年的额度都用完，把十年额度都用完。一杯又一杯，至少有十瓶啤酒像是水一样流进了张伟的肚子里，仿佛那肚子是个沙漠，酒倒进去连表面都没有湿润。张伟说：“明天我们就要走了，那今晚无论如何也要喝醉。”

后来，朱红旗说：“去你们店里喝好了。”任小菲说：“我不想回那里，咱们去广场喝。”她露出不常见的多愁善感，说：“在武汉，大家都光着膀子，在街上喝酒。伴着吵闹声、车声和笑声。”

广场响起烟花，喷射在空中。烟花喷射成“七夕快乐”的字样，照亮夜空和被夜空遮掩的人，照亮高楼和高楼之间的暗处。

广场上全是人，各种各样过节的年轻人，情侣手拉手，依偎前行，或者静立不动，仰头看烟花。还有很多不过节的人，尼姑和和尚出售平安符，常驻这一带的乞丐和流浪艺人争夺人们的好心，用棕榈树叶编制昆虫的中年大叔高声吆喝。想回家的，想出门的，想喝酒的，想哭想笑的。他们听到有人对着烟花呐喊许愿，期许能赚到无数的钱，遇到心爱的人，做无比喜爱的事。听着他们的愿望，周杨感觉自己也成为愿望的一部分。

远处的高空中，烟火猛然炸开。巨响，灿烂，逐渐熄灭，传来回响。像是那年有人拉破了猫窝酒吧的门，玻璃爆裂，溅碎，随后是一片沉寂。

接下来应该大睡一场，应该等待太阳照常升起。醉归明月夜，醒来春风时。周杨想到了更远。一周之后，就是中元节。那时应该可以回一趟家，给妈妈烧些纸钱纸衣。可以正式说一声：我一切都好。

如果是这样，那便没有逃离，没有悲伤，没有后悔，没有随之而来像是报应的遭遇。

接下来的回忆是痛苦的，凌乱的，类似大醉一场后破碎的梦境和猛烈的头痛感。

也许该先从两条短信开始，一条很短的，和一条长长的。凌晨三点左右，任小菲打车，把周杨捎到了楼下，说："你能上楼吗？要不要我送你？"周杨问："录音呢？"任小菲说："好好睡一觉，明天醒来就有了，你真的不用我送你上楼吗？"周杨说："不用，四层楼梯，我，还是能爬的。"事实上，他在一楼靠着栏杆躺了十几分钟。用力爬上二楼时，来了一条信息，他没有看。爬上三楼时，又来了一条。

是陈园园发的。只有三个字：睡了吗？他歪坐在楼梯上，眼皮沉重地回复：快睡吧，明天一路顺利。很快收到回信：你可以挽留一下我吗？周杨不知该如何回复，便去看第二条。

很长，大约有三百字，是任小菲发的。三百来字，这一小会儿编不了三百字，那么，是她早就编好了短信，只是这会儿点了发送。看完，周杨的酒几乎全醒了，但精神醒了，身体还没有醒，踉踉跄跄的，并且迫切地要吐。短信说了一大堆抱歉的话、一大堆解释的话，但核心只有几行字，或者说几个字："很抱歉……我并没有更多的录音了……真的很抱歉……希望股份给你多十个点……我知道抱歉没有用……我知道难以弥补……我会想办法帮你找回周夏雨……"

第三十五章

周杨难以抑制地吐在楼梯上。他爬起来，去开门。沙发上那只企鹅玩偶，瞪着大眼睛，像遇到了破门而入的坏人而感到惊惧。跑去厕所，继续呕吐。吐完后，他怔怔地看着马桶。按下冲水按钮，竟然没有水。生活就像一团呕吐物，还不能冲走。瘫坐在马桶旁，他艰难地回信息：我知道了。

除了说这四个字还能怎么样？大喊大叫吗？破口大骂吗？痛哭流涕吗？他只能瘫坐着。可是他想坐着也不行。电话响起来，是陈园园的。为什么还要打电话来呢？去云南就赶紧去吧，去过你们的神仙日子不就好了吗？他不接。电话顽固地响着，紧接着响起了敲门声。不，是捶门声。他挣扎着想坐起来，电话铃像是一条绳索，他抓住这条绳索。

屏幕又跳出一条短信，陌生号码，两个字：快跑！两个字像是绳索上的结，他爬起来了。

电话铃声还在响，接通了，那边“啊”地尖叫一声，随之挂断。再打过去已关机。

捶门声越来越重，已经是用脚在踢了。夹杂着粗话，夹杂着骂骂咧咧和虚张声势的威胁。声音不像广西帮的口音，而是东北话。谁找上了门，谁告诉了他们地址？来不及想了。爬起来。从露台出门，反锁露台的门。月光照亮露台。月亮像盏探照灯，不怀好意。第一道门似乎正在发出裂开的声响。第二道门能抵挡几分钟？周杨确实醒了。他想起来要做什么，要赶紧逃开，要去看陈园园发生了什么，她尖叫之后有没有危险。到阁楼边缘，他看到老式的铁质水管，锈迹斑斑，粗大，结实，趴在墙角，一路通到地下。像条粗壮的大腿。抱着它，爬下去，要么摔死，要么等着被打死。

手指哆嗦着抓紧铁管。手指关节处被粗粝的墙角刮破。还好醉了，不那么疼。醉酒的好处还是有的。到地面时，第二道门被突破。骂骂咧咧声传来。追！似乎有三四个人同时这么喊。跑。跑。跑。小巷子里为什么没有出租车？跑。

上车了，司机说："你不会吐在车里吧？"周杨说："我刚吐过了，请开快点。"司机说："开快头会晕的。"周杨说："你他妈开快点!"

到了，快到了。还好今天没有下雨，可以跑得更快。杨箕村牌坊是避难所的入口。巷子深处，巷子另一端的河道，传来那巨人呼吸一般的气息，略腥，略臭，但让人安心。那尽头有一棵榕树、一棵木棉。有他的朋友。给张伟打电话，无人接听。给陈园园打电话，已关机。他祈求没有发生任何他脑海里闪现的画面。他往河道方向走去，那条黑狗欢跳着过来迎接。四个身影呼喊着，在巷子口出现。

快凌晨四点，捡垃圾的已开始行动，翻开广州的阴暗。卖早餐的已开始一天的工作，加热广州的清晨。他想躲在早餐摊的肠粉机后。可是不行，他必须赶到七街五号。

顶层窗户亮着，传来若有若无的争吵声。那又老又丑的铁门敞开着，被风吹得微微摇动，像是最初那个广州之夜张伟醉醺醺的身影。楼道暗黄的灯打着瞌睡，金属的灰色和楼梯的灰色融为一体，像最初来到广州那天郊区的天空。

低声报警，快步冲向顶楼。门外，周杨听到张伟的声音。

“你不该继续发短信，更不该打电话。”张伟浑厚的大嗓门说，“这样你会让他很难做，我也很难做。”

“我只是跟他告别。”陈园园的声音说。

“如果你很想留下，我可以一个人去云南。”

“我以后再也不会和他联系了。”

楼下的大铁门被人撞开，凌乱的脚步声上来了。周杨将钥匙串掏出来，抓在掌心，两把粗大钥匙的尖端夹在两指之间。

一共四人，穿着黑T恤，带着卷成筒状的报纸，报纸里包着自来水管。为什么东北江湖人士不喜欢穿花衬衫？问题出在哪儿呢？为首的黑脸大汉气喘吁吁，弓腰，手掌撑在膝盖上，说：“你这小犊子，可真能跑啊！”

“我已经报警了。”周杨退后两步，留足反应的空间。

门打开了，张伟说：“你怎么来了？”

周杨说：“我以为你们出事了。”

陈园园跨前两步，拦在两个男人前面，说：“大家是不是有什么误会？”

“误什么会？”黑脸大汉还在弓腰喘气，他将头抬起一点，方形的头颅上一双眯眯眼，朝上看着陈园园的脸，“老妹儿，我不打女人，你躲好一点。”

张伟将陈园园拉到身后，说：“大家有话好好说。”

黑脸大汉直起腰来，手中的铁管碰到地面发出响声。他说：“我大哥你们也敢得罪，到底咋想的呀？”

没有更多交流。再交流气氛就显得过于友好了。周杨来不及懊悔把人带来了杨箕村。很快，很乱。四人将三人逼进了室内。屋子过小，七个人几乎抱成了一团。陈园园先是站在墙角，突然朝一个黑T恤的手臂狠狠地咬下去。黑T恤抓住陈园园的头发，左右摇晃，发出杀猪般的号叫。张伟喊出了他人生最大音量的一声口头禅："你他妈想死！"

突然，陈园园身子软了下去，抓住她头发的黑T恤吓了一跳，松开手。陈园园像一颗苹果那样掉落在地，抽搐，抽搐得厉害。周夏雨说过她的心脏问题，但这么久没发作，周杨几乎忘了。倒地时，她试图用手抓住什么，扯下了墙上那张周杰伦的海报。海报已经发黄。海报破裂。张伟冲向黑T恤，却被他的水管击中。击中头部。张伟像一棵苹果树那样轰然倒下。周杨用尽全力，用钥匙尖端刺进黑脸大汉的腰部。他狠命地刺着。有黑T恤喊："大哥，打死人了！大哥，打死人了！"钥匙刺进黑脸大汉的胸口，刺进他的太阳穴。黑脸大汉像一块大石头那样，倒了下去，张嘴呼呼地喘气，眼睛死鱼一样瞪着，一动不动。

血在地板爬行，如南方硕大的昆虫，成群结队。张伟艰难地说："快叫救护车。"有人又朝他砸了一棍。

那天夜里很黑。月亮本来是很亮的，可是巷子里没有月光，像一个盒子，一副长长的尚未钉紧的棺材，有腐坏的气息，很黑。一只猫的绿色眼睛，浮在半空中，被惊跑。

周杨已经没有力气跑了。他几乎是滑下楼梯的。几乎是想也没想，跑到早餐摊跟前，喊着："报警，叫救护车。"也许，救护车能比警察快一点，陈园园和张伟还有救。拐弯，跑到榕树下，跑到河涌边，顺着河堤，滑了下去，掉了下去。河堤很高，还好石块和石块之间凹凸不平，可以抓着凸出的石缝，不至于滚下去。巨大的臭味，黏稠的臭味，黑色的臭味，半工业化的臭味，将他掩盖，像是清洗过油污地板的消毒水。脚下滑腻的泥里有什么东西钻过。一只青蛙或其他什么动物扑通一声落在眼睛正前方。那群人脚步凌乱，在木棉树下凌乱。周杨将头扎进黑色黏稠的河水，尽量憋气。窒息感。身体仿佛要炸开。再忍一忍。警察的喊声响起来。很快警察的喊声更大了，呼叫更多的人。救护车鸣笛。警笛响起。

不敢在榕树下上岸，周杨顺着河道，尽量轻而慢地往下游漂。往下游，往更安全更浅一点的河面。陈园园还活着吗？张伟还活着吗？黑脸大汉死了吗？该怎样让吴真放过周夏雨？没有一点头绪。谁告诉了黑脸大汉地址？知道地址的人并不多。是任小菲吗？她会不会不想给股份，出此下策？一个女人，可以像狗，像猴子，像驴，也可以像狮子、老鹰、狐狸。是吴真吗？他应该也知道周夏雨住的阁楼。还可能有谁？更多谜团像更多黏稠的水，将周杨包围。甚至忘了任小菲的欺骗，忘了应该愤怒。甚至忽略了为什么有一个陌生号码发来短信让他快跑。

直到临近珠江口，爬上岸，一条短信再次提醒了他。这次是八个字：夏雨安全快逃勿电。

浑身黏稠的水，在黑夜里发出浓血一般的腥气，爬满全身。念头四起，全身哆嗦，想吐吐不出来。不要再哆嗦了，快想想该怎么办。真的该逃吗？也许该留在这里，直到确认周夏雨真的平安。如果黑脸大汉死了，如果被抓住，如果我被判刑，她会不会更伤心？跑吧，也许还有相见的那一天。至少吴真不会伤害周夏雨。对不起，周夏雨。你的对不起没有用，是你害死了张伟和陈园园。在花坛水龙头冲洗了一番，将这些念头冲走。逃吧。等安全了再想办法。

天色微亮前，将卡里所有钱取成了现金，带了身份证，一个小包，小包里是那只企鹅和两身衣服。他还想带上那部防水功能卓越的诺基亚手机，后来还是扔进了河里。乘坐出租车到佛山，在佛山坐汽车到湛江，再从湛江坐船到海南。

看到街边的公用电话亭，他必须很努力才能忍住拨打那个陌生号码的冲动。害怕暴露行踪，他忍住给任何人打电话的冲动，也忍住了对周夏雨的担忧。到佛山时，他买了份刚刚上摊的报纸，可是没有关于这场案件的报道。也许下午晚报会有报道。不知道海南能不能买到。如果没有，再上网搜。

本地晚报果然是一份影响力很大的报纸，海南也有销售。封面没有关于这场凶案的新闻，却有一篇关于梁永成的报道：《知名地产商骗局后续：梁 × 成身犯凶案今晨被捕》。周杨以为凶案是指昨晚的凶案，却是一桩四年前的旧案。

再一细看，周杨明白了，说的是林川的案子。新闻里写着："据悉，昨日（8月22日），有神秘人士向警方举报，四年前某林姓大学生离奇坠亡案，幕后黑手正是某知名地产商梁某成。据警方透露，当年，梁某成等人在其私人会所用药物侵害林某某的女友，林某某得知后赶到现场，与梁某成等人争执，后被梁及其手下暴力殴打致死。事发之后，梁某成制造虚假证据，案件最终以林某某意外坠楼身亡结案。神秘人士提供的一份监控视频，详细记载了事发经过。今晨，警方以涉嫌强奸和故意杀人罪将梁某成等人捉拿归案。目前，案件正在进一步审理中。同时，警方表示，广州正在大力创建文明城市，对危害人民生命财产安全、破坏城市文明形象的各类案件，无论大小，坚决追查，绝不姑息。"

这个举报梁永成的神秘人士是谁？和那个发短信让我快逃的是同一个吗？新闻里只写着"梁某成等人"，没有写吴真的名字，那么吴真被抓了吗？周杨有了更多的疑问，却也放心了一点。至少，吴真不是梁永成，不会对周夏雨造成生命危险。周夏雨理应安全了。应该是。一定是。既然她安全了，该跟她联系吗？不能，不能暴露行踪，也许警察会监控她的电话。

再往后翻，在第十版社会新闻的一个小角落，报道了杨箕村的凶案。“两人死亡，一人重伤。”谁重伤了？谁死亡了？新闻里没有写。周杨想象，最坏的结果，是他的鲁莽，害死了陈园园，害死了张伟。比较坏的结果，是黑脸大汉死了，那他要赶紧逃。那么，谁还活着？是陈园园还是张伟？

巨大的悲伤开始袭来。海南的烈日比广州更为凶猛。请原谅我，他默念着。他想起张伟那句“兄弟，不要忘了我”，想起陈园园那句“你可以挽留一下我吗”。毫无疑问，是我间接害死了他们，他想。每时每刻，每天每夜，他止不住想念他们，祈求他们原谅。

回，还是逃？比起杀人，更难的是杀人之后的心安。比起逃脱追杀，更难的是摆脱不知如何面对周夏雨的恐惧。某天，在晒成一截焦炭之后，总算拿到了假护照，逃到了国外。不敢开邮箱，不敢联系任何人。他查询防卫过当，追诉期是三年。查询过失致人死亡罪，追诉期是五到十年。致人重伤罪，追诉期是十年。但如果立了案，便是终生追捕。游荡了四年之后，二十七岁那年，父亲去世，他难以忍受，估摸着已换了姓名，应该没什么风险了。即使有风险，也比孤魂野鬼一般地游荡让人安心。

便在二〇〇八年奥运会之后，回到海南，来到后海村。村庄荒无人烟，两面临海。适合平静的想念，适合长久的忏悔。适合隐姓埋名，开一家小酒吧，度过余生。

时常在半夜梦中惊醒。时常在夜里想起那些朋友。想起他们怎么聚集，怎么分散。时常想周夏雨在哪里，会怎么样。忍不住换了个新邮箱，在国外给周夏雨发过几封邮件，可是没有回音。回国后再写，邮件就被退回来了，显示“你所发送的邮箱不存在或已被注销”。

每夜每夜地想，她为什么不回应？是不是那晚写完那封信，她已经毫不在意我的去向？是不是张伟或陈园园或他们两人的去世，让她难以原谅我？

也用公用电话拨打过那个陌生号码，可是一直关机。

也想起广州，那些时常忽略的画面。天桥上摆象棋残局的人，卖假古董的团伙，兜售观音卡的假尼姑，当然还有乞丐。是高楼之下一堆落叶、一片淤泥。想起他们脸上都有神秘的笑容。为三餐，为一张床，为一口气。

担忧和悲伤跟随了他很多年，时常变成噩梦，最后化为黑暗和虚无。他获得了求之不得的专注，专注于遗忘。慢慢那些疑虑都淡忘了，或者假装淡忘了。周夏雨的一切，谁最后提醒他逃离，谁最后暴露他的地址，谁举报了谁。每年写几篇小说，用杨季这个新名字。那个想当作家的梦想也淡了，只是想把那些后悔写在故事里，只是排解思念，祈求时间能消除那些恶，祈求无边的海能洗涤那些罪，祈求平静。

只是还是难以控制地，想播放那些二〇〇三年到二〇〇四年之间的歌，周杰伦的，朴树的，孙燕姿的，陈奕迅的。当然还有那首《我》和*Wish you were here*。也想要每天打开电视，看四川卫视的新闻，仿佛这样能离周夏雨近一点。只是那只已经破旧的企鹅玩偶，还在床头提醒，曾有一个女人，身长而瘦，脸白，笑带嘲讽，眼睛之后还有双眼睛，水一样推开你，又拍打你，包裹你。

直到这天。十六年后，他擦洗柜台的酒杯，打开四川卫视，《午间气象》正在播报天气：

十月二十四日，迎来秋季最后一个节气——霜降。天气渐冷，初霜出现，秋向冬过渡，四川省各地气温齐降。据四川省气象台统计，明天冬至，十二月二十二日，西岭雪山、四姑娘山、黑水达古冰川、若尔盖、红原以及峨眉山、海螺沟、黄龙等景区，均将迎二〇一九年的第一场雪。一月，四川将大部降雪。

他怔了一怔，想起分别那天，周夏雨说："有一次，老家下雪了，我去吃树上的冰溜子。"正在这时，有游客推开酒吧的门，问上午有没有酒喝。这个问题很奇怪。但他看了一眼周杨，说出一句更奇怪的话。他说："你很像一个人。"

第三十六章

“透明空间”开在东华东路，离十六年前的“C-U”只有几百米。何水打听了一圈，只知道这家店的老板是个外号叫“树哥”的女孩，二十来岁。这么年轻，当然不可能是他们认识的朋友。

那么只有亲自前往，深入虎穴，认识树哥。

东山口街道愈加辉煌，美不胜收的小店比十几年前多了不知几倍。不回家不过年的年轻人们在拍照，在跳舞，玩滑板，拍抖音，闲坐闲聊。有些戴着口罩，因而显得眼睛更为明亮。周杨不时产生幻觉，幻觉会在某个转角遇见周夏雨。遇见她在唱《遇见》，或者唱《十年》。或者碰见陈园园，在上蹿下跳地拍照。

一群玩Cosplay快闪的女孩，让周杨想起那些廉价俗气的道具和服装。十几年之后，装扮已完全不同，是繁复昂贵的汉服，不知名的舞蹈。但她们舞动身体，依然是海鸥飞翔。周杨温柔地看着她们。换作以前，他会严肃地看着她们。那年，路演上的舞蹈被他当作了武器，现在他认为，应该温柔地看着这群造物主最美的创造。学习温柔需要花很长时间，花了十六七年，周杨才知道，就这样欣赏少女们的舞蹈，是最不让人觉得浪费时间的消遣。

如果陈园园在，那么她会上蹿下跳地拍照。她是一只鸽子，必须不停地跳动。

最后，所有的遐想化为一个疑问：她在哪里？

除夕一清早，何水带周杨去往银河园公墓。“除夕扫墓，不吉利，你们还是回去吧。”银河公墓工作人员的微笑溢出口罩，让她的话充满了说服力。

十六年了，广东人还是做什么都讲求个吉利。央求着进了墓园，在林立的墓碑之中，周杨觉得有人在看他，在云上看他。只有张伟的墓碑，那就是说，陈园园还活着。

墓碑的黑影衬着远方的绿树。墓碑前有一捧大大的郁金香，有张卡片，写着：新年快乐，总有朋友在身旁，不过你不一样。

前一夜辗转难眠的疲惫变成了哀伤。持久的回忆使人疲惫，持久的思念使人悲伤。周杨点燃三支烟，敬立在墓碑前。清晨冷飕飕的空气吹来，烟雾往空中飘着。那个久远的疑问又浮上心头：是谁告了密？

“无论是谁，所有的混乱都源于我。”周杨深陷于无法摆脱的痛苦中，这么多年见过的新地方、新面孔，都被陈园园那双罕见的单眼皮眼睛覆盖。仿佛看见她从很远处跑来，用力挥手示意，大声地呼叫，以为是有什么重要的事情要说，到了近处，只是说：你怎么现在才来。

找到陈园园和周夏雨，去请求她们的原谅。周杨告知何水他的打算。何水说：“陈年往事，不要过于执着。你先去店里看看情况，既不要太抱希望，也不要过于绝望。无论结果怎么样，晚上我们一块儿过年。”

快闪的女孩散场，去下一个场地。一旦有了希望，便随之产生焦虑。离“透明空间”逐渐近了，冷峭的空气里，周杨手心出了些汗。他迫切需要了解，疫情之下，开业仪式还能不能举行？会遇到谁？谁发了那张邀请函？真相揭晓的时候，我该说什么？

路过公交站牌，他看到站牌广告上有个熟悉的矫健的身影。像运动员站在领奖台上举着奖牌，她举着一本书，书名是《奔向野心》。广告的介绍文字里，写着“墨菲创意董事长任小菲独家传记”。

难道是她邀请我来的？难道是她当年出卖了我们，而今想要赎罪？周杨冒出这样的疑问。离得更近了，先前的迫切有一部分化为退却。离得越近，退却的心理越强烈。更近了，那粉刷得毫无瑕疵的墙壁触手可及。室内有声音传来：“现在不是停手的时候。”

他去旁边的小卖部买了瓶水，顺便问这家店真正的老板是谁，是不是四十多岁的女人。小卖部的售货员说：“人家很年轻的好吧，和我差不多大。”

一个骑着电动三轮车的大爷在小卖部门口停下，问：“有没有口罩卖？”

周杨认出来，他是当年那个被偷了废纸的老人。他的地盘扩大了，他的工具升级了，他的团队也加强了。车上堆着废纸，堆着一大塑料袋空瓶，还载着一个小女孩。而他的脸几乎没有变化，时间停在十六年前，他探着头，等着活动结束，高高兴兴地收拾废品。

售货员说：“今天没有了，抢光了。今天没人偷你东西吧？”

车上的小女孩用天真的声调，说：“爷爷说，偷了也没关系，垃圾很多。”

大爷呵呵笑了，说：“我现在有孙女帮我看着，他们偷不了啦。”

玻璃门被黑布罩着，像是给门戴上了黑色口罩。掀开门帘，像钻进了山洞。冬天最冷的天气，大家都穿得很臃肿，都显得懒洋洋的。一家年轻人的店，新时代年轻人的店。演出，书，酒吧，服装，文创。保安目光警惕。周杨上前，递给他邀请函，问他："这邀请函没错吧？"保安说："没错啊。"

看来这只是一张普通的邀请函。也许是那个旅游的青年认为这并不重要，随手丢弃。但邀请函上为什么有这张照片？

周杨想从保安处问出更多信息，说："这邀请函上的照片很老了吧？"

保安说："是很老了，都是老照片，我们店里很多的。你快进来，一会儿怕警察来查。"

保安扬了扬下巴，指向正对大门的一面墙。那面墙挂满了照片，都是一些关于广州的老照片。许多曾经挂在猫窝酒吧的墙上，包括周杨和朋友们的合影，写着那句"我的心很孤独"。周杨记起来，那次合影冲洗之后，猫窝老板让周夏雨写句话，她便写了这一句，送给了猫窝。

一种破灭的无奈，又有一种轻松。周杨发现，满墙老照片很像自己在农场做的那个梦里的情景。很好，继续回到海南，过我的神仙日子。本不该大过年的，冒着感染的风险，跑来这里受罪。

既然如此，安心看看演出。看看现在年轻人怎么开店的，怎么玩，怎么赚钱，怎么挥霍和浪费生命。旁边两个穿羽绒服的女孩在聊天。聊的是周杨那个年代没有聊过的话题。她们在聊精神病。

"我在大四那年有过一次精神崩溃，差点自杀了。"

"我抑郁症也蛮严重的。医生说要多出来走走。"

“发作了多长时间?”

“十八个月。”

像是逗猫一样，精神崩溃的女孩摸摸抑郁症女孩的脸，嘿嘿一笑，说:“那我们差不多。”

周杨觉得她们很有趣，问:“你们认识树哥吗?”

抑郁症女孩上下扫了一眼，说:“大叔，你就别打树哥的主意了，你惹不起。”

周杨说:“我只是想认识一下她。”

精神崩溃的女孩拉了抑郁症女孩一把，说:“快看，唱歌了。”

一个叫五条人的乐队。主唱叫仁科，大冬天穿着花衬衫、人字拖，让人想起当年嘶吼着嗓子叫酒和买单的何水，还有挨着他的金黄色小狮子。唱着些和城中村生活有关的歌，有一句是“风吹过石牌桥，我的忧伤该对谁讲”，让人想到闷热潮湿黏糊的天气、彻夜不息的夜宵和狂欢，以及海鲜的活蹦乱跳。另一个叫阿茂的，方脸，很像那晚追打至杨箕村的东北大汉，但个子更小。如何水所言，与非门基本等于解散了，沼泽很少演出了。新的乐队，新的风格，新的美和新的乱，重新占据了广州。

开业仪式应该进行了一段时间，或者没有当年那种致辞什么的老套环节。周杨离舞台近了一点，再近一点。五条人下台，音响发出一阵刺耳的声音，一个女孩踩着这刺耳的声音上台。她捂住耳朵，啊的一声大叫，紧接着说:“你们到底想干什么?”

这声音像极了周夏雨。那年，在杨箕村乱糟糟的房间里，面对窗口晃动的两棵树，周夏雨轻而威严地说过这句话。

何水打来电话，说:“晚上过年，可能来不了几个人了。”赵小林人在国外，没法过来。当年，他在任小菲的园区，买了几套房，几年后涨了不少，于是专心做起了艺术，现在已经是大有名气的艺术家。他认为罗马才是他的故乡，南欧的风光和美人才是他的家人，常年待在意大利。刘梦也不能来。报纸没落后，她先去了一家地产公司做公关，后来不能忍受每天被老板当狗一样骂，也无法每天清早起床陪老板打乒乓球，自己出来单干，现在是一家自媒体公司的老板，这几天带着团队去泰国旅游，被疫情困住了，回不来。至于朱红旗，他也许能来。他把蔬菜生意做成了社区生鲜连锁，开了几百家店，包装了一个互联网概念，据说准备上市了。

“大家都有光明的未来。”周杨看见台上女孩在调试吉他，“我这边看看能不能碰到周夏雨她们。”

循声望去，台上的女孩仿佛正是周夏雨当年的样子。浓密到过分的头发，只是短了许多，短得像陈园园。有点无所谓又有点嘲弄的神情。“好了，那我开始唱了。”她说。

台下有女孩尖叫着喊树哥。

那句几乎一模一样的开场。真相之前一直蹲在墙角，这会儿突然蹦出来，要吓人一跳。如果说这女孩和周夏雨一点关系都没有，周杨打死都不会相信。真的是周夏雨发的邀请函吗？她会出现吗？

前奏响起，周杨没听出来。但女孩开口唱第一句，那段旋律点燃了回忆。雨夜的露台。半首歌，无数酒。一集《红蜘蛛》。“我的心很孤独”。一分钟的拥抱。

周杨挪得更前了一点。前面的人被他挤开。很多人穿着拖沓的长夹克，他的前移必然牵动他们的服装，有人怀疑他是趁乱掏包的小偷，嫌弃地侧身让他通过。他的皮肤很黑，出现在海边很自然，出现在城市，便很像个不怀好意的人。

到了舞台更前方。女孩的歌声几乎就在头顶。他的神情应该引起了女孩的注意，于是她朝他笑了一笑。她很诱人，诱人之处恰恰在于她笑得很平常，在于那丝难以察觉的嘲弄，在于她坐在高脚凳上，重现了当年“猫窝”那个时刻。

她唱完了半首，周杨以为她将停下，可是她接着唱了下去。很明显，在某一天，周夏雨完成了这首歌。女孩唱着后半首：

我想给你我的明亮，
还想给你我的肮脏。
我想给你我的信仰，
还想给你我的背叛。
我想建一个虚荣广场，
还想毁掉它，
和你一起到处去游荡。
…………

整首歌变长了许多，有了起承转合、前奏和高潮，像是有人在暗处完成了周杨未曾完成的生活。他已无法听清。脑袋里很多杂音，居高临下，横冲直撞。这所房子，这个店，一定有什么等待他去揭开。他反身挤出人群，想找个空旷的地方呼吸。想等女孩下台后，去问个究竟。

来到人群的最末尾，音响富有节奏的轰鸣低了一点。一个青年路过他面前，脸黑黑的，几乎和周杨一般黑。青年站定，说：“还以为你不来了。”

第三十七章

海南的阳光让青年变黑了许多，周杨认出来了。秘密也许就藏在他引导的手势里。跟随他，登上台阶。青年很慢，他也很慢。去到二楼一个房间门口，音乐声跟了上来。周杨说：“我先听完这首歌。”他压抑住想推门而入的冲动，要听清那些歌词。

“稍后你自己进去吧。”青年说。

秘密就藏在这个房间里。周杨想。往前一步，或是后退。秘密也许是狞笑着的，也许滑稽，也许荒诞，也许会化成两行灰不溜秋的眼泪，但无论是什么，都需要一定的承受能力。

慢慢拧开门把，贼一样进入室内。他希望门后有人等待，又希望空空荡荡。一丝石灰的味道。半冷的风从半开的窗叶吹来，像小心翼翼的呼吸声。冬天的阳光很淡，但恰好可以照亮房间，不打扰所有静物。正对门处，是一个巨大的书架，靠窗处有沙发和茶几。

书架将房间隔成两半。没有人。书架上摆着许多照片，周夏雨历年来的留影，几乎没怎么变，只是发型每年略有不同，脸上清冷的笑里嘲弄的成分逐年变淡。那张“猫窝”的合影放得很大，灯光照在他们脸上。因此他们仿佛静止不动，也像正准备跳出银色的框，降临房间，喝一些酒。一些书。角落里有他那本没什么销量的小说集，写着作者杨季。墙上还挂着更多照片，包括周杨见过的那三张黑白照。

双手在裤袋里移动，因为冷，也因为想要伸手。周杨想靠在沙发上，调整呼吸，等待那个即将出现终将出现的人，等待答案。又想转到书架后，看看那边还有什么。

书架后是更多相框、画和照片，凌乱地堆在地面。有一个人，在擦拭相框，似乎它们放了很久，或是被装修的灰尘弄脏了。他蹲在相框前，头发花白、稀疏，动作缓慢，看起来是一个很认真的清洁工人。

他抬起了头。

吴真从那堆相框中抬起头来。他的长发变成了短发，花白，并有点稀疏。他老得不再是那个可以威胁人的中年男人。

楼下突然闹嚷起来，有人噔噔噔地上楼，推开门，是叫树哥的女孩。她说："爸，警察和工商来了，说今天禁止大型活动，要查封，我要堵住他们吗？"

她的神情像那个遥远地挥手示意、跨步挡在张伟身前的陈园园，她的样子像那个说"你要是还敢联系陈园园，我会主动给你打电话"的周夏雨。

吴真摆摆手，用极轻松、极温和的口吻，说："查封没关系的，他们不会乱来，春节也做不了什么生意。你别担心，我这还有点事，晚点我来处理。"

"她叫林杨。林子祥的林，杨千嬅的杨，小名叫木头，有个外号叫树哥。"等女孩出门，吴真站起身，拍拍乌黑的手，双手的佛串碰撞出声响，"你应该知道她是谁了。"

无论如何也没有想过，是吴真引起所有的猜测和追寻。周杨和他握了握手。不肯握手未免有点不太成熟。

吴真指指沙发，说："你变了很多。请坐。抽烟吗？这儿有雪茄。"

周杨说："可惜，我戒了。"

吴真说："可惜，这雪茄不错。"

周杨说："工商和警察来了，我们在这里还方便吗？"

"你不用担心。"吴真掂着根雪茄从头到尾闻了一道，"当年那个人并没有死。不然我不会让人去找你。"

"谁没死？"这突如其来的消息，让周杨一时转不过弯来，但他马上想到了是谁，"那个东北人？"

"是。抢救过来了。我给你发过信息，但估计那时你的手机号不用了。"

"我不太明白。"

"我们慢慢来。"吴真放下那根雪茄，从茶几抽屉里掏出茶叶来，"还记得我们当年那次在农场见面，我说的最后一句话吗？"

周杨当然记得，记得郊区农场、南方蟑螂一般的保安、发霉的地下室，但他说："我想你今天不是叫我来叙旧的。"

"我常常想那句话，我记得是说，"吴真用纸巾擦了擦手，很累地坐在沙发上，"以后遇人遇事，记住凡人总有些不好的地方，也总有些好的地方。"

"你说得对，但有些人是单纯的坏，你说对吗？"周杨想，还有些人是全然的好，比如张伟，比如陈园园。

吴真开始泡工夫茶："我常常想，当年要是我不跟你说那些话，给你看那些东西，事情会不会不一样？我也想，我是不是也有些好的地方。但似乎老天不承认这一点。"

"老天很公平。"周杨想，老天公平地给了自己报应，让自己失去了所有重要的人。

“你今天会知道所有的答案。”吴真很累地举起茶壶，倒出茶水，“在此之前，我想问一个你也许不愿意回答的问题。”

“我大概能猜到。”周杨说。

“歌是周夏雨写的。”楼下的歌声继续传来，吴真说，“我们都不年轻了，不知道是否可以平和地聊一聊。不要像那时候那么剑拔弩张。”

“我猜你想问我为什么回来。”歌声还在缭绕，周杨说，“我也有一个问题。”

“不，我想问你的问题是，你认为你和周夏雨算是爱人，还是朋友?”

“只能说，算是过去。我想问你，当年究竟是谁告诉梁永成我的地址，是任小菲吗?”周杨最关心的疑问，墓碑那样竖立在脑海里。

“你今天会知道所有的答案，也可以为朋友报仇。但我们一定要心平气和地聊天。因为，如果太激动，我很可能，”吴真喘了一口气，“我很可能猝死在这里。那样你就没办法知道答案了。”

“你说。”周杨让语气匹配自己的年龄。他不是当年那个人了，不必虚张声势。

“让我猜猜我问题的答案吧，我猜你是周夏雨的爱人，而不是朋友。”

“我倒宁愿做她的朋友。”

“而我是她的朋友。”吴真说，“你可能想不到吧。当然了，曾经我很想做她的爱人，后来还是做了朋友。不过，这样我也很满足了。有些事，朋友能做，爱人不能做。”

“你可以尽快进入正题。”

“你知道，女人有时候会对朋友说一些秘密，而对爱人保密。”

“她确实有很多秘密。不过那些都过去了。”一种真正平静的语气。

“如果你爱一个人，就会比她本人更关心她。如果你是一个人的朋友，就会想方设法满足她的愿望。我想你同意这一点。”

“是。”

“所以我要找你来。”吴真又艰难地挪动了一番，想要寻找一个舒服的呼吸姿势，“用这种奇怪的方式。因为我不想让你知道是我找你，不然你就不会来了，对不对？所以我今天必须开业，让你能找到这里，即使被警察查封也要开业，不然谁知道疫情一来，还有没有机会开张。我说得有点乱，不知道你是否明白。”他再次调整姿势，“我开头说这么多，是希望你看在我时日无多的分上，看在我现在是周夏雨朋友的分上，听我平静地说，最好不要打断我，那样我可能会忘记一些关键的东西。我现在有点累，请让我歇一会儿。我先给你一样东西。”

吴真缓慢地起身，跨过那一堆画框和相框，去开书柜的锁。

灰尘在阳光里浮动。一张张画和相框，包围着吴真。

吴真转身，递给周杨那本日记。周杨粗略翻了翻，还是原来那本，他还给周夏雨的那本。但是，多了一篇。那一页写着：写给周杨。

“我知道你有很多问题，而我可能会有答案。”吴真说着，理了理因为起身而弄乱的衬衣，塞进皮带，坐到沙发旁的躺椅上，半靠着，双手交叉在胸前，头枕一个墨绿色抱枕。

“那天是七月一日，对吧？”吴真开始讲述，“那天周夏雨半夜来找我。”

“七月二日凌晨两点多。我记得是你找她，你要挟她。我听了你们谈话的录音。”

“我永远，永远不可能要挟她。这既是我的独占欲，也是我的保护欲。听我慢慢说，最好不要打断，可以吗?”

“那晚她冒着雨，来到店里。”吴真闭上眼睛，停顿了好一会儿，仿佛正在寻找合适的词语。

在那间有窃听器的屋子里，周夏雨说她决定离开周杨。她将手机交给吴真，将QQ、MSN、邮箱，所有联系方式，当着他的面删除，包括陈园园的。将日记也给了他。

“她让我不要再找你们麻烦，她不会再和你在一起了。”吴真说，和周夏雨结婚前，他偷看过一次日记。只有一次，之后只是代为保管。即便是在农场交给周杨那天，他事先也没有打开。这么做，不是因为他不想看，而是因为他害怕再做出什么无法控制的举动。“我说你不用这样，只要你说一句，我便可以做任何事，或不做任何事。她说无论我找不找你们麻烦，她都没有办法和你在一起了。”

“你接着说。”

“你可能不相信，那时我已经学着习惯她，习惯和她成为陌路人。但是这三更半夜，她来找我，却不是因为我，我还是很伤心的。”吴真说，“但伤心归伤心。”

伤心归伤心，吴真还是问起她怎么改变主意了。她说她没有办法和过去告别。她必须给过去一个交代，才能够给未来一个开始。“我无法判断她说的是真是假，是不是安慰我可怜的自尊心，但她的原话是这样的。”接着问起她的打算。他没有想到，周夏雨的打算不仅包括离开周杨，还包括那个久远的悲剧。她说只有这样，才能将林川放下，才能有新的勇气、新的生活。

周杨想起在浴室门口听到的那句“林川的事，我要做个了结”。还有那封告别信的每一句话，尤其是最后那句，“也许有一天我们会再相见，希望我们那时都是干干净净的自己”。

“你知道的，她这人很决绝，想到的事一定要完成。”吴真说。她不相信林川是意外坠亡，这几年一直在暗中调查，却没有结果。“她甚至告诉我，她在这四楼安装了窃听器，想收集点有用的线索。你知不知道，她是学声学的，这方面有点基础。”

“于是你把她软禁了？你把她孩子接走了？”

“如果人的情感有这么简单就好了，要么爱，要么恨。我对她可以说爱恨交织，还带着点妄想和期待。至于孩子，我不过是让人带去香港玩几天。”

“周夏雨希望我帮她了却这桩事。”吴真说。当时，周夏雨压低了声音，告诉他房间里有窃听器，告诉他，她看到周杨往垃圾桶扔了一包东西，里面是一张掰碎的光盘，那代表给周杨光盘的人，有当年的证据。“她要冒这个险，冒险请我帮忙。如果我愿意，那么她将从此和我过安静的生活。如果我不愿意帮忙，可以把她的计划告诉梁永成，她愿意承受一切后果。你知道我第一时间的感觉是什么吗？”

“你应该会怀疑她只是在利用你。”

“你还不太了解她，她说过的话从不食言。我完全相信她会离开你。”吴真还是那么交叉双手躺着，声音更低更沉。

“我的第一感觉是恐惧，我马上想到了她可能会因此被梁永成报复，甚至死在我面前。更怪的是，我接着想到的是，如果我因此被杀了，她会不会也悲恸欲绝？”

“这两种感觉，让我很快做出了选择。”吴真说他会帮周夏雨，但周夏雨说，他可以看了日记再做决定，他应该了解全部的她之后再决定。她不想再隐瞒什么了。吴真猜到了日记里也许有什么新的内容，但他没有看，只是说，这段时间她必须躲在香港，不和任何人联系，不暴露任何行踪。而他，则会去完成周夏雨的计划。决定是容易的，但行动却很难。让行动完全没有心理负担，则更难一点。送周夏雨下楼时，他想起梁永成虽然心狠手辣，毕竟是自己的恩人。他想起自己是个潮汕人，不该这么不讲义气。

“周夏雨也许猜到了你会犹豫，所以暗示了任小菲，四楼有窃听器。”周杨想起任小菲跟他说的，周夏雨用力地握手，提醒四楼隔音不好。

“任小菲这么跟你说的？周夏雨根本没有和她说话，更没有握手。都这么熟了，谁还握手？我只想她离开得越快越好。等会儿再说任小菲的事吧，我怕我忘了什么。”吴真微微摆了摆手，“如果你听到了录音，那你应该知道，我试图劝阻梁永成，不要再用那些手段，不要再走邪路，用歪术。梁永成当然不会听我的，但我还是没有下定决心。一直到路演那天，我都没有下定决心。”

“但我看到新闻，路演的第二天早晨，梁永成就被抓了。”

“准确说是第二天上午十点多。你知道，路演那天发生了很多事。你不知道，路演结束的那天凌晨，也发生了很多事。你不是想知道任小菲的事吗？那天凌晨她来找梁永成了。”

楼下再次传来吵吵嚷嚷的声音。树哥又一次噔噔噔上楼，抱着一个灭火器，说：“消防来查了，房间里放一个。”弓腰时，她浓密的头发扇子一般垂在空中。接着她那么一仰头，将扇子收拢在脑后。“老爸，你注意休息。”她说着，掩门而去。

“她是不是很像周夏雨？”吴真说。

“还有一点陈园园的影子。”周杨说。她整体很像周夏雨，眼睛却很像陈园园，闪着那种二十一世纪初的光芒，会发出叮叮当当的声响。

“是有点像她姑姑。最像的是，她相信这个世界。”

周杨眼前不可抑制地浮现陈园园的影子——鸽子那么扑棱的身影。还想起一个不常想起的细节，她的裤子总是短到露出脚踝，那脚踝看上去很脆弱，仿佛用指节轻轻敲一下便会碎裂。周夏雨为此总提醒她，穿更长更保暖的裤子。

“现在你已经知道了周夏雨为什么离开你，为什么来找我，以及为什么那段时间没和任何人联系，对吧？我得理一理，脑子不好使了。”吴真似乎躺得累了，坐起身来，拉开茶几抽屉，拿出几瓶药，倒出颜色各异的药丸，吃了一半，又去扎垃圾袋。周杨上前帮忙扎了，提出去放在门口。

“那天凌晨，我和梁永成在任小菲店里等她。她说会来，但一直到凌晨三点还没来。”吴真吞了最后一把药，“我想，那天七夕，你们应该庆祝到很晚。”

“对不起，”吴真说，“任小菲一进门先说了句对不起。”

那天路演发生了很多事，吴真说，他没想到任小菲扮猪吃老虎，最后夺得了标的。他也没想到，周杨和张伟竟然在背后出谋划策。他本以为，周杨从此已经彻底淡出了周夏雨的生活。直到凌晨三点，任小菲来了。

“所以是任小菲出卖了我？”周杨以为自己不会这么容易流露情绪了，可是他的语气很迫不及待。

“她没有说。”吴真说。

任小菲迈进门的那一刻，梁永成正好打完一个电话。他让手下安排几个东北人去办事，说出了周杨的名字和地址。吴真说，这时候他才意识到，梁永成火气已经很大，已经到了要人命的地步。“我不知道你当时有没有收到我的短信，让你快跑。我用了个新号码，也没有办法给你打电话。”

“你怎么确定不是任小菲提前告的密。”周杨说。

“她一进门，先说了对不起。”吴真说，“梁永成直接扇了她两耳光，辱骂她。具体我就不说了，总之骂得很难听。任小菲开始没说话，后来梁永成打累了，停手了，她才说了一句。我真没想到她会这么说。

“她说，我跟你说过，一个女人，可以做狗，做猴子，做驴，也可以做狮子，做老鹰。现在你相信了吗？现在你认可我了吗？

“梁永成听了，竟然笑了，说，就凭你？如果你告诉我那两个杂碎的地址，我可能会放过你？

“任小菲说，你可以打我了。

“我第一次看见梁永成有那种脸色，他瘫坐在沙发上。这时候我不清楚你在干什么，不知道有没有看到我的信息。但我基本下了决心。”

那些黏稠的血和黏稠的河水，回到周杨眼前。

“以利相交，利尽而疏。”吴真说，“我明白这一点太晚了。也许，是我间接害死了张伟。”四点左右，梁永成接了一个电话，说有人死了，大哥生死不明，有人跑了，事搞大了。“这时我给你发信息跟你说，夏雨平安快逃，我想你应该收到了。”

之后便是举报，吴真说得很简短，因为这和他要表达的核心意思关系不大。清晨，他给了公安那张光盘，以及这些年收集的其他资料。公安来临前，他还通知了媒体。他曾经给周杨看过这张光盘的两分钟截录，整张光盘长达六小时，有梁永成和手下一道行凶的全部影像、全部证据。

“你不在其中吗？”周杨转动茶杯，问了一句。

“也许周夏雨日记里会写到，我到底在不在。”吴真说，“现在，你想了解的，大部分我已知无不言，至于是谁告密，我倾向于认为，没有任何人告密。”

暮色一截一截降临，吴真的脸一点一点老了下去。他闭上眼，仿佛睁开眼睛就花去了许多力气。他说：“接下来，我还有几句话。你知不知道，梁永成被抓后，周夏雨为什么不再联系你？”

第三十八章

穿制服的人大声呼喝，命令客人离场。“今天除了迎春花市，其他大型活动都是禁止的，你接到通知了，还来这出。”警察对林杨说。

“我们今天开业，有特别的意义嘛，警察哥哥。”林杨的尾音带上了撒娇的语气，“这一天，过去就没有了。”

那个特别的夏天，特别的一年，就那样过去了，没有打声招呼。杨箕村牌坊变成了新的，高耸入云，财大气粗，两侧对联烫金。河涌已清可见底，有人垂钓。楼房高大、整齐、气派。大道代替了小巷，路旁开满黄花风铃木的金黄，阴天里和夜空中都依然闪耀。暗黄的广州天空变得清透，顺便变得清冷。远处七彩的广州塔，一根长长的七彩的糖，暗示夜晚甜美、城市绚丽。周杨承认这些都很美，有一种精心裁剪的美。但他更怀念那些年的意外，那些年的乱七八糟、千奇百怪。

那两株榕树和木棉，还跟当年一样茁壮。拉二胡的老白依然在拉，只是蹲在他脚边的黑狗不见了，换成了新建祠堂前的石狮子，跟记忆一样坚固。想必他在拆迁后已是千万富翁，想必他已听不清自己的琴声。

周杨步出店门，将吵闹甩在身后，也从林杨那过于熟悉而令人伤感的声音里抽身而出。到六点半的样子，他置身于一片花海。广州新年的花市，据说一直要开到深夜，到零点最后一个客人离场。

开往花市的出租车上，他看完了那个日记本里的新内容，一字一句。车内有一股浓烈的香水味，司机说前一拨客人是几个外国人。即使这样，他还是闻到了周夏雨身上的味道。萦绕在那只企鹅玩偶绒毛里的味道，浴室的气息，还有她撩起头发化妆时熠熠闪光的脖子动脉跳动时血的温热。

看完最后一句，“如果你爱干净的我，我希望你更爱肮脏的我”，周杨知道，这个女人对他寄予了过分的热情。她将她的复仇描述为堕落，却不知道她正是光明本身。她以为她的所为是最低下的，却不知道这是最高尚的。她所犯下的唯一错误，便是高估了他的信任，高估了一个男人在年轻时的修为。一个男人，需要用许多时间才能了解希望和信任之间的区别，希望是爱对方迎合的样子，信任是爱对方本身的样子。

花市在北京路步行街。路旁建筑沉默，鲜花比人群更为吵闹。海棠的红沉静，蝴蝶兰的紫矜持，而郁金香的金色傲慢。冷空气使它们拥挤着，每一朵花都用力想爬在所有花朵之上。有花农变着花样叫卖，最新鲜的花，最吉利的花，买回家最让你妈妈夸你的花。

此起彼伏的叫卖声中，喧闹不堪的人群中，周杨搜寻着可能的身影。或许春节该这么热闹，或许该回到糊里糊涂的最初。

吴真结束漫长的谈话时，说周夏雨也许和陈园园去花市了。每年年末她总会去花市几趟。

十六年前那个八月底的早晨，吴真看着梁永成被抓走。窗台上有一只猫，猫抓了一只鸟，用尖牙扯着鸟的羽毛。直到中午，猫心满意足地离开，他才敢跟周夏雨说，他完成了她的愿望，她安全了。周夏雨说，她在电视上看到了新闻，看到梁永成被抓了。可是，她也注意到另一条新闻，发生在杨箕村，她问，是不是周杨和陈园园出事了。

吴真告诉了她所有前因后果。告诉她周杨以为她被软禁，为了解救她，帮了任小菲。梁永成派人报复了周杨，张伟已经身亡，周杨打伤了东北人，也许已经逃离了。他请求她原谅，原谅他决定下得太晚。周夏雨听后，没有说别的，也没有哭，也没有骂，只说，我来找你吧。

往后每年，除夕前后，周夏雨总要和陈园园去花市，买一堆花，去张伟的墓前。她说张伟喜欢热闹，喜欢和朋友们在一起，不能忍受孤单。

吴真说到这里时，周杨眼睛模糊起来，他忍住了哭，说："我想抽根烟。"

此后多年，吴真说，他慢慢习惯和周夏雨以朋友相处。燃烧的妒忌心消失之后，他曾反复劝说周夏雨回应周杨的邮件，或者回到她原来的生活，和朋友们在一起。可是她都拒绝了。

"我尝试问她为什么，她总不回答。我猜想是因为张伟去世了，她无法再心安理得地和你生活，刺激陈园园。我猜想她是怕觉得对不起我，可我早已习惯了和她这样的关系。偶尔在一起吃饭，谈谈林杨的教育问题，很平稳，很惬意。

"直到去年十一月底，检查结果出来，我告诉她，我时间不多了。那时她说，我的死，也会让她悲恸欲绝。你应该了解，我说这句话不是为了让她悲伤，我的意思她很明白。我跟她说，我知道她觉得是她导致了这一切。导致了张伟的死，你的逃。我跟她说，不是她，是我们每一个人导致了这一切。说起来，罪魁祸首可能是我。

“我跟她说，我以为我是最爱她的人，想要证明我的忠诚，却让周杨陷入困境，想要解救她。

“她希望告慰林川的灵魂，让我去处理梁永成，却让任小菲得到了录音，有机可乘。

“任小菲希望得到梁永成的承认，却利用录音，欺骗了周杨。

“周杨希望解救她，得到她的爱和信任，却得罪了梁永成，招来横祸。

“甚至梁永成，哪怕他十恶不赦，也是希望得到我们这些手下的信服，想让我们跟着他有钱赚，想让我们知道出什么事都会有他罩着。

“我们每个人都这么顽固，以为可以拯救别人，最终伤害了我们打算拯救的对象。以为自己的出发点是好的，在做着对的事，却种了恶，坏了事。归根结底，就像夏雨那首歌里唱的吧，是因为我们太爱自己了，认为自己的付出十分干净、十分珍贵，却不知道那些只是我们的虚荣。当然，除了张伟，他什么恶也没有，他却因为我们而死了。”

窗外传来狗吠声，阳光薄弱，光线中的灰尘也不再跳动，几乎看不见了。一口气说了很多话，吴真必须停下来休息。他艰难地举起茶杯，喝了一口。

茶水颜色变得很淡，泡茶的水已经变温。

“我跟她说，不要像我一样。她依然说，她不会找你，因为她想在你面前，留下干干净净的记忆。”吴真缓慢地转头看看窗外。有妇人吵架的声音传来，在争吵此时此刻对她们来说最重要的事：谁家的狗没有拴狗绳满街乱跑？

“不要像你一样是什么样？”周杨问。

“我想你已经知道了。”吴真说。

暮色笼罩，头顶的天空已呈现出最深的蓝色。花丛之间，一个穿鲜红色羽绒服的小女孩，举着冰糖葫芦蹦蹦跳跳，越过周杨。她的妈妈在身后追赶着，喊着，回来！回来！回来！但是女孩越跑越远。在茫然中，周杨离开人群，去到北京路新华书店牌匾下，点燃了烟。从双唇间缓缓吐出烟来。烟往上飘。那个红衣孩子还在转着圈，踩着地上的积水，大笑着，躲避妈妈的追捕。那些在烟雾中飘过来的很老的缅怀，总被这新鲜的孩子和溅起的泥水打断，周杨突然想起来，十二岁那年，母亲去世当天，穿过一片火热工地，父亲给他买的那瓶冰啤酒，啤酒瓶上父亲的手指，指甲里藏着黑垢。这便是他那年所读的书，不是图书馆那些拗口的句子。这十二岁所读的书只有一句：这个坚硬的世界是由这样柔软又脏污的东西所支撑的。生活的泥水，有人逃离躲避，有人在死的时候发现生活依然是一摊烂泥，有人将它浇筑成永不坍塌的世界之柱。

花农的叫卖声愈加高亢，暮色中，花的香味越来越淡，灯光和花香和暮色融合在一起了，这傍晚的光线像是许多年前那个除夕的凌晨那样朦胧。妈妈去世前的那年除夕，迷迷糊糊地，周杨醒来了。堂屋还亮着灯，妈妈在厨房做饭的声音不时传来。切辣椒，剁排骨。蛋饺皮的香味一团一团，弥漫开来。周杨喊了声妈妈，没有回音，便不再喊，咽了咽口水。那时，他望着头顶的电灯，应该是五瓦的，只觉得这是天底下最好的地方。他没有任何难过的事。翻身再次睡去。很快，窗外的鞭炮声一声连一声地炸响，人们赶着成为第一家放鞭炮的人，成为最早吃年夜饭的人，赶着抢夺最吉利的时辰。

此时此刻，北京路两旁，艳装的小店陆续拉下闸门，将这融合的一切关在室内，迎接终于来临的二〇二〇年春节。

这许多人无比期待的日子，许多人无可逃避的日子。

附录：周夏雨的日记

2000年1月21日　雨

就从今天开始写日记，我想记住你。也不是怕不写就会淡忘，而是想和你多说会儿话。

先跟你说，我今天想自杀，不过你放心，我现在还活着。甚至在自杀前，我还查了资料，从什么高度跳下去，没那么疼，又能一次成功。我今天才知道，准备自杀的人也会躲雨。

下午，带班上孩子看演出，挤在二沙岛星海音乐厅前门。雨砸在地面，冒冷气。演出结束了，孩子们都被接走了。一群人挤了出来，把我推到雨的边缘，大半个身子被淋湿了。

没什么人，偶尔有一辆车。面前是平坦的广场，右侧不远是街边的灌木丛，再过去，是江面。往左，美术馆有展览正在开幕，曾经你说，我们到时一起来看展。穿过烟雨路和一大片草坪，可以爬上广州大桥。世界看起来挺美好。

据说今天是大寒。雨很冷，脚冻得没有知觉。水汽厚得像窗帘，是广州特有的气息，我浑身淋得像根水草，滑腻得要命。这和四川真的不一样，我们小城的湿气，是窗玻璃上水珠一样滚动的，清爽，甚至晶莹。

我一直在想，妈妈收到我的信息会怎么样？最好她是在晴天收到。最好妈妈永远不知道发生了什么。是不是该给外婆打个电话？雨声很吵，我脑子里全是这些念头。最终，我想应该选这个折中的方案：在广州大桥底下的江边落水。那里僻静，相比之下，在音乐厅旁边，一定会吓到这群小孩；而爬到大桥上，车那么多，很可能被人拦住。

打完了电话，打着伞，湿着裙子跑出去。外人看来，一定认为我很赶时间，似乎在躲避雨，又似乎在追赶雨。

不知道是谁跟着我跑了出来。我跑得更快，他也跑得更快。我跑得慢，他也慢了点。跑到大桥底下，我停下，他也停下。

我想一了百了，可不想被人看着。对不起，我知道你不想我死，可我还能怎么办？我只想一了百了，说不定还可以见到你。站在那里发呆。站着有点傻，靠着桥墩蹲下，好点了。很久了，那个男人还不走，离我远远的，好像在等我跳下去似的。

后来太阳出来了。电话响了，妈妈打来电话。这电话像微弱的阳光一样。总之是阳光吧。妈妈说，你遇到什么事了？我不劝你别的，就劝你想想你外婆的话。实在不行，回家一趟。

所以，你放心，我不会再干傻事了。至少，我还得为你做一件事。

2000年2月5日　晴

今天是大年初一，我在老家想你。前天，我梦见你了，梦见你让我回家。我就回来了。

这两年，大院和我们的国营厂一样，死水一潭。我还像小时候一样，和院子里晒太阳的老人打招呼。我知道他们的称呼，不知道名字。老人把目光投过来，确认了一会儿才说，回来啦。

还记得我跟你说过吗？工厂门口的春饼最好吃。每天，妈妈带着我，去吃小时候爱吃的东西。吃得最多的，是各色的面和春饼。出了大院门左拐，往十字路口走，就是工厂门口大银杏树下的春饼摊。

吃完回来时，晒太阳的老人家还坐在那里。我说奶奶好。说爷爷好。伯伯好。阿姨好。小时候喜欢跳皮筋，外婆和几个老人，会用一只脚帮我们把皮筋扯住，另一端系在院中花园的小树上。几个老人看着我们跳，看着我们突然长大，然后就不再回来了。

还记得吗？以前只要进门回家，我就会打开电视剧《我爱我家》，也不看，就那样躺在床上，反复听这家人的故事。

你还问我，为什么睡觉前要听电视剧，为什么只听这一部，我们还吵了一架。吵完我不理你了。我现在告诉你，是因为我外婆。

外婆来自河北，和工厂一起来到四川。爸爸常年在外干工程，什么工程我也不懂，妈妈常常加夜班，更多时候，我和外婆在一起，看《我爱我家》。这部剧好像是一九九三年开播的，那时我也上高中了，也不出去疯玩了，每天蹲在外婆脚边，陪她看着里面一家人在叽叽喳喳。

听到剧里面老付说抽烟那一段，我总笑，要把外婆的烟抢下来。后来就会背这一段了："我是谁啊，能文能武，又红又专，亦工亦农，亦兵亦官，生旦净末丑，神仙老虎狗。怎么着？向困难低头吗？不！我们是用特殊材料制成的人，就能抽用特殊材料制成的烟，这么讲吧，凡是点着了能冒烟儿的，除了导火索我都抽过……"再后来，外婆说，你别抢我烟啦，你也抽一口。再后来，我学会了抽烟。高考那年，爸妈要我考师范，说好找工作，我想考物理。外婆对我说，你去吧，外婆支持你，大不了回老家，外婆等着你。

如果不是外婆这么一说，那我也不会来广州，也就不会遇到你了。

我没跟家里说你的事。外婆好像知道了，又好像不知道。好像老了，又好像没老。不过还是那么爱吃冰激凌。我回来了，她什么也没问，就是笑呵呵地和我一起看了看小品，看了看剧。看完了，她跟我说：

"夏雨，我看你有心事。有心事很平常，但不要哭。咱们家女人不兴哭，实在想哭，去吃点冰激凌，我还有几块没吃完。

"外婆知道，你这段时间过得难，但再难，也要记住，哭也过一天，笑也过一天，得多笑。夏雨夏雨，夏天的雨，哗啦啦地笑。"

外面在放鞭炮了。我会高兴起来的，请你放心。

2000年9月10日　晴

园园正式成为美院的一员了，今天又是她的生日，我们喝了点酒庆祝。你放心，除此之外，我只会让她生日时喝两杯，其他时候，她想喝酒，没门儿。

跟你说两件好玩的事儿。前一阵，有人介绍我去美院当模特。这事很好玩。一般模特半天六十到一百来块，但一般模特是上了年纪的老人，年轻人很少。如果是头部造型，半天可以收到一百五；如果是人体，可以收到三百。当然，人体这关我暂时还过不了。最难的是做雕塑课的模特，大部分时候要保持站立，有时还不得不做出扭曲的姿势。有一天，老师要求我踮起右脚脚尖，让脚趾扭压在地面，臀部左侧转大约三十度，双手蒙住脸部，保持这个姿势五十分钟。这太难了，二十分钟左右，我就浑身颤抖了，后来老师说，你放下来，我就站平了，结果老师说，是让你把手放下来！我是不是有点傻？这件事好像也不是很好玩。

另一件是园园的事儿。园园说她在网上认识了一个男孩，学市场营销的，还写小说，叫周杨，他们聊得还挺热络，我也没管她，就是让她必须十一点前下线，十二点前睡觉。有一天，那人给园园发来了他的小说，写得还挺好，但这不是重点，重点你猜是什么？他写到了我们亲热时常用的暗号，"宫廷玉液酒，一百八一杯"。这件事比较好玩！

我前几天才看到，赵丽蓉7月份去世了。以前我逼着你看她的小品，你不爱看，现在不知道怎么样？让她去那边给你表演好了。千万别给我丢脸，一定要接上下一句："这酒怎么样，听我给你吹。"

真的想你。最近认识了一些新的人，具体我就在梦里跟你说吧。

2000年10月1日　小雨

前两天，妈妈叫我回家。我没想到，外婆早已查出了癌症。

我哭了。想你的时候，也这么哭过。

外婆临终前，对我说，记得《我爱我家》里那句话吗？"是金子总会发光，是葵花就得向阳。"外婆还说，如果有难处，就别去广州了，"屋檐虽破能避雨，白吃白喝苦也甜"。

外婆的遗照，化了妆，口红很鲜艳，看上去光彩照人。我对着照片说，我没有办法不去广州，还有件事没有完成。希望你和她，能保佑我。

外婆最后跟我说："还有两句话要跟你说，第一句：有些人，过去了就不要再想了，往前看，更好的在等着你。第二句：对好人不使坏，对坏人不留情，咱们家的女人，爱憎分明。第三句，好菜不过夜，好酒不空杯，对自己好一点。哦，是三句：不是两句。"

我跟外婆说，我记住了。其实当时我只记住一句，对好人不使坏，对坏人不留情。

2000年10月10日　晴

我跟你说，我有点管不住园园了。你把她宠得太娇了。她今天跟我说，她给网上认识的那个叫周杨的人寄了张明信片，约他暑假来广州看萤火虫。我让她小心骗子，网上认识的不要信。她跟我说，不是你说一定要去华农的植物园看一次萤火虫的吗？这段时间园园经常和他联系，我不知道该怎么管她。我被她撑得没有话了。我确实跟她说过，一定要和喜欢的人，去华农的植物园看一次萤火虫。可是，那是我和你，她怎么能和一个网上认识的人一起去呢。植物园那么黑。

不知道你那边有没有萤火虫。从你走后，我再也没去过华农了。恐怕这辈子我也不能再去了。

2000年10月14日　晴

今天不是日记，只是想你。今天是你的生日，生日快乐。

最近比较忙，好久没在家里做饭。今天在客厅里烧开水，煮面，又想起了你。你教我，在电磁炉上煮牛奶，再让牛奶凉下来，可以舔掉粘在锅边儿上的奶皮。

这是热牛奶最让人心满意足的地方。除此之外，牛奶想从锅里扑出来的声音，也会刺激神经。这时需要关火，俯身吹吹。跟你说，想起这些的时候，我心满意足。

2000年10月14日晚　有云

中午没空，晚上再写一点。今天你生日，我想和你多说会儿话。

还记得你二十岁生日那天，我们第一次约会。你带我去你们华农的植物园。漆黑一片，我们打着手电，踩折树枝，从入口的斜坡直走下去，好多小孩，跟着老师认识夜间的昆虫，就我们两个傻大个。两旁的树很高，将黑暗抱住。要往前走一条小道，很远，到路尽头了，还要往里。萤火虫在树林的很深处，要穿过高大的树和矮小的灌木。路有点坑坑洼洼，我说我有点怕，后来你就拉了我的手，跟我说别回头看，说你老家有个风俗，走夜路不要回头看。我的心怦怦直跳。

后来，萤火虫像突然从云后出现的星星，在夜空中闪烁，噼噼啪啪燃烧。你说你想和我在一起。我说我正好也是这么想的，哈哈哈。蚊子很多，锲而不舍，我又不敢拍打，只用手扇。可是怎么也扇不完，你怕我被叮得难受，就说我们回去吧。我说，再待会儿，我想和你在一起。你脱了上衣，说这样蚊子的主攻目标就是你了。

感觉你现在就坐在我身边。这是你离开的第二百七十四天了。

2000年11月15日　云

这是你离开后我第一个生日。可是我做了一些不好的事。一个朋友，我在二沙岛准备自杀那天，那个跟着我跑出来的人（我跟你说过吗？），邀请我和他一起去KTV，去了才发现，来的不止我一个女的，还有一些。后来我才知道，原来是某个艺考培训班的一些女生。男人也不止一个，是一些乱七八糟的人。

你知道吗？中年男人很好糊弄。他们有一种常见的毛病，可以称作"怀念病"，或者叫"经典病"。他们认为，自己那个时代的音乐是最好的，文学是经典的，人心是有救的，爱是真诚的，年轻人都很堕落，不思进取，音乐和艺术都不知所云。我唱了几首他们那个年代的老歌，《何日君再来》《小芳》一类的。唱了几首老歌，他们就高兴了，都想留我的电话，我想提前走。

结果朋友不让我走，说来的都是有头有脸的人，对我的事业很有帮助。我拗不过他，就又多喝了几杯。可是后来，我想如果你还在，一定会很生气。

记得你在村里的时候，上级来检查，领导让你自己花了一千块，送给几个花名册上的贫困户。记得你说，其中一个，家里有一栋三层小洋楼。我还记得你当时有多么气愤。一看到这些男人，我就想起你气愤的样子。

今天喝得太多了，感觉头很昏沉，但是睡不着，又想起了和你一起看过的那些赵丽蓉的小品。

这世界的每一分钟都是肮脏的，但请你别为我担心，我还有和你的回忆，是干净的。

2001年1月10日　小雨

四川下雪了，广州下着小雨。今年没有回去，陪园园在广州过年。

你离开我一周年了，不知道还记不记得我的样子。我想起你时，高兴多过于悲伤，因为我总想起那些快乐的事情。

你还记得吧，那年香港回归，我妈让我过年也要“回归”，我带了你回老家。下雪了，而且下得很厚。我带你出去玩，挤进树林旁的小路。你一副没见过雪的样子，大喊大叫。后来喊累了，我们慢慢走，只能听见下雪的声音和我们的脚步声。你一直都拽着我的手，怕凉着，你说：“你这是死人手，说明你心狠，焐都焐不热。”

再后来，只能听见下雪的声音，和你一个人的脚步声。你说要背着我走一段路，怕我的运动鞋禁不住雪，再把脚冻坏了。我趴在你背上，用手给你捂着耳朵，见你头发上雪落得厚，就替你扑落，自己也晃晃脑袋。雪从我的头发上掉进你脖子里，你惨叫了一声。后来，我想弄些冰去冰你的脖子，让你背着我，去抓树上的冰溜子吃。背着还抓不到，我要你举着我，骑到你肩膀上。抓了一条冰，我往你脖子里塞。你一抖，把我从肩膀上抖了下来。你力气可真大啊，把我抖了两三米远，啃了个狗吃屎，不对，狗咬雪。你在那哈哈大笑。

2002年12月20日　雪

很久没跟你写信了，这次回来待了一个月，有好多话想跟你说，今天我要多写一点。

木头两岁多了，妈妈送她上了早教班，有点不太适应。一堆小朋友玩老鹰抓小鸡的游戏，她总是默不作声地在一旁站着。好不容易，她参与了一次，可是其他小朋友从她身边经过，也不抓她。

回来，她说，其他小朋友说她没有爸爸。

一个月前，回到家时，已经晚上了。妈妈当时太累，睡着了，等醒了，看见我在床边坐着，爸爸也在，木头在旁边玩耍，她笑了，说，咱家今年总算能在一起团圆了，你外婆会高兴的。

我听了一阵心酸，说，年前我还得回广州。木头犹疑地看着我，可能不确定这是她在电话里叫过妈妈的人。但她还是小声喊了我一声。我眼圈红了，把木头拉到怀里。

木头窝在我怀里问：团圆是什么意思？妈妈说，团圆就是全家人像这样坐在一起。木头问：那爸爸为什么不回来？我说，爸爸很快会回来的。木头问：那爸爸现在在团圆吗？我回答不出来，说，爸爸也在等我们呢。木头问：爸爸叫什么名字？我说，爸爸的名字就叫爸爸。木头又问：爸爸在哪里呢？我不知道怎么说了……

写到这里，我想你想到流眼泪了。

我想让木头跟着我回广州，户口也上在广州，明年在那边上幼儿园。这样就可以带着木头，也能陪园园过年。可妈妈说，木头说她三岁要跟我们学吃辣的，跟你去广州，就吃不了辣啦，那还是四川人吗？

我知道妈妈是舍不得木头。

今天要走了，妈妈问起我在广州的生活。我没有说太多，只说还有几件事想办。妈妈试探着问我，你跟我们说说是啥子事嘛，我们也可以出点主意。

爸爸平时话不多，这会儿把茶杯往桌子上一放，抢着说，你少说两句不行哟。这么啰唆干啥子嘛，夏雨又不是小孩子了。年轻人的事，让年轻人办嘛。

妈妈说，我们娘俩说话你插什么嘴？孩子再大也是孩子！又转头对我说，你再在家里住一个星期吧？还有好多好吃的没吃上呢，广州吃不到的。

爸爸说，广州啥子吃的没有？

妈妈说，老头子，火药你吃过吗？我看你今天吃了不少……

两人要吵起来似的，我只好一手搂一个，让他们不要瞎担心，明年过年我肯定回来。

我想的是，明年过年，希望有人能陪着园园，我就可以回家了。

坐上去机场的出租车，妈妈在外面站着，爸爸很潇洒地挥手。等车开动时，妈妈追着车小跑了一段。木头也在妈妈肩头摇着手。妈妈抱着木头在后面跑着，当车速加快，她停了下来，用手抹眼泪。后来就完全看不见那个擦着眼泪的身影了。

我想你，请你保佑我，让一切顺利。

2002年12月25日　多云

很久之前我就想跟你说今天要说的话，请听我说完，不要生气。

你还记得吗？我喜欢留存旧物，特别的日子收到的，或者某一天带来惊喜的，都留下。时间一长，就想不起来哪些是真的欣喜，哪些只是累赘。

大学和大学刚毕业那年，你总会写一些动情的文字，附在礼物盒里，一年下来，有厚厚一沓的卡片或明信片。我想把它们好好保存下来，专门为此购置了一个盒子。这两年，搬了两次家，扔了很多东西，盒子却一直跟着。

我想跟你说，我今天终于找到了这个盒子。把东西全部倒出来，除了你的礼物，里面还有一个信封，装着二十八张一元纸币和一个字条。

我想跟你说，我希望得到你的指引。

距你去世已经两年多了，我想尽了办法，想一个人好好过日子，永远保持对你的想念。可是，我遇到了一个人。

那天在二沙岛，我想自杀时一直跟着我的那个男人。可以说是他救了我。

我没跟你说，他问我要了电话号码。那之后很长的一段时间，他开车带我到处去玩，去散心，去认识各种朋友。介绍我去美院做模特，帮了我很多忙，陪了我很久。

跟他在一起时，我时常想起你带我去海边。记得那一次，去南沙一片没有被开发的海岸，坐在礁石上看别人海钓。潮涨得很快，我们向后移动了三次。在沟壑中，捡到两只刺猬一样的东西，扭来扭去的，你告诉我这是海星，活着的海星。第一次见到海星呼吸的样子，我以为很柔软，摸上去刺了手。

他也带我去过几次海边，海边的天空跟那次南沙的一样，大玻璃一样光滑，桥和落日也好看。回去的时候，我跟他说了谢谢。他跟我说，希望我能放下过去，和他在一起。我没有回应他。

一个多月前，我要回家，看能不能给木头办户口（明年上幼儿园必须办户口了），他执意要见我一面。我想把话再说明白一点，就答应了他。在一家咖啡馆坐了很久，直到咖啡喝得过多，心慌，又去旁边的一家杭州菜馆。他说了很多话，说他记得我第一天穿的衣服的颜色。说第一次见我抽烟的样子和别的女孩不一样，说我在海边赤脚乐不可支的神情。

第一次被一个人连续夸了三个小时，是一件很难让人接受的事。我说，一厢情愿总能丰富一个人的想象力。他给了我一个盒子，让我回家后再打开。我随手扔在了沙发上。

这就是我要跟你说，盒子里的纸条上，他写着，这几个月他经常会想起我，总是梦见我。后来他想要把这记录下来，就每梦见一次存一块钱。

二十八块钱。我承认我有点感动。

我该怎么办，请给我指引。

2003年1月1日　晴

他出去了，我才有空和你说这些话。新年快乐。

昨晚新年倒数的时候，他向我求婚，我还在犹豫。我犹豫了很久。我还是很想你，还是很想很想你。虽然和他在一起的每一刻都很快乐，但越快乐，想你想得越强烈。

喝酒时，他关节和血管凸起的手背，让我想起你。抽烟时，他眼睛垂下的睫毛，说话时的喉结，也会让我想起你。

吃饭时，他用力在烟灰缸点了几下，掐灭烟头，摆放不稳的桌子晃动，两个酒杯突然以同样的频率晃动起来，把明亮的灯光折射到我脸上。他认真摆弄烟头的样子，也让我想起你。

有时候我看着他，恍惚回到那时你和我说过的我们将要过的生活，平静，安稳，一个孩子。

我在床上写这封信。木头睡了，小手抓着我的手指，似乎我的手是她全部的世界。请原谅我，我也想有一只这样的手。

如果可以，请不要忘了我。

2004年7月2日　凌晨

周杨，这一篇是写给你的。你可能永远也不会看见了，也希望你总有一天会看见。

我们也许很久不会相见，也许再也不会相见了。那些不能说的，我都写在这里。先从哪里说起呢。从毕业那年开始好了。

毕业那年，林川回老家做村干部，说要建设家乡。林川是园园的哥哥，你已经知道了。我留在广州，在一家私立学校做老师，给孩子们教音乐。

村里和他想象的不一样，他干得不开心，我让他考公务员，回广州，等他考完，过完年，我们就结婚。记得公务员考试是1999年11月，他成绩不理想，于是，我们校长介绍了梁永成，说也许可以帮忙。

2000年1月的一天，我去找梁永成，去了他的庄园。林川不让我去，他接受不了给人送钱这种事，我非要去。我不知道会出事。梁永成跟我说，让我去他公司工作，我当然没有答应，后来，他们灌醉了我，发生了那件我永远也不想回忆的事，我估计你也知道了。等我醒来，已经是第二天了。有人告诉我，林川死了，昨晚坠楼死了。我绝不相信，可是……

我想过几次自杀，可是后来我发现自己怀孕了。是我和林川的孩子。有了挂念，我决定活下来。我也决定，要查清林川的死因，要让那些罪人付出代价。可是我一个女孩能怎么办呢？

于是就有了你看过的那篇日记。那是篇假的日记，或者说亦真亦假。我把两篇假日记夹在真日记之中，假装爱上了吴真，故意让他看到，并让他留下来。吴真是梁永成的朋友，那晚，是他阻止了那些男人做更加卑鄙的事。他喜欢我，一直说要帮我。他介绍我去做了模特，认识很多人，希望我能有自己的事业，可是我的目的不是这些。我唯一的目的，便是利用他的喜欢，接近真相。当然，也希望给孩子一个更好的生活。也许你很难相信我是这么一个人，但，这都是我。

吴真对我很好，可能是因为那篇日记获得了他的信任，可能是因为别的。他带我参加了几次梁永成的牌局，我表现得完全接受了那个结果，忘了过去，满足于他带来的幸福和富足。我表演得很成功，可是都没找到什么机会。在我面前，他们从来不谈那些勾当。

有一次，吴真说，他和任小菲的会所其实是梁永成开的，他们经常会在四楼打牌。我让他推荐我去会所唱歌，可是一般只能在一楼酒吧活动，没有收集到什么有用的信息。后来我想，应该在四楼安装窃听器，他们也许也在包厢里谈一些秘密。这方面我有一点专业知识，但一直都没有找到机会。

直到那天，园园说起帮你们找工作的事，我便推荐你们去面试。我知道会所打算重新装修，我想这也许是个办法。也许任小菲会让你们负责装修，那样我就有机会安装窃听器了。另一方面，我看出来园园那时很喜欢你，如果我出了什么意外，也许你可以照顾她。

原谅我，这时候我还没有爱上你。并且我自认为，只要我做得到位，这不会有什么风险。

现在你知道了，我所谓的离开是什么，离开之前要办的事又是什么。可是，不知是哪一天，我发觉自己爱上了你。应该是我生日那天，和你一起买酒那天，露台唱歌那天，或者更早，但不会更晚。那晚，园园在卧室听到了我们在露台的谈话，说她要跟张伟在一起了，让我别有什么心理负担。

我一直没有下定决心。直到开业仪式前一天，园园说，她已经和张伟在一起了，她劝我在开业那天和你一起庆祝，主动和你告白，和你们一起开个酒吧，留在广州。可是开业仪式发生了太多事情，园园哭成那样，我无论如何也不想再让她受到一丝刺激。

其实，在我生日的第二天，我就跟吴真提出了离婚。当然，你知道的，他不答应。他甚至跟我说，他知道我在追查林川的死因，只要我和他在一起，他可以帮我。我跟他说，我和他之间该结束了。他说，不爱也不必离婚，可以像朋友一样生活。我没有告诉他，我已经爱上了你。爱上那个和我一样顽固的你。当我沉浸于黑暗时，你举着火苗，来到我身边。

接下来就是你从拘留所出来那晚了。那晚，我对你说的每句话，都是真的，都经过了长期的酝酿，才能说出来。

只是我还需要一点时间。我们确定在一起的第二天，我记得，我跟你说，我们一起开一个酒吧。我没有跟你说，我以为可以不再纠结于过去，可以和你一起迎接未来，可是，似乎并没有准备好，我还是会想起林川。

那天你被叫到农场。吴真跟你说了我的过去，我的担忧成为现实。有些事我那时还无法告诉你。原谅我，我没有办法袒露那样的我，我甚至想到，也许是林川并不希望我和你在一起，于是暗中阻挠了我们。我需要放下他。如果我们相遇得再晚一点，或者再早一点，也许情况会不一样，可我们偏偏是这时候相遇。

那一段时间，你一定也很讨厌那样遮遮掩掩的我吧。即使我们继续在一起，这样的讨厌和猜疑，是我无法忍受的。

和你在一起，那短短的时间里，我得到了意料之外的快乐，也得到了预料之中的痛苦。这种痛苦抵消甚至超过了这种快乐。我需要给林川一个交代，也给你一个交代。我需要了结这件事，才能放下林川，也才能轻松自在地告诉你全部的我，我的肮脏和混乱的部分。

如果我做不到这点，那么，我和你将永远生活在幻觉之中。

后来，便是你看到的那封告别信了。写完这封信，我会去找吴真，让他帮我解决我的问题，也不要再为难你们。我不知道他会不会答应，不知道他能不能真的做到。我会让他选择，在看完这封信之后，再决定是不是要帮我，因为我不想再欺瞒任何人了，保守秘密的痛苦，已经消耗了我所有力气。

如果他真的做到了，我可能会有勇气告诉你全部的我。但我不确定，他做到之后，我该如何面对他。我更不确定，你了解了这样的我之后，会不会坦然接受。直面真实有时会让人惊恐，可是完全的坦诚才能有完全的宁静。

写得有点乱，不知道你看明白了吗？

我唯一能确定的是，我爱你是真的。

我最大的愿望是，如果你爱干净的我，我希望你更爱肮脏的我。